Knaur.

Knaur.

Im Knaur Taschenbuch Verlag sind bereits folgende Bücher des Autors erschienen:
Die Spur der Hyäne
Mord in Mombasa

Über den Autor:
Nick Brownlee wurde im Nordosten Englands geboren und ist freier Journalist für verschiedene britische Zeitungen und Magazine und Autor mehrerer Sachbücher. Mit seiner Familie lebt er in Cumbria. *Mord in Mombasa* war sein erfolgreiches, von der Kritik allgemein gelobtes Debüt als Krimiautor.

I

Weihnachtsmorgen in Mombasa. Fünfunddreißig Grad Celsius, Tendenz steigend. Eigentlich hatte der neunjährige Jonas Yomo ja gehofft, dass sich in seinem Geschenkpaket unter dem kunstschneebestäubten Weihnachtsbaum ein Fußball verbarg, doch als er das Papier abgerissen hatte, blickte er stattdessen auf den abgetrennten Kopf seines Stiefvaters.

Verständlicherweise hatte der Junge einen heillosen Schock erlitten. In diesem Moment saß er in der elterlichen Wohnung im wohlhabenden Kwakiziwi District auf dem Schoß seiner Großmutter, wiegte sich vor und zurück und konnte nur ein leises, monotones Stöhnen von sich geben. Seine Mutter Tabitha hatte die erste Hysterie überwunden, weinte aber immer noch lautlos in den Schoß ihres Vaters, der mit ihr auf dem Sofa saß, ihr sanft übers Haar strich und beruhigende Geräusche machte.

Paul Yomos Kopf war in eine Kühlbox gelegt worden, die jetzt im Fond eines Streifenwagens stand und auf dem Weg zum Leichenschauhaus war. Die Überreste des braunen Papiers, in die er gewickelt gewesen war, hatte man zusammengesammelt und als Beweismaterial eingetütet. Irgendwann, vielleicht in ein, zwei Monaten – je nach Arbeitsvolumen und Dringlichkeit –, würden sie vom gerichtsmedizinischen Labor in Nairobi untersucht werden.

»Ich frage mich nur eines, Inspector: Was für ein Tier wäre zu so einer Tat fähig?« Brigadier Charles Wako Chatme war fassungslos.

Tabitha Yomos Vater war ein großer Afrikaner von fünfundsechzig Jahren mit breitem Brustkorb, kurzem weißem Haar und einem säuberlich getrimmten weißen Schnurrbart. Er war Kommandant auf der Marinewerft der Kenya Navy in Mtongwe am Südufer, und obwohl er mit seiner Freizeithose und der Sportjacke an diesem Morgen eher lässig gekleidet war, sah er immer noch vom Scheitel bis zur Sohle aus wie ein hochrangiger Marineoffizier. Auch seine Frage hatte er mit der Stentorstimme eines Mannes gestellt, der sofortige Antwort von seinem Untergebenen erwartet.

Detective Inspector Daniel Jouma von der kenianischen Polizei zog sich schnalzend ein Paar weiße Latexhandschuhe an und rieb über einen verdächtig aussehenden Fleck auf dem Teppich, direkt neben dem Polyurethan-Stamm des Weihnachtsbaumes.

»Wann haben Sie Ihren Schwiegersohn zum letzten Mal gesehen, Brigadier?«

»Letztes Wochenende. Tabitha und er sind zum Abendessen zu uns gekommen.«

»Und Sie, Mrs. Yomo?«

Tabitha blinzelte mit feuchten Augen. »Er ist einen Tag vor Heiligabend wie immer zur Arbeit gegangen«, flüsterte sie. »Es war sein letzter Arbeitstag vor den Weihnachtsferien.«

»Wie hat er auf Sie gewirkt? Sah er so aus, als hätte er Sorgen?«

»Nein.«

»Hat er erwähnt, dass er Sorgen hatte? Ist er von irgendjemandem bedroht worden?«
»Nein.«
»Ist er Ihres Wissens überhaupt jemals bedroht worden?«
»Nein!«, rief Tabitha heftig, schlug die Hände vors Gesicht und rannte aus dem Zimmer. Aus dem Badezimmer hörte man sie schluchzen.
»Dürfte ich Sie um ein bisschen Taktgefühl bitten, Inspector?«, kam es scharf vom Brigadier.
Jouma seufzte. »Nach meiner Erfahrung, Sir, ist Takt selten der effektivste Weg zur Wahrheit.«
Er trug weiße Latexhandschuhe, weil seine Vorgesetzte, Superintendent Elizabeth Simba, vermeiden wollte, dass eventuelle Beweismittel am Tatort zerstört oder unbrauchbar gemacht wurden. Doch das war ein eitles Unterfangen – der Fleck auf dem Boden stellte sich als Hundescheiße heraus, die einer der Streifenpolizisten mit den Stiefeln hereingeschleppt hatte.
Jouma sah den Brigadier an. »Nach Angaben meines Kollegen, wurde das … *Paket* vor der Tür abgestellt«, sagte er *taktvoll.*
»Das ist korrekt.«
»Und es war keine Nachricht dabei?«
Der Brigadier schüttelte den Kopf.
»Wer hat es gefunden?«
»Ich. Ich bin davon ausgegangen, dass es sich um ein Geschenk für Jonas handelt. Deswegen habe ich es auch unter den Weihnachtsbaum gelegt.«
Jouma nickte. Bevor man den Kopf in das braune Papier gepackt hatte, hatte man ihn sorgfältig in ein paar Schichten Zeitungspapier gewickelt, genauer gesagt, in die *Daily*

Nation vom Vortag, wahrscheinlich um zu vermeiden, dass das Paket anfing zu nässen. Und so sah es eben aus wie ein Fußball, vor allem für einen aufgeregten kleinen Jungen am Weihnachtsmorgen.

»Dann hätte es also auch für Ihre Tochter bestimmt sein können?«

»Es hätte für jeden bestimmt sein können«, erwiderte der Brigadier unwirsch. »Sie sollten lieber nachforschen, ob irgendjemand die Person beobachtet hat, die das Paket abgeliefert hat.«

Mit knackenden Kniegelenken stand Jouma auf. »Ich kann Ihnen versichern, dass meine Männer ihre Arbeit tun.«

»Nicht, dass irgendjemand überhaupt mal irgendetwas sehen würde«, knurrte der Brigadier. »Die Menschen gehen ja grundsätzlich mit geschlossenen Augen durchs Leben.«

Der Inspector nickte. Mit dieser Feststellung hatte der Brigadier durchaus recht. »Wie lange wohnt Ihre Tochter schon hier?«

»Seit sechs Monaten. Sie sind nach ihrer Hochzeit hier eingezogen.«

Verglichen mit der durchschnittlichen Stadtwohnung in Mombasa war das Apartment ziemlich geräumig, dachte Jouma. Auf jeden Fall größer als sein eigenes, das im benachbarten Stadtviertel Makupa lag. Doch der dreißigjährige Paul Yomo war Angestellter in einem Kreditunternehmen und verdiente siebentausend Shilling monatlich. Seine zwei Jahre jüngere Frau arbeitete für die Hälfte dieses Gehalts als Laborantin. Selbst wenn man ihre Gehälter zusammenrechnete und die Summe verdreifachte, hätten sie sich so ein Zuhause nicht leisten können. Die gepflegte Sauberkeit legte überdies die Vermutung nahe, dass hier ein Hausmädchen am Werk gewesen war. Die Möbel sprachen von solider Qualität, in der Ecke des Wohnzimmers stand ein moderner Fernseher. Sechs Monate hatten sie hier gelebt? Bei dieser Wohnung musste es sich um ein Hochzeitsgeschenk handeln.

Da ging die Tür auf, und die Frau des Brigadiers trat ein. Ellen Wako Chatme war eine schlanke, elegante Weiße, die sich ebenso gut gehalten hatte wie ihr Mann. Sie trug ein knöchellanges türkises Gewand und eine Halskette mit einem dezenten Rubinanhänger.

»Er schläft«, sagte sie sanft, während sie die Tür hinter sich zuzog.

Der Brigadier stand auf. »Auf ein Wort, Inspector«, bat er.

Direkt neben dem Gebäude lag ein kleiner Garten, der den Apartmentblock von einer viel befahrenen Hauptstraße trennte. Innerhalb seiner Mauern wuchs ein Rasen mit zähem Gras und ein paar wohlüberlegt verteilten Palmen, die den Bewohnern Schatten spenden konnten. Jouma und der Brigadier setzten sich auf eine Bank unter einem der Bäume. Während der alte Mann seine Sportjacke auszog und säuberlich auf dem Schoß faltete, stellte Jouma wohlwollend fest, dass auch die Bügelfalten in seinem weißen, kurzärmligen Baumwollhemd rasiermesserscharf waren. Es gefiel ihm, wenn die Leute Wert auf ihr Äußeres legten. Das tat heutzutage ja kaum jemand mehr. Der Inspector selbst hatte einen blauen Zweiteiler aus der Jermyn Street in London an, der eine ganze Stange Geld gekostet haben musste, als er neu war. Außerdem trug Jouma einen Schlips und auf Hochglanz polierte Schuhe. Es kostete nichts, sich Mühe zu geben.

»Also – ist er es?«, blaffte der Brigadier.

Jouma blickte auf. Er war nur eins fünfundsechzig groß und reichte seinem Gegenüber mit dem Kopf gerade mal an die Schulter. »Wie war das bitte?«

»Hat dieses Vieh von einem Menschen, der die anderen beiden umgebracht hat, auch Paul getötet?«

»Es ist noch viel zu früh, um …«

»Zieren Sie sich nicht so, Inspector Jouma! Ich bin kein Idiot.«

»Kein Gedanke könnte mir ferner liegen, Brigadier«, entgegnete Jouma. »Aber Sie müssen verstehen, dass es unverantwortlich wäre, jetzt schon Spekulationen über Pauls Tod anzustellen.«

Woraufhin der Brigadier missbilligend knurrte, doch der Inspector sah, dass der Mann seinen Einwand durchaus verstand.

»In der Zeitung habe ich gelesen, dass man diesen Wahnsinnigen den Kopfjäger nennt«, sagte er. »Und dass er die Köpfe regelrecht ausstellt, wie Trophäen.«

Jouma stöhnte innerlich. »Ich schreibe die Schlagzeilen nicht, Brigadier. Und unsere Ermittlung läuft noch. Als ich Ihre Tochter fragte, ob Paul irgendwelche Feinde hatte, schien sie zu meinen, dass es da niemanden gäbe. Könnten Sie etwas anderes behaupten?«

»Warum sollte ich?«

»Männer vertrauen anderen Männern oft Dinge an, die sie ihren Frauen nicht erzählen würden.«

»Paul war in einem Kreditbüro angestellt«, erwiderte der

Brigadier. »Haben die Angestellten von Kreditbüros Feinde?«
»Verschuldete Menschen greifen manchmal zu verzweifelten Maßnahmen.«
»Zum Beispiel meinem Schwiegersohn den Kopf abschneiden und ihn meinem Sohn als Weihnachtsgeschenk vor die Tür legen?« Der Brigadier lachte rauh. »Wer so kreativ ist, dürfte wohl kaum Schulden haben, Inspector Jouma.«

2

Ich wünsche Ihnen ebenfalls frohe Scheißweihnachten!«, giftete Christie, der englische Pathologe, als Jouma den Autopsieraum im Keller des Mombasa Hospital betrat. Er beugte sich gerade über Paul Yomos Kopf, und wie er so dastand, das Skalpell in der einen und einen Metallspatel in der anderen Hand, sah er aus, als wollte er gerade den Festtagsbraten tranchieren.
»Ich hätte nicht unbedingt den Geist der Weihnacht bei Ihnen vermutet, Mr. Christie«, erwiderte Jouma. »Ich dachte mir, Sie würden heute sicher mit Vergnügen arbeiten.«
Christie sah passenderweise selbst recht leichenhaft aus, das schütter werdende weiße Haar trug er zurückgegelt am ebenso weißen Schädel, der nur selten die Sonne sah. Über den Stahltisch warf er dem Inspector einen vernichtenden Blick zu.

»Nur weil Ihr Kenianer euch nicht die Mühe machen wollt, Weihnachten auf traditionelle Art zu feiern, heißt das noch lange nicht, dass wir anderen das nicht tun möchten«, gab er zurück.
»Mr. Yomos Familie feiert traditionelle Weihnachten«, erklärte Jouma. »Zumindest hatten sie das vor.«
Er dachte an die Geschenke unter dem Baum, dessen Zweige so sorgfältig mit Lametta und Kugeln geschmückt worden waren. Und er dachte an den Jungen, der das Paket gefunden und eifrig aufgerissen hatte.
»Na ja, schon gut«, knurrte der Pathologe.
Na ja, schon gut, dachte Jouma. Um über das verdorbene Weihnachtsfest der Yomos nachzudenken, hätte man das Risiko eingehen müssen, den Kopf auf dem Obduktionstisch als Teil eines Menschen zu betrachten – und das war definitiv nicht Christies Art.
»Na, dann wollen wir uns das mal angucken, was?«, sagte der Pathologe, der von einer Sekunde auf die andere wieder sachlich geworden war.
Der Kopf stand aufrecht auf einem ungefähr drei Zentimeter dicken Stumpf. Die Augen waren geschlossen, der Mund leicht geöffnet. Paul Yomo war ein gutaussehender Mann gewesen, mit den ausgeprägten Wangenknochen und dem markanten Kiefer der Kikuyu, des größten Stammes in Kenia. Allerdings war die Haut seiner Wangen leicht uneben, wie eine Orangenschale – wahrscheinlich hatte er als Teenager Akne oder Windpocken gehabt –, und durch den gepflegten Kinnbart zog sich eine dünne Narbe. Seine Haut war aschgrau.
»Und Sie behaupten also, dass sein Kopf als *Geschenk* verpackt war?«, erkundigte sich Christie.

»Er war *nicht* als Geschenk verpackt«, korrigierte ihn Jouma. »Er war in ganz normales braunes Packpapier verpackt.«

Doch die Vorstellung, dass jemand einen Kopf zu Weihnachten bekommen hatte, regte die Phantasie des Pathologen offensichtlich ungemein an. »Na ja, immer noch besser als ein Paar Pantoffeln.«

»Der Kopf, Mr. Christie. Könnten Sie wohl bitte anfangen?«

»Tja, also als Erstes kann man sagen, dass das ein ganz sauberer Schnitt ist.« Er deutete mit der waagerechten Hand eine schneidende Bewegung vor der Kehle an. »Schauen Sie mal hier.«

Er kippte den Kopf leicht, so dass man den Querschnitt durch den Hals bewundern konnte. Jouma, dem bei solchen Anblicken nur zu leicht mulmig wurde, merkte, wie ihm das Zimmer vor den Augen verschwamm. Er sah die Schlingen und Kringel der Muskeln, kreisrunde Schnittflächen von Knochen und Knorpeln und die Löcher der durchtrennten Arterien. Sieht aus wie ein roher Schinken, dachte er schaudernd.

»Sehen Sie das?«, fuhr Christie fort. »Keine scharfen Grate an den Knochenkanten, keine Streifen im Fleisch, die darauf hindeuten würden, dass dieser Schnitt irgendwie mechanisch durchgeführt wurde. Nein, was Sie hier sehen, ist das Ergebnis eines einzigen, wuchtigen Hiebs mit einer sehr scharfen Waffe.«

»Eine Axt?«, schlug Jouma hoffnungsvoll vor.

»Äxte sind bekannt für ihre Unzuverlässigkeit, mein Guter. Wussten Sie, dass ein professioneller Henker zwei Anläufe brauchte, um Maria Stuart den Kopf abzuhacken?

Und dann hing der Schädel des armen alten Mädchens immer noch mit einem Knorpelstück am Hals …«
»Verdammt noch mal, Mr. Christie!«, rief Jouma. »Würden Sie bitte endlich zur *Sache* kommen?«
»Ich würde auf eine Machete tippen.«
»Eine Machete?« Jouma verließ der Mut.
»Befürchte ja.« Christie klopfte mit dem Finger auf Paul Yomos Kopf. »Sie könnten natürlich Glück haben, dann ist das hier einfach nur eine ganz alltägliche, kenianische Durchschnittsenthauptung. Und ich kann selbstverständlich nichts sagen, bevor ich nicht eine vollständige und gründliche Untersuchung vorgenommen habe.«
»Selbstverständlich nicht.«
»Aber ich kann Ihnen gleich mitteilen, dass mir die Ähnlichkeiten mit den anderen beiden Fällen mehr als nur zufällig scheinen. Außerdem ist Ihnen hoffentlich klar, dass Sie mir das Weihnachtsfest verdorben haben, indem Sie mich so kurzfristig hierher bestellt haben.«
Jouma konnte sich kaum etwas Freudloseres vorstellen als ein Weihnachtsfest im düsteren Bungalow des Pathologen am Nordufer, wo Christie die einsamen Stunden zwischen seinen Schichten in dieser weißgekachelten Hölle totschlug.
»So, nachdem wir das geklärt haben – ich hätte da eine hübsche Flasche Sherry in meinem Büro«, fuhr Christie fort. »Ein Geschenk vom Reinigungspersonal. Die könnte ich gern aufmachen – das heißt … wenn Sie gerade nichts anderes zu tun haben.«
Der Inspektor fiel der Unterkiefer herunter. Wollte der misanthropische Pathologe jetzt etwa gesellig werden? Wenn ja, dann wäre das das erste Mal in den fünfzehn

Jahren, die die beiden Männer schon zusammenarbeiteten. Dem Detective aus Mombasa verschlug es die Sprache – und in der verlegenen Schweigepause gingen die Schotten bei Christie auch schon wieder herunter.
»Aber ist im Grunde bloß so ein billiges Zeug, wahrscheinlich lohnt es sich sowieso nicht, den aufzumachen«, sagte er, nahm Paul Yomos Kopf vom Obduktionstisch und stellte ihn wieder auf seinen Platz auf dem Stahltablett auf dem Tisch hinter sich. »Die komplette Untersuchung mache ich dann so rasch wie möglich.«
Jouma öffnete den Mund, doch Christie zog sich schon schnalzend die Gummihandschuhe aus, als wären sie eine lästige zweite Haut. In den paar Sekunden, die er brauchte, um sie auszuziehen und zu entsorgen, verschwand jede Spur von weihnachtlicher Leutseligkeit. Der Inspector war seltsam erleichtert, dass der alte Christie wieder da war. Der kurze Moment, in dem dem Pathologen die süße Milch der Menschlichkeit durch die Adern gepulst war, hatte ihn extrem beunruhigt.
»Meine besten Weihnachtswünsche, Mr. Christie«, verabschiedete er sich und ging zur Tür.
»Gleichfalls. Ach, und … Jouma?«
Der Inspector drehte sich um. »Mr. Christie?«
»Wie geht's eigentlich Ihrem Freund, diesem Engländer am Flamingo Creek?«
Einen Moment wusste Jouma gar nicht, von wem Christie überhaupt sprach. Vor lauter Aufregung hatte er Jake Moore völlig vergessen.
»Ich glaube, der wird heute aus dem Krankenhaus entlassen«, antwortete er.
»Tatsächlich?« Christie war beeindruckt. »Das scheint ja

ein robuster Menschenschlag zu sein, den sie da in Nordostengland züchten. Nach allem, was der mitgemacht hat, kann der Kerl froh sein, dass er überhaupt noch am Leben ist.«

3

Bilder. Erinnerungssplitter. Oder waren es Halluzinationen?

Irgendwann kreiste weit über ihm eine Möwe, die schmalen weißen Flügel vor dem blauen Himmel ausgebreitet, um die Sonnenwärme zu nutzen, die vom Meer reflektiert wurde.

Perfekte Kreise an einem perfekten Himmel.

Ein perfekter Tag zum Sterben. Es wäre so leicht gewesen, das warme Wasser einfach über dem Kopf zusammenschlagen zu lassen und auf den Grund zu sinken.

Jake Moore erwachte davon, dass sein Kopf gegen das Beifahrerfenster des Landrover rumpelte, während das alte Gefährt über die unbefestigte Straße am Südufer des Flamingo Creek schoss. Die kaputten Stoßdämpfer federten kaum etwas von den Schlaglöchern und Spurrillen ab, und dem Fahrer waren sie sowieso herzlich egal.

Harry Philliskirk blinzelte auf die Straße. Er blickte unter dem Schirm seiner Baseballkappe hervor wie ein kurzsichtiger Kobold und drückte die lange, knochige Nase dabei fast an die schmutzige Windschutzscheibe. Als ein

riesiger Krater das ganze Fahrgestell des Landrover erschütterte, so dass die beiden Männer beinahe durchs Dach geflogen wären, stieß er einen saftigen Fluch aus.
»Was hast du's denn so eilig?«, wollte Jake wissen.
Harry warf ihm einen Blick zu und runzelte enttäuscht die Stirn. »Oh. Ich hatte gehofft, ich schaffe es bis zum Bootshaus, bevor du aufwachst.«
Jake wollte schon etwas erwidern, überlegte es sich aber doch anders. Er kannte seinen Geschäftspartner lang genug, um zu wissen, dass irgendwo tief da drinnen ein Körnchen Logik steckte. Also wappnete er sich innerlich lieber gegen die Fährnisse des letzten Kilometers ihrer Reise. Er hoffte inständig, dass er nicht mit dem Messer eines Auftragskillers im Bauch sechs Stunden lang auf dem Indischen Ozean gedümpelt war und überlebt hatte, um sich nun mit Harry doch noch um die nächste Palme zu wickeln.

Er konnte sich nicht an allzu viel von dem Tag erinnern, an dem eine weibliche Auftragsmörderin mit dem Spitznamen »der Geist« versucht hatte, ihn auf der Brücke der *Yellowfin* zu ermorden. Ihre Lieblingsmethode bestand darin, dem Opfer ein Stilett zwischen die Nackenwirbel zu rammen, wodurch das Rückenmark durchtrennt wurde und der sofortige Tod eintrat. Hätte Jake nicht so blitzschnell reagiert, als sie ihn attackierte, und ihr den Hinterkopf ins Gesicht geschmettert, wäre er auch so gestorben.
Gegen die fünfzehn Zentimeter Stahl, die ihm der Geist im Bauch versenkt hatte, konnte er allerdings nichts ausrichten.

Er erinnerte sich noch an den Schmerz. Den würde er niemals vergessen. Vor sechs Jahren war er einmal angeschossen worden, und das hatte sich im Grunde nur angefühlt, als würde ihn ein Muli treten. Aber das Gefühl dieser Messerklinge, die ihm in die Eingeweide schnitt, überstieg alles, was er sich jemals hätte vorstellen können – eine zerreißende, zerfetzende Höllenqual, die ihm buchstäblich die Luft aus den Lungen saugte. Im nächsten Moment hatte die Killerin mit ungerührter Miene zur zweiten Attacke angesetzt, wie ein Raubtier, das seiner Beute endgültig den Garaus machen will. Da hatte er sich rückwärts über die Reling fallen lassen, denn egal was ihm passierte: Er wollte ganz sicher nicht auf seinem eigenen Boot sterben.

»So, da wären wir, mein Lieber«, verkündete Harry. Aus irgendeinem Grund wirkte er verlegen.

Der Landrover bog um die letzte Kurve, und da lag das Bootshaus vor ihnen. Allerdings war es nicht der baufällige Stall, den Jake vor sechs Wochen zum letzten Mal gesehen hatte. Die schäbigen Wände aus Porenbeton waren getüncht, und das Wellblechdach war von den Ablagerungen der letzten fünf Jahre befreit worden, die der unkontrolliert wuchernden Vegetation, dem Rost, Vogel- und Affenscheiße zu verdanken waren. Jemand hatte in ein Meter hohen Lettern die Aufschrift *Britannia Fishing Trips Ltd.* sorgfältig mit einer Schablone aufs Metall gemalt.

»Mein Gott«, sagte Jake.

Auf ein Banner, das zwischen zwei Bäumen aufgespannt war, hatte irgendjemand ein *Willkommen zu Hause, Jake!* gepinselt, mit derselben Farbe, die auch fürs Dach benutzt worden war. Trauben von erschlafften Luftballons hingen von den Zweigen. Als sie näher kamen, entdeckte Jake, dass sich ein paar Leute auf dem Vorhof versammelt hatten.

»Harry …«

»Suki Lo hat drauf bestanden«, beeilte sich sein Partner zu sagen.

Suki Lo besaß hundert Meter weiter in derselben Straße eine Bar. Die winzige Malaiin, deren Zähne wie verfaulte Holzdübel aussahen, kam ihnen entgegen. Sie hielt eine Flasche Jack Daniel's hoch und zeigte ein Lächeln, das einen unwillkürlich an das Tor zur Hölle denken ließ.

»Mein Süßer!«, krächzte sie und warf sich auf Jake, als er vorsichtig aus seinem Taxi kletterte. »Bin ich so scheißfroh, dich zu sehen!«

»Vorsicht, Suki!« Jake wich zurück und wehrte sie ab wie einen übereifrigen Welpen. »Ich hab keine Lust, dass mir eine Naht aufgeht.«

»Du weißt, ich komm dich besuchen«, sagte Suki ernst. »In Krankenhaus. Viele Mal.«

»Harry hat's mir erzählt.«

»Sie sagen Suki, du werden sterben. Ich sage: ›Nicht Jakey! Nicht meine tapfere Junge! Er verdammt nicht sterben!‹«

Ihre schmalen Schlitzaugen füllten sich mit Tränen. Sie sah ihn an, und er wusste, dass er keinen allzu erfreulichen Anblick bot. Bei seiner Einlieferung ins Krankenhaus hatte er den Körper eines einen Meter achtzig großen, fünfundneunzig Kilo schweren Rugby-Spielers gehabt, bei seiner Entlassung sah er aus wie ein Überlebender aus einem japanischen Kriegsgefangenenlager: eingesunkene Wangen, geschrumpfte Muskeln, hohle Augen.

»Tja, ich bin nicht gestorben, Suki! Aber sagst du mir bitte mal, was das hier werden soll?«

Er bückte sich, um sie auf den Scheitel zu küssen, und sah zu der kleinen Menschenmenge hinüber, die sich vor dem Büro versammelt hatte. Er musste grinsen. Die grauhaarige Kundschaft von Sukis Bar, hauptsächlich Skipper und Mechaniker, wirkte außerhalb ihres natürlichen Lebensraums immer irgendwie fehl am Platz. Die meisten sahen aus, als würden sie noch unter den Folgen der letzten Nacht leiden. Tatsächlich sahen sie so aus, als hätten *sie* sechs Wochen an der Schwelle zum Tod gestanden, dachte Jake.

»Schon erstaunlich, was die Aussicht auf Freibier so alles bewirken kann«, stellte Harry fröhlich fest und gesellte sich zu den beiden. »Aber ob du's glaubst oder nicht, ein paar von ihnen haben sich *wirklich* Sorgen um dein Wohlergehen gemacht.«

»Wahrscheinlich schulde ich ihnen noch Geld«, meinte Jake. Er ging auf das Büro zu und verzog das Gesicht, als ihm ein scharfer Schmerz im Unterleib zu verstehen gab, dass er sich zu schnell bewegte. Plötzlich blieb er stehen. *Hier stimmte doch irgendwas nicht.*

Er blickte zum hölzernen Bootssteg und dem träge schwappenden braunen Wasser des Flusses. Da fiel ihm auf, was ihn die ganze Zeit gestört hatte.

»Wo ist die *Yellowfin*, Harry?«

4

Als Jouma seine Frau Winifred geheiratet hatte, hatte ihr Brautpreis bei fünfunddreißig Kühen und zwei Dutzend Ziegen gelegen. Das war viel, fast schon unerschwinglich – aber andererseits war Winifred auch sehr schön gewesen, und ihr Vater war einer der Dorfältesten, der wusste, wie man beinharte Geschäfte machte.

»Dann will ich nur hoffen, dass du wenigstens ein paar starke Söhne zeugst, Daniel«, hatte Joumas Vater gemurmelt, als die Verhandlungen abgeschlossen waren. Immerhin hatte er sich gerade bereit erklärt, ein Viertel seiner Herde abzugeben, damit sein Sohn die Tochter des Alten heiraten konnte.

In den dreißig Jahren, die seitdem vergangen waren, hatten sich die Zeiten geändert. Manchmal dachte Jouma sogar, dass seine Ehe mit Winifred der einzig stabile Faktor war in einer Welt, die langsam, aber sicher dem Wahnsinn anheimfiel. Und wenn ihrer Verbindung auch nicht die Kinder entsprossen waren, die sich sein Vater so ersehnt hatte, sah Jouma seine Frau jeden Morgen wieder über den Frühstückstisch an und wünschte sich, der alte Mann wäre noch am Leben, um zu sehen, dass sich seine Investition wirklich gelohnt hatte.

Paul und Tabitha Yomo hatten vor sechs Monaten in einer katholischen Zeremonie in der Holy Ghost Cathedral mitten in Mombasa geheiratet. Eine ganz große Sache, wie es sich für so einen glanzvollen Anlass gehörte. Über hundert Gäste hatten sich auf den Stufen vor dem riesigen weißen Gebäude an der Nyerere Road für den offiziellen

Fotografen versammelt. Sieht aus wie ein Foto aus den Klatschblättern, die die Telefonistinnen im Polizeipräsidium immer lesen, dachte Jouma, als er das Bild mit dem silbernen Rahmen in der Hand hielt: die Braut in ihrem umwerfend schönen weißen Kleid, der Bräutigam im blassrosa Cut, Brigadier Charles Wako Chatme in seiner Paradeuniform, seine Frau Ellen wie ein exotischer Paradiesvogel mit bunten Federn auf ihrem ausladenden Hut.

Und Jonas. Der Junge sah aus, als würde er sich äußerst unwohl fühlen in seinem Anzug und dem Kragen, der ungefähr drei Nummern zu groß schien für seinen dürren Hals. Er hielt die Hand des Mannes, der gerade sein Stiefvater geworden war, und lächelte schüchtern in die Kamera.

»Jonas war Pauls Trauzeuge«, erklärte Ellen wehmütig. Sie stand schräg hinter Jouma und betrachtete das Bild ebenfalls. Hastig stellte er es wieder auf den Kaminsims. »Paul hielt so große Stücke auf den Jungen.«

Sie standen in der Vorhalle der Villa der Wako Chatmes im piekfeinen Vorstadtviertel Nyali am Nordufer. Nach dem grausigen Weihnachtsmorgen in Kwakiziwi waren Tabitha und Jonas hier einquartiert worden. Eine kühle Meeresbrise kam durch die offenen französischen Fenster, die auf einen großen, gepflegten Garten hinausgingen.

»Ich habe gehört, dass Kinder sich manchmal schwertun, eine Beziehung zu ihren Stiefeltern aufzubauen«, bemerkte Jouma.

Ellen schwebte zum ochsenblutfarbenen Ledersofa und setzte sich. »Paul und Jonas waren vom ersten Moment an

ein Herz und eine Seele«, erwiderte sie mit einem schwermütigen Lächeln.
»Wo ist der Junge jetzt?«
»Charles hat ihn mit zu den Docks genommen, damit er sich die Schiffe ansehen kann. Wir dachten uns, es ist am besten, wenn wir ihn ablenken.«
Jouma räusperte sich. »Mrs. Wako Chatme …«
»Aber bitte, sagen Sie doch Ellen zu mir.«
»Ist Ihnen irgendein Grund bekannt, warum jemand Paul lieber tot gesehen hätte?«
Sie überlegte kurz. »Paul war einfach ein wunderbarer Mensch«, sagte sie.
Das war keine Antwort – aber seit ihn die Frau des Brigadiers über die Schwelle gelassen hatte, hatte sie sich als Meisterin in der Kunst erwiesen, Joumas Fragen auszuweichen. Mit äußerstem Fingerspitzengefühl steuerte sie das Gespräch immer wieder in ein anderes, leichteres Fahrwasser – das war genauso effektiv, als hätte sie einfach geschwiegen.
Jouma seufzte. Dabei wollte er ja eigentlich gar nicht mit Ellen reden. Aber in den wenigen Stunden, seit er Tabitha zum letzten Mal in ihrer Wohnung gesehen hatte, hatten die Eltern einen undurchdringlichen Schutzwall um ihre Tochter errichtet. Und wo der Brigadier schon nicht wankte und wich, war seine Frau geradezu eine Naturgewalt.
Tabitha ruhte sich in ihrem Zimmer aus, erklärte sie ihm. Das Mädchen war immer noch völlig verstört von den Ereignissen und empfing daher keinen Besuch. Doch Ellen war sich ganz sicher, sobald die Zeit gekommen war, würde ihre Tochter all seine Fragen beantworten können. Ob

sie wohl in der Zwischenzeit irgendetwas für ihn tun könnte?

Jouma hatte es versucht.

Wie haben sich Paul und Tabitha kennengelernt?

Auf einem Gemeindefest.

Hat Paul jemals über seine Vergangenheit geredet? Seinen Hintergrund?

Paul hielt sehr viel auf Privatsphäre. Aber ich glaube, er ist in Rift Valley aufgewachsen und nach Mombasa gekommen, um am Polytechnikum zu studieren.

Hatten Sie nie den Wunsch, mehr über ihren zukünftigen Schwiegersohn in Erfahrung zu bringen?

Wir haben keine Privatdetektive engagiert, wenn Sie das meinen.

Hatte er Familie?

Seine Eltern sind leider vor ein paar Jahren gestorben. Er war das einzige Kind.

Hat Tabitha irgendwann einmal geäußert, dass sie sich in Bezug auf Paul Sorgen machte?

Nein.

Haben Ihr Mann und Sie den beiden die Wohnung in Kwakiziwi gekauft?

Sind Sie verheiratet, Inspector? Dann wissen Sie sicher, wie schwer es für ein jungverheiratetes Paar sein kann, Fuß zu fassen.

Wie sieht es mit Jonas' leiblichem Vater aus?

Junge Mädchen sind impulsiv, Inspector. Sie tun oft Dinge, die ihnen später leidtun. Das ging mir weiß Gott nicht anders! Noch eine Tasse Tee, Inspector?

Jouma kam sich vor, als wäre er im Boxring von einem Profikämpfer auseinandergenommen worden, dessen Fäuste einfach zu schnell für ihn waren. Als er auf die Messinguhr im Marinestil blickte, stellte er überrascht fest, dass er schon eine ganze Stunde hier war. Am schnellsten verflog die Zeit doch immer, wenn man sich abmühte, ohne einen Schritt voranzukommen.

5

Jake saß auf dem Bootssteg und blickte auf den Flamingo Creek. Der letzte von Sukis Stammkunden war davongetorkelt, und obwohl er deren Anteilnahme zu schätzen wusste, war er doch froh gewesen, als sie sich verabschiedeten. Er fand, dass ein Messerstich in den Bauch nicht unbedingt ein Grund zum Feiern war, selbst wenn man das Ganze glücklich überlebt hatte.
Harry wusste das auch, denn er konnte die Stimmungen seines Partners mittlerweile so zuverlässig erspüren, als wären sie ein altes Ehepaar. Wenn man erst mal fünf Jahre lang tagtäglich mit Intuition und Gefühl ein Unternehmen wie die Britannia Fishing Trips Ltd. geleitet hatte, ging das gar nicht anders. Und jetzt spürte Harry ganz genau, dass Jake sich nach seinem Boot sehnte.
»Wo ist die Yellowfin?«
Das waren seine ersten Worte gewesen, als er auf der Intensivstation des Mombasa General Hospital aus dem Koma erwachte. Während der sechzehnstündigen Operation war sein Herz viermal stehen geblieben. Die Chirurgen, die sein zerfetztes Innenleben wieder zusammengeflickt hatten,

staunten, dass er es lebend überstanden hatte. Aber sie waren ja auch schon verblüfft gewesen, dass Jake noch am Leben war, als er nach sechs Stunden im Wasser von einer vorbeifahrenden Dhau aus dem Indischen Ozean gefischt worden war. Sie gingen davon aus, dass das kalte Wasser und die relativ schmale Einstichwunde der Stilettklinge ihren Teil dazu getan hatten, die Blutung zu stillen.

Doch der Hauptgrund, warum der Engländer noch am Leben war, war seine Entschlossenheit, nicht zu sterben.

»Ich hatte gerade Funkkontakt mit ihm«, verkündete Harry, als er sich neben Jake auf seinen leinenbespannten Regisseursessel setzte. »Ralphie sagt, er ist gleich an der Einmündung zum Creek.«

»Weiß er, dass er Sammy in Jalawi absetzen soll?«

Harry nickte.

»Dann muss er in fünf Minuten hier sein.«

Jake richtete seinen Blick auf die Landzunge am Ende des Flusses, vor der die *Yellowfin* jeden Moment erscheinen musste. Er sah aus wie ein überbesorgter Vater, dessen Kind zum ersten Mal bei Freunden übernachtet hat, dachte Harry.

Das mörderische Aas, das Jake seine Verletzung beigebracht hatte, war mit dem Zehn-Meter-Boot noch ein Stück in nördlicher Richtung die Küste hochgesegelt und hatte es dann am Rande des Sabaki-Deltas verlassen. Es war wahrhaftig ein Glücksfall, dass ein Skipper aus dem nahe gelegenen Malindi zufällig an der *Yellowfin* vorbeifuhr und den Namen wiedererkannte. Geradezu an ein Wunder grenzte es jedoch, dass das Boot von den örtlichen Plünderern nicht bis zur letzten Planke ausgeschlachtet worden war. Was den Geist anging – die Killerin war immer noch irgendwo da draußen. Und trotz der lahmen Beschwichtigungen der FBI-Agenten, die ihre Spur aufgenommen hatten, wusste Jake, dass man sie nie finden würde. Jedenfalls nicht, bis sie aus ihrer Deckung kam und ihre Arbeit zu Ende brachte, und dann war er ein toter Mann. Vorerst blieb ihm nichts anderes übrig, als diesen Gedanken zu verdrängen. Er hatte sich nicht mit Zähnen und Klauen an sein Leben geklammert, um sich nun für den Rest seines Lebens bang über die Schulter zu schauen.

»Da kommt sie ja«, rief Harry. »Wir haben sie richtig schön rausgeputzt und hie und da ein bisschen nachlackiert. Ich glaube, es wird dir gefallen.«

Als die vertrauten Umrisse der *Yellowfin* hinter der Landzunge sichtbar wurden, stand Jake auf. Das Herz klopfte ihm bis zum Hals, denn Harry hatte recht – sein Boot schimmerte geradezu im Sonnenlicht. Es war *wunderschön.*

Als es noch fünfzig Meter vom Bootssteg entfernt war, machte es eine Hundertachtzig-Grad-Wende, so dass es flussabwärts im Wasser lag. Ein bierbäuchiger Mann löste sich aus den Schatten der Persenning und kletterte auf seinen behaarten weißen Beinen die Metallleiter hinunter. Jake sah zu, wie er an der Steuerbordreling entlang bis zum Bug ging und das Boot an dem Pfosten vertäute, der dort aus dem Wasser ragte. Daran war auch ein kleines Motorboot festgemacht. Der Mann sprang hinein, ließ den Motor an und steuerte auf den Landungssteg zu.

»Das ist also der berühmte Ralph, was?«

»Genau«, sagte Harry verlegen. »Mein großer Bruder.«

Jack schüttelte den Kopf. »Zwei Philliskirks auf einem Kontinent. Gott sei uns gnädig.«

6

Zwölf Stunden nach seiner Entdeckung lag Paul Yomos Kopf in der Leichenhalle des Mombasa Hospital buchstäblich immer noch auf Eis.

»Wir hatten in letzter Zeit Probleme mit dem Generator, der die Kühlhalle mit Strom versorgt«, erklärte Christie mürrisch. »Das verdammte Ding ist heute ganze zwei Stunden ausgefallen, während hier jeder in der Mittagspause war. Bis wir aus dem Dhau-Hafen eine Ladung Eis hertransportiert hatten, hatten einige unserer Dauergäste ihr Verfallsdatum endgültig überschritten. Wir hatten keine Wahl, wir mussten sie kremieren, bevor sie mit ihrem Gestank die ganze Abteilung verpesteten.«

»Ich hoffe, der Kopf hat den Zusammenbruch des Kühlungssystems überlebt«, sagte Jouma, der in der durchdringenden Kälte schauderte.

Der Pathologe grinste. »Da haben Ihnen die Götter ausnahmsweise mal zugelächelt, Jouma.«

Er führte den Inspector an den Reihen der Metallschubfächer vorbei, in denen die verbliebenen Leichen lagen, in eine kleine Kantine neben dem Autopsiesaal. Er öffnete einen Mini-Kühlschrank, der neben dem Teekessel stand, und Jouma schreckte zurück, als er Paul Yomos Kopf darin erblickte.

»Hier bewahren wir ja normalerweise Milch und Butter auf«, plauderte Christie. »Aber als der Generator kaputtging, dachte ich mir, es wäre schlauer, wenn ich unseren Freund hier in Sicherheit bringe.«

Er griff hinein und nahm den Kopf behutsam heraus. Er

lag mit dem Gesicht nach oben auf seinem Metalltablett. Die Haut und der freiliegende Stumpf waren mit einer dünnen Frostschicht überzogen.
»Normalerweise wäre der inzwischen durchgekocht – das wäre nicht so gut gewesen, ich habe bis jetzt nämlich nur die vorläufige allgemeine Untersuchung abgeschlossen. Möchten Sie vielleicht einen Tee, Jouma?«
Der Inspector sah ihn entsetzt an. »Nein ... nein, danke. Ich würde lieber hören, zu welchen Erkenntnissen Sie inzwischen gelangt sind.«
»Bei meiner ersten Untersuchung habe ich eigentlich schon den Nagel auf den Kopf getroffen«, erzählte Christie. »Der Hals wurde durch einen einzigen Hieb mit einer scharfen Waffe abgetrennt. Einer *extrem scharfen* Waffe. Ich möchte noch einmal betonen, dass der Schnitt ganz ungewöhnlich sauber ist. Sauberer geht es kaum.«
»Genau wie bei den anderen«, murmelte Jouma.
Christies Augen verengten sich. »Nicht ganz.«
»Was wollen Sie damit sagen?«
»Na ja, kann sein, dass das nichts zu sagen hat – aber Sie erinnern sich sicher, dass bei den ersten beiden Köpfen die Spuren an den Nackenwirbeln darauf hindeuteten, dass der Hieb von links nach rechts geführt wurde.« Er illustrierte seine Aussage mit einer horizontalen Handbewegung, bevor er auf den Kopf auf dem Tisch wies. »Bei diesem hier sind Spuren von frontalen Splittern zu sehen. Mit anderen Worten, Jouma, hier wurde von vorn nach hinten enthauptet.«
»Ist das denn wichtig?«
»Kommt drauf an, ob Sie es für relevant erachten, wie der Mörder seine Opfer abfertigt«, meinte Christie. »Es

kommt mir allerdings reichlich seltsam vor, dass er seinen *Modus Operandi* plötzlich ändern sollte. Ich wäre immer davon ausgegangen, dass jeder Mörder mit einem Hauch von Selbstachtung bei seiner Methode bleibt. Bei seiner *Handschrift,* wenn Sie so wollen. Andererseits ist es auch gut möglich, dass das nichts zu bedeuten hat.«

»Wollen Sie damit sagen, dass Paul Yomo von jemand anderem ermordet wurde? Dass da draußen ein Nachahmer rumläuft?«

»Ich sage gar nichts in der Art, Jouma«, gab Christie zurück. »Das ist Ihr Job.«

Ja, dachte Jouma, *allerdings.* Deswegen sank ihm gerade auch der Mut. Ein machetenschwingender Irrer in Mombasa war schon schlimm genug – aber zwei?

»Kopf hoch, mein Lieber«, tröstete ihn Christie. »Auf die Art sind Sie wenigstens beschäftigt.«

Jouma nickte. »Das macht mir ja gerade Sorgen. Ich hatte gehofft, dass Paul Yomo mich zum Kopfjäger führen würde. Jetzt hoffe ich einfach nur noch, dass es der Kopfjäger war, der ihn getötet hat.«

Teil II

7

Wissen Sie«, sagte Jake, »die ganzen Wochen im Krankenhaus konnte ich nur an eines denken: ein Vierhundertfünfziggramm-Lendensteak, medium rare, auf den Punkt gebraten, aus dem ganz leicht das Blut austritt, wenn ich meine Gabel reinsteche. Und Bier – ein eiskaltes Bier in einem riesigen, beschlagenen Glas. Und jetzt …« Er seufzte niedergeschlagen. »Jetzt sitze ich endlich hier mit meinem Steak und meinem Bier und bekomme weder das eine noch das andere runter.«

Jouma musterte ihn sorgenvoll. »Ich schätze, es ist ganz normal, dass Sie unter einem gewissen Appetitmangel leiden, mein Freund«, meinte er. »Vergessen Sie nicht, dass Ihre Organe ein massives Trauma erlitten haben. Hier – möchten Sie vielleicht lieber ein paar Kichererbsen?«

Die zwei Männer aßen in ihrem algerischen Lieblingscafé am Dhau-Hafen zu Mittag. Es war ihr erstes Treffen seit Jakes Entlassung aus dem Krankenhaus, und Jouma war schockiert, wie viel Gewicht sein Freund verloren hatte. Jake war so groß und muskulös gewesen, dass der Inspector mit seinen eins fünfundsechzig und dem sehnigen Körperbau eines Federgewichtsboxers geradezu mickrig neben ihm ausgesehen hatte. In Joumas Augen wirkte der Engländer, als wäre er gerade aus der Kriegsgefangenschaft entlassen worden, nicht aus dem Krankenhaus.

»Ich weiß schon, was Sie denken, Inspector«, sagte Jake,

und Jouma wurde peinlich bewusst, dass er sein Gegenüber angestarrt hatte. »Und Sie haben recht. Ich seh richtig scheiße aus.«
Bei dem Wort zuckte Jouma zusammen. »Sie können von Glück sagen, dass Sie am Leben sind, mein Freund«, erinnerte er ihn.
Jake stocherte wenig überzeugend an seinem Steak herum. »Tja. Na ja …«
»Es wird Ihnen sicher schwerfallen, sich wieder einzugewöhnen.«
»Ich hab versucht, mich zu erinnern, wie es war, als ich damals in England angeschossen wurde, wie es sich da angefühlt hat, als ich aus dem Krankenhaus kam, denn ich bin sicher, dass es nie so war wie das hier. Ich fühl mich so … ich weiß auch nicht … so *nutzlos*? Jemand anders steuert mein Boot, Harry geh ich bloß auf die Nerven und, na ja, ich hab eben den ganzen Tag nichts anderes zu tun, als beim Bootshaus rumzuhängen wie ein Single auf 'ner Hochzeitsfeier.« Er schüttelte den Kopf. »O Mann, es tut mir echt leid, Inspector. Das Letzte, was Sie im Moment brauchen können, ist ein Trauerkloß, der Ihnen in die Kichererbsen heult.«
Jouma lächelte und goss sich ein Glas Wasser ein. »Glauben Sie mir, Jake, Ihre menschliche Verletzlichkeit ist zur Abwechslung mal ganz erfrischend. In letzter Zeit hatte ich den Eindruck, dass die ganze Welt verrückt wird.«
»Wegen des Kopfjägers, oder?«
»Das ist nicht unbedingt der Name, den ich gern benutze, aber passend ist er sicher.«
»Ich hab's in der Zeitung gelesen«, meinte Jake. »Der Kerl

hört sich an wie ein astreiner Irrer. Gibt es eine Verbindung zwischen den Opfern?«

»Nein. Abgesehen natürlich von der Tatsache, dass es alles Männer waren.«

»Glauben Sie, dass das wichtig ist?«

»Vielleicht. Aber ich weiß nicht warum. Es ist wirklich völlig rätselhaft.«

»Serienmörder denken nicht immer wie Sie und ich, Inspector«, bemerkte Jake. »Dennis Nilsen hat fünfzehn Männer umgebracht, von denen er die meisten gerade in einer Bar oder auf der Straße kennengelernt hatte. Es gab kein Motiv, keine Verbindung – nichts, was einem geistig gesunden Menschen irgendwie eingeleuchtet hätte. Nilsen erklärte der Polizei damals, er könnte sich nicht mal an die Morde erinnern.«

»Und wie haben sie ihn gefasst?«

»Er hat die Körper zerstückelt und die Teile durch das Klo runtergespült. Zu seinem Pech haben sie irgendwann den Abfluss verstopft.«

Jouma blickte elend auf seinen Teller Kichererbsen und beschloss, dass er keinen Hunger mehr hatte. »Fünfzehn, sagten Sie?«

»Wahrscheinlich waren es noch mehr. Nilsen hat nicht besonders sorgfältig Buch geführt.«

»Mein Gott.«

»Sie sagen es. Ihr Kopfjäger würde im Moment noch keinen Platz in der Ruhmeshalle der Psychopathen bekommen.«

»Aus irgendeinem Grund finde ich das nicht besonders beruhigend, Jake.«

Faisal, der schmerbäuchige Caféinhaber, kam heraus und sah fragend auf ihre unberührten Teller.

»Stimmt was nicht mit Ihrem Essen?«, erkundigte er sich.
»Ich bin sicher, es ist großartig wie immer, Faisal«, erwiderte Jake. »Aber ich hab gerade keinen Hunger.«
Jouma nickte. »Mir ist der Appetit auch vergangen, Faisal.«
Der Mann räumte die Teller mit einer einzigen, verächtlichen Bewegung ab. »Vielleicht gehen Sie lieber ins Tamarind?«, meinte er schnippisch und deutete auf das beliebte Restaurant am Nordufer. Bevor sie eine Antwort geben konnten, stolzierte er zurück in die Küche.
Jouma sah ihm nach. »Ich schätze, alle Probleme sind relativ. Es wäre schön, ein Café zu betreiben, statt in Mordfällen zu ermitteln.«
»Täuschen Sie sich da nicht«, wandte Jake ein. »Ich bin nach Kenia gekommen, weil ich mir ein ruhiges Leben versprach – und jetzt schauen Sie sich an, wie weit ich gekommen bin.«
Einen Moment schwiegen beide. Das Mittagessen war eine angenehme Unterbrechung gewesen – doch im Grunde hatte es sie nur an die bittere Realität erinnert, die vor Faisals Café wieder auf sie wartete.

Am Morgen war Jouma aufgestanden, hatte seine Frau Winifred geküsst und sich in seinem uralten Fiat Panda auf den Weg ins Herz von Mombasas Geschäftsviertel gemacht. Es war sehr ruhig, denn viele der Unternehmen standen unter europäischer Leitung und hatten daher über Weihnachten geschlossen – doch es war immer noch genug Verkehr auf den Hauptdurchgangsstraßen, um eine Fahrt von weniger als fünf Kilometern eine halbe Stunde dauern zu lassen.

Paul Yomo hatte für eine Firma namens Exciting Prospects Credit Agency gearbeitet. Das Büro lag über einer Reinigung im ersten Stock eines bröckelnden Betonklotzes in der Kombo Street. Der Name stand unter der Klingel neben der Tür und in abblätternden Buchstaben auf einem Fenster. Als Jouma vom Gehweg hochstarrte, sah er einen Schatten über die Zimmerdecke gleiten. Ohne die Klingel weiter zu beachten, drückte er die Tür auf und ging die Treppe hoch.

Im ersten Stock kam wieder eine Tür, vor der zwei Plastikstühle standen. Jouma drehte den Türknauf, trat ein und fand sich vor einem hölzernen Rezeptionstresen mit einer Klingel wieder. Dahinter sah er einen Raum mit drei Schreibtischen und einer Reihe von Aktenschränken. An die Wand hatte jemand ein riesiges Poster geheftet, das ein junges afrikanisches Paar vor einer Drei-Zimmer-Neubauwohnung zeigte. Ein lächelnder Mann im Anzug überreichte ihnen die Schlüssel. *Schließen Sie die Tür zu Ihren Träumen auf,* stand in fetten Lettern unter dem Bild.

Und zahlen Sie sie mit vierzig Prozent Zinsen zurück bis an Ihr Lebensende, dachte Jouma ungnädig. Er schlug mit der Handfläche auf die Glocke.

Vor einem der Aktenschränke stand eine Frau mit dem Rücken zu ihm. Ein dunkler Rock und eine Bluse spannten sich über ihrer stämmigen Figur. »Wir haben geschlossen«, sagte sie, ohne sich umzudrehen.

»Mein Name ist Inspector Daniel Jouma. Ich komme vom Coast Province CID.«

Die Frau schlug die Schranktür so schnell zu, dass sie sich beinahe die Finger eingeklemmt hätte. »Polizei?«, echote sie. Sie hatte ein etwas zu klein geratenes Schweinsgesicht.

»Und Sie sind …?«
»Mrs. Judith Ogalo. Ich bin die Büroleiterin.« Sie lächelte, aber es wirkte nicht sonderlich überzeugend. »Wie kann ich Ihnen behilflich sein?«
»Haben Sie einen Angestellten namens Paul Yomo?«
»Ganz recht.«
»Ich muss Ihnen leider mitteilen, dass er tot ist.«
Mrs. Ogalo zwinkerte nervös. »Tot?«
»Er wurde irgendwann vom 24. auf den 25. Dezember ermordet.«
Als er ihr erzählte, wie Yomo gestorben war, machte Mrs. Ogalo ein befremdliches Geräusch in der Kehle und begann bedrohlich nach einer Seite wegzusacken. Rasch hob Jouma die Absperrung an der Rezeption hoch und eilte ihr zu Hilfe. Er konnte sie gerade noch auf einen Stuhl bugsieren, sonst wäre sie auf einen Schreibtisch gefallen.
Sie sah ihn an. »Geköpft, sagten Sie?«, vergewisserte sie sich schwach.
»Das ist richtig.«
Ihre Augen weiteten sich. »Glauben Sie, dass …?«
Offensichtlich hatte sie schon vom Kopfjäger gelesen. Aber wer hatte das nicht? Dieser Ghoul entwickelte sich rasch zur landesweiten Berühmtheit.
Jouma holte ihr ein Glas Wasser aus einem Spender in der Ecke. Ein elektrischer Ventilator auf einem Aktenschrank bewegte träge die dicke Luft. Jouma stellte ihn auf den Tisch und richtete den Luftzug auf die mitgenommene Frau.
»Wie lange hat Mr. Yomo hier gearbeitet, Mrs. Ogalo?«
»Achtzehn Monate.«

Sie erzählte, dass Paul Yomos offizielle Position die eines Senior Credit Analyst gewesen sei. Was in der Praxis nichts anderes bedeutete, als dass er sich durch den Stapel mit den Kreditanträgen wühlte, die vielversprechendsten herausfischte – oder zumindest die mit dem geringsten Risiko – und sie dann Mrs. Ogalo zur Genehmigung vorlegte.

»Dürfte ich seinen Schreibtisch sehen?«

Der Tisch war penibel aufgeräumt: Kugelschreiber und Bleistifte standen in Plastikbehältern, Papiere lagen säuberlich gestapelt in Wiedervorlagefächern. In einem hölzernen Rahmen ein Foto von seiner Frau und seinem Stiefsohn. Sie lächelten. Jouma zog die Schubladen auf, in denen er frische Notizblöcke, Schachteln mit Heftklammern, Radiergummis und Blanko-Kreditanträge vorfand. Und einen billigen Kunstleder-Tageskalender. Der Detective vergewisserte sich, dass Mrs. Ogalo nicht hersah, und blätterte die Seiten einmal rasch durch. Wie es bei Kalendern gern so ist, kündete auch Paul Yomos Exemplar zu Anfang noch von den besten Absichten – Termine, Geburtstage, Jubiläen, alles pflichtbewusst eingetragen. Doch ab März versiegten die Einträge langsam, und ab Mai stand gar nichts mehr darin. Jouma legte den Kalender zurück und machte die Schublade zu.

»Sind Sie die Einzigen, die in diesem Büro arbeiten?«, wollte er wissen.

Sie nickte. »Unsere Hauptstelle ist in Nairobi.«

»Sind gegen Sie oder Mr. Yomo schon einmal Drohungen ausgesprochen worden? Vielleicht von Leuten, denen Sie einen Kredit verweigert hatten?«, fragte er.

Mrs. Ogalo zuckte mit den Achseln. »Was für einen Zweck

hätte es schon, uns zu drohen? Wir bearbeiten hier nur die Anträge, Inspector. Die gehen dann weiter an die Hauptstelle in Nairobi, erst die treffen die endgültige Entscheidung. Und die haben auch das Geld.«

»Darf ich fragen, was Sie heute hier tun?«

»Ich bin hergekommen, um ein paar Rückstände abzuarbeiten«, antwortete sie. Dann ging es aber wieder mit ihr durch. »Und Paul ist wirklich *tot?* Aber das war doch so ein netter Kerl. Der hatte keine Feinde, Inspector.«

Das erzählt mir jeder, dachte Jouma. Dasselbe hatte er auch schon über die vorherigen Opfer des Kopfjägers gehört. Was nichts daran änderte, dass alle drei Männer geköpft worden waren – und so krank der Grund auch sein mochte, es *musste* einen geben.

Jakes Probleme spielten sich an diesem Tag in seinem Kopf ab. Vor allem die Tatsache, dass er zum ersten Mal seit dem Tag, als der Geist ihn zu töten versucht hatte, wieder die *Yellowfin* betreten würde. Natürlich hätte er vorher nicht gedacht, dass das ein Problem sein könnte. Er hätte sich nie als den Typ eingeschätzt, der an Psychoproblemchen leiden könnte. Aber bis jetzt war er nur auf dem Bootssteg sitzen geblieben und hatte über das Wasser auf das Zehn-Meter-Boot gestarrt, und alles, was er sah, war dieses *Aas,* das mit einem Stilett in der Hand auf ihn zukam.

Über dem Fluss lag leichter Dunst, so dass die *Yellowfin* aussah wie ein Geisterschiff, als er schließlich in ein Schlauchboot stieg und langsam auf sie zupaddelte. Es kostete ihn einige Mühe, er hatte gar nicht gemerkt, wie sehr er nach sechs Wochen im Krankenhausbett aus der Form gekommen war. Nachdem er sich an Bord gehievt hatte, blieb er erst mal ein paar Minuten an die Reling gelehnt an Deck sitzen und wartete, bis seine Glieder aufhörten zu zittern.

Geschafft, dachte er.

Er betrachtete den Kampfstuhl, die Auslegerbäume und die Angelkästen. Er streckte die Hand aus und berührte die kühle Metallleiter, die nach oben auf die Brücke führte. Mit den Fingern fuhr er über die glatten Holzplanken. Alles war genau so, wie er es in Erinnerung hatte – und trotzdem irgendwie *anders.* Die vertrauten kleinen Schönheitsfehler waren weg. Die Kratzer und die abgenutzten Stellen im Lack, die Bier- und Brandflecken auf dem Deck, die schmutzigen Fingerabdrücke und die Spuren von Tausenden von Füßen – alles fort. Als man sein Blut aufwischte, hatte man die *Yellowfin* gleich ihrer ganzen Vergangenheit beraubt.

Während er dort saß und das Ganze zu begreifen versuchte, ging die Kabinentür auf und Ralph Philliskirk kam herausgewatschelt. Harrys großer Bruder war Anfang fünfzig, klein und fleischig, das genaue Gegenteil seines heuschreckenartig schlaksigen Verwandten. Er gähnte und kratzte sich den Sack durch seine riesengroßen orangen Boxershorts, um dann verschlafen an die Steuerbordreling zu schlurfen und ausgiebig in den Fluss zu pissen. Als er sich umdrehte und gerade seinen Schwanz wieder verstaute, entdeckte er Jake, der ihn von der anderen Seite des Bootes anstarrte, und machte vor Schreck fast einen Satz rückwärts.

»Jesus Christus!«, rief er. »Ich hab dich überhaupt nicht gesehen.« Dann zuckte er schmerzlich zusammen, als der Kopfschmerz einsetzte.

Die Brüder hatten bis spät in die Nacht noch bei Suki Lo gebechert. Jake hatte sie *God Rest Ye Merry Gentlemen* singen hören, als über dem Indischen Ozean bereits der Morgen dämmerte und die beiden nach Hause getaumelt kamen.

»Gute Nacht gehabt?«, erkundigte er sich.

Ralph verdrehte die Augen. »Könnte man so sagen. Diese kleine Orientalin hat da ja eine ganz schön heftige Bar, was?«

»Ich hätte nicht gedacht, dass ich dich vor Nachmittag zu Gesicht bekommen würde.«

»Schön wär's. Aber um neun muss ich schon ein paar Ernies in Kikambala abholen.«

Ernies! Das war der Spitzname, mit dem Jake und Harry die Urlauber belegt hatten, die die *Yellowfin* für einen Tag zum Hochseeangeln charterten. Harry nannte sie so, weil er meinte, es seien alles Landratten und Schreibtischtäter aus Europa, die sich für Ernest Hemingway hielten. Jake kam es bizarr vor, dieses Wort aus dem Munde eines Fremden zu hören – auch wenn dieser Fremde Harrys Bruder war.

Ebenso befremdlich fand er den Gedanken, dass Ralph auf seinem Boot den Skipper spielen sollte.

Doch Ralph war ein erfahrener Segler, wie Harry seinen Partner immer wieder erinnerte.

»Ich dachte, er war Hedgefonds-Manager«, hatte Jake erwidert. »Oder zumindest war er das, bis die Lehman Brothers Konkurs gingen.«

»Er ist von Kindesbeinen an gesegelt«, beschwichtigte Harry. »Er hat alle Qualifikationen, er hat Preise bei der Cowes Week gewonnen …«

»Der Solent ist aber nicht der Indische Ozean«, wandte Jake ein.

Harry runzelte die Stirn. »Genau. Er ist nämlich doppelt so tückisch. Und wenn ich dich mal dran erinnern darf, mein Junge, als du diesen Job hier angetreten hast, bestand deine einzige Qualifikation darin, dass dein alter Herr Kapitän auf einem Nordseekutter gewesen war. Wie auch immer – du solltest schön dankbar sein, dass Ralphie hier ist. Ohne ihn wären wir nämlich aufgeschmissen. *Außerdem wird er nicht bezahlt, verstehst du?*«

Jake musste einräumen, dass da etwas dran war. Wie immer bei Britannia Fishing Trips Ltd. galt auch diesmal der Spruch, dass der Teufel in der Not Fliegen frisst. Jake mochte seine Vorbehalte haben, aber wenn Ralph Philliskirk nicht den Skipper auf der *Yellowfin* spielte, hätten sie überhaupt niemand gehabt – gerade Jake konnte überhaupt noch nicht daran denken, sich wieder ans Ruder zu stellen. Die Ärzte hatten ihm gesagt, dass es mindestens einen Monat dauern würde, bis er wieder so weit bei Kräften war, dass er ein Schiff steuern konnte – ganz zu schweigen von den körperlichen Anforderungen, die es bedeutete, zahlende Kunden zu betreuen, deren einzige Erfahrung im Hochseeangeln darin bestand, dass sie mal eine Doku darüber gesehen hatte.

Natürlich hielt Jake diese Prognose für Ärzteblödsinn. Während er in seinem Krankenhausbett lag, stellte er sich vor, dass er sein gewohntes Leben wiederaufnehmen würde, sobald er zum Flamingo Creek zurückkehrte. Doch zu seiner Überraschung entdeckte er schon bald, dass seine Kräfte kaum ausreichten, sich über die Achterreling der *Yellowfin* zu ziehen.

Ralph war in die Kabine gegangen, um sich anzuziehen. Als er wenige Minuten später zurückkam, brachte er zwei Flaschen Tusker-Bier mit, die er sich geschickt zwischen die Finger einer Hand geklemmt hatte.

»Hier, ein Konterbier«, sagte er und grinste unsicher.

Jake nahm eines, aber nur weil er zu feige war zuzugeben, dass ein Bier das Letzte war, was er um halb acht Uhr morgens wollte.

»Wusstest du, dass dieses Bier nach dem Elefanten benannt ist, der den Gründer der Kenya-Brauerei totgetrampelt hat?«, kicherte er. »Eigentlich hätten sie es ja eher Scheiß-Jumbo nennen müssen.« Gackernd hob er die Flasche an den Mund. »Ach so – ich trink auf dich. Schön, dich hier an Bord zu haben, nach allem, was du mitgemacht hast.«

»Danke.«

»Außerdem sollst du wissen, dass ich kein Kuckuck bin. Die *Yellowfin* ist zwar ein wunderschönes Boot, aber sie gehört dir, Jake. Ich schmeiß hier nur den Laden für meinen kleinen Bruder, mehr nicht. Sobald du wieder auf dem Damm bist, bin ich verschwunden.«

»Ich weiß das zu schätzen«, antwortete Jake und meinte es auch so. Ralph mochte ja ganz schön verlottert sein – aber in der kurzen Zeit, die Jake ihn jetzt kannte, war er doch zu dem Schluss gekommen, dass Ralph genau wie sein Bruder das Herz am rechten Fleck hatte. Und Harry hatte natürlich recht: Ohne Ralph wäre das Geschäft völlig vor die Hunde gegangen. Deswegen war es einfach Unsinn, sich aufzuführen wie ein Kind, dem man gerade das Lieblingsspielzeug gemopst hat – auch wenn er sich natürlich so fühlte.

Aber häng dein Herz nicht zu sehr an sie, Ralphie, dachte

er, als ihm der erste saure Schluck Bier in die Kehle rann. *Ich hab nämlich sicher nicht vor, auf ewig den Invaliden zu spielen.*

Die beiden Männer verließen das Café und gingen durch die schmalen Straßen zurück Richtung Fort Jesus, wo Jake seinen Landrover geparkt hatte.

»Glauben Sie, wir schaffen es, ohne dass uns unterwegs was passiert, Inspector?«

Jouma gluckste. Das letzte Mal, als sie bei Faisal gegessen hatten, hatte der Abend damit geendet, dass ein Mann von der dreißig Meter hohen Befestigungsmauer stürzte und als blutiger Haufen vor ihren Füßen landete. Der offensichtliche Selbstmord hatte sich schnell als Teil einer Mordverschwörung entpuppt und sie beinahe selbst das Leben gekostet.

»Manchmal sieht es fast so aus, als wäre der Ärger nicht weit, wenn wir zwei irgendwo unterwegs sind«, meinte Jouma. »Vielleicht wäre es das Beste, wenn wir uns jetzt einfach die Hand schütteln und uns versprechen würden, uns in Zukunft um jeden Preis aus dem Weg zu gehen.«

»Nette Idee, aber irgendwie glaub ich nicht, dass das was nützen würde«, sagte Jake. »Irgendwo da oben scheint jemand zu sitzen, dem es zu gut gefällt, uns bei jeder möglichen und unmöglichen Gelegenheit Schwierigkeiten zu machen.«

8

Der Ehrwürdige Richter Banda war über zwanzig Jahre lang der leitende Amtsrichter der Coast Province gewesen. Obwohl er fünf Tage vor seiner wohlverdienten Pensionierung stand, war er entschlossen, in seinen letzten Fall genauso viel Eifer zu investieren wie in seinen ersten. Deswegen saß er auch auf der Veranda seines schönen Hauses mit Meeresblick und studierte Präzedenzfälle, während der Rest seiner vielköpfigen Familie, die für die Feiertage alle hier zusammengekommen war, am anderen Ende des Hauses Wii-Tennis spielte.

Der Richter hielt inne und lehnte sich auf seinem lederbezogenen Liegestuhl zurück. Er griff nach seinem Weinglas und hielt es gegen das Licht. Vor der Holzveranda erstreckte sich ein großer Garten ungefähr hundert Meter weit bis zu einer niedrigen Mauer. Dahinter lag der Privatstrand. Diese Mauer, die das Grundstück umgab, war das einzige Zugeständnis des Richters an die Sicherheitsvorkehrungen, obwohl jedes Kind hätte darüberspringen können. Seine Nachbarn hatten samt und sonders die neuesten Hightech-Sicherheitszäune, Überwachungskameras und hochempfindliche Alarmanlagen, die bei der leisesten Andeutung von Gefahr sofort einen waffenschwingenden *Askari* herbeiriefen. Solche Schutzmaßnahmen hatte Banda immer gemieden. Hätte das denn nicht so ausgesehen, als würde er sich den Leuten, über die er zu Gericht saß, entweder überlegen fühlen oder Angst vor ihnen haben?

Hinter ihm ging die Tür auf und ein kleines Mädchen kam

auf die Veranda. Sie war vier Jahre alt, und die Perlen, die man ihr ins Haar geflochten hatte, passten zu ihrem violetten Sonntagskleid.

»Was machst du hier, *Babu?*«, wollte das Mädchen wissen, das die zärtliche Suaheli-Anrede für seinen Großvater benutzte. »Warum spielst du nicht auch Tennis?«

Der Richter lächelte und streckte die Arme nach ihm aus. »Komm her, kleine Jemima, dann erklär ich's dir.« Das Mädchen rannte zu ihm, und der alte Mann hob es auf seinen Schoß. *»Ich suche die Guji-Männer«*, flüsterte er mit Verschwörermiene und deutete aufs Meer.

Das Kind machte große Augen. »Was sind Guji-Männer?«

»Die Guji-Männer haben drei Beine und zwei Köpfe. Manchmal sind sie sehr groß, aber meistens sehr klein. Wenn niemand guckt, schwimmen sie an Land und graben den Rasen um, um die Schätze zu suchen, die die Piraten vor Jahrhunderten vergraben haben.«

Der Richter musste sich zusammenreißen, um nicht über den Gesichtsausdruck seiner Enkelin zu lachen, während sie versuchte, diese Informationen zu verdauen.

»Und was macht man, wenn man die sieht?«, wollte sie wissen.

»Du musst einen Finger an den Hut heben und sagen: ›Guten Morgen, Mr. Guji-Mann. Wie geht es Ihnen an diesem wunderschönen Tag?‹«

Erneut runzelte die Kleine die Stirn, während sie über das nachdachte, was ihr Großvater ihr da erzählte.

»Babu«, sagte sie dann.

»Ja, mein Kind?«

»Sind das da Guji-Männer?«

Der Richter drehte sich auf seinem Stuhl herum, so dass

er dorthin blicken konnte, wo das Mädchen gerade hinzeigte. Das Herz blieb ihm beinahe stehen. Ein kleines Motorboot war aus dem Nichts aufgetaucht und landete gerade am Strand. Drei Männer waren herausgesprungen und kamen jetzt zielstrebig über den Sand auf das Haus zu. Sie trugen schmuddelige Jeans und ärmellose Hemden, Dreadlocks und Sonnenbrillen. Als sie über die niedrige Einfriedung stiegen, bemühten sie sich gar nicht, ihr Erscheinen zu verbergen, was seltsam war, denn zwei von ihnen trugen Kalaschnikows und der dritte eine automatische Handfeuerwaffe.

»Geh rein und hol deinen Vater«, befahl der Richter mit fester Stimme.

»Aber *Babu* …«

»*Geh,* mein Kind!«

Er musste es ihr nicht noch einmal sagen, denn sie hörte an seinem Tonfall, dass er es ernst meinte.

Kaum war sie im Haus verschwunden, betrat auch schon der erste Mann die Veranda. Banda stand auf und wich zurück, als der Eindringling den Liegestuhl und die juristischen Fachbücher mit einem Schlag zur Seite wischte.

»Sind Sie der Richter?«, fragte er barsch. Seine Waffe war direkt auf Bandas Kopf gerichtet. Diesen wilden Blick und die aufgesprungenen Lippen hatte der Richter schon oft in den Gesichtern der Verbrecher gesehen, denen die zwei Übel *Bhang* und *Chang'aa* den Geist verwirrt hatten.

»Ich bin Richter Banda. Was hat das alles zu bedeuten?« Seine Stimme war fest trotz seiner inneren Angst.

Ein zweiter Mann trat vor und zog dem alten Mann den Kolben seiner Kalaschnikow über die Schläfe. Lautlos fiel der Richter zu Boden. Die beiden Männer mit den

Gewehren warfen sich die Waffen über die Schulter, packten den Richter bei den Armen und schleiften ihn so mühelos von der Veranda, als wäre er ein Sack Sorghum.
»Papa!«
Die Rufe drangen aus dem Hausinneren. Der Sohn des Richters kam auf die Terrasse herausgestürzt, blieb aber wie erstarrt stehen, als der Eindringling mit dem Revolver direkt auf seinen Kopf zielte.
»Der Kopfjäger wünscht Ihnen allen einen guten Tag«, sagte er. »Aber für den Fall, dass Sie sich uns in den Weg stellen, habe ich Anweisung, Sie und alle anderen in diesem Haus zu töten. Wollen Sie heute sterben? Wollen Sie, dass ich sämtliche Mitglieder der Familie töte?«
Der Sohn schüttelte den Kopf.
Der andere ließ die Waffe sinken. »Gut«, sagte er.
Mit diesem letzten Wort drehte er sich um und schlenderte durch den Garten, um sich wieder zu seinen Kollegen zu gesellen, die das tote Gewicht von Richter Banda weiter zum Strand schleiften.

9

Mombasa war eine hektische Stadt, manchmal schon zu hektisch, weswegen sich Jouma im Laufe seiner dreißig Dienstjahre auch eine Reihe von Schlupfwinkeln gesucht hatte, in die er flüchten konnte, wenn er ein paar Minuten Frieden zum Nachdenken brauchte. Nach seinem Lunch mit Jake ging er das kurze Stück bis zum

Zentralfriedhof in Old Town an der Biashare Street. Dort saß er nun und genoss diese Oase des Todes im Herzen der lebendigen Stadt.
Er beobachtete eine alte Frau, die zu einem der Gräber schlurfte, ein mickriges Sträußchen frischer Blumen in einem Eimerchen neben den Grabstein stellte und wieder davonwackelte. Er hatte sie schon oft gesehen. Immer dasselbe müde Schlurfen, immer dieselben billigen Blumen. Wer auch immer da unter der Erde liegen mochte – ihr Mann? der Sohn? die Tochter? –, war schon lange tot, doch sie kam immer noch, um die flackernde Erinnerung am Leben zu erhalten. Gab es wohl jemanden, der dasselbe einmal für sie tun würde?, überlegte er. Und kam ihr dieser Gedanke auch manchmal, wenn sie zum Friedhof ging?
Jouma starrte über die Grabsteine, den Marmor, den Zement, das Holz. Offensichtlich dauerte die Ungerechtigkeit noch im Tod an. Doch dann schüttelte er den Kopf. Das war nicht der richtige Zeitpunkt für sentimentale Grübeleien. Er musste sich diese Gedanken unbedingt aus dem Kopf schlagen und sich auf das konzentrieren, was jetzt vor ihm lag.
Drei Enthauptungen. Die ersten zwei identisch in Stil und Ausführung, die dritte so minimal abweichend, dass nur das Expertenauge eines Pathologen den Unterschied bemerkte.
Aber bedeutete das, dass sie es mit zwei Mördern zu tun hatten?
Jouma wusste, dass er das nur beantworten konnte, indem er herausfand, warum die drei Männer zu Opfern geworden waren, indem er die Verbindung zwischen ihnen fand.

Aber er wusste auch, dass seine Ermittlungen bis jetzt kein einziges verbindendes Element zutage gefördert hatten. Wie es aussah, waren die Morde an Gordon Gould und Eric Kitonga genauso wahllos und sinnlos wie der an Paul Yomo.
Jouma griff nach seiner Aktentasche und entnahm ihr einen dicken Ordner. Sorgfältig legte er ihn auf den Schoß, schlug ihn auf und blätterte die dichtbedruckten Blätter mit den Berichten und Fotos durch, die ihm so vertraut waren, dass er sie fast auswendig kannte.
Gordon Gould war ein dreiundsechzigjähriger Australier gewesen mit einem Mopp aus dichtem weißem Haar, der ein volles, vergnügtes Gesicht mit einem Netz aus geplatzten Äderchen umrahmte. Früher hatte er als Redakteur bei einer Tageszeitung in Sidney gearbeitet, aber das war lange her. In Kenia hatte er eine beliebte Website namens *Jambo* aufgebaut und gepflegt, hauptsächlich damit er im Ruhestand keinen Unsinn machte. Das Büro hatte er in der Garage seines Hauses an der Nordküste untergebracht. Die Seite richtete sich an die Community der englischsprachigen Ausländer in Kenia und war voller Geschichten über Hotelbesitzer, die beim Golf ein Hole-in-one zu verzeichnen hatten, Ballonfahrten, die zu wohltätigen Zwecken veranstaltet wurden, den neuesten Klatsch über Wohltätigkeitsveranstaltungen und gesellschaftliche Ereignisse. Die Website war äußerst beliebt, ebenso Gould. Er war Jouma als ein Bär von einem Mann beschrieben worden, mit einer dröhnenden Lache und einer Leidenschaft für Golf und Hochseeangeln. Niemand konnte sich auch nur einen einzigen Grund zusammenreimen, warum irgendjemand ihn hatte tot sehen wollte.

Dasselbe galt für Eric Kitonga. Er war vierundfünfzig Jahre alt und hatte sich im Laufe von dreißig Jahren nach einem bescheidenen Start als Schauermann langsam, aber sicher ein blühendes Geschäft aufgebaut. Er unterhielt eine kleine Flotte von Dhaus, die zwischen Mombasa und Sansibar verkehrte. In geschäftlichen Angelegenheiten war er abgebrüht, aber die Händler, die am Hafen arbeiteten, mochten und respektierten ihn im Allgemeinen. Er war wohlhabend, hatte aber keine Allüren. Seine Frau und er lebten immer noch in der gleichen Wohnung in Old Town, die sie bei ihrer Heirat bezogen hatten. Er liebte seine drei Töchter und acht Enkel, er bezahlte seine Angestellten gut und setzte sich für bessere Arbeitsbedingungen in anderen Firmen ein.

Zum letzten Mal wurde Gould am Abend des 15. Dezember um kurz vor neun lebend gesehen, als er gerade letzte Hand an die neueste Online-Ausgabe der *Jambo* legte. Die Letzte, die ihn sah, war seine bessere Hälfte, Jackie, die den Kopf durch die Tür steckte und ihm mitteilte, dass sie eine Schlaftablette genommen hätte und jetzt ins Bett ginge. Die Tablette wirkte – seine Frau war am nächsten Morgen um halb neun immer noch weggetreten, als das Hausmädchen die Garage betrat und feststellte, dass hier ein heftiger Kampf stattgefunden haben musste. Überall verstreute Blätter, umgeworfene Möbel, eine große, faustgroße Beule im Stahlaktenschrank, die Festplatte des Computers zerschmettert auf dem Teppich. Von Gould weit und breit keine Spur, und es sollte weitere vierundzwanzig Stunden dauern, bis sein Kopf nach Hause geliefert wurde. Er war säuberlich verpackt in einen Karton und auf einen versilberten Papiersammler gespießt, den er drei Jahre zuvor zu seiner Pensionierung geschenkt bekommen hatte.

Fünf Tage später, in der Nacht des 20. Dezember, verschwand Eric Kitonga auf dem Rückweg von einem marokkanischen Restaurant an der Makadara Road, wo er mit Geschäftsfreunden zu Mittag gegessen hatte. Sein Kopf wurde am nächsten Morgen gefunden: Man hatte ihn mit dem rechten Ohr an den Mast einer seiner Dhaus genagelt.

Es gab keine Botschaften, keine verräterischen Details – bis auf zwei unvermeidliche Ähnlichkeiten: Beide Männer waren durch einen einzigen Hieb mit einer scharfen Waffe getötet worden, der von links nach rechts ausgeführt worden war. Die Köpfe waren so säuberlich vom Körper getrennt worden wie mit dem Skalpell eines Chirurgen.

Und jetzt gab es also noch einen dritten. Paul Yomo, ermordet um den 25. Dezember. Waren die fünf Tage, die zwischen den Morden lagen, irgendwie relevant? Bewiesen sie, dass Paul vom Kopfjäger ermordet worden war? Würde es an Silvester also einen vierten Mord geben? Bis dahin waren es nur noch drei Tage.

Freilich gab es da zudem einen anderen Gesichtspunkt, der Joumas Unbehagen noch einmal steigerte: *Was, wenn der Kopfjäger nicht allein arbeitete?* Die Annahme, dass der Mörder seine Abscheulichkeiten allein beging, war verlockend naheliegend, doch die Beweise – der Kampf in Goulds Büro, die Leichtigkeit, mit der man Kitonga von der Straße weg entführt hatte – deuteten auf andere Umstände hin. War es möglich, dass der Kopfjäger am Ende eine *Gruppe* war?

Jouma rieb sich die Schläfen in der eitlen Hoffnung, dadurch irgendwie klarer zu sehen. Doch er sah nichts als Nebel. Gerade ging noch eine Person über den Friedhof. Eine junge Afrikanerin Mitte zwanzig, die in ihrem pastellblauen Leinenjackett zur Jeans sehr geschäftsmäßig aussah. Das Haar trug sie in modisch fingerlangen Dreadlocks. Sie war hier so fehl am Platz, dass Jouma sie nicht erkannte, bis sie fast vor ihm stand – und da war es zu spät.

»Frohe Weihnachten, Inspector Jouma!«, sagte sie. »Sie sind wirklich nicht leicht zu finden.«

Jouma zuckte zusammen. Das war Katherine Rapuro, Reporterin in Mombasa für die *Daily Nation*, Kenias meistgelesene Zeitung.

»Ich habe nichts zu sagen, Miss Rapuro.«

»Nachdem ein weiterer Mann geköpft worden ist? Und man den Kopf am Weihnachtsmorgen an seiner eigenen Türschwelle abgelegt hat? Ich bitte Sie, Inspector! Handeln Sie im Geist der Weihnacht! Meine Deadline ist schon ziemlich bald.«

»Ich befürchte, da kann ich Ihnen nicht helfen. Sie sollten Ihre Anfragen besser an unseren Pressesprecher richten, Mr. Boswinga im Polizeipräsidium.«

»Mr. Boswingas Vokabular besteht aus zwei Worten«, wandte die Reporterin ein. »›Kein‹ und ›Kommentar‹. Ich beziehe meine Nachrichten lieber aus erster Hand.«

»Dann werden Sie sich eine andere Hand suchen müssen.«

»Ist es der Kopfjäger?«

Jouma stand auf und begann aufs Friedhofstor zuzugehen. »Ich habe Ihnen nichts …«

»Ach, kommen Sie«, bettelte Katherine Rapuro. »Bitte. Ein simples Ja oder Nein reicht mir doch schon.«
Jouma hielt inne. »Die simple Antwort auf Ihre Frage lautet, dass ich es nicht weiß, Miss Rapuro«, sagte er. »Und wenn Sie auch nur ein Quentchen Respekt vor den Familienmitgliedern von Mr. Yomo haben, werden Sie die Bestätigung abwarten, bevor Sie Ihre Story drucken lassen.«
Er drehte sich um und marschierte weiter.
»Drei Morde in drei Wochen, Inspector Jouma«, rief sie ihm nach. »Die Leute werden sich fragen, ob Sie diesem Mörder jemals Einhalt gebieten. Sie fragen sich, wer wohl der Nächste ist.«
Jouma ging weiter, doch die Reporterin hatte genau das ausgesprochen, was er selbst dachte.
Wer würde wohl der Nächste sein?
Und warum?

10

Jakes Zeit bei der Polizei fiel zusammen mit den letzten Tagen eines bestimmten Polizistenschlages – Kampftrinker, die ihre Zeit zwischen Straße und Pub aufteilten. Als er aufhörte, war das Korps mit einem ganz neuen Menschentypus durchsetzt – die Evianflaschennuckler, die im Gemeinschaftsraum Sushi aßen und die goldene Mitgliedskarte für das Fitnessstudio der Metropolitan Police ihr Eigen nannten.

Obwohl er jung genug gewesen wäre, einer von ihnen zu sein, hatte er sich immer zur alten Garde bekannt. Was bedeutete, dass diese ihn in ihren Kreis aufnahmen, der sich allabendlich im Cheapside Club versammelte, seine Wunden leckte und dafür sorgte, dass die Leute aus den eigenen Reihen verstärkt gefördert wurden. Jake wusste sehr gut, dass er nicht durch Zufall so rasch in den Rang eines Detective Sergeant befördert worden war, denn damals tranken auch sämtliche Vorgesetzte in diesen Lokalen, und sie hofften, durch Nachwuchs wie ihn ihre Spezies weiter erhalten zu können.

Doch irgendwo tief in ihrem Inneren wussten sie alle, dass ihre Ausrottung unausweichlich war. Wäre seine Karriere nicht durch eine Kugel beendet worden, die ein Kleingangster aus dem East End auf ihn abgefeuert hatte, wäre Jake inzwischen zweifellos in irgendeine irrelevante Nebenstelle abgedrängt worden, oder er würde mit Leberzirrhose, Arteriosklerose und Emphysemen erwerbsunfähig über den örtlichen Golfplatz schwanken.

Jake war inzwischen fünfunddreißig, und im Laufe der Jahre war er zu dem Schluss gekommen, dass ihm das Schicksal an jenem Tag einen Gefallen getan hatte. Als er angeschossen worden war und aus diesem unseligen Gerangel herausfiel, bekam er die Chance, ein zweites Leben anzufangen. Kenia war für europäisches Empfinden so weit weg, dass es ihm eher wie ein anderer Planet vorkam als wie ein fremdes Land.

Jetzt, sechs Wochen nachdem ihm der Geist ein Stilett in den Bauch gejagt hatte, begann sich Jake zu fragen, ob *sie* ihm nicht einen ähnlichen Gefallen getan hatte, denn jedes Mal, wenn er zusah, wie Ralphie Philliskirk auf der

Yellowfin den Fluss hinuntertuckerte, wurde ihm klar, wie selbstverständlich er seine ganze Existenz hier genommen hatte. Und das bestärkte ihn nur in seiner Entschlossenheit, sich sein altes Leben zurückzuholen.

Im Gestrüpp hinter der Werkstatt hatte er ein provisorisches Trainingslager eingerichtet. Zementblöcke an einer Metallstange dienten ihm als Gewichte, die er im Liegen stemmte, wassergefüllte Öldosen wurden als Hanteln zweckentfremdet, und der tiefste Zweig eines Mangrovenbaums wurde zur Reckstange, an der er seine Klimmzüge absolvierte. Jeden Tag zwang er sich eine Stunde lang, drei Kilometer am Fluss zu joggen und sich anschließend einem qualvollen Krafttraining zu unterwerfen. Jeder Schritt war pure Folter, und seine Muskeln schrien um Gnade, doch wenn er versucht war, aufzuhören, dachte er an Ralphie auf der Brücke der *Yellowfin*, wie der sein Tusker-Bier trank.

Nach seiner Rückkehr aus Mombasa zog Jake die Laufschuhe an. Diesmal brauchte er vierzehn Minuten für seine Joggingrunde, was im Vergleich zu Roger Bannister ein Witz war, aber immerhin zwei Minuten schneller als am Vortag. Sowie er wieder zu Atem gekommen war, ging er zu seinen Gewichten. Er legte sich auf den Rücken und starrte in den hellblauen Himmel über den Baumkronen, während er sich mit seinen Hanteln redlich abmühte. Als er gerade nach der Metallstange greifen wollte, die über seinem Kopf auf ihrem Holzgestell lag, hörte er eine vertraute Stimme, die aber im kenianischen Dschungel dermaßen fehl am Platz war, dass er im ersten Moment glaubte, er halluziniere wieder.

»Hau doch ab – der reinste Rocky Balboa!«

Er setzte sich auf und hätte sich um ein Haar den Schädel an den Gewichten angeschlagen. Ein untersetzter Mann lehnte mit verschränkten Armen an einem Mangrovenbaum. Unter dem dunklen, buschigen Schnurrbart sah man ein breites Grinsen.

»*Mac*? Was zum Teufel machst du denn hier?«

Der ehemalige Detective Inspector Mac Bowden, der früher ebenfalls für die Metropolitan Police gearbeitet hatte, musste jetzt Ende vierzig sein. Er hatte schon immer den Körperbau eines Gewichthebers gehabt, und obwohl er inzwischen ein bisschen Fett um die Körpermitte angesetzt hatte und sein schwarzes Haar und der unverwechselbare Schnurrbart von grauen Fäden durchzogen waren, hatte er sich kaum verändert seit dem Tag, an dem er Jake am Flughafen Heathrow die Hand geschüttelt und ihm viel Glück für sein neues Leben gewünscht hatte.

»Mir ist da ein Gerücht zu Ohren gekommen, dass du tot bist, *Kimosabe*«, sagte er. »Da sieht man's mal wieder, man kann dich wirklich keine Sekunde aus den Augen lassen.«

11

Auf Anweisung von Superintendent Elizabeth Simba war die alte Holztür des Polizeipräsidiums am Mama Ngina Drive gegen eine schwere Stahltür ausgetauscht worden, zusätzlich ausgestattet mit einer Überwachungskamera und einem Sicherheitsschloss, das nur per Magnetkarte zu öffnen war. Diese Karte, auf der auch ein Foto des Besitzers zu sehen war, diente als Ausweis und sollte den ganzen Tag an einer dünnen Metallkette um den Hals getragen werden.

Eine Zumutung, wie Jouma fand. Nicht nur, dass er jeder Art von moderner Technologie äußerst misstrauisch gegenüberstand – er war der einzige Detective, der kein Handy besaß –, er achtete auch sehr auf seine äußere Erscheinung, so dass es ihm enorm gegen den Strich ging, sich etwas um den Hals zu hängen, was für ihn aussah wie ein hässliches Plastikmedaillon. Seine störrische Haltung hatte bereits zu einer Auseinandersetzung mit Elizabeth Simba geführt, die ihm eine Woche Schreibtischdienst androhte, wenn er sich weiterhin weigerte, seine Karte zu tragen. Kompromisshalber hatte Jouma sich bereit erklärt, die Karte in die Brusttasche seines Hemdes zu stecken. Normalerweise eines Hemdes, das gerade zuunterst in Winifreds Wäschekorb lag.

Als er vom Friedhof in sein Büro zurückkehrte, ging Jouma zur Tür und drückte mit einer verbitterten Geste, die in erster Linie für die Überwachungskameras gedacht war, auf den Klingelknopf, der der Abteilung verkünden sollte, dass er wieder da war. Nichts.

Als auch auf seine weiteren Versuche, sich bemerkbar zu machen, keine Antwort erfolgte, fiel Jouma ein, dass die mickrige Notbelegschaft in alle Winde verstreut war und vorgab, sich mit Kontaktmännern zu treffen, bis die Schicht vorbei war.

Grummelnd ging Jouma am Gebäude entlang und spähte auf Zehenspitzen durch die Fenster, in der vergeblichen Hoffnung, dass tatsächlich jemand arbeiten könnte. Doch die Büros und Gemeinschaftsräume waren verlassen. Bei den meisten waren die Jalousien heruntergelassen. Irgendwann kam Jouma zu seinem eigenen Büro, wo er zu seiner Erleichterung entdeckte, dass das Fenster einen Spalt offen stand. Mit zitternden Armen hievte er sich aufs Fensterbrett und quetschte sich hinein. Polternd landete er auf dem Boden und blieb erst mal liegen.

Fünf Minuten später, als Detective Constable David Mwangi von der Toilette wieder ins Büro geschlendert kam, fand er Jouma mit finsterer Miene hinter seinem Schreibtisch vor.
Der Gesichtsausdruck des Inspectors änderte sich auch nicht, als ihm der junge Detective erklärte, wo er gerade herkam.
Der vierundzwanzigjährige Mwangi war erst kürzlich zum Coast Province CID versetzt worden. Sein Universitätsstudium und sein vielversprechender Start in der Betrugsabteilung in Nairobi hatten ihm eine frühe Beförderung zum Morddezernat in Mombasa eingetragen. Doch er hatte sich schon an die düsteren Launen seines Vorgesetzten gewöhnen können. Seit Jouma den Kopfjäger-Fall übernommen hatte, war seine Laune nur noch pechschwarz. Mwangi deutete die Zeichen richtig und wusste, dass es klüger war, sich jetzt ruhig zu verhalten.
Er ging an seinen Tisch und begann hektisch auf seinen Laptop einzuhacken.
Argwöhnisch sah Jouma zu ihm hinüber. »Was machen Sie denn da mit diesem neumodischen Gerät?«
»Ich wollte eine neue Software ausprobieren, die ich mir runtergeladen habe.«
»Was?«

»Das ist ein Algorithmus, mit dem ganzzahlige Übereinstimmungen identifiziert werden können. Ich hoffe, dass ich damit Verbindungen zwischen den SIM-Karten der Opfer herstellen kann.«

»Auf *Englisch*, Mwangi!«

Als Mwangi von seinem Laptop aufblickte und Joumas völlig verständnislosen Blick auffing, hätte er beinahe losgelacht.

»Ich hab mir erlaubt, die Handys der beiden Opfer als Beweismittel zu beschlagnahmen, Sir. Indem ich die SIM-Karten entnommen und die Daten hochgeladen habe, konnte ich die individuellen Telefonbücher von Mr. Gould und Mr. Kitonga rekonstruieren.«

Jouma sah ihn immer noch ratlos an.

»Diese Software müsste eigentlich herausfiltern können, ob die Opfer irgendwelche gemeinsamen Bekannten hatten. Das könnte helfen, eine Verbindung zwischen ihnen herzustellen.«

Nachdenklich rieb sich Jouma die Nase. »Gute Idee, Mwangi«, meinte er widerwillig. »Aber Sie vergessen, dass wir mittlerweile drei Opfer haben.«

»Natürlich, Sir«, nickte Mwangi. »Aber soweit ich weiß, ist Mr. Yomos Handy bis jetzt nicht aufgetaucht.«

»Das ist in der Tat schade«, sagte Jouma. »Aber vielleicht habe ich hier noch etwas Wichtigeres.« Er hob einen Ordner hoch, der randvoll mit Papieren war. »Den hab ich mir von dem Kreditunternehmen ausgeborgt, in dem er gearbeitet hat. Der Ordner enthält genaue Angaben zu jedem Kreditantrag, der von Paul Yomo abgelehnt wurde, seit er vor achtzehn Monaten bei der Exciting Prospects Credit Agency angefangen hat.«

Mwangi fiel die Kinnlade herunter. »Im Ernst, Sir?«
»Ja, Mwangi. Ich wäre Ihnen sehr verbunden, wenn Sie diese Namen mit den Telefonlisten der beiden anderen Opfer abgleichen könnten.«
»Sind die denn nicht irgendwo digital gespeichert? Ich meine … arbeitet die Agentur denn nicht mit Computern?«
»Nur für bewilligte Kreditanträge.«
»Dann soll ich also …?«
Das Telefon klingelte.
»Jede einzelne«, nickte Jouma und griff nach dem Hörer. »Auf die sogenannte altmodische Art, Constable.«
Während Jouma das Gespräch entgegennahm, trug Mwangi den schweren Ordner zu seinem Tisch. *Die altmodische Art, allerdings!* Irgendwann würde sicher auch der Inspector im 21. Jahrhundert ankommen. Bis dahin war der Rest der Welt aber sicher schon im 22.
Jouma legte wieder auf. »Lassen Sie den Ordner, Mwangi«, befahl er. Seine Stimme klang seltsam weit weg.
»Ist alles in Ordnung, Sir?«
»Nein«, erwiderte Jouma. »Überhaupt nicht.«

12

An einem grauen Mittwochabend im Winter hatte Mac Bowden auf dem dreckigen Boden eines Postamtes in Canning Town seinem Kollegen Jake das Leben gerettet.

So melodramatisch hätte Mac das natürlich nie formuliert – doch als die anderen in Panik gerieten und schlotternd nach dem Notarzt schrien, während sein Partner am Boden lag und Blut blasig aus seinem Einschussloch blubberte, war Mac ruhig hinter den Tresen gegangen, hatte sich eine Rolle Paketklebeband geholt und ein ordentliches Stück über die Wunde geklebt.

»Paketklebeband?«, wiederholte Harry.

Mac grinste verschämt. »Da ist wohl meine medizinische Grundausbildung wieder durchgeschlagen. Es heißt, dass bei einer Schusswunde in neunzig Prozent der Fälle der Schock den Tod verursacht. Sowie ich das Loch verschlossen hatte, musste ich Jake nur noch dummes Zeug erzählen, bis der Krankenwagen kam.«

»Das war sicher nicht schwer«, meinte Jake.

»Was Jake wirklich das Leben gerettet hat, war die Tatsache, dass der Wichser mit der Waffe so ein miserabler Schütze war. Wie man jedes lebenswichtige Organ verfehlen kann, wenn das Ziel anderthalb Meter vor einem steht, ist mir ein Rätsel.«

»Glaub mir, Mac«, gab Harry zurück, »die hätten Jakey-Boy auch mitten in die Stirn schießen können und hätten kein lebenswichtiges Organ getroffen.«

Die beiden grinsten Jake an, und er zeigte ihnen den Finger.

Hinter der Bar deutete Suki Lo die Geste so, dass er noch eine Runde bestellen wollte, und machte sofort drei Flaschen Tusker auf. Als das Bier an den Tisch kam, erhob Jake keine Einwände. Sein Fitnessprogramm war für heute den Bach runter, aber er hatte keine Schuldgefühle. Er hatte sich auch gezwungen, seine plötzliche, befremdliche Abneigung gegen Bier zu überwinden. Glücklicherweise hatte es nur eine gekühlte Flasche gebraucht, um seinen Durst wieder zu wecken. Die Trinkfähigkeit eines Mannes war ein weit zuverlässigeres Barometer für seine Gesundheit als die Zahl der Wiederholungen beim Gewichtheben – und wenn er einen ganzen Nachmittag lang mit Harry und Mac Bowden mithalten konnte, dann war er in besserer Form, als er zu hoffen wagte.

Es war später Nachmittag, und abgesehen von den drei Engländern waren die einzigen anderen Gäste in Sukis Bar ein paar griesgrämige Mechaniker, die gerade von einer Werft am Fluss gefeuert worden waren und sich mehr für ihre Whiskyflasche interessierten als für das Gespräch am Nebentisch.

»Ich gehe davon aus, dass du nicht mehr durch die Straßen läufst und bewaffnete Bankräuber jagst«, sagte Harry.

Mac nickte. »Ich hab's letztes Jahr an den Nagel gehängt. Besser gesagt, ich bin gegangen, bevor sie mich dazu drängen konnten. Mein Profil passte nicht zur neuen Leitung der Metropolitan Police. Außerdem gehe ich sowieso schon auf die fünfzig zu – ich dachte, ich kann genauso gut auf Frührentner machen und mir einen etwas weniger riskanten Lebensunterhalt suchen. Unseren alten Detective Sergeant Moore hier habe ich immer beneidet, dass er sich hier irgendwo im Nirgendwo einen schönen Lenz macht. Ich dachte, ich komm mal vorbei und schau mir das an.«

Harry lupfte eine Augenbraue. »Erzähl mir nicht, du wärst extra nach Kenia gekommen, um diesen Gestrauchelten zu sehen.«

»Jein«, sagte Mac. »Ich bin geschäftlich hier.«

»Geschäftlich?« Jake lachte. »In *Mombasa?* Du hast doch schon Nasenbluten bekommen, wenn du Essex mal verlassen musstest.«

»Im Rahmen einer Beratertätigkeit im Sicherheitsdienst. Ein kurzfristiger Vertrag für verdammt gutes Geld.«

»Was für eine Art von Sicherheitsdienst?«, fragte Harry.

Mac zuckte mit den Schultern. »Das werde ich wohl erfahren, wenn ich meinen Kontaktmann treffe. Der Typ betreibt ein Hotel an einem Ort namens Shanzu oder so. Er hat gesagt, er möchte die Sicherheitsmaßnahmen für seine Gäste verbessern.«

»Sicherheitsberater!« Jake gluckste vergnügt. »Wenn ich ein Pfund für jeden Polizisten bekommen würde, der diese Laufbahn einschlägt, wäre ich reich.«

»Ich auch. Aber in meiner Situation kann ich es mir nicht aussuchen. Außerdem könnte ich ein bisschen Aufregung in meinem Leben durchaus brauchen. Ein Mann kann nicht unbegrenzt vorm Fernseher sitzen, irgendwann verliert er da die Lebenslust.«

»Hört, hört«, rief Harry und stemmte sich hoch. »Der Fernseher ist eine Erfindung des Teufels. Entschuldigt mich bitte, ich muss mal pissen.«

Mac lächelte, als Harry zu den Toiletten torkelte. »Das ist ja eine Type. Wie zum Teufel hast du den denn kennengelernt?«

Jake erklärte ihm, wie er damals auf eine Anzeige in der Sonntagszeitung geantwortet hatte, in der jemand gesucht wurde, der bei einem Hochseeangel-Unternehmen mitarbeiten könnte und ein paar Tausender als Einlage mitbrachte.
»Das ist auch eine Art, die Polizeipension auszugeben«, nickte Mac.
»Ja – na ja, es war dann doch alles nicht so stressfrei, wie ich gehofft hatte. Aber das ist jetzt mein Leben, und ich könnte mir nicht vorstellen, jemals nach England zurückzugehen.«
»Das kann ich dir nicht verübeln, *Kimosabe.* Unsere gute alte Heimat geht völlig vor die Hunde.«
»Muss ja so sein, wenn du hier bist«, erwiderte Jake. »›Sicherheitsberater‹? Erzähl mir doch keinen Scheiß. Was zum Teufel tust du *wirklich* hier, Mac? Hast du hier vielleicht irgendeine heimliche Frauengeschichte am Start?«
»Es ist wahr«, protestierte Mac. »Ganz ehrlich, ich schwör's dir.«
»In Kenia?«
»Ich hab den Tipp von einem Freund in London bekommen. Er meinte, er wüsste da jemand, der Leute mit Erfahrung sucht.«
»Was für Erfahrung?«
Mac grinste. »Du weißt schon, die Art von Erfahrung, die man in zwanzig Dienstjahren bei der Polizei sammelt. Hör zu – das ist eine kurzfristige Geschichte, und ich werde gut dafür bezahlt. Zwanzigtausend für einen Monat Arbeit.«
Jake stieß einen überraschten Pfiff aus. »Das ist allerdings gut bezahlt.«

»Und ich brauch es auch. Die Jungs werden so schnell groß, und Shirley liegt mir ständig in den Ohren mit den Unterhaltszahlungen. Ich bin wirklich völlig am Boden. Die hat mir das letzte Hemd ausgezogen.«

»Wie alt sind die Jungs denn jetzt?«

»Simon siebzehn und Danny fünfzehn.«

»Wahnsinn. Da komm ich mir gleich richtig alt vor.«

»Tja, stell dir mal vor, wie's mir geht.« Mac nahm einen Schluck Bier. »Weißt du, als ich vorhin gesagt habe, dass ich dich beneide – das war mein voller Ernst. Du bist im richtigen Moment ausgestiegen.«

Jake sah ihn an. »Was meinst du damit – die Korruptionsermittlungen?«

»Es gab keine Korruption«, blaffte Mac.

»Bestechungsgelder von russischen Verbrechern nehmen, damit du ein Auge zudrückst? Ach komm, Mac.«

»In den alten Zeiten war das ganz normal. Aber die Met ist heute total verändert. Ich war nicht der Einzige, der darüber gestolpert ist: Stevie Morrison, Eddie Ward, Stick Murphy – die sind alle zur gleichen Zeit wie ich heimgeschickt worden.«

Jake schüttelte den Kopf. »Du Trottel. Noch ein paar Jahre, und du hättest deine volle Pension beziehen können.«

»Ja, mein Gott. Im Nachhinein ist man immer schlauer, oder?«

Harry kam zurück an den Tisch. Mac kippte sein restliches Bier und stand auf.

»Ich befürchte, ich muss euch schon wieder verlassen«, sagte er.

Harry zog ein enttäuschtes Gesicht. »Musst du wirklich

schon gehen, Mac? Warum bleibst du nicht über Nacht? Ich hatte mich schon so drauf gefreut, mit dir die Welt zu verbessern.«

Mac schüttelte den Kopf. »Würde ich zu gern, Harry. Aber ich muss meinen Kontaktmann in Shanzu schon morgen bei Tagesanbruch treffen. Und ich kann es mir nicht leisten, diese Sache zu vergeigen, bloß weil ich mit einem Riesenkater da auftauche.«

»Ich begleite dich zurück zum Bootshaus«, schlug Jake vor.

»Kommt ja überhaupt nicht in Frage. Bleib hier und trink dein Bier aus. Ich komm schon klar.« Die beiden Freunde schüttelten sich die Hand. »Ich schätze, die örtliche Polizei nimmt es hier mit Alkohol am Steuer nicht so genau wie unsere, oder?«, erkundigte er sich. »Ich glaube, ich bin etwas über der Grenze.«

»Hier fahren sowieso alle wie die gesengten Säue«, erklärte Jake. »Du wirst gar nicht auffallen.«

13

Die Szenerie war ihm langsam vertraut: schluchzende Frauen, sprachlose Männer, eine Atmosphäre von ungläubigem Schock und Grauen. Richter Bandas Wohnzimmer sah genauso aus wie das von Gordon Gould, Eric Kitonga und Paul Yomo. Der Richter war vor weniger als einer Stunde verschleppt worden. Und obwohl Jouma der verstörten Familie gut zuredete und Hoffnung machte,

wusste er nur zu genau, dass der Richter nicht zurückkommen würde.
Jedenfalls nicht in einem Stück.
Doch immerhin hatten sie diesmal *etwas,* woran sie sich klammern konnten.
»Sie waren jung, nicht älter als siebzehn oder achtzehn, würde ich sagen. Wilde Augen? Ich weiß nicht. Einer von ihnen hat eine Waffe auf mich gerichtet. Und hat mir gesagt, er würde mich töten. Das waren Kinder, Inspector Jouma – wirklich noch Kinder.«
Der Sprecher war einer der Söhne, ein großer, gutaussehender Mann Mitte dreißig, der eine Zahnarztpraxis am Victoriasee hatte und mit seiner Familie nur über Weihnachten bei seinem Vater zu Besuch war.
»Und Sie sagen also, sie haben Ihren Vater auf ein Boot mitgenommen?«
»Nachdem sie ihn zusammengeschlagen hatten«, antwortete der Sohn. Er deutete auf eine langsam trocknende Blutlache auf den geschliffenen Holzbohlen der Veranda. Mittendrin lag die obere Hälfte der Zahnprothese, die dem Richter bei dem heftigen Schlag aus dem Mund geflogen war.
»Was für ein Boot war das?«
»Ich weiß nicht – so ein kleines, aufblasbares.«
»Mit Motor?«
»Ja. Einem großen Motor sogar.«
Jouma stellte ihm noch ein paar mehr Fragen, dann bedankte er sich und ging in den Garten. Mwangi näherte sich dem Haus gerade von der Strandseite.
»Irgendwas Auffälliges?«
Der Constable schüttelte den Kopf. »Die Flut hat schon

eingesetzt – wenn dort irgendwelche Fußspuren waren, sind sie mittlerweile weggewaschen.«

Jouma starrte auf die niedrige Mauer. Die Entführer des Richters hatten weiß Gott ein leichtes Spiel gehabt, als sie sich Zugang zu seinem Grundstück verschafften. Im Grunde hätte man gleich ein »Herzlich willkommen«-Schild am Strand aufstellen können.

»Der Sohn meint, sie waren zu dritt«, sagte er.

»Dann war es vielleicht gar nicht der Kopfjäger, Sir. Es könnte ja auch eine Entführung gewesen sein, die mit den Morden gar nichts zu tun hat.«

Das war möglich. Doch die Informationen, die er gerade bekommen hatte, bestätigten nur, was Jouma den ganzen Tag vermutet hatte – dass der Kopfjäger nicht allein arbeitete.

»Der Sohn des Richters hat erzählt, dass sein Vater nächste Woche den Vorsitz bei einer Verhandlung haben sollte«, sagte Jouma.

Mwangi nickte. »Ja, in einem Betrugsdelikt. Ein Mietwagenverleih aus Malindi ist angeklagt, die Tachos seiner Fahrzeuge manipuliert zu haben.«

Das war nicht das, was Jouma hatte hören wollen. Wenn statt eines kleinen Autoverleihers ein hochrangiger Verbrecherboss in den Fall verwickelt gewesen wäre, hätte es einen Hoffnungsschimmer gegeben, der den Richter aus dieser grässlichen Gleichung herausgeholt hätte. Aber selbst dann wäre die Sache nicht wirklich stimmig gewesen, denn ein Richter konnte ja ersetzt werden.

»Wenn wir ins Büro zurückkommen, möchte ich, dass Sie sich jeden Fall vornehmen, bei dem Richter Banda in den letzten fünf Jahren den Vorsitz hatte«, erklärte er Mwangi.

Der nickte ernst. »Ich hab schon Kontakt mit dem Gericht aufgenommen. Sie bereiten die Akten für uns vor.«

Jouma drehte sich um und blickte zum Haus. Es war ein niedriger weißer Steinbau im Kolonialstil, gesäumt von Palmen und Kasuarinen. Im Sonnenlicht sah die Anlage einfach wunderschön aus. Der Garten war von hohen Hecken aus knallbunten Bougainvilleen umgeben, die das Gebäude nach beiden Seiten uneinsehbar machten. Selbst wenn die Nachbarn des Richters in ihren Gärten gewesen wären, hätten sie die Eindringlinge nicht sehen können, die ihn entführt hatten.

Jouma ging zum Strand hinunter. Die See war jetzt bis auf sieben Meter an die Einfriedung herangekommen. Der Sand war weiß und sauber bis auf eine runde Feuerstelle mit schwarzen Holzkohlen. Er malte sich aus, wie der Richter hier im Licht des frühen Morgens spazieren gegangen war, den brandenden Wellen gelauscht und zugesehen hatte, wie die Sonne über dem Horizont aufging. Es schien alles so friedlich.

Als er zu den Brechern hinausblickte, die in der Ferne gegen die Riffe donnerten, zupfte ihn auf einmal jemand an der Hose. Er blickte hinunter und sah ein kleines Mädchen mit geflochtenen Zöpfen – die Enkelin des Richters.

»Bringen die Guji-Männer meinen *Babu* wieder nach Hause?«, fragte sie.

»Ich hoffe, Schätzchen. Ich hoffe es wirklich.«

Doch der Inspector hatte inzwischen genug vom Werk des Kopfjägers gesehen, um zu wissen, dass sie es nicht tun würden.

14

Man hielt Richter Banda gefesselt und mit verbundenen Augen am Boden eines kleinen Bootes, indem man ihm einen Fuß zwischen die Schulterblätter stellte und ihn durch eine Pistolenmündung an den Kopf nahelegte, schön dort unten zu bleiben. Er lag in einer zwei Zentimeter tiefen Lache aus öligem Salzwasser und war schon froh, wenn er nicht darin ertrank. Die Reise schien Ewigkeiten zu dauern, aber es gab keine Atempause, bis der Motor schließlich stotterte und erstarb. Der Richter wurde hochgezogen und über die Bordwand gezerrt, dann zwangen sie ihn, durch hüfttiefes Wasser und dicken Schlamm an Land zu waten, wo sie ihn schließlich fallen ließen.

»Steh auf! Na los, steh auf!«

Schläge prasselten auf ihn nieder, während er sich hochrappelte, und während seine Peiniger ihn wie ein Tier durch eine Art Dschungel führten, traten und boxten sie ihn pausenlos weiter. Zweige schlugen ihm ins Gesicht, Dornen rissen seine Haut auf, und mehrere Male ließen die Männer ihn blind allein weiterlaufen, bis er gegen einen Baum prallte. Darüber konnten sie sich köstlich amüsieren. Schließlich schoben sie ihn durch eine Tür, und als man ihm die Augenbinde abnahm, sah er, dass er in einer Holzhütte stand, die nur von ein paar Kerzen erleuchtet wurde, die im unbefestigten Boden steckten. Der scharfe Gestank verfaulender Pflanzen war geradezu überwältigend, fast stark genug, um den Geruch von *Bhang* und den widerlichen antiseptischen Geruch von Selbstgebranntem zu übertönen.

»Was hat das alles zu bedeuten? Wissen Sie, welche Strafen auf Entführung …«

Irgendetwas traf ihn von hinten gegen die Beine, und er stöhnte schmerzerfüllt auf, während er in die Knie ging.

»Die Strafe ist mir bekannt«, sagte eine Stimme.

Eine Gestalt löste sich aus den Schatten und trat in das schummrige Licht. Sie war so ungewöhnlich groß, dass Richter Banda im ersten Moment seinen Augen nicht trauen mochte. Doch dann sah er, dass sie ihn nicht getäuscht hatten: Dieser Mann war ein Riese, ein mehr als zwei Meter großes Monster, dessen Kopf bis an das Teerpappendach der Hütte reichte. Er war nackt, und sein haarloser Körper glänzte wie poliertes Ebenholz.

»Wer sind Sie?«, fragte Banda.

Der Mann hob feierlich das Kinn. »Ich bin Athi, der Sohn von Ngai, dem Teiler des Universums und Herrn aller Natur.«

»Wer?«

Das Monster lächelte, wobei es kleine, spitz zugefeilte Zähne zeigte. »Soviel ich weiß, nennen mich die Abtrünnigen den *Kopfjäger.* Meine Arbeit dürfte dir vertraut sein.«

Die war dem Richter allerdings vertraut. Gegen seinen Willen entleerte sich seine Blase.

»Ich habe eine Frau.« Bandas Stimme war kaum mehr als ein Flüstern. »Kinder. Enkelkinder.«

»Du bist ein Abtrünniger – und Ngai hat dich als Opfer auserwählt. Du solltest dankbar sein. Bald werden deine irdischen Sorgen der Vergangenheit angehören.«

Der Kopfjäger griff über seine Schulter nach hinten. Es gab ein dumpfes Zischen, als er eine dreißig Zentimeter lange Machete aus dem Futteral auf seinem Rücken zog. Der

Stahl war poliert wie ein Spiegel, der Griff aus geschnitztem Elfenbein. Er betrachtete seine Waffe ehrfürchtig, dann fuhr er langsam mit dem Daumen über die breite Klinge.

Plötzlich erschien jemand am Rande von Bandas Blickfeld: ein zweiter Mann, im Kostüm eines Medizinmannes, mit einem Kopfputz aus Kuhfell und Federn und winzigen Kalebassen. Sein Gesicht war mit leuchtenden Farben bemalt. In der Hand hielt er einen Käfig aus Bambusrohr und trockenem Gras. Darin saß ein mageres Huhn, das panisch mit dem Schnabel gegen die Stäbe hämmerte. Der Medizinmann schloss die Augen, als würde er beten, und ein tiefes, sonores Stöhnen kam aus seinem offenen Mund. Während er langsam den Raum umrundete, schien die Lautstärke immer weiter anzuschwellen. Banda beobachtete ihn mit wachsender Panik, aber völlig hilflos. Unterdessen hielt der Kopfjäger das Messer auf Augenhöhe und weidete sich an der tödlichen Schärfe der Klinge. Schließlich hob er sie über den Kopf und wartete, bis das Geheul des Medizinmanns, der gerade hinter Banda stand, fast unerträglich wurde.

Dann brach es plötzlich ab. Rauhe Hände umklammerten den Kopf des Richters wie ein Schraubstock. Die Augen des Kopfjägers weiteten sich – und in dem Sekundenbruchteil, in dem sich ihre Augen trafen, dachte Banda an die kleine Jemima und wie sehr er sie liebte.

Wie sehr er sie alle liebte.

Mit einer einzigen flüssigen Bewegung, mit der Anmut eines Tänzers, ließ die Linke des Kopfjägers die Machete auf Richter Bandas Hals niedersausen. Der Schnitt erfolgte so sauber und schnell, dass der abgetrennte Kopf noch

ein paar Sekunden auf dem Stumpf des Halses balancierte, bis der Druck des Blutes, das aus den Arterien schoss, ihn zu Boden fallen ließ.
Der Kopfjäger atmete schwer durch die Nase. Die Machete hielt er immer noch vor den Körper, aber seine Hände waren ganz ruhig. Als sich sein Atem langsam beruhigte, hob er die Waffe wieder vors Gesicht.
»Schaff den Körper weg«, befahl er dem Medizinmann. »Und dann bring mir den Kopf.«
Er sah zu, wie das Blut auf der silbernen Klinge zu einer einzigen scharlachroten Schliere gerann. Dann legte er sie sich an die Zunge und leckte sie ab.
Das Blut war noch warm. Es schmeckte süß. *Nahrhaft.*

Teil III

15

In einem großen, prunkvollen Raum im Mombasa State House musterte der Bürgermeister durch seine Brille mit dem leichten Gestell die gespannten Gesichter der Menge und wartete, bis sich das allgemeine Gemurmel gelegt hatte. Für Reporter hatte er nichts übrig, er hielt sie für richtiggehende Parasiten. Aber bei dieser Sache kamen sie ihm sehr gelegen. Er beugte sich vor zu dem Mikrofondickicht auf seinem Pult, damit seine dünne Stimme bis in die letzte Reihe des brechend vollen Raums drang.

»Ein bösartiger Mörder läuft in unserer Stadt herum, und einer der meistrespektierten Bürger Mombasas, Richter Banda, könnte sein nächstes Opfer geworden sein«, verkündete er ernst. »Aber *ich* werde nicht zulassen, dass Mombasa eine Stadt der Angst wird. Als Ihr gewählter Bürgermeister werde *ich* nicht untätig zusehen, während Sie, die Bürger, die Ihr Vertrauen in mich setzen, nachts im Bett liegen und sich fragen, wer der Nächste sein wird. *Ich* werde dafür sorgen, dass dieser Mörder gefasst wird. Das ist *meine* Pflicht. Und *Ihr* Recht.«

Hände schossen in die Höhe – und während der Bürgermeister mit der Beantwortung der Fragen begann, saß keinen halben Kilometer entfernt Superintendent Elizabeth Simba im Polizeipräsidium des Coast Province CID vor ihrem Fernseher und drückte mit der Fernbedienung den Ton weg.

»Subtil wie eh und je«, stellte sie fest. Sie sah zu Jouma, der auf der anderen Seite ihres Büros saß. Er starrte immer noch auf das teigige Gesicht des Bürgermeisters auf dem Bildschirm. »Sie wissen, worum es hier in Wirklichkeit geht, nicht wahr, Daniel?«

Jouma nickte. Allerdings wusste er das. Es ging darum, dass der Bürgermeister sich an Simba, Jouma und dem Coast Province CID rächen wollte. Es ging um die Demütigung, die er erlitten hatte, als er einen Mann aus den eigenen Reihen mit der Leitung eines großen Mordfalls betraut hatte, um sich seinen Einfluss bei der Polizei zu sichern, dieser Plan aber entsetzlich schiefgegangen war.

Zum Schluss hatte der Bürgermeister das Debakel überlebt, während der glücklose Detective Inspector Oliver Mungo und andere auf dem Altar der politischen Interessen geopfert wurden. Doch Simba und Jouma wussten sehr gut, dass er getroffen war, und wie eine Giftschlange würde er zusammengerollt in seinem Bau liegen und abwarten, bis er eine Gelegenheit fand, neuerlich zuzuschlagen.

»Wenn wir den Kopfjäger fassen, wird der Bürgermeister die Lorbeeren für sich in Anspruch nehmen«, sagte Jouma. »Wenn wir nicht …«

»Dann macht er *uns* einen Kopf kürzer«, erklärte Simba mit Nachdruck. »Er hat sich in eine Situation manövriert, in der er nichts mehr zu verlieren hat. Und deswegen müssen wir dafür sorgen, dass *wir* nicht verlieren, Daniel. Was wissen wir über Richter Bandas Entführung?«

»Er wurde von drei bewaffneten Männern in einem Motorboot verschleppt. Ich sage Männer, aber nach allem, was ich gehört habe, waren sie kaum mehr als Teenager.«

»Hat man das Boot gefunden?«
Jouma schüttelte den Kopf. »Sie sind in Richtung Norden davongefahren. Wir arbeiten mit der Küstenwache zusammen, um alle Meeresarme in einem Radius von dreißig Kilometern zu überprüfen.«
»Gut.«
Was er Simba nicht erzählte, war, dass es in einem Umkreis von dreißig Kilometern mehr als zweihundert Meeresarme gab, und dass es an ein Wunder grenzen würde, wenn man bei dieser Aktion ein kleines Motorboot finden würde – immer davon ausgehend, dass es nicht sowieso in westlicher Richtung weitergefahren war, um sich mit einem anderen Schiff zu treffen.
»Sind wir sicher, dass der Kopfjäger hinter dieser Geschichte steckt, Daniel? Könnte es irgendetwas mit alten Fällen des Richters zu tun haben?«
»Der Anführer der Gang hat den Namen des Mörders selbst genannt. Natürlich können wir nicht hundertprozentig sicher sein – aber ich habe Männer, die das Haus beobachten, für den Fall, dass … na ja, für den Fall, dass irgendwelche ungewöhnlichen Lieferungen eingehen.«
Simba nickte nachdenklich. »Ist es möglich, dass einer von diesen drei Männern selbst der Kopfjäger war?«
»Das ist durchaus möglich. Aber sie waren jung.« Jouma blickte verlegen zu Boden. »Dr. Lutta glaubt, dass der Kopfjäger wahrscheinlich Ende zwanzig, Anfang dreißig ist.«
»Ach so.« In ihrem Ton lag ein Anflug von Zynismus. »Ihr lieber Kriminalpsychologe vom psychiatrischen Krankenhaus in Kalami. Den hatte ich ja schon ganz vergessen. Wie hieß er noch mal?«

»Lutta. Nicholas Lutta.«
»Ich dachte, Dr. Klerk wäre der Leiter.«
»Ist er auch, Ma'am. Aber er hat mir vorgeschlagen, mit Dr. Lutta zu sprechen.«
»Und was ist so besonders an Dr. Lutta?«
»Er ist spezialisiert auf die Behandlung von psychopathischen Serientätern, Ma'am. Seine Arbeit auf diesem Gebiet hat ihm einen sehr guten Ruf unter den Kriminologen eingetragen.«
»Tatsächlich?« Elizabeth Simba blickte Jouma über den oberen Rand ihrer Brillengläser an. »Ich muss sagen, ich bin immer noch nicht überzeugt, dass dieses ganze Psychogequatsche irgendeinen Einfluss auf den Erfolg unserer Ermittlung haben kann.«
»Wie ich bereits erklärte, Ma'am, ich glaube, dass jede Form von professioneller Auswertung hilfreich sein könnte. Und Dr. Klerk hat sich in der Vergangenheit immer sehr kooperativ verhalten.«
»Ja? Mir war ja gar nicht bewusst, dass Sie *regelmäßig* nach Kalami fahren, Inspector.«
Jouma rutschte unbehaglich auf seinem Sitz hin und her, bis er sich traute, etwas zu sagen. »Das tu ich auch nicht, Ma'am. Aber manchmal machen es die Umstände …«
Sie winkte ungeduldig ab. »Egal. Was genau sagt dieser illustre Kriminalpsychologe denn über unseren Mörder?«
»Dr. Lutta interessiert sich sehr für seinen *Modus Operandi.* Also die Enthauptung an sich, aber auch, wie die Köpfe hinterher zur Schau gestellt werden. Er glaubt, dass diese Enthauptungen mit einer Art symbolischem Ritual zu tun haben.«

»Sagen das nicht *alle* Kriminalpsychologen über Serienmörder?«
Jouma seufzte. Er hatte gewusst, dass es nicht leicht werden würde. »Wie gesagt, Ma'am, Dr. Luttas Meinung ist rein professionell zu sehen.«
»Tja – ich hoffe, Sie zahlen ihm zumindest nichts für seine professionelle Meinung.«
»Natürlich nicht, Ma'am.«
»Gut, denn dank *ihm* ist mein Budget kaum groß genug, um für die Meinung des Durchschnittsbürgers zu zahlen.«
Sie zeigte mit dem Finger auf den Fernseher, wo sich der Mund des Bürgermeisters lautlos bewegte, während er mit den Reportern auf seiner Pressekonferenz sprach.
Jouma war erleichtert, dass das Thema erst einmal vom Tisch war, und wandte seine Aufmerksamkeit auch dem Bürgermeister zu. So glaubwürdig, dachte er. So sehr ein Mann des Volkes – Jouma war immer wieder überrascht, wie Karrierepolitiker so ganz anders gestrickt waren als der Rest der menschlichen Rasse. Als ob sie sich in eine ganz andere Spezies verwandeln mussten, bevor sie nach der Macht greifen konnten.
»Wenn der wüsste, dass wir Kriminalpsychologen zu Rate ziehen …«, murmelte Simba. Dann sah sie wieder Jouma an und wurde etwas milder. »Hören Sie, Daniel, wenn Sie die Meinung von Dr. Lutta schätzen, dann sprechen Sie auf jeden Fall auch in Zukunft mit ihm. Aber behalten Sie es in Gottes Namen für sich.«
»Selbstverständlich.«
»Wie ist denn der momentane Stand der Ermittlungen?«
»Die Detectives Buna und Fugogo koordinieren die Suche

nach Richter Banda, und ich habe Tana, Wachile und N'Opo darauf angesetzt, die Spuren der Morde an Gould und Kitonga zu verfolgen.«

»Und Paul Yomo?«

»Den Fall betreue ich persönlich.«

Sie schien überrascht. »Persönlich?«

Jouma erzählte ihr vom Bericht des Pathologen, und inwiefern sich Paul Yomos Enthauptung von der der anderen beiden Opfer unterschied.

»Das haben Sie mir noch gar nicht erzählt. Glauben Sie, dass es sich um einen anderen Mörder handelt?«

»Ich weiß nicht«, räumte Jouma ein. »Aber mir ist durchaus bewusst, dass wir knapp an Personal sind, vor allem jetzt, wo auch noch Richter Banda verschwunden ist.«

Die Andeutung eines Lächelns erschien auf Simbas Gesicht. »Und Sie glauben, Sie können dieser Sache schneller auf den Grund gehen, wenn Sie allein dran arbeiten, stimmt's, Daniel?«

»Ich habe bereits Nachforschungen angestellt.«

»Dann fahren Sie damit fort. Aber sollte sich herausstellen, dass der Mord an Yomo nichts mit den anderen Fällen zu tun hat, lassen Sie sofort die Finger davon. Ich möchte, dass Sie Ihre ganze Aufmerksamkeit dem Kopfjäger schenken, verstanden?«

»Natürlich, Ma'am.«

Dankbar über das Ende der inquisitorischen Befragung ging er zur Tür.

Doch dann fragte Simba: »Was ist denn mit Mwangi?«

»Mwangi, Ma'am?«

»Was macht der?«

Jouma unterdrückte seinen Ärger über diese Frage. Elizabeth Simba war für Mwangis Versetzung nach Mombasa verantwortlich gewesen, und manchmal hatte der Inspector den Eindruck, dass sie ihre Beschützerrolle übertrieb.

»Er hilft mir bei der Yomo-Ermittlung«, antwortete er. »Er geht Listen durch.«

»Er ist ein kluger Kopf, Daniel. Vielleicht wäre dies eine gute Gelegenheit, ihm mehr Verantwortung zu übertragen.«

»Verantwortung, Ma'am?«

»Sie haben doch gesagt, dass Detective Fugogo die Suche nach dem Richter koordiniert. Ich glaube, selbst Sie müssen zugeben, dass Fugogo seine besten Tage schon hinter sich hat. Warum geben Sie dem nicht die Listen und schicken Mwangi raus?«

»Entschuldigen Sie, Ma'am – aber Fugogo kann auf eine zwanzigjährige Erfahrung im Morddezernat zurückgreifen, Mwangi hat gerade mal drei Monate hinter sich.«

Sie maßen sich mit Blicken, bis Simba klein beigab.

»Na gut, Daniel«, sagte sie eisig. »Sie sind der Leiter der Ermittlungen. Aber ich will, dass Sie den Kopfjäger fangen – sonst sorgt der Bürgermeister dafür, dass dieser Irre uns alle zu Opfern macht.«

Ja, ich bin der Leiter der Ermittlungen, Ma'am, dachte Jouma, als er wütend über den Flur davonstiefelte. Aber es war nicht die Infragestellung seines Urteilsvermögens, die ihn so ärgerte, sondern die Tatsache, dass Simba Detective Fugogo zum alten Eisen rechnete. Fugogo war erst dreiundvierzig Jahre alt, verdammt! Wenn der seine besten Tage schon hinter sich hatte, wo stand dann Jouma?

Er stürmte in sein Büro, um über den heiligen Mwangi eine völlig unverdiente und rachsüchtige Tirade niedergehen zu lassen. Doch der Detective Constable war gar nicht an seinem Platz, und als Jouma sich hinsetzte, dachte er sich, dass das vielleicht ganz gut so war. Simba hatte recht – Mwangi *war* ein kluger Kopf, und auch Jouma konnte sehen, dass er alle Voraussetzungen für einen erstklassigen Ermittler mitbrachte. Tatsächlich beneidete er den jüngeren Mann insgeheim um seine Energie. Er war bestimmt auch wesentlich unterhaltsamere Gesellschaft als der klägliche Fugogo, dessen Gesprächsthemen sich meist darin erschöpften, wie viele Jahre er noch bis zu seiner Pensionierung hatte.
Aber irgendwann musste jeder große Ermittler mal anfangen, tröstete sich Jouma. Und deswegen würde Mwangi bei seiner Rückkehr auch einen neuen Stapel zum Durchsieben auf dem Tisch finden.

16

Wäre David Mwangi ein erfahrenerer Polizist gewesen, hätte er gewusst, dass man um nichts in der Welt den Hörer eines Telefons abnehmen sollte, das in einem leeren Einsatzzimmer klingelt. Aber diese Erfahrung fehlte ihm eben – und deswegen fuhr er jetzt Richtung Norden über die Nyali Bridge, um sich um einen mutmaßlichen Mordversuch im Sandpiper Ocean Club Hotel in Shanzu zu kümmern.

Unterwegs beschlichen ihn dennoch dumpfe Vorahnungen, die mit dem Vorfall an sich gar nichts zu tun hatten. Er machte sich vielmehr Sorgen, weil er den Hintergrund der drei Opfer des Kopfjägers durchleuchten sollte – beziehungsweise vier Opfer, falls sich (wie allgemein erwartet) herausstellen sollte, dass die Entführung von Richter Banda ebenfalls das Werk des machetenschwingenden Serienmörders war. Jouma wäre sicher nicht begeistert, wenn er entdeckte, dass Mwangi von den Ermittlungen in einem Serienmord abgezogen worden war, um sich um einen Fall von schwerer Körperverletzung zu kümmern. Im Grunde wusste der junge Detective Constable, dass der Inspector fuchsteufelswild werden würde.

Aber was hätte er denn tun sollen? Er war doch schließlich Detective Constable im Morddezernat, nicht wahr? Und hier ging es um einen Mordversuch, oder? Er konnte den Fall nicht einfach übergehen, ohne zumindest einen gründlichen Bericht über den Vorfall zu schreiben – das würde allem widersprechen, was er gelernt hatte. Es wäre höchst unprofessionell.

Bis er beim Hotel angekommen war, war Frau Maria Klinker schon auf dem Weg ins Mombasa Hospital, und der englische Hotelmanager spülte gerade eine Handvoll Paracetamol mit drei Fingerbreit purem Whisky hinunter.

»Detective«, sagte er und wischte sich den Mund mit dem Handrücken ab. Er hieß Alec Standage und war ein untersetzter Mann Mitte vierzig mit großem Kopf und einem buschigen Schopf sandfarbenen Haars. »Gott sei Dank sind Sie da.«

Als die beiden Männer das Hauptgebäude verließen und auf die Reihen der Sonnenliegen zusteuerten, erklärte

Standage, dass er den Job erst vor kurzem angetreten hatte nach fünfjähriger erfolgreicher Leitung eines Landhotels in Norfolk.
»Wenn man hier herkommt, erwartet man sich ein bisschen ruhigeres Leben, wissen Sie? Die Gelegenheit, auszuspannen und eine Mütze voll Sonne mitzunehmen. Und dann passiert hier so eine Scheiße. Verdammt noch mal, es ist doch *Weihnachten*, Mann!«
Sie erreichten jetzt Frau Klinkers Sonnenliege. Sie war etwas von den anderen abgerückt und stand im Schatten einer Palme mit breiten Blättern. Die Liege war eine stabile Holzkonstruktion, am Kopfende in einem Winkel von dreißig Grad hochgestellt. Wie bei den anderen lag eine fünf Zentimeter dicke weiße Auflage darauf, nur dass diese hier einen dunkelroten Fleck von Frau Klinkers Blut aufwies.
»Wann ist das passiert?«, erkundigte sich Mwangi.
»Das war kurz vor sieben«, antwortete Standage. »Als es Mr. Wuyns passierte, dachten wir alle, dass ihm eine Kokosnuss auf den Kopf gefallen sein musste. Nur wenige Meter von seiner Liege entfernt lag nämlich eine.«
Mwangi blickte von seinem Notizblock auf. »Das ist schon mal vorgekommen?«
»Vor drei Tagen«, gab der Engländer verschämt zu.
»Und das haben Sie nicht gemeldet?«
»Wie ich schon sagte – wir hielten es für einen Unfall. Deswegen habe ich auch sofort angeordnet, sämtliche Bäume abzuernten. Das Bodenpersonal hätte das natürlich schon längst vorher machen müssen. Überflüssig zu erwähnen, dass die nicht mehr hier beschäftigt sind.«
Mwangi blickte hoch in die Krone einer Palme. Wo sich

normalerweise eine ganze Traube von Kokosnüssen befand, sah man jetzt nur noch mehrere unregelmäßige Stümpfe an den Stellen, wo die Früchte abgehackt worden waren.

»Der Name des ersten Opfers lautete ...?«

»Wuyns. Alfred Wuyns. Ein Herr aus Holland.«

»Wo saß er?«

»Nicht weit von hier. Vielleicht ein Stückchen näher zum Strand.«

»War er allein?«

»Seine Reisebegleitung war im Pool.«

»Sein Reisebegleitung? Sie meinen seine Frau?«

Standage räusperte sich verlegen. »Mr. Wuyns hat mit einem befreundeten Gentleman Urlaub gemacht.«

Mwangi verdrehte die Augen. »Er hat seinen Angreifer also nicht gesehen?«

»Er hat geschlafen.«

»Und von den anderen Gästen hat auch niemand etwas gesehen?«

»Nein. Aber es war auch noch sehr früh. Mr. Wuyns und sein Freund sind gerne früh draußen gewesen. Bevor alle kommen.«

»Wo sind die beiden jetzt?«

Standage zog ein betretenes Gesicht. »Sie sind abgereist. Wie Sie sich vorstellen können, hat die Sache sie furchtbar aufgeregt.«

Mwangi deutete mit seinem Stift auf ein paar uniformierte Hotelwachen, die zielstrebig am Strand patrouillierten. »Und was ist mit den *Askaris*? Haben die etwas beobachtet?«

»Nein.«

»Gehe ich richtig in der Annahme, dass sie auch im Fall Klinker nichts gesehen haben?«

»Ja«, sagte Standage. Der leise mitschwingende drohende Unterton in seiner Stimme legte die Vermutung nahe, dass heute für bestimmte Mitglieder des hoteleigenen Sicherheitsdienstes der letzte Tag ihrer Anstellung gekommen war. »Sie lag allein hier und las ein Buch. Ihr Mann war im Restaurant und frühstückte noch. Und kurz darauf findet er sie hier draußen, und das Blut läuft ihr aus dem Schädel.«

»Wo ist Herr Klinker jetzt?«

»Er ist mit ins Krankenhaus gefahren. Er machte sich sehr große Sorgen.«

»Ich nehme an, Sie machen sich auch große Sorgen, Mr. Standage«, meinte Mwangi. »Gäste von Fünf-Sterne-Hotels können sich für gewöhnlich gute Anwälte leisten.«

17

Um 13:30 Uhr öffneten sich die schweren Sicherheitstore zu Brigadier Charles Wako Chatmes Anwesen, und seine Frau Ellen fuhr in einem silberfarbenen Mercedes Cabrio heraus. Als das Auto an ihm vorbeibrauste, seufzte Jouma erleichtert auf. Er hatte sich unter das Armaturenbrett seines äußerst proletarischen Fiat Panda geduckt. Nachdem Ellen das Haus verlassen hatte und der Brigadier bei der Arbeit war, war die einzige Person im Haus ihre Tochter Tabitha.

Auf diesen Moment hatte er fast zwei Stunden warten müssen.
Doch als er gerade aussteigen wollte, gingen die elektrischen Tore quietschend wieder auf, und diesmal schoss ein gelber VW Käfer heraus. Am Steuer saß Tabitha mit sichtlich entschlossener Miene. Jouma fluchte, und während er nach dem Zündschlüssel tastete, fragte er sich, ob er dieses verdammte Mädchen jemals allein sprechen würde.

Der Käfer war leicht zu verfolgen, und als er über die Nyali Bridge fuhr, folgerte Jouma, dass Tabitha auf dem Weg zu ihrer Wohnung in Kwakiziwi war. Zu seiner Überraschung fuhr sie jedoch weiter durch die Stadt, bis sie den brütend heißen Kingorani-Slum südlich der Moi Avenue erreichte. Hier parkte sie ihr Auto in Sichtweite der riesigen zwei Stoßzähne, die sich über der Hauptdurchgangsstraße wölbten, und eilte in die Wellblechhüttensiedlung. Jouma parkte in einer Entfernung von hundert Metern und nahm ihre Verfolgung auf.
Für das Auge eines Uneingeweihten sahen die unbefestigten Straßen des Slums, die von dicht an dicht stehenden Häusern, Ständen und Spelunken gesäumt waren, so aus, als hätte sich niemand Gedanken über ihre Anordnung und ihren Zweck gemacht. Nur die ausgemergelten Hunde und Ziegen, die durch die Straßen streiften, schienen zu wissen, wohin sie gingen, und zwar normalerweise zu den großen Müllhalden am Rande des Slums. Doch wer sich hier auskannte, konnte auch eine seltsame Art von Ordnung an diesem Ort erkennen. Jouma, der schon oft hier gewesen war, fühlte sich immer an die Wirbel und

Sackgassen eines Fingerabdrucks erinnert. Aus der Nähe betrachtet schien alles völlig planlos, doch als Ganzes hatte es auf einmal eine bestimmte Symmetrie. Nicht dass der Inspector dem organischen Charme des Slums irgendwie erlegen gewesen wäre. Ganz sicher nicht. Hierher kam er nur, wenn er in einem Mordfall ermittelte – für gewöhnlich also fünfzehn-, sechzehnmal pro Jahr.

Woran er sich nie gewöhnen konnte, war der Gestank der knapp sechzigtausend Menschen auf diesem verdreckten Areal, das nur unwesentlich größer war als ein Fußballplatz. An heißen Tagen wie heute war dieser Gestank sogar stärker als der der erstickenden Auspuffgase der Autos und Lieferwagen.

Was hatte sie hier zu suchen?

Tabitha schien ganz genau zu wissen, wohin sie wollte. Ihre Körperhaltung war entschlossen, sie hatte den Kopf gesenkt und ignorierte die Pfiffe und lasziven Kommentare der *Bhang*- und *Chang'aa*-berauschten Männer sowie die argwöhnischen Blicke der Frauen, die auf den Leinen zwischen den Baracken ihre Wäsche aufhängten.

Sie kam bei einem einstöckigen Gebäude an, das aus Baugerüsten, Betonstahlgewebe und Porenbeton zusammengeschustert war – offensichtlich alles von einer Baustelle gestohlen. Tabitha blieb stehen, als wollte sie wieder zu Atem kommen, dann ging sie hinein.

Jouma schnappte sich den nächstbesten Passanten, eine zahnlose Alte, die einen melonengroßen Kropf mit sich herumtrug.

»Was ist das für ein Gebäude?«, wollte er wissen.

Die Frau sah ihn stumpf an. Seufzend drückte er ihr fünfzig Shilling in die Hand. Sie untersuchte die Scheine sorgfältig, bevor sie sie in den Falten ihres schmierigen Sarongs verschwinden ließ.

»Nun?«

Die Frau spuckte aus. »Da gehen Sie hin, wenn der *Kagunyo* Sie gepackt hat, Sir«, erklärte sie. Sie lächelte und entblößte dabei ihr runzliges Zahnfleisch. »Aber wenn der *Kagunyo* Sie erst mal hat, dann hat er Sie für immer.«

Jouma starrte sie ungläubig an.

Kagunyo. Der Wurm.

So nannte man im Slang des Slums das Aids-Virus.

18

Frau Klinker war achtundfünfzig Jahre alt und stammte aus Dingolfing. Sie und ihr Mann, ein pensionierter Ingenieur der BMW-Werke, waren vierzig Jahre verheiratet gewesen. Die letzten zehn Jahre waren sie jedes Jahr nach Afrika gekommen, um im Sandpiper Ocean Club Hotel Urlaub zu machen. Doch jetzt lag sie auf der Intensivstation des Mombasa General Hospital, angeschlossen an Maschinen, versorgt durch Infusionen, und ihr Kopf verschwand fast unter den Verbänden.

»Es sieht nicht gut aus, Constable Mwangi«, räumte der Neurologe ein. »Wie Sie sehen, hat der Schlag massive Schäden an der Schädeldecke verursacht.« Er deutete auf ein Röntgenbild von Frau Klinkers Schädel, das in seinem Büro an einem Röntgenbildschirm an der Wand hing.

Mwangi hatte sein erstklassiges Universitätsexamen in

Oxford zwar in Mathematik gemacht, aber selbst ihm war klar, dass die faustgroße Einbuchtung in diesem Kopf nichts Gutes verhieß.

»Sowie die Patientin bei uns eingetroffen ist, habe ich eine Kraniotomie durchgeführt«, erklärte der Arzt. »Normalerweise hätte ich auch noch eine Kraniektomie durchgeführt, um den Hirndruck zu senken, aber ich war nicht sicher, ob der Schädel das ausgehalten hätte.«

»Ich bin kein Arzt«, sagte Mwangi. »Könnten Sie mir das vielleicht erklären?«

»Also, die eine Methode besteht darin, dass man ein kleines Loch in den Schädel bohrt, um zu verhindern, dass sich zu großer Druck aufbaut. Das ist unproblematisch. Aber die zweite Methode erfordert, dass man ein Stück vom Schädelknochen entfernt, um dem Gehirn ein gefahrloses Anschwellen zu gestatten. Allerdings habe ich da meine Bedenken. Wie Sie sehen, ist der Knochen nicht gesplittert, wurde aber von außen ins Gehirn gedrückt. Das ist wahrscheinlich auch der einzige Grund, warum die Patientin noch am Leben ist. Wenn er am Ende doch noch splittert … Na ja, ich bin mir nicht sicher, dass es das Risiko wert ist.«

»Wie stehen ihre Chancen?«

»Nicht höher als zehn Prozent.«

»Wenn sie sich erholen würde, wie lange würde es dann dauern, bis sie wieder bei klarem Bewusstsein ist?«

»Bei klarem Bewusstsein? Ich bezweifle, dass sie jemals wieder zu klarem Bewusstsein kommt. Selbst wenn sie es überlebt, ist das Trauma der Frontal- und Parietallappen so gravierend, dass sie wenig bis gar keine kognitiven Fähigkeiten mehr haben wird. Im Großen und Ganzen wird sie als Gemüse dahinvegetieren. Wenn ich ganz offen sein darf – in Fällen wie diesen ist es oft besser, wenn der Patient stirbt.«

»Aber ich vertraue darauf, dass Sie Ihr Bestes geben werden.«

»Es ist mein Job, Leute am Leben zu halten.«

»Gut – im Moment ist sie nämlich meine einzige Zeugin.« Mwangi trat an den Röntgenbildschirm und musterte noch einmal das Bild. Es war seltsam, aber die Delle in Frau Klinkers Schädel war von geradezu ästhetischer Symmetrie. Und beinahe ganz kreisrund.

»Noch eine Frage: Könnte es sein, dass diese Verletzung von einer herabfallenden Kokosnuss verursacht wurde?«

Der Neurologe sah ihn überrascht an. »Nur wenn diese Kokosnuss aus Blei war, Constable Mwangi.«

19

Tabithas Besuch im Kingorani-Slum war nur von kurzer Dauer. Zehn Minuten, nachdem Jouma beobachtet hatte, wie sie das Gebäude betrat, kehrte sie schon wieder zu ihrem Auto zurück. Als er sich bückte und durch ihr offenes Fahrerfenster blickte, stieß sie einen überraschten Schrei aus.

»Ich denke, wir müssen uns unterhalten, Tabitha«, sagte er.

Sie gingen in ein Café auf der anderen Seite der Hauptstraße, und Jouma bestellte eine Kanne Tee.

»Sind Sie infiziert?«, fragte er.

Ihr traten fast die Augen aus den Höhlen. »Sind Sie mir *gefolgt?*«

»Na, nun sagen Sie's mir schon, Mädchen – *sind Sie infiziert?*«

Sie war entrüstet. »Natürlich nicht! Was glauben Sie denn, was für ein Mensch ich bin?«

»Ich weiß nicht«, erwiderte Jouma. »Was für ein Mensch geht in eine Slum-Klinik, die HIV-Medikamente an Huren und Junkies ausgibt?«

»Das geht Sie überhaupt nichts an«, gab sie zurück.

»Bis ich den Mörder Ihres Mannes gefunden habe, geht es mich sehr wohl etwas an!«

Seine Heftigkeit schien sie zu erschrecken, sie blinzelte überrascht. Das war ja gar nicht mehr der mitfühlende kleine Polizist, den sie bis jetzt zu sehen bekommen hatte. Plötzlich besaß dieser Jouma eine stählerne Stimme und einen strengen Blick.

»Sie verleihen Geld«, sagte sie schließlich.

Jetzt war es an Jouma, aus dem Tritt zu geraten, vor allem als Tabitha ihm erklärte, dass es wegen der zahllosen HIV-Infizierten einen soliden Schwarzmarkt für retrovirale Medikamente gab. Und zwar für solche, für die man sich nicht registrieren lassen musste – und die eigentlich gar keine retroviralen Medikamente waren, sondern Placebos, die gerade genug Heroin enthielten, um die Drogensüchtigen bei der Stange zu halten. Natürlich konnte man mit dem Geld von diesen Drogen allerlei Geschäfte machen, und dazu gehörten auch hochverzinste Kredite an Junkies, die damit ihre Sucht finanzierten.

»Und *Sie* gehen zu diesen Leuten, um sich Geld zu leihen?«

Er starrte sie an und versuchte zu begreifen, wie sie sich auf derart schmutzige Geschäfte einlassen konnte.
Ihre Augen flackerten bei seiner Frage, aber dann blickte sie auf ihre Teetasse hinunter und schüttelte den Kopf. »Paul war früher ein Spieler«, gestand sie. »Das war zwar schon vorbei, als wir uns kennenlernten, aber er schuldete diesen Männern Geld.«
»Wie viel Geld?«
»Eintausend Dollar.«
Jouma pfiff durch die Zähne. Für den kleinen Angestellten einer Kreditgesellschaft wie Paul Yomo entsprach so eine Summe ungefähr zwei bis drei Monatsgehältern.
»Haben diese Männer Ihren Mann bedroht?«
»Das war nicht nötig, Inspector. Er hat seine Raten regelmäßig bezahlt.«
Er musterte sie traurig. Die ruchlose Natur des Menschen passte nicht in ihr naives Weltbild. »Glauben Sie mir, Tabitha, Geldverleiher greifen *immer* gern zu Drohungen. Und manchmal auch zu Mord.«
»Sie verstehen nicht«, widersprach sie. »Deswegen war ich ja heute dort – um die letzte Rate zu begleichen. Fünfundzwanzig Dollar.«
»Und damit war der Kredit komplett abbezahlt?«
»Mein Mann war Kreditberater, Inspector Jouma. Er wusste, wie wichtig es ist, seine Raten immer zu zahlen.« Sie funkelte ihn an, als wartete sie bloß darauf, dass er auch nur die geringste abfällige Bemerkung über ihren toten Mann machte.
»Wissen Ihre Eltern davon?«, fragte er.
Tabitha zuckte mit den Schultern. »Warum sollten sie? Das ist doch nicht ihre Sache.«

»Für mich sieht es ganz so aus, als hätten Ihre Eltern Ihr Leben sehr wohl zu ihrer Sache gemacht, Tabitha. Was glauben Sie, was sie sagen würden, wenn sie von Pauls Spielsucht wüssten?«

»Es ist egal, was ich glaube. Sie werden es nämlich nie erfahren.« Sie starrte ihn wütend an. »Es sei denn, Sie haben vor, es ihnen zu erzählen, Inspector.«

Jouma beugte sich vor. »Kommt darauf an, was Sie mir erzählen.«

Zum ersten Mal schlich sich eine gewisse Verunsicherung in ihre Miene. »Was meinen Sie damit?«

»Ich habe Ihre Mutter nach Jonas' Vater gefragt. Sie hat sich geweigert, mir zu verraten, wer es war.«

»Das ist lange her. Warum müssen Sie das wissen?«

»Ich muss *alles* wissen«, versetzte Jouma.

Einen Moment blickte Tabitha auf die nicht abreißende Blechlawine, die sich über die Moi Avenue wälzte.

»Er hieß Billy«, sagte sie schließlich. »Billy Kapchanga. Er war aus Kingorani. Ein Musiker. Aber wir waren nur ein paar Monate zusammen.«

»Wo ist er jetzt?«

»Ich weiß nicht. Ich habe seit Jonas' Geburt nichts mehr von ihm gehört.«

Jouma nickte. »Verstehe.« Diese Geschichte hatte er schon millionenfach gehört: ein nichtsnutziger Vater, der sich lieber aus dem Staub macht, als sich seiner Verantwortung zu stellen. »Tja, ist wahrscheinlich besser für Sie und den Jungen, dass er nicht mehr da ist.«

Wieder das wütende Funkeln in den Augen. »Billy und ich haben uns geliebt, Inspector! Wir waren sogar verlobt und hatten Heiratspläne. Als ich ihm sagte, dass ich schwanger bin, meinte er, das sei der glücklichste Tag seines Lebens.«

»Und dann?«

»Ich weiß nicht. Den einen Tag war er noch da, am nächsten war er verschwunden.«

»Wohin verschwunden?«

»Einfach verschwunden eben. Sein Haus war leer, seine ganze Habe weg.«

»Manchmal wächst einem Mann die Verantwortung der Vaterschaft über den Kopf«, bemerkte Jouma. »Und seitdem haben Sie ihn also nie wieder gesehen oder von ihm gehört?«

»Ich weiß nicht mal, wo er ist, Inspector. Damals hoffte ich jeden Tag noch auf einen Brief von ihm, aber es kam nichts.«

Jouma hob die Teetasse. »Sie müssen viel von ihm gehalten haben.«

»Das tue ich immer noch«, erwiderte Tabitha. »Er ist der Vater meines Kindes.«

20

Jakes Joggingrunde führte ihn die Straße am Flamingo Creek entlang, vorbei an Suki Los Bar und den paar Bootshütten daneben, und fast bis zur Mündung des Flusses. Dort blieb er stehen und sog die frische Seeluft tief in die Lungen. Er genoss das Brennen in seinen Beinmuskeln und das Rauschen des Blutes in den Ohren. Er fühlte sich gut, sogar noch besser als in der Zeit vor dem Mordanschlag. Und mit jedem Tag, der verging, schien dieser Anschlag weiter in die Ferne zu rücken. Genau wie bei der Schussverletzung vor sechs Jahren, fühlte es sich so an, als wäre es jemand anderem passiert.

Er trabte ans Flussufer, wo ein paar Kinder im flachen Wasser mit selbstgebastelten Angeln Köderfische fingen. Jake sah ihnen eine Weile zu und genoss die Einfachheit der Szenerie. Er dachte an die Tage zurück, als er und seine Kumpels aus dem Meadowell-Wohnblock stundenlang am Tynemouth-Pier standen, ihre Angeln ins Wasser hängen ließen und sich an den Metallgeländern festhielten, während die Nordsee gegen den Zement zu ihren Füßen donnerte und weiße Gischtflocken nach oben spuckte. Manchmal hatte er auch dort gestanden, wenn die Fischereiflotte heimkehrte, und zugesehen, wie die rostenden Metallboote langsam flussaufwärts tuckerten und auf den Fischereikai bei North Shield zuhielten. Allen voran der Trawler seines Vaters, der nach einer Woche auf hoher See mitgenommen und müde aussah. Die Besatzung machte sich bereit, damit man gleich nach dem Anlegen die Fischräume leeren konnte. Unterdessen steuerte sein Vater das Schiff durch den Kanal und blinzelte, um den Rauch seiner Zigarette nicht in die Augen zu bekommen.

Es war ein hartes, gnadenloses Leben gewesen, und alle waren davon ausgegangen, dass Jake in die Fußstapfen seines Vaters treten würde, wie schon die sechs Generationen vor ihm dem Beispiel ihrer Väter gefolgt waren. Doch schon damals sah er die Feuerschrift an der Wand – der Rückgang der Fischbestände, die zermürbende Bürokratie, der ständige Kampf, einigermaßen seinen Lebensunterhalt zu verdienen. Er sah es in den Rissen in Albie Moores Gesicht, roch es an seinem Alkoholatem, wenn er irgendwann nach Stunden in der Low Lights Tavern nach Hause stolperte, spürte es in den Schlägen, die der alte Mann auf ihn niedergehen ließ, wenn er mit dem Trinken nicht mehr gegen den Frust seines Lebens ankam.

Eines der Kinder am Flamingo Creek hatte eine Kokosnuss in der Hand, und Jake beobachtete, wie der Junge die Spitze geschickt mit einer Machete abhackte.

»Willst du, Boss?«, rief er Jake zu und bot ihm die warme, süße Milch an.

Jake lächelte und schüttelte den Kopf. »Trink du sie nur«, meinte er. »Du hast sie dir verdient.«

Der Junge grinste und setzte die grüne Schale an die Lippen. Nachdem er getrunken hatte, wischte er sich den Mund mit dem Handrücken ab und reichte die Kokosnuss an seine Freunde weiter. Jake lächelte wehmütig: Am Pier von Tynemouth war die einzige Erfrischung eine Literflasche Cola und vielleicht mal eine Tüte Kartoffelchips gewesen. Kokosnüsse? Die bekam man nur in der Spielhalle in Whitley Bay, schrumpelige braune Schalen mit einer Schicht aus trockenem weißem Fruchtfleisch, das nach Gips schmeckte.

Er blickte wieder aufs Meer, und sein Herz machte einen Satz, als er die *Yellowfin* in die Flussmündung einbiegen sah. Ralph stand auf der Brücke, und Sammy schrubbte das Deck. In wenigen Minuten würde der Junge über Bord springen und zu seinem Dorf Jalawi am anderen Flussufer schwimmen – obwohl Jake hoffte, dass Ralph bis dahin die Geschwindigkeit etwas gedrosselt hatte. Die

Yellowfin musste mehr als zwanzig Knoten draufhaben, als sie Kurs auf den Flamingo Creek nahm, zu schnell, als dass Ralph oder Sammy gesehen haben könnten, wie Jake ihnen zuwinkte.

Eilig machte er sich auf den Rückweg und lief Richtung Bootshaus. Ein Rennen gegen sein eigenes Boot würde seine Fitness auf eine harte Probe stellen. Während er immer schneller wurde, hörte er die Schreie der Kinder in seinem Rücken, die von der Bugwelle der *Yellowfin* von den Füßen gerissen und ins warme, braune Flusswasser geworfen wurden.

Natürlich hatte Jake überhaupt keine Chance. Als er schwitzend und atemlos das Bootshaus erreichte, war die *Yellowfin* schon vor Anker gegangen, und das kleine Boot war am Landungssteg vertäut. Jake näherte sich dem Haus, blieb aber stehen, als er von drinnen laute Stimmen hörte.

»Verdammt noch mal, Ralph, versuch es doch nicht abzustreiten«, rief Harry gerade. »Du bist gesehen worden, Mann!«

»Was meinst du mit ›gesehen worden‹?«, fragte Ralph empört. »Ich weiß nicht mal, wovon du redest, H.«

»Mombasa ist eine kleine Stadt, und Old Town ist noch kleiner. Glaub mir eins, mein Lieber, ich kenne *jeden* und jeder hier kennt mich.«

»Schön für dich, Harry. Und, soll ich jetzt jedes Mal ein Formular ausfüllen, um dir genau mitzuteilen, wo ich hingehe, oder was? Muss ich vorher deine Erlaubnis einholen?«

»Du hast gesagt, es würde nicht wieder vorkommen«, beharrte Harry. »Du hast es *versprochen,* Ralphie.«

»Und ich verspreche dir, dass ich es nicht getan habe, Alter. Ich schwör's dir.«
Jake betrat das Büro und die Brüder hörten sofort auf zu streiten.
»Ich störe doch hoffentlich nicht?«, fragte er fröhlich.
»Überhaupt nicht«, behauptete Harry. »Ralphie und ich hatten nur gerade eine kleine Meinungsverschiedenheit, das ist alles.«
»Hat sich aber anders angehört. Ich dachte, wenn ich nicht reinkomme, fangt ihr gleich an, euch zu prügeln.«
»Wir sind eben Brüder!«, rief Ralph. »Wir haben uns schon immer wegen jeder Kleinigkeit in die Haare gekriegt, stimmt's, H.?«
Harry lächelte ihn an, aber Jake sah die Wut immer noch in seinen Augen funkeln. Das war kein brüderliches Gekabbel ohne Grund gewesen. Irgendwas war da zwischen Harry und Ralph Philliskirk.
»Wie war es heute?«, fragte er Ralph.
Der ältere der Philliskirk-Brüder schien erleichtert über den Themenwechsel. »Super! Wir sind draußen bei den Sandbänken auf eine ganze Schule Thunfische gestoßen, und um dem Ganzen die Krone aufzusetzen, tauchten dann auch noch ein paar Buckelwale auf. Zwei hochzufriedene Ernies – so hochzufrieden, dass sie uns für morgen gleich wieder gebucht haben.«
»Toll.«
»Ich gehe davon aus, dass sie bezahlt haben«, sagte Harry eisig.
Ralph zog eine Rolle Scheine aus der Tasche seiner Shorts. Harry nahm sie entgegen und begann zu zählen – was ihm gar nicht ähnlich sah, wie Jake aus Erfahrung wusste.

21

Jouma war nach der Begegnung mit Tabitha immer noch so aufgewühlt, dass er Mwangis Abwesenheit und den immer noch völlig unberührten Papierstapel, den er ihm zum Sichten gegeben hatte, kaum bemerkte.

Im Hinterkopf hatte immer der Verdacht genagt, dass im Fall Yomo nicht alles so war, wie es schien. Dass irgendetwas an dieser Familie einfach zu perfekt war und unter der glatten Fassade aus Achtbarkeit und Solidarität Risse klafften.

Inzwischen *wusste* er, dass nicht alles so war, wie es schien. Paul war ein krankhafter Spieler gewesen, weshalb er Schulden bei gewissen anrüchigen Gestalten im Kingorani-Slum gehabt hatte.

Bei Gestalten wie Davey Cav.

Cav war ein überraschend leutseliger junger Afrikaner, der eigentlich auf den Namen David Cavikikoi getauft war, jetzt jedoch unter seinem Spitznamen bekannt war, der um einiges besser zu seinem Outfit aus ärmellosem Shirt, Baggy-Jeans, verkehrt herum aufgesetzter Baseballkappe und pfundweise Goldketten passte.

Wie er nicht müde wurde zu betonen, führte er ein völlig legales Kreditbüro – das nur zufällig durch den illegalen Verkauf von erstklassigen Drogen an verzweifelte, aidskranke Süchtige aus dem Kingorani-Slum finanziert wurde. Als Jouma ihn auf dieses Detail hinwies und zu verstehen gab, wie er Cav das Leben sauer machen könnte, erklärte sich der Hai nur zu gerne zur Kooperation bereit.

»Was soll ich Ihnen sagen, Inspector?«, begann er. »Mr. Yomo war ein hochgeschätzter Kunde. Er hat seine wöchentlichen Raten pünktlich bezahlt, und ich musste kein einziges Mal Sanktionen verhängen.«

»Ich nehme an, unter Sanktionen verstehen Sie, dass man jemandem die Beine bricht?«

Sie befanden sich in einem fensterlosen, stickigen Zimmer im hinteren Teil des Gebäudes, das Tabitha heute aufgesucht hatte. Cav saß an seinem Schreibtisch – einer Spanholzplatte, die auf zwei Öltonnen lag. Vielleicht wäre er in einem anderen Leben und unter anderen Umständen Bankdirektor oder Versicherungsvertreter geworden. Aber dann hätte er eben nur ein Bruchteil von dem verdient, was er momentan einsackte, dachte Jouma.

Cav lachte. »Ich hatte nie Probleme mit Mr. Yomo, und als heute seine entzückende Frau persönlich vorbeikam, um die letzte Rate zu begleichen, war ich sehr traurig. Ich habe ihr sogar einen neuen Kredit zu einem sehr günstigen Zinssatz angeboten.«

»Verstehe. Und was für ein Zinssatz hatte Mr. Yomo bei seinem ursprünglichen Kredit?«

»Ich glaube, es war unsere Standardrate von sechzig Prozent.«

»Das kommt mir extrem teuer vor.«

»Die Leute können ja jederzeit zu anderen Kreditinstituten gehen«, grinste Cav. »Aber vielleicht hatte Mr. Yomo unter den gegebenen Umständen keine allzu große Auswahl.«

»Und wie sahen diese Umstände aus?«

»Über Einzelheiten bin ich nicht informiert. Aber ein achtbarer Mann wie er? Mit einem guten Job und Aussichten auf eine Karriere? Der wäre normalerweise bestimmt nicht zu mir gekommen.«

Da musste Jouma ihm recht geben. Warum sollte irgendjemand zu einem Kredithai gehen, wenn man ihm nicht schon an anderer Stelle ein Darlehen zu vernünftigeren Konditionen verweigert hätte? Und wie Tabitha betont hatte, kannte Paul sich in dieser Branche ja wirklich aus.

»Kann ich Ihnen sonst noch irgendwie behilflich sein, Inspector Jouma?«, fragte der Halsabschneider. »Brauchen Sie vielleicht einen Kredit?«

»Sie waren mir eine große Hilfe, Mr. Cav«, sagte Jouma. »Und deswegen werde ich auch eine ganze Stunde abwarten, bevor ich meine Kollegen vom Drogendezernat anrufe und sie über Ihre Machenschaften informiere. Dann haben Sie noch genug Zeit, sich aus dem Staub zu machen.«

Cav war entrüstet. »Ich glaube kaum, dass das nötig sein wird.«

»Dann gibt es vielleicht doch noch etwas, was Sie für mich tun können.«

»Nur zu, Inspector! Ich stehe zu Ihrer Verfügung.«

»Ich muss einen Mann namens Billy Kapchanga finden. Er hat vor ein paar Jahren hier in Kingorani gelebt. Soviel ich weiß, war er eine Art Musiker.«

Cav kniff die Augen zusammen. »Von dem hab ich noch nie gehört.«

»Irgendjemand wird ihn sicher kennen. Und da Sie in diesem Viertel sicher einen heißen Draht zu allen möglichen Quellen haben, Mr. Cav, bin ich ganz sicher, dass Sie mir helfen können.«

Das schien dem Wucherer zu gefallen. »Ich werde Nachforschungen anstellen.«
»Bitte tun Sie das.« Jouma reichte ihm eine Visitenkarte. »Und *wenn* Sie etwas herausfinden, zögern Sie nicht, mich anzurufen.«
Er bezweifelte jedoch, dass das Telefon klingeln würde. Als Jouma wieder in seinem Büro saß, war er nicht mal mehr sicher, ob es ihm tatsächlich weiterhelfen würde. Kredithaie? Verschwundene Väter? Was hatte das alles zu bedeuten? Genauer gesagt: War es relevant für den Kopfjäger-Fall? *Wenn er es doch nur sicher wüsste. Wenn er doch nur diese Akte schließen und sie einem anderen Detective in die Hand drücken könnte, wie Elizabeth Simba angedeutet hatte.*
Aber das konnte er nicht. Noch nicht.
Er warf einen Blick in die Akten auf seinem Tisch. Gordon Gould und Eric Kitonga. Allseits geachtet und beliebt. Glücklich verheiratete, gesetzestreue Bürger. Finanziell abgesichert und persönlich zufrieden. Auch nach Hunderten von Stunden sorgfältiger Polizeiarbeit hatten sie nicht die entfernteste Spur einer Leiche im Keller gefunden. Jedes Mal, wenn Jouma glaubte, einen der beiden Männer doch zu fassen zu bekommen, glitt er ihm durch die Finger. Es war ärgerlich und unerklärlich, und – obwohl er es Superintendent Simba gegenüber niemals zugegeben hätte – zum ersten Mal in seinen dreißig Dienstjahren war er mit seinem Latein völlig am Ende.
Immerhin lieferte ihm Paul Yomos zunehmend düsteres Doppelleben wenigstens *einen* Anhaltspunkt. Damit fühlte er sich nun doch ein bisschen besser: Im Gegensatz zu

Detective Fugogo hatte er nach einem Tag Arbeit immerhin etwas vorzuweisen.

Fugogo. Jouma griff zum Hörer und rief ihn an. Nach mehrmaligem Durchstellen hatte er den Veteranen in der Leitung.

»Wo sind Sie?«, fragte Jouma.

»Im Hauptquartier der Küstenwache.«

»Irgendwelche Neuigkeiten vom Richter?«

»Nein«, sagte Fugogo mit seiner schleppenden Stimme. »Der Helikopter ist gerade zurückgekommen. Was soll ich weiter unternehmen?«

»Weitersuchen, Fugogo«, blaffte Jouma und knallte den Hörer auf die Gabel.

Weitersuchen. Auch wenn es eine hoffnungslose Zeitverschwendung ist. Jouma hegte keinerlei Zweifel, dass Richter Banda bereits tot war. Tatsächlich war es die schreckliche Wahrheit, dass er ungeduldig auf die Entdeckung des abgetrennten Schädels wartete, weil der ihn vielleicht ein Stückchen weiterbringen konnte. Aber was, wenn er nie auftauchte? Oder wenn der Richter so blitzsauber war wie Gould und Kitonga? Was dann? Musste er dann warten, bis es noch ein Opfer gab? Und danach noch eins?

Wo soll das enden, Daniel?

Die Bürotür ging auf, und Mwangi trat ein. Als Jouma ihn fragte, wo zum Teufel er die ganze Zeit gesteckt habe, erzählte ihm der Detective Constable von dem Mordversuch in Shanzu.

»Tut mir leid, Sir. Ich hätte warten sollen, bis Sie zurück sind.«

Er wirkte fast schockiert, als Jouma ihn mit einem schiefen

Grinsen bedachte. »Sie haben genau das Richtige getan, Mwangi.«
»Wirklich?«
»Sie sind doch Detective, oder?«, sagte Jouma. »Ihre Arbeit ist es doch, Verbrechen aufzuklären, oder?«
»Ja, Sir.«
»Also haben Sie nur Ihre Arbeit getan.«
»Ich … ich dachte, Sie wären wütend.«
»Warum?«
»Weil ich mich eigentlich auf den Kopfjäger-Fall konzentrieren sollte.«
»Manchmal ist es gut, einen Schritt zurückzutreten, Mwangi. Oft ist eine Abwechslung genauso gut wie eine Ruhepause. Und wie Sie an den Papierstapeln sehen können, die ich Ihnen auf den Tisch gelegt habe, werden Sie heute Abend ziemlich viele Überstunden machen müssen.«
Erleichtert blickte Mwangi auf die Papiere. »Natürlich, Sir. Ich mach mich gleich dran. Allerdings habe ich im letzten Stapel etwas gefunden, was von Interesse sein könnte.«
»Im letzten Stapel?«
»Die Kreditantragsformulare von der Firma, für die Paul Yomo gearbeitet hat.«
Er nahm ein Blatt vom Tisch und brachte es Jouma, der es sorgfältig studierte. *Stimmt,* dachte der Inspector. *Das ist wirklich interessant. Details eines bestimmten Kreditantrags, der plötzlich ein ganz neues Licht auf die Ermittlungen warf.*
Mwangi kehrte an seinen eigenen Schreibtisch zurück. »Gibt es Neuigkeiten von Richter Banda?«

»Nein.«
»Dann gibt es ja immer noch Hoffnung.«
»Ja, Mwangi, es gibt immer noch Hoffnung«, erwiderte Jouma gedankenverloren. Er starrte immer noch auf den Kreditantrag, den er in der Hand hatte. »Egal was passiert – das sollten wir nie vergessen.«

22

Stella Binns war bis über beide Ohren verliebt. Ihr schwirrte der Kopf, und ihr Herz klopfte wie verrückt, so verliebt war sie. Und nicht nur das – sie war verlobt und wollte heiraten. Jai, ihr Verlobter, die Liebe ihres Lebens, lächelte sie an, zeigte seine kräftigen weißen Zähne und zwinkerte ihr mit seinen jettschwarzen Augen zu. Stella lächelte zurück und machte eine verschämt abwehrende Bewegung mit ihren Wurstfingern, für den Fall, dass einer der anderen Besucher der Touristenattraktion Ngomongo Villages ihren kleinen Blickwechsel beobachtet haben sollte.
Dabei gab es nichts, wofür sie sich hätte schämen müssen. Ganz im Gegenteil. Doch sie war nicht dumm, sie wusste, was die Leute von einer übergewichtigen Weißen Mitte vierzig dachten, die sich mit einem Afrikaner Anfang zwanzig abgab. Dumme Nuss, dachten sie. Traurige, einsame, dumme Nuss, die sich mit einem afrikanischen Primitivling zum Narren machte und glaubte, dass er nur Augen für sie hätte.

Ja, Stella wusste sehr wohl, was sie alle dachten. Und von ihr aus konnten die sie alle mal kreuzweise. Stella und Jai waren verliebt, und damit basta.
Die Touristenattraktion lag in einem alten Kalksteinbruch außerhalb von Mombasa: ein ungefähr achthundert Meter langer Weg durch dichten Dschungel, an dem in regelmäßigen Abständen Hütten standen, die die verschiedenen Eingeborenenstämme der Region repräsentierten. Stella war heute Nachmittag mit einer Gruppe aus ihrem Hotel hierher gekommen, und obwohl mancher die Augenbrauen hochgezogen hatte, als Jai an der Hütte am Eingang auf Stella wartete, behielt die britische Höflichkeit die Oberhand, und es fiel kein Wort. Gerade hatten sie die Kikuyu-Hütte erreicht, die wie alle anderen von einem einzigen, verdrießlich dreinblickenden Komparsen in Stammeskluft »bewohnt« wurde. Während die anderen gafften und fotografierten, ertappte sich Stella dabei, wie sie Jai wieder anstarrte, und sie spürte eine jähe, angenehme Erregung bei dem Gedanken, wie es sich angefühlt hatte, als dieser schlanke, muskulöse Körper zwischen ihren Schenkeln gearbeitet hatte wie ein Kolben. Sie kicherte, weil es gar so schmutzig war. *Du dreckiges Luder,* dachte sie. Was sie wohl zu Hause in Wrexham sagen würden, die ganzen neugierigen Schlampen vom Supermarkt, wenn Stella bei der nächsten Afterwork-Party mit ihrem eigenen Bantu-Krieger im Schlepptau auftauchte?
»Das wird nicht einfach werden«, hatte er sie gewarnt, mit seinem sirupdicken afrikanischen Akzent, der ihr Schauder über den Rücken jagte. »Es wird schon eine Menge Geld kosten, überhaupt die nötigen Papiere zu beschaffen, und es könnte sein, dass es mehrere Monate dauert, bis ich

nachkommen kann. Das heißt, wenn du mich überhaupt willst …«

»O Jai!«, hatte Stella gerufen, während sich ihre Augen mit Tränen füllten. *»Aber natürlich will ich dich! Mehr als alles andere!«*

Weswegen sie an diesem Morgen Reiseschecks im Wert von achthundert Pfund eingetauscht hatte. Das sollte die erste Rate der zweitausend Pfund sein, die Jai nach eigenen Auskünften brauchte, um zu ihr nach Wales zu kommen. Das Geld steckte in einem Umschlag in ihrer Handtasche.

Der Rest der Gruppe war schon weitergegangen zur Kalenjin-Hütte. Der Kikuyu-Komparse war in seine Unterkunft hinter den Bäumen verschwunden, um sein Trinkgeld zu zählen und eine Zigarette zu rauchen, bevor in zehn Minuten die nächste Reisegruppe durchgeschleust wurde.

Stella sah Jai an. Sie waren allein. Endlich. Mit einem Satz war sie bei ihm, zerrte ihn in die leere Hütte und keuchte vor Begierde, seinen harten Körper auf ihrer heißen Haut zu spüren.

»O Gott, ich will dich«, stöhnte sie und stieß seinen Kopf zwischen ihre Brüste, während sie auf den Lehmboden sanken.

»Hast du das Geld?«, murmelte er.

»O ja … *ja* …«

Sie zitterte vor Ekstase, als sie fühlte, wie seine eifrigen Finger am Gummizug ihres Hosenbunds zerrten und ihr den Stoff über die Schenkel herabzogen. Und dann war er über ihr, bewegte sich erst langsam und lässig, um dann immer mehr Fahrt aufzunehmen, wie ein gleichmäßig beschleunigender Motor. Stella spürte, wie sich die Hitze in ihr aufstaute, bis es ihr vorkam, als stünde ihr ganzer Körper in Flammen.

Und dann hörte er auf.

Stelle blickte auf und bemerkte, dass der Bantu mit schreckgeweiteten Augen auf etwas starrte, was sich über ihrer nackten Schulter befinden musste.

»Verdammt!«, schrie er mit breitestem Cockney. »Scheiße, Mann!«

»Was? Was denn?«, jammerte sie. Die plötzliche Angst des afrikanischen Kriegers und die Flut von Schimpfwörtern, die sich aus seinem Mund ergoss und verdammt nach East End klang, verwirrte sie vollkommen. Sie versuchte sich zu bewegen, doch Jai, der sich panisch auf die Füße rappelte, stieß ihr vor lauter Hektik seinen Arm ins Gesicht, so dass ihr Hinterkopf auf den harten Lehmboden knallte.

Inzwischen war auch der Kikuyu gekommen, um zu sehen, was der Grund für den ganzen Aufstand war. Als er in die Hütte stürzte, sah er eine fette Weiße, der das Höschen an den Knien hing, während sie aufzustehen versuchte, sowie Tony, den Engländer, mit dem er eine lukrative Absprache hatte – zehn Dollar, wenn er ihm seine Hütte überließ, damit der »Krieger« das neueste Betrugsopfer beglücken konnte – und der sich gerade heftig übergab.

Der Grund war ganz offensichtlich. In der Ecke der Hütte, auf der Bespannung der traditionellen Kikuyu-Trommel, stand ein menschlicher Schädel. Die Augen waren nach hinten gerollt, und der Mund stand leicht offen. Die Zunge hatte man so weit herausgerissen, dass sie nur noch an einer dünnen Sehne hing, und dann mit einem Holznagel auf das Fell der Trommel geheftet. Zuerst hatte der Kikuyu den Eindruck, als würde sich die schwarze Haut bewegen, als wäre der Kopf irgendwie noch lebendig – aber als er näher herantrat, stellte er fest, dass der ganze Schädel vielmehr von einer dicken Schicht Fliegen bedeckt war, die gierig das verwesende Fleisch fraßen. Als er die Hand ausstreckte, stieg der Schwarm mit zornigem Gebrumm auf, und obwohl er hektisch nach den Insekten schlug, waren sie in Sekundenschnelle in seinen Augen und in seinem zum Schrei aufgerissenen Mund.

Teil IV

23

Mahmoud war siebzehn Jahre alt. Er war in den Slums von Mombasa aufgewachsen, wo seine klebstoffschnüffelnde Mutter ihr Geld verdiente, indem sie auf den riesigen Müllbergen nach Plastik suchte. Sie ernährte ihre acht Kinder von dem, was ihre ältesten Töchter – zwölf, zehn und neun Jahre alt – mit Prostitution verdienen konnten, sowie von Mahmouds Ausbeute von Bagatelldiebstählen auf den Basaren und Marktplätzen und von gelegentlichen Überfällen auf einzelne Touristen, die nach Einbruch der Dämmerung noch im Park herumspazierten. Manche sagten, Mahmouds Vater sei der Teufel in Person gewesen, aber das war ihm egal. Mochten die Missionare und Priester erzählen, was sie wollten – in den Slums gab es keinen Gott, weshalb er auch nur an zweierlei glaubte: an das schnelle Geld und an gutes *Bhang*, und zwar in dieser Reihenfolge.

Wie er an das eine oder andere kam, war ihm egal. Und aus diesem Grund war er auch der ideale Rekrut.

Als man ihm die Augenbinde, einen stinkenden Lumpen, abnahm, sah er, dass er in der Mitte eines Kreises aus Holzpfählen stand. Auf jedem war ein menschlicher Schädel aufgespießt, der durch eine Kerze von innen unheimlich beleuchtet wurde. Mahmoud nahm beißenden *Bhang*-Rauch und den strengen Geruch von menschlichem Schweiß wahr.

Ihm gegenüber saß ein nackter Mann im Schneidersitz auf einem Felsbrocken. Den rasierten Kopf hielt er so tief gesenkt, dass er fast seine Füße berührte. Seine Gliedmaßen waren dünn, fast schon ausgemergelt, als hätte man ihm die glänzende schwarze Haut einfach auf die Knochen gemalt. Für Mahmoud, dessen Wahrnehmung durch stark halluzinogenes Gras beträchtlich beeinträchtigt war, sah der Nackte aus wie ein riesiges Insekt.

»Weißt du, wer ich bin?«, knurrte der Mann, ohne aufzublicken.

Vor ihm lag ein dicker Holzblock, der in der Mitte eine Rinne aufwies. Auf dem Boden, direkt unter der Rinne, lag noch ein Schädel, von dem man die obere Knochendecke entfernt hatte.

Erneut schauderte Mahmoud, obwohl die Nachtluft fast unerträglich schwül war. Zum ersten Mal, seit er heute Nachmittag den alten Mann in der Slum-Spelunke getroffen hatte, begann er ihre Abmachung zu bereuen. *Ich suche Rekruten,* hatte der Alte ihm mit seiner leisen Stimme verraten, die man kaum hörte über dem Gelalle der Betrunkenen und dem Wummern der Jukebox. *Ein Job, zweihundert Dollar, keine Fragen. Bist du interessiert?*

Ob er interessiert war? Was war das denn bitte für eine Frage? Für zweihundert Dollar hätte Mahmoud seiner eigenen Mutter die Kehle durchgeschnitten. Daher fragte er auch nicht weiter nach, was das für ein Job sein sollte, auch als man ihm eine Augenbinde anlegte und ihn erst in einen Kofferraum legte und dann in ein Motorboot. *Ich entschuldige mich für die Unannehmlichkeiten,* hatte der Alte gesagt.

Doch Mahmoud scherte es nicht weiter, vor allem, nachdem ihm der Mann einen Joint gegeben hatte, von dem ihm immer noch der Schädel summte.

Jetzt ließ die Wirkung allerdings langsam nach – und ihm wurde von Minute zu Minute unwohler. Wo war er? Wo war der alte Mann?

»Weißt du, wer ich bin?«, fragte das Wesen auf dem Block.

»Nein … nein, Sir«, stotterte Mahmoud, dem plötzlich sehr einsam und verängstigt zumute war.

Langsam setzte sich der Mann auf, und Mahmoud sah, dass er ein Zicklein auf den Armen hatte, das erst wenige Tage alt sein konnte. Es nuckelte so eifrig an dem kleinen Finger des Mannes, als wäre es eine Zitze.

»Ich bin Athi, Sohn von Ngai, dem Teiler des Universums und Herrn aller Natur«, verkündete der Kopfjäger.

Wie auf ein unsichtbares Signal hin löste sich eine zweite Gestalt aus den Schatten, und Mahmoud keuchte erleichtert auf. Es war der alte Mann – obwohl er aus irgendeinem Grund in die grellbunte Aufmachung eines Medizinmanns geschlüpft war: geschnitzte Holz- und Knochenstückchen schmückten die ledrige Haut seiner Nase, Ohrläppchen und Lippen. Auch sein Verhalten war verändert: Seine Jovialität war verschwunden und einem Ausdruck feierlicher Versunkenheit gewichen. Als Mahmoud seinen Blick aufzufangen versuchte, wurde er geflissentlich ignoriert.

Der Kopfjäger gab dem Alten das Zicklein und stand auf. Als Mahmoud sah, wie groß der Mann war, schnappte er nach Luft. *Zwei Meter? Zwei Meter zehn?* Der Junge bemerkte, dass er um die Brust eine Art Ledergurt trug.

Langsam umfasste der Kopfjäger seinen Penis. Nachdem ihm der Medizinmann eine Kalebasse gereicht hatte, urinierte der Riese hinein, bis die schäumende gelbe Flüssig-

keit das Gefäß bis zur Hälfte füllte. Vorsichtig goss er einen Teil davon auf den Holzblock. Der Urin floss rasch durch die Rinne und tröpfelte von dort in den Schädel.
Jetzt brachte der Medizinmann das Zicklein. Das Tier spürte, dass es in unmittelbarer Gefahr war, und begann panisch zu blöken, doch der Kopfjäger packte es mit der Linken im Genick und hielt es auf Armeslänge von sich weg. Mit der rechten Hand griff er über seine Schulter nach hinten und zog aus einer nicht sichtbaren Scheide eine glänzende, sechzig Zentimeter lange Machete.
Diesmal keuchte Mahmoud hörbar auf – doch der Mörder ließ die Augen geschlossen. Als er sie wieder öffnete, gab es nur eine einzige plötzliche Bewegung, ein Aufblitzen von Metall, und schon quollen die Innereien der Ziege aus dem aufgeschlitzten Bauch. Mit einem zweiten geübten Handgriff entfernte der Mann den daumengroßen Magen des Tieres aus der klaffenden Bauchhöhle und reichte ihn dem Medizinmann auf der flachen Klinge. Der Alte öffnete den Magen mit dem Daumennagel und krempelte ihn um, so dass die unregelmäßige Oberfläche nach außen zeigte. Dann gab er das Organ zurück an den Kopfjäger, der mit seinen kleinen scharfen Zähnen ein Stück abbiss, es zu Brei zerkaute und in den Schädel spuckte.
Mahmoud beobachtete das Ritual mit fasziniertem Grauen. *Was sollte das alles?*
Aber es war noch nicht vorbei.
»Komm her, Junge«, befahl der Kopfjäger und ließ den immer noch zuckenden Körper des Zickleins auf den Lehmboden fallen. Seine Stimme war freundlich, fast väterlich. Doch er hatte immer noch die Machete in der Hand, und

im ersten Moment blieb Mahmoud stehen wie gelähmt.
»Du brauchst keine Angst zu haben.«
Der Junge spürte, wie ihm der Medizinmann die bimssteinrauhen Hände auf die Schultern legte und ihn sanft auf den Holzblock zuschob. Auf einmal wurde ihm der Grund für seine eigene Nacktheit klar, und er begann zu weinen.
»Du musst jetzt stark sein, mein Junge«, flüsterte ihm der alte Mann ins Ohr.
Er fasste Mahmouds Vorhaut mit Daumen und Zeigefinger, zog sie so weit wie möglich nach vorn und legte sie auf den Block.
Die Machete sauste herab. Der Junge spürte keinen Schmerz, nicht einmal einen Schnitt. Der Stahl glitt durch die gespannte Haut wie durch Luft. Erst als Mahmoud die schrumpelige Röhre auf dem Block liegen und sein eigenes hellrotes Blut durch die Rinne schießen sah, wusste er, dass es schon passiert war. Und in diesem Moment wurde er ohnmächtig.
Als er wieder zu sich kam, pulsierte der Schmerz zwischen seinen Beinen, und er stöhnte auf. Er saß mit dem Rücken an den Medizinmann gelehnt auf dem Boden. Mahmoud riskierte einen Blick auf seinen Penis und sah, dass die Spitze in Blätter gewickelt war.
»Der Schmerz vergeht bald«, murmelte der alte Mann. Er hielt den Schädel mit beiden Händen vor Mahmouds Gesicht, als wäre es ein Abendmahlskelch. »Du bist ein tapferer Junge. Ein würdiger Jünger Athis. Aber ein Ritual muss noch durchgeführt werden.«
Er führte den Schädel an Mahmouds Lippen. Er war randvoll mit einer dicken, terrakottafarbenen Flüssigkeit.

Der Junge zuckte zurück, als ihm der Gestank in die Nase stieg.

»Trink, mein Junge«, zischte der Medizinmann.

Mahmoud fühlte den Schädel an den Lippen und kämpfte mit einem überwältigenden Brechreiz.

»Trink …«

Dann spürte er die dicke Flüssigkeit in seinem Mund und schmeckte die warme Bitterkeit, als sie ihm wie Schleim durch die Kehle glitt.

»Trink …«

Mahmoud leerte den Schädel und ließ sich würgend zurückfallen.

Der Kopfjäger, der sich jetzt wieder auf seinem Felsblock zusammengekrümmt hatte, nickte anerkennend. »Nun bist du ein Jünger Athis«, verkündete er. »Deine Stärke kommt von Ngai, dem Geist des großen weißen Berges, *Kirinyaga.*«

Mahmoud wischte sich den widerlichen Saft vom Kinn und übergab sich noch einmal.

Der Riese hob den Kopf und schnupperte. Dann drehte er sich um und sah Mahmoud an. Ein Lächeln spielte um seine Mundwinkel. »Bald wirst du dich mit deinen Brüdern ans Werk machen. Du wirst dem Willen Ngais gehorchen und die auserwählten Abtrünnigen holen, die dem lebendigen Gott geopfert werden. Schlaf jetzt. Sterbliche müssen ihre Kraft immer wieder erneuern. Und es gibt noch viel zu tun.«

24

Auf dem Heimweg von ihrem Büro bei der *Daily Nation* kaufte Katherine Rapuro im Supermarkt eine Flasche Wein und ein Chicken-Jalfrezi-Fertiggericht für die Mikrowelle. Sie freute sich auf einen faulen Fernsehabend. Obwohl sie es gegenüber ihren Vorgesetzten in Nairobi niemals zugegeben hätte, war sie völlig erschöpft. Als man Richter Bandas Kopf in einer Hütte in den Ngomongo Villages gefunden hatte, war damit zwar bestätigt, dass er das vierte Opfer des Kopfjägers war, doch das hatte zu einer ganzen Reihe neuer hektischer Aktivitäten geführt: Pressekonferenzen, Besuche bei Nachbarn des Ermordeten, Interviews und – nachdem die Chefredaktion sich in die Idee verrannt hatte, dass der Mörder einmal von Banda verurteilt worden sein musste – Unmengen von Hintergrundrecherchen zu den Prozessen, bei denen der Richter den Vorsitz gehabt hatte.

Doch wie immer sah es ganz so aus, als wäre die Chefredaktion mal wieder auf dem falschen Dampfer. Der Richter hatte im Laufe seiner Karriere zwar einige ziemlich gefährliche Verbrecher hinter Gitter gebracht, aber keiner von denen hatte die Angewohnheit, den Leuten die Köpfe abzuschlagen. Auf jeden Fall war Banda nur eines von vier Opfern, zu denen noch ein Online-Redakteur, ein Dhau-Besitzer und der Angestellte eines Kreditunternehmens gehörten. Was war mit denen? Wie passten die in die Gleichung? Nein – die Motive des Kopfjägers waren weit komplexer als ein simpler Rachewunsch. Sie mussten komplexer sein.

Aber solche Gedanken behielt Katherine natürlich schön für sich. Sie hatte keinerlei Bedürfnis, sich ihre Vorgesetzten in Nairobi zum Feind zu machen, denn die konnten sie jederzeit ersetzen. Und nachdem der größte Mordfall Kenias in dieser Generation ausgerechnet ihr in den Schoß gefallen war, hätte sie den Teufel getan, die Sache aus der Hand zu geben. Dafür hatte sie schon zu hart daran gearbeitet – außerdem hatte sie zur Abwechslung mal eine anständige Story verdient.

Während der blutigen Aufstände nach den Wahlen 2007, als die Weltpresse ins Rift Valley strömte und die Stämme sich pflichtgemäß auf möglichst drastische Art gegenseitig abschlachteten, hatte Katherine geduldig darauf gewartet, dass die Unruhen auf Kenias zweitgrößte Stadt übergriffen. Als klar wurde, dass sie auf Nairobi beschränkt bleiben würden, hatte sie um neuerliche Versetzung gebeten, aber ihr Redakteur hatte angeordnet, dass sie in Mombasa bleiben sollte.

»Hier oben steht uns die Scheiße bis zum Hals, Not und Elend, wohin man blickt«, erklärte ihr Larry Gazemba. »Da brauchen wir noch ein bisschen was Leichtes für die Unterhaltungsseiten.«

Während alle anderen Angehörigen ihres Berufsstandes sich also auf die größte Story stürzten, die sich in Kenia seit dem Mau-Mau-Aufstand ereignet hatte, bekam Katherine den Auftrag, die Redaktion mit angenehmen Nachrichten zu versorgen: Wohltätigkeitsveranstaltungen, Fußballspiele und Touristen, die einen Rekord-Marlin geangelt hatten.

Das hatte sie Larry niemals vergeben. Außerdem hatte sie sich geschworen, dass sie nie wieder am Rande des Geschehens stehen würde, wenn sich eine große Story zusammenbraute.

Und der Kopfjäger war eine Wahnsinnsstory. Dass ihr Name regelmäßig unter den Aufmachern auf Seite eins gestanden hatte, hatte sie zutiefst befriedigt. Umso zermürbender war es gewesen, die Story über den letzten Monat hinweg am Leben zu halten. Katherine hätte nicht sagen können, wie viele Stunden sie kreuz und quer durch die Coast Province gefahren war, um die Story mit irgendeinem neuen Detail wieder aufzufrischen. Jetzt hatte sie sich wirklich eine Atempause verdient. Und sie hatte fest vor, diesen Abend zu genießen, als sie den Schlüssel ins Schloss ihrer bescheidenen Wohnung steckte.

Doch sowie sie den Hauch eines teuren Aftershaves roch, wusste sie, dass sie nicht allein war. In ihrem Wohnzimmer saß ein elegant gekleideter Mann, den Katherine sofort erkannte.

»Guten Abend, Miss Rapuro«, sagte der Bürgermeister. »Sie werden entschuldigen, dass ich Sie hier störe, aber ich wollte mich unter vier Augen mit Ihnen unterhalten. Sie wissen ja, wie schnell sich Klatsch in Mombasa verbreitet.«

Katherine versuchte, Ruhe zu bewahren, während sie ihre Einkäufe auf der Arbeitsplatte in der Küche abstellte. »Wie sind Sie hier reingekommen?«

»Ich habe Sicherheitsmitarbeiter, die für solche Sachen ausgebildet sind.« Er bemerkte, wie ihr Blick durch die Wohnung glitt. »Die sind draußen. Wahrscheinlich sind Sie gerade direkt an ihnen vorbeigegangen.«

Während sie innerlich um Fassung rang, räumte sie betont lässig ihre Einkaufstasche aus. »Hätten Sie Lust auf ein

Glas Wein?«, fragte sie und schwenkte eine Flasche billigen Frescobaldi.
»Das wäre nett, ja.«
Sie schraubte die Flasche auf und suchte nach passenden Gläsern, wobei sie sich für ihren sichtlichen Mangel an Lebensart schämte. Der Bürgermeister war es bestimmt gewohnt, feinen Wein aus Kristallgläsern zu trinken, mutmaßte sie. *Ach, zur Hölle mit ihm!*, dachte sie dann trotzig, während sie einschenkte. *Er* war immerhin in *ihre* Wohnung eingebrochen.
»Was kann ich für Sie tun?«
Der Bürgermeister nippte am Wein, und wenn er den Geschmack widerlich fand, ließ er es sich zumindest nicht anmerken.
»Ich wollte mit Ihnen über die Story sprechen, an der Sie gerade arbeiten«, begann er.
»Über den Kopfjäger?«
Der Bürgermeister zog ein schmerzliches Gesicht. »Ich nenne ihn lieber einen Mörder, aber ich kann natürlich verstehen, dass Sie an Ihre Auflage denken müssen.«
»Haben Sie Informationen über ihn?«
»Vielleicht.«
Nun erwachte doch ihr Interesse. »Was für Informationen?«
Der Bürgermeister seufzte. »Ich bin in dieser Stadt geboren, Miss Rapuro, und sie liegt mir sehr am Herzen. Die momentane Situation erschüttert mich bis ins Mark. Der Gedanke, dass die Menschen in Angst vor diesem *Monster* leben, ist mir unerträglich.«
Katherine beäugte ihn misstrauisch. Was zum Teufel bezweckte er mit diesem Sermon?

»Es ist mir ein großes Anliegen, die Bürger wissen zu lassen, dass ich ihre Sorgen teile«, fuhr er fort. »Dass ich alles tue, was in meiner Macht steht, um die Normalität wiederherzustellen.«

»Das ist sehr rührend, aber ich glaube nicht …«

»Unter uns: Es bekümmert mich sehr, dass die Berichterstattung sowohl mich als auch mein Büro im Hinblick auf diese Situation in einem so schlechten Licht dastehen lässt.«

Katherine grinste in ihr Glas. *Darauf* wollte er also hinaus.

»Ich kann Ihnen versichern, dass alles, was ich geschrieben habe, ausgewogen war«, beteuerte sie. »Ich war vor ein paar Tagen auch auf Ihrer Pressekonferenz.«

»*Einen einzigen Absatz,* Miss Rapuro«, protestierte der Bürgermeister. »Am Ende eines Artikels mit sechzehn Absätzen, in dem Bürger Mombasas ihrer Angst Ausdruck verliehen, dass dieser sogenannte Kopfjäger vielleicht nie gefasst wird. Das kann man wohl kaum als ausgewogene Berichterstattung bezeichnen.«

Katherine zuckte mit den Achseln. »Wie Sie schon sagten, Herr Bürgermeister – ich muss an meine Auflage denken.«

»Natürlich.«

»Und um ehrlich zu sein, eine Pressekonferenz des Bürgermeisters, in der kaum etwas Interessantes gesagt wird, schafft es nur schwer auf die Titelseite.«

»Das verstehe ich durchaus. Selbstverständlich verstehe ich das. Deswegen werde ich morgen früh um zehn auch dem Dhau-Hafen einen Besuch abstatten, um eine Gedenktafel zu Ehren des verstorbenen Mr. Kitonga zu enthüllen, die seine Dienste für die Wirtschaft Mombasas würdigt. Und deswegen werde ich auch hinterher mit der Witwe des verstorbenen Mr. Gould zum Lunch gehen – um die soliden Werte zu würdigen, die er auf seiner Website propagierte. Aus diesem Grund wäre ich Ihnen auch äußerst verbunden, Miss Rapuro, wenn Sie und ein Fotograf anwesend sein könnten, um diese Ereignisse für Ihr Blatt zu dokumentieren.«

Katherine hätte beinahe ihren Wein wieder ausgespuckt angesichts dieser Dreistigkeit.

»Ich befürchte, die *Daily Nation* lässt sich ihre Nachrichten nicht von Ihrem Büro diktieren.«

Er lächelte. »Natürlich nicht. Das würde mir im Traum nicht einfallen. Deswegen würde ich Ihnen auch gern einen Quid-pro-quo-Handel vorschlagen. Eine *Exklusivstory*, die Ihnen bei Ihrer Berichterstattung über den Kopfjäger den entscheidenden Vorsprung vor Ihrer Konkurrenz geben wird – im Austausch für ein paar kleine Berichte, die Sie von unserer Seite bekommen.«

Das klang interessant. »Was für eine Exklusivstory?«

Der Bürgermeister schlug eine dünne Dokumentenmappe aus Leder auf, entnahm einen Umschlag und wedelte ihr damit vor der Nase herum. »Das sind die Autopsieberichte der vier Leichen«, erklärte er. »Äußerst interessante Lektüre.«

Katherine musterte den Umschlag mit gierigen Augen. Sie wusste, dass sein Inhalt Gold wert war – wann immer sie bei der Polizei nachgefragt hatte, hatte sie auf Granit gebissen. Doch sie griff nicht danach.

»Wo haben Sie diese Berichte her? Wer garantiert mir überhaupt, dass sie echt sind?«

»Miss Rapuro, der Bürgermeister ist nach dem Provincial Commissioner der zweitmächtigste Mann in der Coast Province. Ich bekomme *alles* zu sehen. Glauben Sie mir – diese Berichte sind echt. Und Sie können mir glauben, es gibt noch eine ganze Menge weiterer Informationen zu diesem Fall, auf die ich Zugriff habe.«

»Wird die polizeiliche Ermittlung denn dadurch nicht gefährdet?«

Er zuckte mit den Schultern. »Welche polizeiliche Ermittlung? Es mag Ihrer Aufmerksamkeit vielleicht entgangen sein, aber dieser Mörder hat inzwischen viermal zugeschlagen, und die Polizei ist einer Lösung des Falles noch keinen Schritt nähergekommen.«

»Man wird mich fragen, woher ich die Berichte habe.«

»Und Sie werden natürlich antworten, dass ein Journalist niemals seine Quellen verrät.«

»Dafür könnte ich ins Gefängnis kommen.«

Er lachte. »Sie scheinen nicht zu begreifen, wer in dieser Stadt die Fäden in der Hand hat, Miss Rapuro.«

Katherine überlegte eine ganze Weile, bevor sie wieder das Wort ergriff. »Es tut mir leid, Sir – aber ich lasse mich nicht auf irgendwelche Quid-pro-quo-Handel ein.«

Der Bürgermeister sah sie lange und eindringlich an. Schließlich zuckte er wieder mit den Achseln. »Dann tut es mir auch leid. Aber darf ich Ihnen vorschlagen, trotzdem darüber nachzudenken? Ich weiß sehr gut, dass ein Reporter – auch einer, der für die angesehene *Daily Nation* arbeitet – immer nur so gut ist wie seine letzte Story.« Er stellte sein Glas auf den Tisch und stand auf. »Und wenn ich Ihnen noch einen Rat geben darf: Weißwein serviert man am besten gekühlt. Auch das ganz billige Zeug.«

25

Das Kalami Secure Mental Hospital versteckte sich in einem Tal westlich von Malindi. Es war ein imposantes Gebäude aus importiertem schottischem Granit und Schiefer aus dem Lake District in Nordwestengland. Die Briten hatten es Anfang des 20. Jahrhunderts zunächst als Gefängnis errichtet, in dem kenianische Nationalisten eingesperrt und gefoltert werden sollten, die man als Sicherheitsrisiko für die Kolonialregierung erachtete. Während des Mau-Mau-Aufstands in den fünfziger Jahren wurde es besonders intensiv genutzt.

Fünfzig Jahre später galten die Insassen immer noch als Sicherheitsrisiko – und das mit gutem Grund. Kalami beherbergte geisteskranke Verbrecher, die noch für Hochsicherheitsgefängnisse zu gefährlich schienen: Menschen, die für Kannibalismus, Sex mit Tieren, Massenmord, Pädophilie und brutale Vergewaltigungen verurteilt worden waren.

Jouma fand, dass das Gebäude immer noch stark an seine Vergangenheit als koloniales Gefängnis erinnerte. Der Bau war funktional und einschüchternd, die dicken Steinmauern der Flure waren hellgrau und olivgrün gestrichen, und in der Luft lag schwer der Geruch nach Desinfektionsmitteln und gekochtem Gemüse. Die meisten Insassen – *Patienten*, wie der leitende Kriminalpsychologe Dr. Cyrus Klerk sie hartnäckig nannte – waren in einem Block untergebracht, der an einen Burgturm erinnerte. Die Zellen gingen von einem Gang ab, der an den vier Seitenmauern entlanglief, zwanzig Meter über dem Boden, und in der Mitte einen Schacht freiließ. Jede Zelle hatte ihre eigene Stahltür mit einer vergitterten Öffnung, durch die die Wärter hineinblicken konnten, und einen briefkastenähnlichen Schlitz, durch den das Essen hindurchgereicht wurde. Zwischen den Balustraden war ein Netz gespannt, wahrscheinlich um die Insassen davon abzuhalten, in den Tod zu springen.

Das Klinikpersonal war in einem modernen Anbau auf der anderen Seite des Geländes untergebracht. Klerk stand ein fünfköpfiges Team von Psychologen zur Seite, zu denen vor acht Monaten Dr. Nicholas Lutta dazugekommen war.

Lutta war fünfundzwanzig Jahre alt und indischer Abstammung. Er war in Mombasa geboren, hatte aber in Yale studiert. Der väterliche Dr. Klerk betrachtete ihn als einen aufsteigenden Stern auf dem Gebiet der Kriminalpsychologie – obwohl er in Joumas Augen überhaupt nicht danach aussah. Der dünne Mann mit seinem widerspenstigen schwarzen Haarschopf und der auffälligen Hakennase sah eher aus wie eine Krähe, die im Kampf übel zugerichtet worden war. Sein Stilgefühl half da auch nicht weiter – nach Joumas Meinung, welcher elegant geschneiderte Anzüge über alles schätzte, besaß Lutta nicht das geringste bisschen Geschmack. Vielleicht lag er ja auch falsch, aber eigentlich konnte sich der Detective nicht vorstellen, dass eine ehrwürdige Institution wie Yale ihre Schüler ermunterte, sich in der Öffentlichkeit in löchrigen Jeans, ausgelatschten Sportschuhen und fleckigen T-Shirts zu zeigen.

Doch trotz aller Vorbehalte mochte er Lutta. Unter dem schmuddeligen Äußeren verbarg sich ein messerscharfer

Verstand, der rasch und logisch analysierte. Gleichzeitig besaß er eine entspannte, kein bisschen herablassende Art, so dass sich Jouma in seiner Gegenwart sofort wohl fühlte. Sie hatten sich bisher erst einmal getroffen, kurz nach dem Mord an Eric Kitonga, als sich der Detective in seiner Verzweiflung hilfesuchend an Dr. Klerk gewandt hatte. Klerk wiederum hatte ihm sofort Dr. Lutta empfohlen – und obwohl Jouma nur lückenhafte Notizen und Fotos vorweisen konnte, hatte ihm der junge Arzt ein plausibles Profil des Kopfjägers erstellt.
Jouma fand es extrem beruhigend, ein Bild des Mörders im Kopf zu haben und nicht immer nur den Schemen eines nebulösen, bösartigen Wesens.
»Guten Tag, Inspector«, begrüßte ihn Lutta mit vollem Mund. Er erhob sich halb von seinem Stuhl und bürstete sich ein paar Krümel vom fadenscheinigen Wollpullover. »Bitte setzen Sie sich doch. Und entschuldigen Sie die Unordnung.«
Sein kleines, fensterloses Büro war vollgestopft mit Regalen und Büchern, dazwischen lagen überall halb gegessene belegte Brötchen und Limoflaschen. Jouma fand kaum einen Platz zum Hinsetzen, bis er sich schließlich auf die Kante eines Stuhls quetschen konnte, den er sich mit einem Stapel dicht beschriebener Papierbögen teilen musste.
»Ich schreibe gerade ein Paper für das *British Journal of Psychology*«, erklärte Lutta entschuldigend. »Es geht um Kernbergs Theorie des bösartigen Narzissmus. Eine moderne Würdigung, wenn Sie so wollen. Sind Sie damit vertraut? Im Grunde behauptet er, dass … ach nein, ich … vielleicht ist das jetzt nicht der richtige Zeitpunkt.«

»Haben Sie den Bericht gelesen, den ich Ihnen geschickt hatte, Dr. Lutta?«

Der junge Arzt nickte. »Ja … Ja … Der Richter … Schrecklich, ganz schrecklich.« Er wühlte in einem Papierstapel, bis er fand, was er suchte. Jouma erkannte den kurzen Bericht wieder, den er vor seinem Besuch nach Kalami geschickt hatte. »Aber trotzdem interessant. Aus rein klinischer Perspektive, versteht sich«, fügte er rasch hinzu.

»Inwiefern?«

Lutta überflog den Bericht noch einmal. »Der Richter wurde von drei Männern aus seinem Haus entführt, richtig?«

»Nach Zeugenaussagen, ja.«

»Und diese Männer waren jung?«

»Wahrscheinlich sogar Teenager. Warum?«

Lutta griff sich einen Stift und trommelte sich damit gegen die Wange. »Es ist natürlich ungewöhnlich, dass so jemand Komplizen hat. Die meisten psychopathischen Serienmörder tendieren zur einsamen Existenz. Ihre ganze Motivation ist ja anti-sozial. Sie betrachten sich selbst als Außenseiter der Gesellschaft – oder dessen, was wir Gesellschaft nennen. *Hmm.* Ja. Das legt die Vermutung einer Art Sektenmentalität nahe.«

Lutta blickte auf und fing Joumas verblüfften Blick auf. »Damit will ich sagen, dass diese Leute vielleicht gar keine Komplizen sind, sondern seine *Gefolgschaft,* Inspector. Der Mörder ist ihr *Anführer.* Er übt eine Art psychische Macht über sie aus.«

»Ein Zeuge aus dem Haus des Richters vermutete, dass diese Männer unter dem Einfluss von Drogen standen.«

Lutta nickte. »Ja, ja – das würde absolut hinkommen. Sektentum wird oft mit Drogeneinfluss in Verbindung gebracht. Die Schamanen eines Stammes haben schon immer natürliche psychedelische Drogen benutzt, um einen transzendentalen Zustand bei sich und ihren Gefolgsleuten hervorzurufen.«

»Schamanen? Wollen Sie damit sagen, dass der Kopfjäger ein Medizinmann ist?«

»Diese Bezeichnung wäre nicht angemessen, Inspector. Der Ausdruck ›Medizinmann‹ ist ja inzwischen eine Art Klischee geworden. Ich habe keine Ahnung, was diesen Mann antreibt, aber wenn er sich für eine Art spirituelles Wesen hält, wenn er ein Gefolge aus Jüngern hat – ich will sie mal so nennen, in Ermangelung eines besseren Wortes –, dann würden seine Taten in einem etwas klareren Licht erscheinen. Ich meine, diese Enthauptungen … Es würde die Hypothese stützen, dass sie Teil eines Massenrituals sind.«

»Tja, dann wird es jetzt bestimmt viel leichter, ihn zu finden«, versetzte Jouma mit dumpfer Stimme.

Doch Lutta las immer noch. »Wie ich dem Autopsiebericht entnehme, wurde die Enthauptung durchgeführt, indem …«

»Genauso wie bei den ersten beiden Opfern. Mit einem einzigen Hieb von links nach rechts.«

In Luttas Augen schien es kurz aufzuglänzen. »Die ersten beiden, ja. Aber der Dritte nicht. Der Dritte wurde durch einen von vorn nach hinten durchgeführten Hieb enthauptet. Das wirft natürlich die Frage auf, ob es überhaupt derselbe Mörder war.«

Jouma war beeindruckt. Dem jungen Psychologen entging auch nichts. Nicht zum ersten Mal ertappte er sich bei dem Gedanken, dass Lutta einen großartigen Kriminalpolizisten abgeben würde.

»Ich hatte gehofft, Sie könnten mir da etwas weiterhelfen, Dr. Lutta. Wie wichtig ist Ihrer Meinung nach der *Coup de Grâce* für den Kopfjäger?«

Lutta zuckte mit den Schultern, wobei sich erneut eine kleine Krümellawine von seinem Pullover löste. »Sehr wichtig. Zumindest ist das bei den meisten Serienmördern so. Das liegt wieder an der rituellen Natur der Tat. Der eigentliche Mord ist weniger wichtig als die Gründe dafür, und bestimmt weniger wichtig als das Mittel, mit dem er durchgeführt wird. Drücke ich mich verständlich aus, Inspector Jouma?«

»Wenn Sie mir damit sagen wollen, dass der Kopfjäger das dritte Opfer nicht getötet hat, muss ich Ihnen gestehen, dass ich schon zu demselben Schluss gekommen bin.«

»Das muss nicht unbedingt so sein. Es könnte auch so sein, dass das dritte Opfer sich irgendwie von den anderen unterschied.«

»Sich von den anderen unterschied?«

Paul Yomo unterschied sich definitiv von den anderen drei Opfern.

»Vielleicht hat er ein anderes Kriterium erfüllt«, meinte Lutta. »Eines, das eine andere Hinrichtungsmethode verlangte.«

Diese Möglichkeit hatte Jouma noch gar nicht in Betracht gezogen. Er beugte sich vor und überlegte, ob seine Recherchen zu Paul Yomos Hintergrund am Ende nicht doch Zeitverschwendung gewesen waren.

»Es ist nicht gesagt, dass Serienmörder bloß eine einzige Fixierung haben«, fuhr Lutta fort. »Ihre psychotischen Wahnvorstellungen können sehr facettenreich sein. Sie sagten, das die Hinrichtungsmethode dieselbe war, oder?«

»Ein einziger Hieb mit einer scharfen Waffe.«

»Und die Autopsieberichte unterliegen auch weiterhin der Geheimhaltung?«

»Nur ich, der Pathologe und einige meiner Vorgesetzten haben die Berichte zu Gesicht bekommen. Und Sie natürlich, Dr. Lutta.«

Lutta nickte enthusiastisch, und trotz seines zarten Alters wirkte er in diesem Moment noch jungenhafter auf Jouma. »Dann wäre es theoretisch nicht ausgeschlossen, dass der dritte Mord vom selben Täter ausgeführt wurde.«

Jouma atmete erleichtert aus. Nichtsdestoweniger wusste er, dass er die Motive des Kopfjägers immer noch nicht besser durchschaute.

Lutta sah ihn fragend an. »Sind das gute Neuigkeiten für Sie, Inspector?«

»Wenn sie bedeuten, dass ich bloß einen Irren jage und nicht zwei, dann schon, Dr. Lutta.«

26

Mac Bowden war gerade mal etwas über eine Woche in Kenia, aber nach allem, was Jake so sah, hatte sich sein alter Chef schon bestens an die Sitten der in Afrika lebenden Engländer angepasst. In diesem Moment betrat er in Bermudashorts und Poloshirt das Sandpiper Ocean Club Hotel und spazierte durch die Lobby, als würde ihm der Laden gehören. Unter dem dicken Schnurrbart sah man schon sein breites Grinsen.

»*Jambo Kimosabe!*«, sagte er und breitete die Arme aus. »So sagt man das doch hier, oder?«

»Dein Swahili ist gar nicht mal schlecht. Wenn du jetzt noch dein dickes Auto loswirst, wirst du gar nicht mehr auffallen.«

Mac lachte. »Bist du mit dem Boot hier?«

»Mit Harrys Landrover.«

»Bist du extra gekommen, um mich zu treffen?«

»Glaub mir, ich hab gerade wirklich nichts Besseres zu tun.«

»Du wirst noch wahnsinnig, wenn du die ganze Zeit die Landratte spielen musst. Was meinen die Ärzte, wann du wieder aufs Boot kannst?«

»In ein paar Wochen. Aber ich spiele mit dem Gedanken, mich über die Meinung der Ärzte hinwegzusetzen. Der Gedanke, dass Harrys fetter Bruder den ganzen Spaß haben soll, geht mir einfach gegen den Strich.«

»Komm, ich geb dir ein Bier aus.«

Sie gingen durch den Hof, vorbei am Pool und den Liegen, auf denen sich die Gäste sonnten, und steuerten die

schilfgedeckte Bar mit dem lächelnden afrikanischen Barkeeper an. Zwei Männer saßen am Tresen und ließen sich gerade ihre Drinks einschenken.
»Mineralwasser?«, staunte Jake, als er Macs Glas sah.
»Hör bloß auf – ich bin im Dienst. Eigentlich dürfte ich nicht mal mit dir schwatzen.«
Nachdem sie sich etwas vom Hotel entfernt hatten, war Mac nicht mehr ganz so überschwenglich. Jake fand sogar, dass sein alter Freund richtig besorgt aussah.
»Wie läuft's denn so?«, erkundigte er sich.
Mac zuckte mit den Schultern. »Ganz gut.«
»Wie ist der neue Chef.«
»Standage? Der ist ganz okay, finde ich. Allerdings ein bisschen paranoid.«
Als Mac sich vorbeugte und das Kondenswasser von seinem Glas wischte, bemerkte Jack die kleine Ausbuchtung unter seinem Hemd.
»Um Gottes willen, Mac! Trägst du etwa eine …?«
Mac funkelte ihn an und schüttelte den Kopf. »Komm«, sagte er, »lass uns mal ein paar Schritte gehen.«

»Als ich ankam, hat Standage gesagt, er wolle die Sicherheitsmaßnahmen verstärken«, erzählte Mac, während sie an dem niedrigen Holzzaun entlanggingen, der die Grenze des Hotelstrands markierte. »Vor allem wollte er Überwachungskameras installiert haben und überprüfen lassen, wo es größere Sicherheitslücken gibt. Typisch britische Paranoia, dachte ich mir. Mein Job bestand darin, die Lage zu checken und eine fachmännische Meinung abzugeben, wo Verbesserungsbedarf besteht – jedenfalls dachte ich das. Ein paar Tage lief alles ganz super. Das ist ja leicht verdientes Geld, dachte ich mir.« Er hob einen Stein auf und warf ihn ins Meer. »Dann haben sich die Dinge geändert.«

»Inwiefern?«, fragte Jake.

»Ein Eindringling hat einer Frau den Kopf eingeschlagen, als sie sich hier sonnte. Wie sich herausstellte, war es schon das zweite Mal, dass so etwas passierte.«

Jake lachte. »Das fängt ja gut an.«

»Hey – ich war gerade erst angekommen«, verteidigte sich Mac und hob die Hände. »Ich hatte kaum meinen Koffer ausgepackt. Aber das war erst der Anfang. Nach dem Vorfall kam mir Standage schon vor wie ein nervliches Wrack – aber hast du von diesem ermordeten Richter gehört? Dem sie den Kopf abgeschnitten haben?«

Jake nickte. »Da läuft irgendein kranker Serienmörder herum.«

»Ja – aber sobald Standage Wind davon bekam, hat er auf einmal völlig am Rad gedreht. Und plötzlich lautete meine Jobbeschreibung ganz anders. Statt Verbesserungsvorschläge für die Sicherheit im Hotel zu machen, sollte ich jetzt seinen persönlichen Leibwächter spielen.«

»Deswegen trägst du also die Waffe?«

Mac hob diskret das Hemd hoch und zeigte eine Neun-Millimeter-Automatik in einem Holster am Rücken. »Er versprach mir vierzigtausend dafür. Wie gesagt, der Typ ist total paranoid. Ich bin ziemlich sicher, dass der schon zum Frühstück trinkt.«

»Aber du bist doch kein Leibwächter, Mac«, wandte Jake ein. Die Sache wollte ihm ganz und gar nicht gefallen.

»Ich weiß. Ich hab ihm gesagt, dass ich zum letzten Mal im Schießstand in Hendon mit einer Neunmillimeter

geschossen habe«, erklärte Mac. »Aber er wollte nichts davon wissen. Und vierzigtausend – das ist mal eben doppelt so viel, wie in meinem Vertrag stand.«
Jake blieb stehen und sah ihn an. »Ich weiß, dass du nur für Shirley und die Jungs sorgen willst – aber das ist hier eine völlig andere Hausnummer, Mac. Wenn du eine Waffe trägst, erwartet er auch, dass du sie benutzt.«
»Wie gesagt, *Kimosabe,* der ist einfach nur in Panik nach den letzten Vorfällen.« Mac blickte auf die Uhr. »Wie auch immer, ich mach mich jetzt wohl besser auf den Rückweg. Der Boss wird wahrscheinlich schon nervös.«

Standage wartete am Pool. Er sah schrecklich aus – aschfahler Teint, dunkle Ringe unter den Augen, die verräterische Aufgedunsenheit des Trinkergesichts. Als er sah, dass Mac und Jake von der Strandseite aufs Hotel zukamen, umwölkte sich seine Stirn, und er kam pfeilgerade auf sie zugeschossen.
»Wo sind Sie gewesen, Mr. Bowden?«, rief er und streifte Jake nur mit einem oberflächlichen Blick. »Ich habe Sie vor fünf Minuten angepiepst.«
»Ein alter Freund von Scotland Yard hat vorbeigeschaut, um mal zu sehen, wie ich hier so klarkomme«, erklärte Mac. »Ich hab ihn gerade ein bisschen herumgeführt. Mr. Standage – das ist Jake Moore.«
Die Tatsache, dass auch Jake bei der Polizei gewesen war, schien den Hotelmanager zu interessieren. Er hielt ihm eine schweißfeuchte Hand hin. »Angenehm. Alec Standage. Wurden Sie auch von Colin Ryeguard hergeschickt?«
»Ich …«, begann Jake, doch Mac fiel ihm ins Wort.

»Jake hat die letzten fünf Jahre am Flamingo Creek als Skipper auf einem Hochseeangelboot gearbeitet«, erläuterte er. »Er ist nicht in dieser Branche tätig.«

»Verstehe«, sagte Standage sichtlich enttäuscht.

»Mac hat mir erzählt, dass Sie hier ein paar Sicherheitsprobleme hatten, Mr. Standage«, warf Jake ein.

»Nichts, was wir nicht regeln könnten«, wiegelte Mac sofort ab. Diesen Tonfall kannte Jake noch aus alten Tagen – er bedeutete klipp und klar, dass er gefälligst die Klappe halten sollte. »Müssen Sie immer noch nach Mombasa, Mr. Standage?«

»Ja«, nickte Standage geistesabwesend. »Ja, genau.«

»Dann hole ich jetzt mal das Auto und fahre es vors Hotel.«

»Gut. Danke, Mr. Bowden.«

»Eigentlich nennen mich alle Mac, Mr. Standage.« Er nahm Jake beim Arm und zog ihn mit sich zum Hotelgebäude.

»War nett, Sie kennenzulernen, Mr. Standage«, sagte Jake. Doch der war ganz in Gedanken versunken.

»Wer zum Teufel ist Colin Ryeguard?«, wollte Jake wissen, als sie die Halle durchquerten.

»Ein Vermittler in London.« Mac zuckte mit den Achseln. »Der sucht alte Gangster wie mich für Jobs im Sicherheitsdienst wie diesen.«

»Ich dachte, Standage bezahlt dich.«

»Er bezahlt Ryeguard. Und Ryeguard bezahlt mich – allerdings nachdem er vorher seine Provision abgezogen hat. Aber die Zulage für den Leibwächterjob bestreitet Standage aus eigener Tasche.«

»Zwanzigtausend, das ist ein Haufen Holz.«
»Dann sollte ich wohl zusehen, dass er auch am Leben bleibt«, grinste Mac. »Also – ich geh jetzt mal zurück an die Arbeit.«
Sie waren mittlerweile am Parkplatz des Hotels angekommen und standen vor Standages massigem Jeep.
»Kugelsichere Scheiben?« Jake klopfte gegen das getönte Glas.
Mac grinste. »Dieser Trottel würde eine kugelsichere Scheibe nicht erkennen, wenn sie ihm gegen den Kopf knallen würde.« Ihm entging nicht, dass Jake immer noch besorgt dreinblickte. »Hör mal, *Kimosabe,* wenn ich auch nur einen Augenblick lang wirklich glauben würde, dass ich irgendwie in Gefahr bin, würde ich Standage Bescheid geben, wo er sich seine Neunmillimeter reinstecken kann. Aber der Typ hat anscheinend zu viele Horrorfilme gesehen. Wenn er sich weiter fürchtet, bis mein Vertrag ausläuft, werde ich mich nicht beschweren. Und – was noch viel wichtiger ist – Shirley auch nicht.«
Das wird sie ganz sicher nicht, dachte Jake, während er zusah, wie der Jeep vor den Hoteleingang rollte. Standage sprang hastig hinein, als wäre er ein weltberühmter Star auf der Flucht vor Paparazzi.

27

Die Geier flogen heute hoch. Sie breiteten ihre Flügel weit aus und ließen sich von der Thermik tragen, während sie über dem Lager des Kopfjägers nach Aas Ausschau hielten. Der Mörder saß gerade auf dem warmen Gestein eines vorspringenden Felsens, von dem er sein Reich überblicken konnte, und sprach zu seinem kleinen Kreis von Jüngern. Er erzählte ihnen von seinem Vater Ngai, dem Schöpfer und Schenker aller Dinge, dem Teiler des Universums und dem Herrn aller Natur. Er sprach davon, wie Ngais Geist ihn in seiner Gänze durchströmte, ihn und nur ihn allein, und wie die Abtrünnigen, die ihn verleugneten, eines Tages durch eine große Katastrophe zunichtegemacht werden würden.

Mahmoud saß im Schneidersitz auf dem Boden. Er trug nichts außer einem Lendenschurz, und seine Haut war mit Farbe bemalt. Aufmerksam lauschte er, während die Worte durch sein drogenvernebeltes Gehirn schaukelten wie Treibholz auf dem Meer. Er fühlte sich seltsam, aber eigentlich auf eine ganz angenehme Art. Farben explodierten vor seinen Augen wie Feuerwerk, und manchmal meinte er sogar zu hören, wie der Wind mit ihm redete, aber er fühlte sich sicher. Er spürte, dass er hier *hingehörte,* an diesen Ort, zu diesen Menschen. Seine Angst war weg.

Die anderen drei Jünger saßen neben ihm und starrten mit offenen Mündern und trockenen Lippen andächtig auf den Kopfjäger. Auch sie waren junge Männer. Und Mahmoud teilte ihre Verwunderung und dieses Gefühl, dass ihr Leben plötzlich einen Sinn hatte.

Er wünschte nur, er hätte auch schon ihre *Erfahrung.*

In der kleinen Hütte, die sie am anderen Ende des Geländes bewohnten, hörte er ihren Erzählungen zu: wie sie losgezogen waren, um die Menschen zu holen, die Ngai zu Opfern auserkoren hatte, wie die Abtrünnigen geschrien und um Gnade gebettelt hatten, wie man sie so lange geschlagen hatte, bis sie sich fügten – und wie die drei zugesehen hatten, während Athi den Opfern den Kopf mit seiner Machete mit dem Elfenbeinknauf abgeschlagen hatte.

Zuerst hatten die drei Jünger Mahmoud Angst eingejagt. Aber während die Tage sich zu einem einzigen wogenden Durcheinander aus halluzinogenen Farben und Klängen verwischten, wuchs in ihm der Wunsch, sich ihnen anschließen zu dürfen.

»Bald, mein Junge, deine Zeit kommt schon noch«, hatte der alte Mann ihm gesagt. »Athi, der lebendige Gott, hat eine große Mission für dich und deine Brüder.« Während er sprach, füllte er Mahmoud eine Kalebasse mit einer bittersüßen Flüssigkeit, die der Junge gierig trank. Er brauchte dieses scharfe Brennen auf der weichen Schleimhaut seiner Kehle und die Explosionen in seinem Kopf, die darauf folgten.

»Die Abtrünnigen liegen zitternd in ihren Betten«, sagte Athi nun. »Aber sie begreifen immer noch nicht, dass sie das Paradies erwartet und dass es eine Ehre ist, zum Opfer erwählt zu werden. Wir müssen ihnen den wahren Weg zeigen, auf dem sie nichts zu fürchten haben. Bald werden sie es verstehen. Bald werden sie willig zu mir kommen, zu Athi, dem Sohn des Ngai, des Teilers des Universums und Herrn aller Natur. Und sie werden die Köpfe senken und um den Schlüssel zum Paradies bitten.«

Er fixierte jeden seiner Jünger mit dem gleichen brennenden Blick. »Bald wird Ngai wieder sprechen«, sagte er. »Bald ist es wieder an der Zeit.«

Seine vier Jünger tauschten einen Blick und lächelten – und in diesem Moment spürte auch Mahmoud, wie eine Hochstimmung von seinem Geist Besitz ergriff, die über sein Vorstellungsvermögen ging.

Später verließ der Kopfjäger sein Lager und ging allein in die umliegende Wildnis. Er kannte die Pfade durch den tückischen Sumpf wie die Linien seiner eigenen Hand. Jetzt kam er zu seinem Meditationsbaum – einem einzeln stehenden knorrigen Affenbrotbaum, dem es irgendwie gelang, in diesem sauren Morast zu überleben – und kletterte behende bis in die obersten Äste. Mit Vorliebe saß er hier, besonders wenn wie jetzt die Dämmerung über den weiten kenianischen Himmel hereinbrach. Von hier aus konnte er das ganze Panorama betrachten. Dies war *sein* Land. Er fühlte sich mit ihm verbunden bis zu seiner molekularen Ebene – der Boden, das Wasser waren ein Teil von ihm und er von ihnen. Wenn er die heiße, dicke, saure Luft einatmete, fühlte er sich neu belebt, geradezu unsterblich. *Ein lebendiger Gott.*

Erst nach mehreren Stunden kehrte er ins Lager zurück. Der Medizinmann schien ihn schon dringend erwartet zu haben. Hoch über ihren Köpfen segelte ein Geier mühelos auf den thermischen Winden.

»Sieh dir das an, Chipche«, sagte der Kopfjäger und wies auf den Vogel. »Ist das nicht wundervoll?«

Die Augen des Medizinmanns verschwanden in ledrigen Hautfalten, als er dem Greifvogel nachschaute, der jetzt in der Nähe der unregelmäßig geformten Felsformationen herabstieß. »Es heißt, dass jeder Geier die Seelen der Toten in seinen Klauen trägt, Herr«, sagte er.
»Es ist doch wohl selbstverständlich, dass Ngai selbst die Seelen der Toten in seinen Händen hält, meinst du nicht?«, tadelte der Kopfjäger.
Chipche senkte demütig den Kopf. »Du bist weiser als alle Sterblichen, Herr.«
Der Kopfjäger legte den Kopf erst in den Nacken und beugte ihn dann wieder vor, so dass die Knochen in seinem langen Hals knackten. Es war nicht das erste Mal, dass Chipche eine Äußerung getan hatte, die an Häresie grenzte.
»Was willst du von mir?«
»Ich habe eine Botschaft von Ngai erhalten, Herr.«
Jetzt zuckte der Kopfjäger zurück, wie immer, wenn sein Vater Botschaften an Chipche schickte. Es ärgerte ihn maßlos, dass Ngai weiterhin lieber den Medizinmann als sein Medium benutzte statt seinen eigenen Sohn.
»Was hat er gesagt?«
»Es ist an der Zeit, Herr. Der Abtrünnige ist identifiziert worden.«
»Sehr gut. Bringt ihn zu mir.«
»Ja, Herr.«
»Und … Chipche?«
Für einen so großen Mann bewegte sich der Kopfjäger mit einer unglaublichen Geschwindigkeit. Innerhalb eines Wimpernschlags war er auf Chipche zugesprungen, und seine Hand war nur schemenhaft zu sehen. Im nächsten

Moment lag der Medizinmann auch schon rücklings auf dem Boden, und Blut sickerte ihm aus dem Mund.

»Diesmal will ich dir deine Häresie noch einmal durchgehen lassen, alter Mann«, zischte er. »Aber wenn der Tag kommt, an dem Ngai zu seinem eigenen Sohn spricht statt zu einen runzligen Sterblichen, werde ich nicht so gnädig mit dir umspringen.«

»Natürlich, Herr.« Chipche rappelte sich langsam auf und wischte sich mit dem Handrücken das Blut ab. »Ich werde die Jünger gleich vorbereiten.«

Als er davonschlurfte, drehte sich der Kopfjäger um, breitete die Arme weit aus und atmete den erdigen Geruch der Berge ein.

O Ngai, du hast mich gesegnet in deiner Weisheit. Aber wann wird es dir wohlgefallen, dass dein eigener Sohn deine Stimme hört?

Er kletterte wieder auf seinen Felsblock und zog die langen Beine unter sich wie ein riesiges Insekt. Die goldenen Hügel im Westen standen in Flammen.

28

Frau Adelind Klinker war morgens um 3:42 Uhr für tot erklärt worden, und plötzlich war der Mann, den der Rest des Morddezernats lachend den Shanzu-Schmetterer getauft hatte, zum Mörder geworden. Aus diesem Grunde stand Detective Constable David Mwangi – trotz der erdrückenden Arbeitslast durch den Kopfjäger-Fall –

auch schon kurz nach neun Uhr im Inneren des Mombasa General Hospital und starrte der toten Frau in die trüben, blicklosen Augen.

»Natürlich wäre es viel einfacher, wenn ich ihn einfach abtrennen und auskochen könnte«, sagte Christie. »Ein sauberer Schädel ist viel leichter zu untersuchen.«

»Ich glaube, da würde Herr Klinker Protest einlegen«, bemerkte Mwangi. »Das ist immerhin seine Frau.«

»Aber sie ist doch tot, mein Junge! Er wird ihrem lächelnden Teutonengesicht schließlich nicht mehr am Esstisch gegenüber sitzen, oder?«

Frau Klinker, die gerade aus der Neurologie in die kühlen unterirdischen Korridore der Pathologie transportiert worden war, lag nackt auf dem Rücken auf einem stählernen Obduktionstisch. Man hatte ihr den Verband abgenommen und das Haar geschoren.

»Bitte, Mr. Christie.«

»Sieht mir ganz so aus, als wären Sie schon zu lang in diesem Job«, knurrte Christie. »Sie erinnern mich direkt an Jouma: bitter und verschroben. Der behandelt auch alle Leute, als wären sie seine Sklaven. Ich kann Ihnen nur raten: Verschwinden Sie von dort, solange Sie noch können, Constable. Machen Sie etwas Sinnvolleres aus Ihrem Leben. Apropos – weiß er eigentlich, dass Sie hier sind?«

»Warum fragen Sie?«

»Ich dachte, dass gerade alle Mann zum Fall des mörderischen Machetenschwingers abkommandiert sind.«

»Sind sie ja auch«, erwiderte Mwangi. »Aber leider ist er nicht der einzige Mörder, der gerade in Mombasa herumspringt, und unsere Personalstärke ist begrenzt.«

Seufzend machte sich der Pathologe ans Werk. Er begann mit einem schwungvollen Schnitt unter Frau Klinkers Kiefer. Dann zog er ihr mit ebenso viel Schwung die Haut vom Gesicht, so dass die Knochen und Muskeln freigelegt wurden. Schließlich entfernte er mit einer kleinen Kreissäge geschickt den oberen Teil ihres Schädels und entnahm das Gehirn, um es auf eine Waage aus rostfreiem Stahl zu legen.

»Ihr immer mit euren Köpfen«, nörgelte Christie und notierte das Gewicht. »Ich bin gerade erst den letzten los, den Jouma mir gebracht hatte.«

»Ich nehme an, Sie reden von Richter Banda?«

»Passen Sie bloß auf sich auf, junger Mann. Jouma ist der reinste Todesengel. Wann immer er unterwegs ist, ist dieser Raum hier plötzlich vollgepackt bis unter die Decke.«

»Ich glaube nicht, dass man Inspector Jouma für den Blutdurst des Kopfjägers verantwortlich machen kann.«

»Warten Sie's nur ab. Sie kennen ihn ja auch erst seit fünf Minuten. Jouma und ich arbeiten schon seit fünfzehn Jahren zusammen. Fünfzehn Jahre Gemetzel.« Christie nahm das Gehirn in beide Hände und hielt es ans Licht. »Ich werde natürlich noch eine genauere Untersuchung vornehmen, aber so fürs Erste würde ich sagen, dass das hier die Todesursache war.« Er deutete auf einen großen violetten Bluterguss neben der Vene, die zwischen den beiden Gehirnhälften nach innen lief. »Am Schläfenlappen haben wir keine sichtbare Schwellung. Was sagten Sie noch, wer war der behandelnde Arzt?«

»Mr. Vengsarkar«, sagte Mwangi.

»Tja, er hat sein Bestes getan – aber ich befürchte, diese Frau hätte nie und nimmer überleben können. Der Druck von diesem zusammengequetschten Schädelbereich hat einfach viel zu viele strukturelle Schäden hinterlassen.«

»Darf ich den Schädel mal sehen?«

Christie schenkte ihm einen anerkennenden Blick. »Bravo, Constable! Jouma würde selbst dann keine Leiche anfassen, wenn man ihm Geld dafür böte.«

Mwangi nahm die abgesägte, flache Knochenschale von Frau Klinkers Kopf. Der fast perfekt kreisrunde Krater, den er auf den Röntgenaufnahmen gesehen hatte, war jetzt komplett sichtbar.

»Ziemlich ungewöhnlich, dass ein Schlag auf den Kopf solche Schäden am Schädel anrichtet.«

»Eigentlich schon«, nickte Christie. »Aber ich habe von Fällen gehört, in denen die Frontal- oder Okzipitalfontanelle im Erwachsenenalter nicht komplett verknöchert war.«

»Wie war das bitte?«, fragte Mwangi.

»Neugeborene haben weiche Stellen am Kopf, die sogenannten Fontanellen«, erklärte der Pathologe. »Das sind die Lücken zwischen den einzelnen Schädelplatten, die dem Kopf gestatten, sich durch den Geburtskanal zu quetschen. Eine kleine sitzt hinten, und eine wesentlich größere vorne. Soviel ich weiß, war es unter den Müttern ungewollter Kinder mal in Mode, ihre Babys zu töten, indem sie ihnen eine Hutnadel durch die Frontalfontanelle direkt ins Gehirn stachen. Normalerweise verbinden sich die Knochen und schließen die Fontanelle, bis das Kind zwei Jahre alt ist – ein Prozess, der als Ossifikation bezeichnet wird.«

Mwangi versuchte nicht an Hutnadeln und weiche Babyköpfe zu denken. »Frau Klinker war aber schon achtundfünfzig«, wandte er ein.

»Ganz genau. Und ihr Schädel hätte eigentlich so hart wie stahlverstärkter Beton sein müssen. Aber es gibt extrem seltene Fälle, in denen der Verknöcherungsprozess nicht so läuft, wie er sollte. Dann schließt sich zwar die Fontanelle, aber der Knochen bleibt dünn wie eine Eierschale. Meistens merkt man das erst, wenn der Kopf nachgibt.« Er deutete auf den Schädel der toten Frau. »Ich muss sie noch zu weiteren Tests einschicken, aber ich möchte wetten, das war hier das Problem.«

»Hätte Mr. Vengsarkar das nicht bemerken müssen?«

»Wenn er eine Kraniektomie versucht hätte, dann schon – weil der Schädel dabei wie eine Eierschale zersplittert und die Frau sofort gestorben wäre. Er hat ihr allerdings nur an der Seite ein Loch in den Schädel gebohrt, wo der Knochen am stärksten ist.«

»Also wäre jeder Schlag auf diesen Bereich ihres Kopfes tödlich gewesen?«

»So ziemlich. Und der hätte nicht mal besonders heftig sein müssen. Wenn sie tatsächlich unter dieser Anomalie litt, bin ich ehrlich gesagt sowieso ziemlich überrascht, dass sie so alt geworden ist. Sie hätte sich genauso gut schon in den Flitterwochen den Kopf am Kopfende anhauen können und – *auf Wiedersehen!*«

»Ich bin sicher, Herr Klinker wird das sehr tröstlich finden«, meinte Mwangi.

Christie gackerte vergnügt.

Jouma hatte recht, dachte der junge Detective. Dieser Pathologe war wirklich ein Ghoul.

29

»Was zum Teufel soll das denn sein, Katherine?«, bellte Larry Gazemba, Redakteur der *Daily Nation,* in den Telefonhörer.

In ihrem Büro in Mombasa, das in Wirklichkeit nur ein winziges Kabuff mit Ausblick auf den Jamhuri Park war, drehte sich Katherine Rapuro auf ihrem Schreibtischstuhl und zwirbelte nervös das Kabel ihres Telefonhörers. Diesen Tonfall kannte sie, und wenn Gazemba so klang, setzte er nicht unbedingt zu herzlichen Glückwünschen an.

»Was ist das Problem, Chef?«

»Diese Story, die du uns da geschickt hast. Ich hab sie gerade auf dem Bildschirm.«

»Was ist damit?«

»Die Church of Christ the Apostle in Kilifi hält eine Mahnwache, um der Gewalt ein Ende zu setzen?«

»Die Gemeinde ist in großer Angst wegen der Kopfjäger-Morde.«

»Das sind zwanzig Absätze, Katherine.«

»Okay – vielleicht hab ich es etwas übertrieben.«

»Ja. Um genau neunzehn Absätze, würde ich mal sagen. Ist das alles, was du hast?«

»Im Moment ist es hier ziemlich still, Larry.«

In seinem fünfhundert Kilometer entfernten Büro in Nairobi schlug Larry Gazemba ein höhnisches Gelächter an. »Katherine, in Mombasa läuft ein verdammter Serienmörder frei rum – und du willst mir allen Ernstes weismachen, du hättest mir nichts Besseres anzubieten als die Mahnwache von einer Handvoll Bibelfritzen in Kilifi?«

»Das ist eine schöne Human-Interest-Story. Die Auswirkungen der Mordfälle auf eine ganz normale Gemeinde.«
»Blödsinn. Du kannst mich nicht verarschen, Katherine, dafür kenn ich das Spiel selbst schon zu lang.«
Die Leitung blieb still. Im Hintergrund konnte sie die klingelnden Telefone in der Redaktion hören.
»Katherine?«
»Ich bin noch dran, Chef.«
»Ist da unten alles okay? Ich meine – du bist die ganze Zeit nonstop an dieser Geschichte dran ... brauchst du vielleicht mal eine Pause?«
Sie wusste, worauf das hinauslaufen würde. »Es geht mir gut, Larry. Absolut.«
»Ich kann nämlich jederzeit einen anderen Reporter runterschicken.«
»Ich sagte doch, es geht mir gut. Hör zu, ich weiß, dass die Kilifi-Story ein bisschen schwach auf der Brust ist.«
»Ein *bisschen?*«
»Aber ich arbeite gerade an was Großem.«
»An was Großem.«
»Ja, an was Großem.«
»Ich gehe davon aus, dass du mir nicht verraten kannst, in welche Richtung diese weltbewegende Exklusivstory geht?«, meinte Gazemba.
»Noch nicht.«
»Tja, dann hoffe ich mal, dass ich nicht zu lange drauf warten muss, Katherine. Der Herausgeber schaut mir hier wirklich sehr genau auf die Finger.«
Die Drohung war offensichtlich, und als Katherine auflegte, wusste sie, dass Larry sie jetzt genau im Auge behalten

würde. Das war das Problem mit Storys, wie sie in einer Generation nur einmal vorkamen – sie warteten auf niemanden. In Mombasa wimmelte es nur so von Zeitungsschreibern aus ganz Afrika, die allesamt verzweifelt auf irgendeine neue Perspektive aus waren. In Flauten wie diesen hatte sie am meisten Angst. Wenn einer ihrer Rivalen mit einer Kopfjäger-Exklusivstory daherkam, während sie von kirchlichen Mahnwachen schwafelte, würde sie den Rest ihrer Karriere damit verbringen, für eine Lokalzeitung über die neueste Hochzeit des Ortes zu schreiben.

Nicht zum ersten Mal fiel ihr wieder der Umschlag des Bürgermeisters ein, und seit ihrer Unterredung hatte ihre Hand schon mehr als einmal über dem Telefonhörer geschwebt. Aber was wäre passiert, wenn sie ihn wirklich angerufen hätte? Wahrscheinlich eine Exklusivstory auf Seite eins – aber zu welchem Preis? Sie wusste verdammt gut, dass ein Politikerreptil wie der Bürgermeister es niemals bei diesem simplen Handel belassen würde. Ein paar Zeilen über die Enthüllung einer Gedenktafel konnten niemals die Autopsieberichte der Opfer des Kopfjägers aufwiegen. Nein, er würde mehr wollen, und dann noch mehr, bis sie irgendwann nur noch seine Presseerklärungen abschrieb, damit die ganze Nation sie lesen konnte.

Sie blickte aus dem schmutzigen Fenster auf den Verkehr, der um den Park lief. Seine sinnlose Unablässigkeit schien ihre Gefühle perfekt zu spiegeln. Andererseits hatte niemand jemals behauptet, dass es leicht werden würde. Sie war immerhin Reporterin bei einer großen Tageszeitung, verdammt noch mal! Larry hatte ihr die größte Story überhaupt anvertraut, und es wurde Zeit, dass sie zeigte,

was sie draufhatte, statt immer nur zu jammern, was alles hätte sein können.
Sie blieb noch eine Weile sitzen, während ihr alle möglichen Ideen durch den Kopf schwirrten. Sie hatte Larry eine große Story versprochen, und jetzt musste sie ihm eine liefern. Mist.
Irgendwann griff sie zum Hörer. Höchste Zeit, dass sie die Sache in die Hand nahm.

30

Das Sandpiper Ocean Club Hotel war nur wenige Autominuten vom Mombasa General Hospital entfernt. Mwangi hätte eigentlich erwartet, dass ihn der Manager, Alec Standage, am Eingang in Empfang nahm. Stattdessen hielt ein *Askari* mit stählernem Blick sein Auto an einer neu errichteten Schranke an und gab die Angaben des jungen Detective Constable per Telefon ins Hotel durch. Als er schließlich durchfahren durfte, erwartete ihn in der kühlen Hotelhalle ein kleiner kräftiger Mann mit einem buschigen schwarzen Schnurrbart. Er stellte sich als Mac Bowden vor, Sicherheitschef des Hotels, und führte Mwangi in Standages Büro.
Standages sowieso schon steigende Nervosität wurde durch Mwangis Neuigkeiten nicht gemildert.
»*Tot?*«, krächzte er. »Ach du Scheiße.«
»Der Pathologe sagt, dass ihr Schädel eine seltene Anomalie aufwies, die ihn extrem zerbrechlich machte«, erklärte

Mwangi. »Sonst hätte sie, genau wie Mr. Wuyns, mit ziemlicher Sicherheit den Schlag überlebt und hinterher nur ein bisschen Kopfweh gehabt.«

Standage stand auf und musterte ihn aus blutunterlaufenen Augen. »Inzwischen haben sich hier so einige Dinge verbessert, Detective«, erklärte er fast flehend. »Mr. Bowden hat die Sicherheitsmaßnahmen für unsere Anlage komplett neu organisiert. Ich habe ein halbes Dutzend zusätzlicher *Askari* engagiert, die rund um die Uhr am Strand patrouillieren, und unseren Checkpoint an der Einfahrt haben Sie ja sicher selbst gesehen Das Ganze kostet mich ein Vermögen.«

»Natürlich«, pflichtete Mwangi ihm bei.

Doch Standage wollte dem jungen Constable offenbar unbedingt ein Zeichen der Anerkennung abringen. »Das Sandpiper ist mittlerweile das sicherste Hotel an der gesamten Ostküste – stimmt's nicht, Mr. Bowden?«

»Sobald alle Verbesserungsmaßnahmen abgeschlossen sind, ist es das«, sagte Bowden vorsichtig.

Doch Mwangi konnte den Blick nicht von Standage losreißen. Die Hände des Hotelmanagers zitterten sichtbar, und sein Mundwinkel zuckte nervös. Der Shanzu-Schmetterer war zweifellos schlecht fürs Geschäft – doch Standage sah aus, als würde er gleich sterben.

»Ich bin sicher, sobald Frau Klinkers Vorerkrankung bekannt wird, wird es keinen Prozess gegen Ihr Hotel geben«, beruhigte ihn Mwangi.

»Hm …?« Standage grunzte, er war mit seinen Gedanken woanders gewesen. »Ach so. Ja. Also vielen Dank, dass Sie vorbeigekommen sind, Detective Mwangi. Mr. Bowen wird Sie hinausbegleiten.«

Der dreißig Jahre alte Ford Cortina Kombi parkte fünfzig Meter entfernt von der neuen Einfahrtsschranke des Sandpiper Hotel. Darin saßen die drei bewährten Jünger des Kopfjägers, zwei vorne, einer hinten. Sie rauchten einen dicken Joint und teilten sich eine Flasche mit einem starken alkoholischen Getränk, das ihnen der Medizinmann speziell für diesen Anlass gebraut hatte. Auf dem Armaturenbrett stand ein ramponierter Ghettoblaster, aus dem mit voller Lautstärke die CD einer amerikanischen Band namens Niggaz With Attitude wummerte. Sie hörten sich allerdings immer nur denselben Track an: Fuck the Police.

Auf der Ladefläche des Autos saß Mahmoud. Er zitterte vor Angst und gespannter Erwartung, wollte es sich aber um keinen Preis anmerken lassen. Sie nannten ihn »kleiner Scheißer«, weil sie fanden, dass er nach so kurzer Zeit noch nicht auf so eine wichtige Mission mitkommen sollte. Alle Jünger Athis waren gleich vor Ngais Angesicht – aber manche waren eben doch ein bisschen gleicher.

»Hey, kleiner Scheißer – willst du was trinken?«

Der Junge auf dem Rücksitz reichte ihm die Flasche nach hinten. Mahmoud nahm einen Schluck und hatte das Gefühl, dass ihm Feuer die Kehle hinunterrann. Er hustete, und die drei lachten ihn aus und nannten ihn wieder kleiner Scheißer. Dann gaben sie ihm einen schweren Gegenstand, der in Wachstuch gewickelt war.

»Bist du bereit, kleiner Scheißer?«, fragte der Fahrer. Er hieß Charles, nannte sich aber *Mamba,* was Krokodil bedeutete. Von allen Jüngern war er der Älteste und hatte vor seiner Initiation bereits zwei Männer bei einer Schießerei in einem Dorf bei Lamu umgebracht.

»Ich bin bereit.«
»Gut.«
Mahmoud hörte den Austauschmotor aufheulen, und als der Cortina vom Straßenrand losfuhr, musste er sich festhalten, um nicht gegen die Heckklappe geschleudert zu werden. Während das PS-starke Auto immer schneller wurde, drehte ein Heroinsüchtiger namens *Nyigu* – die Hornisse – die Musik bis zum Anschlag auf.
Als Mahmoud über den ledernen Rücksitz nach vorne spähte, sah er die Einfahrt des Hotels rasch näher kommen. Und eine hölzerne, rot-weiße Schranke, die ihnen den Weg versperrte. Der uniformierte Mann, der danebenstand, starrte ihnen mit weit aufgerissenen Augen entgegen und entschied sich, sein Heil lieber in der Flucht zu suchen. Und im nächsten Moment wurde die Schranke auch schon vom Hirschfänger in Stücke geschlagen, als wäre sie ein dünnes Zweiglein.
Und sie beschleunigten immer noch.

»Geht es Mr. Standage gut?«, fragte Mwangi Mac Bowden, als die beiden Männer zurück zum Atrium gingen. »Er sieht schlecht aus, finde ich. Vielleicht sollte er mal einen Arzt aufsuchen.«
»Alles halb so wild«, beruhigte ihn Bowden. »Er ist bloß ein bisschen nervös im Moment, das ist alles. Und diese Geschichte mit dem Serienmörder hat ihn auch ziemlich geschockt.«
»Den Kopfjäger meinen Sie?«
»Nennen Sie ihn so? Ja, genau der. Ich glaube, Standage kannte eines der Opfer. Den Richter, den sie neulich gefunden haben.«

Mwangi hielt inne. »Er kannte Richter Banda?«
»Ich glaube schon.«
»Dazu würde ich ihm aber gern noch ein paar Fragen stellen.«
»Ein anderes Mal, Kumpel. Eine Portion schlechte Nachrichten am Tag reicht.«
Inzwischen standen sie in der Eingangshalle.
»Glauben Sie, Sie werden diesen Kerl fassen?«, fragte Bowden.
»Den Kopfjäger? Ich habe nicht den geringsten Zweifel, Mr. Bowden. Das ist nur eine Frage der Zeit.«
»Viel Glück. Können Sie mit dem Internet umgehen, Constable Mwangi?«
»Natürlich.«
»Dann würde ich vorschlagen, Sie suchen mal nach der Yorkshire-Ripper-Ermittlung in England, in den siebziger Jahren war das.«
»Ja? Warum?«
»Weil das das beste Beispiel dafür ist, wie man einen Serienmörder *nicht* fasst.«
Sie waren fast schon an der Tür, als sie plötzlich den schnittigen Cortina entdeckten, der mit voller Geschwindigkeit über die geteerte Auffahrt direkt auf sie zuhielt. Einen Moment blieben die beiden Männer wie angewurzelt stehen. Das Fahrzeug raste über einen Geschwindigkeitsbrecher mit mindestens hundert Stundenkilometern und hob kurz vom Boden ab, dass sich die abgefahrenen Reifen frei in der Luft drehten. Als es wieder auf dem Boden aufsetzte, war es fast schon am verglasten Atrium.
Bowden machte einen Satz und riss Mwangi mit einem

Rugby-Tackle aus der Bahn – nur den Bruchteil einer Sekunde, bevor der Cortina durch die Scheibe schoss. Es gab ein Geräusch wie von einer Explosion, und plötzlich regnete es winzige Scherben von drahtverstärktem Glas.

Als das Auto über den Geschwindigkeitsbrecher fuhr, wurde Mahmoud von dem Schlag über die Ladefläche geschleudert wie eine Flipperkugel. Er hörte den Motor, die Musik und das gellende Gebrüll von den Vordersitzen.
»Jaaaaaaaaaaaah!«
Er veränderte seine Position und bereitete sich auf den Aufprall vor. Die Augen hatte er aufgerissen und den Mund zu einem stummen Schrei geöffnet – und als das Auto unsanft wieder aufsetzte, zersprang die Verglasung des Atriums in Millionen Stückchen, und er wurde wieder in seinem gnadenlosen Käfig aus Metall und Fiberglas hin und her geworfen.

»Sind Sie bewaffnet?«, brüllte Mac Bowden Mwangi ins Ohr. »Sind Sie bewaffnet?«
»Nein!«, keuchte Mwangi, der vom Gewicht des Engländers auf den kalten Marmorboden gepresst wurde.
Bowden rollte sich von ihm herunter. »Dann suchen Sie Deckung und rufen Sie Hilfe.«
Mwangi blickte auf und sah die ganze bizarre Szenerie: Der Cortina war direkt durch die Verglasung und in die gegenüberliegende Wand gedonnert, wo die ziehharmonikaartig zusammengequetschte Motorhaube ein großes Loch in den Putz geschlagen hatte. Wo immer er hinsah, rannten Leute erschrocken und panisch durch erstickende Wolken aus Staub, Dampf und Abgasen. Es erinnerte

ihn an die schockierenden Bilder des 11. September – nur dass man nicht in New York war, sondern in einem hübschen Touristenhotel an der Küste von Mombasa.
So etwas durfte eigentlich gar nicht passieren.
Und jetzt sah er noch etwas: Männer mit Waffen sprangen aus dem Cortina, ballerten wie wild an die Decke und bewegten sich zielstrebig durch die Halle. Sie waren zu dritt, und nun erkannte er auch, dass sie gar keine Männer waren, sondern Jungen – prahlerisch auftretende Jungen mit Dreadlocks und Kampfanzügen.
Mwangi tastete hektisch nach seinem Handy und wählte die 999. Als nach einer halben Ewigkeit ein Telefonist in der Notrufzentrale abnahm, versuchte er, ihm so langsam und deutlich wie möglich die Lage zu beschreiben und bat um Verstärkung.
Im gleichen Moment hörte er wieder das unverwechselbare *pop-pop* von Schüssen – und das ebenso grauenhafte Geräusch menschlicher Schreie.

31

Die zuständige Chirurgin Indira Goti betrachtete die zehn Zentimeter lange Narbe, die sich von Jakes Brustbein bis zu seinem Nabel zog, und schnalzte zufrieden mit der Zunge.
»Ich bin ein Genie, Mr. Moore – auch wenn ich das selbst behaupte«, erklärte sie. »Falls Sie die Haut nicht allzu sehr dehnen, indem Sie sich einen Schmerbauch zulegen,

wird die Narbe blasser werden, bis sie kaum noch zu sehen ist.«

Jake schwang die Beine von der Untersuchungsliege. »Freut mich. Aber was ist mit den inneren Verletzungen?«

Goti, eine weißhaarige Sri Lankerin, deren Stimme so klang, als würde jemand Kies schippen, wirkte fast beleidigt. »Wollen Sie etwa meine chirurgischen Fähigkeiten in Frage stellen, Mr. Moore? Ziehen Sie Ihr Hemd an und werden Sie nicht unverschämt.«

Jake lächelte. Ihre Bullterrier-Art war sicher nichts für sensible Patienten, aber sie hatte recht. Sie *war* ein Genie. Vierzehn lange Stunden hatte sie gekämpft, um sein Leben auf dem OP-Tisch zu retten, obwohl einige ihrer Kollegen sie schon überzeugen wollten, dass sie ihre Zeit verschwendete. Er sah ihr zu, wie sie sich mit arthritischem Hinken ihrem Schreibtisch näherte und ein altmodisches Roberts-Transistorradio anschaltete.

»Entschuldigen Sie«, sagte sie und zündete sich einen dünnen Zigarillo an. »Aber ich höre mir grundsätzlich die Ein-Uhr-Nachrichten des World Service an. Die BBC ist zwar auch nicht mehr, was sie mal war, aber sie ist das einzige Nachrichtenorgan, dem ich noch traue.«

Während er sein Hemd zuknöpfte, überlegte Jake, ob sie wohl Joumas grimmigen Pathologenfreund Christie kannte. Die beiden hätten sich wunderbar verstanden.

»Bedeutet das, dass ich wieder anfangen kann zu arbeiten?«, fragte er.

Goti zuckte mit den Schultern. »Fühlen Sie sich fit genug?«

»Ehrlich gesagt – ich habe mich seit Jahren nicht mehr so gut gefühlt.«

Das stimmte auch. Sein tägliches gnadenloses Sportprogramm hatte Wunder gewirkt. Zumindest hatte er nicht mehr das Gefühl, sich nach einer Trainingseinheit gleich übergeben zu müssen. Und wenn der moppelige Ralph Philliskirk fit genug war, um die *Yellowfin* zu steuern, dann war Jake es erst recht, selbst wenn er zunächst nur auf sechzig Prozent seiner alten Kapazität lief. Während er Ralph auf der Brücke bis vor kurzem noch mit Resignation betrachtet hatte, verspürte er inzwischen nur noch brodelnde Abneigung.

Er wollte sein Boot zurückhaben.

»Meine ärztliche Meinung lautet, dass Sie sich noch weiter erholen sollten«, erklärte Goti. »Zumindest noch vierzehn Tage, bevor Sie an irgendwelche anstrengenden Tätigkeiten auch nur denken. Aber da ärztliche Meinungen meistens dummes Zeug sind, würde ich sagen, solange Sie Ihr exzessives Trinken und Rauchen einschränken und nicht mit bloßer Hand Buckelwale aus dem Meer ziehen ...«

Jake hätte sie küssen können.

Er lief alle sechs Treppen bis ins Erdgeschoss zu Fuß. Seine Schritte hatten einen ganz neuen Schwung, nachdem er wusste, dass sein Fegefeuer fast überstanden war und das Leben bald wieder in seinen normalen Bahnen laufen würde. Die Aussicht machte ihn überglücklich. Manchmal hatte er ja schon gezweifelt, ob dieser Tag jemals kommen würde.

Die Treppe führte in den Unfall- und Notaufnahmetrakt. Als er in das grelle künstliche Licht trat, wurde Jake fast von einer Karawane von Ärzten, Schwestern und anderem Personal umgerannt. Sie steuerten auf die große Doppeltür zu, vor der gerade ein Krankenwagen mit blitzendem Blaulicht vorgefahren war. Da die Türen bereits geöffnet waren, konnte Jake auf den Bahren zwei Menschen liegen sehen. Als sie herausgeholt und im Laufschritt in die Notaufnahme gekarrt wurden, sah er jede Menge Blut. Und er sah die Gesichter der Eingelieferten – eigentlich noch Kinder, achtzehn oder neunzehn vielleicht, und er war ziemlich sicher, dass zumindest einer von ihnen bereits tot war, auch wenn er noch eine Sauerstoffmaske trug und eine Infusionsnadel im Arm hatte. Seine Dreadlocks waren verklebt mit Blut und Hirnmasse, und in den weit aufgerissenen Augen war kein Leben mehr zu entdecken.

Der zweite Patient war noch am Leben, aber nach seinem flachen Atem zu urteilen und dem Blut, das ihm bei jedem Atemzug aus einem Loch in seinem Brustkorb sprühte, würde er dies nicht mehr lange bleiben. Seine Lippen formten Worte, aber abgesehen von dem unheilverkündenden Gurgeln, das ertönte, weil sich seine Kehle mit Blut füllte, war kein Geräusch zu hören.

Nun traf noch ein Krankenwagen mit einem dritten Patienten ein. Noch ein Junge, aber dieser war zweifellos tot, weil sein halber Kopf fehlte.

Du lieber Gott, dachte Jake – das sah hier ja aus wie in Downtown Los Angeles. Er drückte sich an die Wand und sah, wie die makabre Prozession in Richtung OP an ihm vorbeieilte. Unweigerlich musste er daran denken, dass er auch schon zweimal das Opfer gewesen war, das man schwer blutend und mit Sauerstoffmaske auf dem Gesicht durch die Gänge geschoben hatte.

Dann ging er zum Ausgang, denn er wollte das Krankenhaus verlassen, bevor ihm hässliche Erinnerungen noch den ganzen Tag verdarben. Doch jetzt schob man noch einen Körper aus dem zweiten Krankenwagen, und Jake musste wieder stehen bleiben und zusehen, wie das Notfallteam an ihm vorbeirannte.

Was zur Hölle war denn da passiert? War in den Straßen von Mombasa der Dritte Weltkrieg ausgebrochen?

Doch diesmal kam ihm der blutverschmierte Körper auf der Bahre schrecklich bekannt vor.

Nein – o Gott, das darf nicht wahr sein!

Als er impulsiv einen Schritt nach vorn machte, sprang ein Mann aus dem Krankenwagen. Er trug ein Hemd, dessen weiße Baumwolle durch und durch blutdurchtränkt war. Jake erkannte ihn jetzt: Es war der junge Polizist, der mit Jouma zusammenarbeitete. Wie zum Henker hieß er noch mal?

»Bleiben Sie zurück, Sir!«, rief Mwangi und stieß Jake beiseite, während das Notfallteam sich um den Mann auf der Bahre scharte.

»Das ist ein Freund von mir«, rief Jake, und der junge Detective drehte sich um. Er wirkte völlig verängstigt und überfordert. Jake schubste ihn beiseite und trat an die Bahre. »Mac!«

Mac Bowden hustete Blut in die Plastiksauerstoffmaske, die man ihm über Mund und Nase gestülpt hatte, aber er streckte eine Hand aus und packte Jakes Arm. Einen Moment versuchte er sogar sich aufzusetzen, aber seine Kraft reichte nicht, und er fiel zurück auf die Liege.

»Bitte treten Sie zu Seite!«, bat einer der Ärzte.

Doch Mac wollte Jakes Arm nicht loslassen. Er zog seinen

Freund näher zu sich und riss sich mit der anderen Hand die Maske vom Gesicht, um mit letzter Kraft etwas in Jakes Ohr zu murmeln. Dann lockerte sich sein Griff, sein Arm fiel kraftlos herab, und man schob die Bahre hastig ins Gebäude. Jake blieb auf den Knien vor den offenen Türen liegen.

Da fühlte er eine Hand auf der Schulter – es war Mwangi, der ihm auf die Füße half.

»Was zum Teufel ist denn hier passiert?«

»Ihr Freund«, erklärte der junge Detective, »hat mir das Leben gerettet. Er hat uns allen das Leben gerettet.«

32

Als Jouma eintraf, saß Jake im Wartezimmer des Krankenhauses.

»Wie geht es Ihnen, mein Freund?«, fragte der kleine Afrikaner und setzte sich neben ihn auf einen der gnadenlos unbequemen Plastikstühle.

»Sie haben auf Mac geschossen, Inspector«, sagte Jake ungläubig. »Meinen alten Chef … Mac Bowden … sie haben ihn angeschossen. Kinder mit AK-47, die im Sandpiper Hotel eine wilde Schießerei veranstaltet haben.«

Jouma nickte. »Ihr Freund ist ein sehr tapferer Mann.«

»Ich war sein Trauzeuge, Inspector. Und Taufpate seiner Söhne. Was waren das für Wichser? Was wollten die?«

»Nicht *was*, Jake. *Wen.* Sie hatten es auf den Hotelmanager abgesehen, Mr. Standage.«

Jake blinzelte. »Standage? Diesen Trottel? Warum?«
»Weil er das nächste Opfer des Kopfjägers hätte werden sollen.«

Als man die einzelnen Puzzleteilchen zusammensetzte, wusste man faktisch, was an diesem Tag im Sandpiper Hotel passiert war. Doch niemand konnte mit Worten das Chaos beschreiben, den Lärm der Schüsse und die Schreie wiedergeben oder den Geruch von Kordit, Blut und Angst. Mwangi hatte es versucht – aber irgendwelche Synapsen in seinem Gehirn verweigerten ihm den Dienst. Er durchlebte einfach nur immer wieder die Ereignisse, als würde er sie im Fernsehen verfolgen oder in einem raffinierten Computerspiel die Bewegungen seines Avatars steuern.
Er sah sich selbst benommen durch die zerschossenen Überreste eines Hotelfoyers stolpern, während die Glasscherben unter seinen Füßen knirschten. Vor sich erkannte er das Autowrack, dessen Türen und Kofferraum weit offen standen. Durch ein Loch in der Wand konnte er den Pool ausmachen, in dem Wrackteile schwammen und ein paar zerbrochene Sonnenliegen.
Dann ging es weiter zu Standages Büro. Jubelschreie und Gebrüll, ab und zu das Rattern eines Maschinengewehrs. Instinktiv duckte er sich, während ihm das Herz bis zum Hals schlug. Er war hin und her gerissen zwischen seinem beruflichen Pflichtgefühl und dem überwältigenden Instinkt, einfach davonzurennen.
Plötzlich packte ihn jemand am Arm und zog ihn in einen Seitenkorridor, der zum Wellnessbereich des Hotels führte. Es war Bowden, der neue Sicherheitschef. Er hatte eine

Neun-Millimeter-Automatik in der Hand und legte den Finger auf die Lippen, um Mwangi zu bedeuten, dass er ganz still sein sollte. Bowden hatte sich hier auf die Lauer gelegt. Die bewaffneten Männer seien in Standages Büro, zischte er ihm zu. Drei. Vielleicht war es schon zu spät und der Manager sei bereits tot.

Aber vielleicht auch nicht.

Plötzlich hörte man wildes Geschrei und grobes Gelächter näher kommen. Bowden wartete immer noch, und Mwangi wurde klar, dass die Eindringlinge nichts von Standages neuem Leibwächter wussten. Mac Bowden war das Letzte, womit die drei Männer rechneten, die den Hotelmanager gerade durch den Korridor schleiften.

Als Bowden aus der Nische auf den Flur trat, blieben sie daher im ersten Moment auch einfach stehen und gafften ihn verdattert an.

Peng! Der erste ging zu Boden. Aus einem Loch direkt über seiner Nase flog ein ansehnliches Stück Hirn.

Peng! Den zweiten traf es frontal in die Brust, so dass er ein paar Schritte rückwärtsstolperte und zu Boden ging.

Peng! Da lag auch der Dritte, den es ebenfalls in den Kopf getroffen hatte, obwohl er seine Waffe bereits hatte fallen lassen und sich ins Büro zurück flüchten wollte.

Bowden schob seine Waffe zurück ins Holster und eilte zu Alec Standage, der auf dem Boden zusammengesackt war.

»Alles in Ordnung, Chef?«, erkundigte sich Bowden und reichte ihm mit einem beruhigenden Lächeln die Hand. An dieses Lächeln erinnerte sich Mwangi deutlicher als an alles andere.

PENG!
Der untersetzte Engländer kippte vornüber und prallte gegen die Flurwand, und plötzlich war Standages Gesicht mit Blutspritzern übersät. Mwangi drehte den Kopf und entdeckte einen vierten bewaffneten Mann am Ende des Flurs. *Noch einer!* Er hielt einen uralten Colt in der Hand, aus dessen Mündung schwarzer Qualm kam.
Einen Moment standen sie alle da wie angewurzelt. Doch Bowden hatte immer noch seine automatische Waffe in der Hand, die er nun im Liegen ein letztes Mal abfeuerte. Der Junge schrie auf, als es ihm ein Stück aus der Schulter riss, und der Revolver fiel ihm aus der Hand. Er drehte sich um und rannte davon. Mwangis Starre hatte sich gelöst, und er machte noch einen Satz nach vorn, um den Jungen zu packen, doch er griff ins Leere.

»Er muss noch im Auto gewesen sein«, sagte Jouma feierlich. »Niemand wusste, dass er da war, und dann war es zu spät.«
»Wo ist er jetzt?«
»Er ist entkommen.«
»Um Gottes willen! Hat Ihr Constable geschlafen?«
»Schieben Sie es nicht Mwangi in die Schuhe, Jake. Er ist noch ein halber Junge. Nicht viel älter als die Einbrecher.«
Jouma hatte natürlich recht. Aber das tat Jakes Wut keinen Abbruch.
Die zwei Männer drehten sich um, als die Tür zum Wartesaal aufging. Die schlanke Gestalt von Indira Goti stand dort in ihrer blutbespritzten OP-Kleidung, die Haare von einer überdimensionierten Plastikhaube bedeckt. Ihr

Gesichtsausdruck sprach Bände – aber sie teilte ihnen die Neuigkeit trotzdem mit.
Mac Bowden war auf dem OP-Tisch verstorben.

33

Man konnte Mahmoud ja so einiges nachsagen – er war ein Junkie, ein Zuhälter und jetzt auch noch ein Mörder –, aber dumm war er sicher nicht. Er wusste, dass man ihn verfolgen würde, und er wusste, dass seine Blutspur sie zu ihm führen würde. Außerdem wusste er, dass er etwas gegen die Blutung aus dem walnussgroßen Loch über seinem rechten Bizeps unternehmen musste, sonst war er längst tot, wenn sie ihn fanden.
Das Adrenalin und die restlichen Drogen in seinem immer schwächer werdenden Blutkreislauf verliehen ihm die Kraft, über das Hotelgelände zu fliehen und über den Zaun zu springen. Nun versteckte er sich in einer halbfertigen Strandhütte aus Beton, die einen knappen Kilometer vom Hotel entfernt lag. Im Laufen hatte er das Halstuch abgenommen und es mit der linken Hand in seine Wunde gestopft, was auch eine Weile funktioniert hatte, doch jetzt hatte sich der Stoff vollgesogen, und das Blut lief ihm wieder in Strömen den Arm herab.
Seine Augen füllten sich mit Tränen, aber er wischte sie ungehalten ab. Das war kein guter Moment zum Weinen! Er musste sein Problem *lösen.* Er musste *handeln.* Sein T-Shirt war ebenfalls blutdurchtränkt und daher nicht

mehr brauchbar, also zog er seine Jeans aus und riss sie mit der unverletzten Hand und den Zähnen in Streifen. Auf dieselbe Weise konnte er sich einen davon um die Schulter wickeln und strammziehen. Durch diesen Druckverband ging die Blutung bereits merklich zurück – doch Mahmoud wusste, dass ihm nicht viel Zeit blieb. In der Ferne hörte er schon die Polizeisirenen über die Autobahn näher kommen.

Er rappelte sich auf die Füße und begann sein Versteck systematisch abzusuchen. Es war eine große Bauruine aus Beton, die zweifellos irgendeinem reichen Weißen gehörte. Momentan wurde sie jedoch von Bautrupps aus schlecht bezahlten Afrikanern bewohnt. Mahmoud hatte immerhin das Glück, dass gerade alle in der Mittagspause waren. Das Haus war ein Geisterschiff aus halb verputzten Mauern, mit Brettern auf Werkbänken, Bottichen mit trocknendem Gips und Mörtel, Kupferkabeln und Rohren. Auf der Holztreppe entdeckte er schließlich, was er brauchte: einen Propangasbrenner zum Verlöten von Kupferrohren.

Obwohl er kaum glauben konnte, was er da tat, setzte er sich auf die Stufen und entfernte seine Aderpresse. Das Blut begann in fast schon unanständigen Mengen wieder aus dem Loch in seiner Schulter zu quellen. *Wie viel Blut hatte man eigentlich im Körper?* Bei diesem Gedanken ertappte er sich, als er das Gas aufdrehte und die Flamme mit einem Streichholz entzündete.

Blaue oder gelbe Flamme?

Gelbe oder blaue Flamme?

Er schüttelte den Kopf. Offensichtlich hatte er schon so viel Blut verloren, dass er anfing zu phantasieren.

Du stirbst, Mahmoud.
Er stopfte sich die vollgebluteten Jeansstreifen in den Mund, stellte die Flamme so ein, dass sie einen fiesen Blauton hatte, und richtete sie dann direkt auf die Wunde. Ungefilterter weißer Schmerz schoss ihm durch den Körper, während das zerfetzte Fleisch Blasen schlug und verbrannte, und er schrie in seinen Knebel, denn inzwischen war es ihm egal, wer ihn hörte. Es war ihm sogar schon egal, ob er sterben würde, denn der Tod würde ihm zumindest diese unbeschreiblichen Qualen ersparen. Der beißende Rauch von seinem eigenen verbrannten Fleisch stieg ihm in die Nase, und er konnte nur mit Mühe den Brechreiz unterdrücken.
Schließlich hielt er es nicht mehr aus, ließ den Brenner fallen und schlug rücklings zu Boden. Als er die Augen zumachte und sich die Dunkelheit über ihm schloss, hoffte er, dass er niemals wieder aufwachen musste.
Doch der Schmerz hatte andere Pläne mit ihm. Er riss ihn wieder aus seiner Bewusstlosigkeit und holte ihn in die Realität zurück, so dass er gepeinigt aufschrie. Er brachte es kaum über sich, seine Schulter anzusehen – er konnte richtiggehend hören, wie seine blasige Haut leise blubberte –, doch als er einen Blick darauf warf, sah er, dass die Wunde jetzt nur noch ein Krater aus versengtem Fleisch war, und vor allem die Blutung völlig zum Stillstand gekommen war.
Inzwischen waren auch die Sirenen lauter geworden. Er trat an eins der Fenster und blickte hinaus, als gerade drei, vier, fünf Streifenwagen in Richtung Hotel vorbeijaulten, direkt gefolgt von zwei Krankenwagen.
Schnell! Schnell!

Einer der Arbeiter hatte seinen Overall auf den Sprossen einer Aluminiumleiter hängen lassen. Mahmoud kletterte hinein und schlüpfte durch die Hintertür aus dem Haus, um rasch den künftigen Garten zu durchqueren und sich zu den Palmenhainen dahinter zu flüchten, wobei er den Strand und die sonnenbadenden Touristen tunlichst mied. Nach ungefähr anderthalb Kilometern, als er das letzte Hotel am Shanzu-Küstenstreifen hinter sich gelassen hatte, erreichte er eine kleine Bucht. Ein alter Mann saß auf dem Ausleger seiner Dhau und flickte die Netze, mit denen er Köderfisch für die Hochseeangler fing. Kurzsichtig spähte er zu Mahmoud und nickte ihm zu. Der Junge grüßte im Vorübergehen, und der Mann wandte sich wieder seiner Arbeit zu. Im nächsten Moment drehte Mahmoud sich jedoch um und zog dem Alten einen Stein über den Schädel. Der Schmerz, der ihm dabei durch den Arm schoss, war unbeschreiblich, aber irgendwie gelang es ihm, den Körper ins Unterholz zu schleifen und mit Blättern zu bedecken. Nachdem er sich vergewissert hatte, dass niemand in der Nähe war, schob er die Dhau ins Wasser und ließ sich hineinfallen. Wie die meisten Kinder, die an der Küste aufgewachsen waren, wusste er, wie man mit diesen leichten Booten umging, und er brauchte nicht lang, um das Segel zu setzen. Bald war er weit genug draußen und fuhr in Sichtweite der Küste Richtung Norden. Seine Schulter pochte jetzt mit aller Gewalt – und als er an seinem Arm herabblickte, sah er, dass sich auf dem schmuddeligen Baumwolloverall schon wieder ein kleiner Blutfleck gebildet hatte.

34

Ein Glück, dass Athi, der Sohn des Ngai, die meiste Zeit einsam meditierend auf seinem Johannisbrotbaum saß, wenn er nicht gerade Menschen umbrachte oder sie über seine Größe belehrte, dachte Chipche, als er das kleine Langwellenradio ausschaltete. Er versuchte sich vorzustellen, wie der lebendige Gott reagieren würde, wenn er von den morgendlichen Ereignissen in Shanzu erfuhr, und dieser Gedanke gefiel ihm gar nicht.

Drei tote Jünger, der Abtrünnige immer noch quicklebendig – Desaster war nicht ansatzweise das richtige Wort für das, was er gerade in den Mittagsnachrichten gehört hatte.

Außerdem wurde das Problem zusätzlich dadurch verschärft, dass *vier* Jünger im Auto gewesen waren.

Seufzend verließ er seine Hütte und tätschelte dabei kurz die Holzwand, als wäre sie ein alter Freund. Sie war ein alter Freund. Und trotz ihres Verwendungszwecks war die Hütte für Chipche immer ein Ort der Ruhe geblieben, eine Zuflucht, in die er sich vom Wahnsinn des Kopfjägers zurückziehen konnte.

Er genoss diese gestohlenen Minuten, in denen er seine lächerliche Verkleidung ablegen konnte. Wenn das alles erst vorüber war, konnte er hoffentlich wieder er selbst sein. Niemand wusste die Freuden und Annehmlichkeiten seines eigenen Lebens zu schätzen, bevor er das Elend eines anderen ertragen hatte.

Vor der Hütte hatte Chipche seine Plantage angelegt. Er zog Flaschenkürbisse, dicke grüne, traubenartige Gebilde, die ihn immer an aufgeblähte Ochsenfrösche erinnerten. Obwohl sie so hässlich aussahen, waren sie äußerst vielseitig. Er fertigte Schmuckschalen und Trinkgefäße aus ihrer Schale an, destillierte starken *Chang'aa* aus dem saftigen Fleisch und erzielte mit dem Verkauf dieser Produkte genug Geld, um das magere Gehalt aufzubessern, das er in seinem eigentlichen Job bekam.

Zumindest tat er das, wenn er Zeit hatte. Er starrte auf die wild wuchernden Pflanzen und seufzte abermals. Wie schön es doch wäre, wenn er den restlichen Tag einfach damit zubringen könnte, seine Ranken festzubinden und die reifsten Früchte zu ernten.

Aber er hatte keine Zeit.

Einer der Gründe, warum die Plantage momentan für andere Zwecke genutzt wurde, war der, dass er so schlecht zu finden und fast undurchdringlich war. Zweitens hatte man hier immer noch ein Netz, um über Handy die Stimme von Ngai zu empfangen, dem Teiler des Universums und Herrn aller Natur.

Chipche setzte sich auf einen Baumstumpf neben der Tür und zog das Nokia 5310 mit Prepaid-Karte aus der Korbtasche, die zu seinen Füßen stand. Er schaltete das Telefon ein und wählte die einzige gespeicherte Nummer.

Schon beim ersten Klingeln wurde abgenommen.

»Und?«

»Es gab Probleme.«

»Ich weiß. Ich sehe gerade die Fernsehnachrichten. Wie es aussieht, hatte der Abtrünnige einen Leibwächter. Ganz unglücklich gelaufen.«

»Was soll ich *ihm* sagen?«

»Wir müssen bei unserem Plan bleiben. Es wird Zeit, dass

der lebendige Gott seinen himmlischen Vater kennenlernt.«

»Und was ist mit der geflohenen Slum-Ratte?«

»Mach dir um den Jungen keine Sorgen.«

»Aber was, wenn er gefasst wird? Wenn er alles ausplaudert?«

»Dann hoffen wir mal, er ist von deinem Teufelszeug nicht so verblödet, dass er die Polizei direkt ins Lager des Kopfjägers führt. Es käme mir sehr ungelegen, wenn unser Freund so unspektakulär sterben würde. Da fällt mir ein – sorg dafür, dass die Leiche gut bedeckt ist. Ich möchte nicht, dass die Geier ihn als Erstes finden.«

Chipche lächelte grimmig. »Dann ist es jetzt also wirklich vorbei?«

»Wir haben es doch gut hinbekommen. Besser als wir je gehofft hätten. Ja – es ist vorbei.«

»Und Standage?«

»Der wird in absehbarer Zukunft lückenlos bewacht werden – aber nur, bis er herausfindet, dass der Kopfjäger tot ist. Dann werden wir weitersehen.«

»Du willst doch nicht etwa …«

»Ich hab noch nicht entschieden, was ich tun werde. Aber mach dir keine Sorgen, Chipche, ich werde dafür sorgen, dass er bekommt, was er verdient. Vorerst bleiben wir einfach bei unserem Plan. Ruf mich wieder an, wenn die Sache erledigt ist.«

Während Chipche das Handy auseinanderbaute, überlegte er, was dieser Anruf für Folgen haben würde. Natürlich hatte er das Unvermeidliche bereits vorbereitet. So mancher seiner Medizinmanntränke war nicht nur irgendein Gebräu, das effektvoll blubberte, sich grün verfärbte und entsprechend empfängliche Gehirne mit massiven Halluzinogenen vernebelte. Vielmehr hatte er in seiner Basttasche mehrere tödliche Dosen schnell wirkenden Gifts, das den lebendigen Gott ins Jenseits befördern würde, sobald ihm der letzte Tropfen durch die Kehle geronnen war.

Er stand auf und streckte sich. Obwohl nur drei der vier Männer tot waren, war er zufrieden mit dem, was er erreicht hatte. Aber andererseits war er auch froh, dass es jetzt vorbei war. Was für eine Erleichterung, diesen albernen Mummenschanz beenden zu können. Medizinmann! Lachhaft! Was er über schwarze Magie wusste, hätte auf die Rückseite einer Briefmarke gepasst. Er war kein besserer Medizinmann als die Betrüger, die im Freiluftmuseum Glücksbringer verkauften und irgendwelches Kauderwelsch zusammenbrabbelten. Er freute sich jetzt schon darauf, seine Kalebassen zusammenzusammeln, sie in seine zeremonielle Kleidung zu wickeln und den ganzen Müll von der nächsten Klippe zu werfen.

Er öffnete die Tür der Hütte und atmete den schweren Geruch der Kalebassen ein. Aber als er dort stand, spürte er plötzlich, wie sich etwas Scharfes in die Haut seines Unterkiefers bohrte.

»Hier steckst du also, Chipche«, stellte der Kopfjäger mit leiser, unheilverkündender Stimme fest. »Ngai hatte also recht.«

»Ngai, Herr?«, wiederholte der alte Mann und versuchte, sich seine Panik nicht anmerken zu lassen.

»O ja – er hat zu mir gesprochen. Er hat mir gesagt, wo ich dich finde.«

Ngai hatte zu ihm gesprochen? O Gott, dachte Chipche,

der Wahnsinn war schon weiter fortgeschritten, als er befürchtet hatte.
Doch dann hob er die zitternden Hände gen Himmel und rief: »Gelobt sei der Teiler des Universums! Lasst uns danken dem Herrn aller Natur! Er hat zu seinem Sohn gesprochen, dem Gott, der unter uns bemitleidenswerten Sterblichen weilt. Erzittert, o ihr Abtrünnigen, denn Athi ist eins mit seinem Vater.«
Er ließ sich vornüber in den Staub fallen, hauptsächlich, um dem Druck der Machete an seinem Hals zu entgehen. Aber nachdem er ein paar Sekunden abgewartet hatte und keine Reaktion kam, rappelte er sich auf die Knie hoch und sah sich um. Der Kopfjäger saß im Schneidersitz auf dem Boden neben einer der dicken Kalebassen und reinigte sich mit der Klinge seiner Machete träge die Fingernägel. Er war nackt, aber sein Körper war rot, weiß und schwarz bemalt.
»Herr?«
»Es ist nicht so, wie ich es mir vorgestellt hatte«, erklärte der Mörder geistesabwesend. »Ich meine, seine Stimme … er hat eine sehr *sanfte* Stimme. Fast melodisch.« Als er aufblickte, stach das Weiße seiner Augen von der scharlachroten Farbe in seinem Gesicht ab. »Aber du weißt ja, wie er spricht, nicht wahr, Chipche?«
»Ja, Herr!«, sagte der Alte, denn er wusste, je länger er mit dem Verrückten redete, umso größer war seine Chance, mit dem Kopf auf den Schultern von hier wegzukommen. »Ngai spricht mit der Zärtlichkeit, die man von einem Vater erwartet.«
Bei diesen Worten verengten sich die Augen des Kopfjägers jedoch, und in diesem Moment wusste der Alte, dass er ein toter Mann war.

»Chipche, du Narr! Als ob ein unwichtiger kleiner Sterblicher *jemals* die Stimme Ngais hören könnte.«
Der Kopfjäger entfaltete seine spinnenartigen Gliedmaßen und bewegte sich auf den alten Mann zu. Chipche fiel wieder auf sein Gesicht und begann zu heulen. Da packte ihn eine starke Hand bei seinem Gewand und hob ihn in die Luft. Der Alte machte die Augen auf und starrte dem Kopfjäger ins Gesicht. Er war ihm so nah, dass er seinen heißen Fäkalatem schmecken konnte.
»Bitte, Herr …«
»Du bist ein Abtrünniger, Medizinmann. Du bist ein Gotteslästerer. Du dachtest, du könntest Athi betrügen.« Der Kopfjäger schüttelte den Kopf. *»Aber da hast du dich getäuscht.«*

35

Der Sabaki entspringt am Fuß des Kilimandscharo und schlängelt sich mehr als dreihundert Kilometer über die Tsavo-Ebene, bis er schließlich nördlich von Malindi in den Indischen Ozean mündet. Und genau hier, wo sich der Fluss trichterförmig zu einem Delta verbreitert, wurde eine gestohlene Dhau gefunden, die im Sumpf stecken geblieben war. Darin lag die Leiche eines jungen Mannes.
Eine spätere Autopsie sollte bestätigen, dass der Junge an einer Schusswunde am Oberarm verblutet war. Die Kugel hatte die Oberarmarterie aufgerissen, und trotz eines

laienhaften Versuchs, die Wunde zu kauterisieren, war die Blutung nicht mehr zu stillen gewesen. Man leitete Ermittlungen zur Person ein, aber es blieb ungeklärt, wie er hieß oder woher er kam.
Wie es aussah, war er in die Welt gekommen und hätte sie gewaltsam wieder verlassen, ohne dass jemand richtig von ihm Notiz genommen hatte.

Teil V

36

Während des Flugs von Nairobi hatte er sich schon auf das gefasst gemacht, was ihn erwartete, und als das Flugzeug zur Landung in Heathrow ansetzte, hatte er sogar einen Fleecepulli und eine warme Hose angezogen. Aber das half kaum – er hatte schon vergessen, wie eiskalt es in London im Januar war. Als er aus dem Flugzeug stieg, traf Jake ein eisiger Wind, der durch eine Lücke in der Plastikabdeckung des Passagierübergangs vom Flieger ins Terminal zog, und ließ ihn erstarren. Als er später in einem Frachthangar stand und zusah, wie Macs Sarg in einen wartenden Leichenwagen verladen wurde, konnte er gar nicht mehr aufhören mit dem Zähneklappern.

Kalt und nass. So hatte er London in Erinnerung, und als er nun nach fünfjähriger Abwesenheit zurückkam, enttäuschte ihn die Hauptstadt nicht. Die grauen Vorstädte verschwammen mit den Regentropfen auf den Fensterscheiben des Taxis, und die Bangla-Musik des asiatischen Fahrers ging im Geräusch der Scheibenwischer unter.

Shirley lebte in einer unauffälligen Reihenhaushälfte am Poplar Way in Sichtweite der Baustelle, aus der bis 2012 der Olympiapark werden sollte. *Sie hat sich nicht sehr verändert,* dachte er, als sie ihm aufmachte. Klein und unscheinbar, mit der Art Gesicht, die ohne Make-up besser aussah. Sie musste jetzt Mitte vierzig sein, so unglaublich es ihm auch vorkam.

»Hallo, Shirley«, begrüßte er sie und stellte seine Koffer auf der Schwelle ab.
Ihre Augen waren gerötet. »Danke, dass du ihn heimgebracht hast, Jake«, sagte sie.

Die Jungen waren bei Shirleys Eltern in Canning Town. Umso besser, dachte er. Als er Simon und Danny das letzte Mal gesehen hatte, waren sie dürre, kichernde kleine Bälger gewesen. Wenn man den Fotos auf dem Kaminsims glauben durfte, sahen sie inzwischen aus wie zwei jugendliche Gangster.
»Das sind ja schon richtig große Jungs«, stellte er fest. »Ich weiß noch, wie ich sie manchmal zum Karussellfahren auf den Jahrmarkt in Southend mitgenommen habe.«
»Ich erinnere mich«, nickte sie wehmütig. »Es ist schrecklich, wie schnell sie groß werden.«
Sie kochte ein undefinierbares Pastagericht, und Jake aß es eher aus Pflichtgefühl denn aus Hunger. Danach saßen sie im Wohnzimmer – er im Lehnsessel, sie auf dem Sofa – und guckten *EastEnders.*
»Die Frau, die Pauline Fowler gespielt hat, ist gestorben«, sagte Shirley. »Krebs.«
»Das tut mir leid«, erwiderte er. Er nippte an einer Dose warmem Bier, die Shirley nach eigenen Angaben schon länger im Schrank stehen hatte, für den Fall, dass sie mal Besuch bekam. Zu seinen Füßen standen noch drei von der Sorte. »Ach ja«, sagte er, »ich wollte noch fragen, wo morgen der Gottesdienst stattfindet.«
»Im Krematorium Lewisham.«
»Ganz schönes Stück zu fahren.«

»Das war der einzige Ort, an dem Father Murtagh den Gottesdienst abhalten wollte.«

»Oh.« Father Murtagh war Polizeikaplan gewesen, als Jake und Mac noch bei der Metropolitan Police dienten. Mac, der eigentlich unwiderruflich vom katholischen Glauben abgefallen war, hatte den Mann immer gemocht, weil er das Klischee des allzu trinkfreudigen Priesters übererfüllte. »Wer kommt denn noch alles?«

»Ich dachte, ich mache eher was Kleines«, antwortete sie. In diesem Moment begriff er. *Sie war wütend auf Mac, weil er tot war.*

»Shirley, er hat das alles gemacht, weil er dachte, dass es für dich und die Kinder das Beste ist.«

Sie saß in ihrem kleinen adretten Wohnzimmer und sah ihn an. »Indem er sich umbringen lässt? Warum, Jake? Wir drei sind hier gut zurechtgekommen. Wir hatten genug. Es wäre überhaupt nicht nötig gewesen, dass er ...«

Sie brach ab, doch er wusste, was sie hatte sagen wollen. Bei den *EastEnders* war gerade ein Streit im Queen Vic ausgebrochen. *Manche Dinge ändern sich nie,* dachte Jake.

»Er hat dich und die Kinder geliebt, Shirley«, sagte er. »Mehr als alles andere auf der Welt.«

»Tja, dann hatte er aber eine echt komische Art, es zu zeigen«, meinte sie.

»Was hat er dir von dem Job erzählt?«, wollte Jake wissen. Shirley war inzwischen bei ihrer zweiten Flasche Lambrusco. Sie rauchte billige Zigaretten, und langsam schienen ihr die Augenlider schwer zu werden. »Nichts«, antwortete sie.

»Ach komm, Shirley. Irgendetwas muss er doch gesagt haben.«

»Er hat mir nichts gesagt. Warum sollte er auch?«

Weil du seine Frau warst. Weil du die Mutter seiner Söhne warst. »Na ja, weil man nicht so einfach nach Afrika verschwindet, ohne einen Ton zu sagen.«

Sie ließ eine halbgerauchte Kippe in die leere Weinflasche fallen und steckte sich gleich die nächste an. »Er hat gesagt, er hätte im Pub diesen Mann getroffen, der ihm Geld angeboten hat.«

»Was für einen Mann?«

»Einen Mann eben. Einen der Stammkunden.«

»Hieß er zufällig Ryeguard? Colin Ryeguard?«

»Verdammt noch mal, Jake, du weißt doch selbst, wie Mac war! Er hat mir nie etwas erzählt, nicht mal, als wir noch verheiratet waren. Du wusstest mehr über ihn als ich. Er hat mich nie ins Vertrauen gezogen.«

»Okay. Ist schon gut.«

»Er ist an einem Samstagmorgen vor ein paar Wochen hier aufgekreuzt«, erzählte sie. »Er hatte die Jungs an dem Wochenende. Bei der Gelegenheit hat er mir mitgeteilt, dass er eine Weile nicht in der Stadt sein würde, aber dass er sich regelmäßig melden und mir auch jeden Monat das Geld überweisen würde.« Sie sah Jake aus blutunterlaufenen Augen an. »Er sagte, da würde er richtig gut verdienen. Nur ein kurzfristiger Vertrag, es hatte irgendwas mit Sicherheitsdienst zu tun. Ich schwöre dir, Afrika hat er mit keiner Silbe erwähnt.«

Sie hatte ihm das Gästebett gemacht, ein Feldbett in einem Zimmer, das ungefähr so groß war wie eine Besenkammer. Es war schon weit nach Mitternacht, als er sich hinlegte, aber er wusste, dass er jetzt noch lange nicht einschlafen würde. Die ganze Zeit musste er an den Mann im Pub denken, der Mac Bowden ein Angebot gemacht hatte, dass dieser einfach nicht ablehnen konnte – ein Angebot, das damit endete, dass er von einem Zwölfjährigen in den Rücken geschossen wurde.

Shirley war im Badezimmer am anderen Ende des Flurs. Sie war betrunken. Er hörte, wie sie geräuschvoll herumkramte und überall anstieß. Jetzt putzte sie sich die Zähne. Pinkelte ausgiebig. Er wusste, dass Mac und sie sich schon vor geraumer Zeit hatten scheiden lassen, aber er wusste nicht, ob sie immer noch daran zu knabbern hatte oder schon ein neuer Mann in ihr Leben getreten war. Da er nichts riskieren wollte, stand er noch einmal auf und rückte das Bett so zurecht, dass das Fußende die Tür blockierte. Dann schlüpfte er wieder unter die dünne Decke und lauschte dem Londoner Regen, der gegen die Fensterscheibe prasselte.

37

Wir nannten uns ›Das Syndikat‹«, erzählte Alec Standage. »Aber wir waren einfach nur vier Männer, die samstagabends eine harmlose Runde Poker spielten, das war alles.«

»Sie vier also«, stellte der Inspector fest. Sie saßen im feuchtkalten Vernehmungszimmer des Polizeipräsidiums

von Mombasa in der Makadara Road. »Gordon Gould, Eric Kitonga, Nathaniel Banda und Sie.«
»Genau.«
»Wie haben Sie sich kennengelernt?«
»Wir spielten einfach alle gern Karten, würde ich sagen. Ab und zu sind wir uns in Old Town über den Weg gelaufen, und dann sind wir irgendwann ins Gespräch gekommen und dachten uns, es wäre doch nett, einen regelmäßigen Treff daraus zu machen.«
»Wo haben Sie gespielt?«
»Eric hatte einen privaten Raum bei den Docks. Und wenn ich privater Raum sage, dann war das auch einfach nur ein Zimmer, verstehen Sie? Mehr steckte da nicht dahinter. Keine Weiber oder so was.«
»Haben Sie mit hohen Einsätzen gespielt?«
»Meistens ein paar hundert Dollar. Hören Sie, wir waren einfach nur Freunde, mehr war es nicht. Wir haben ein paar Drinks genommen und ein paar Runden Texas Hold'em gespielt, das war alles. Einfach nur so zur Entspannung.«
»Ist Ihnen nie in den Sinn gekommen, mit der Polizei zu sprechen, als Sie feststellten, dass die Opfer dieses Mörders zufällig auch die Mitglieder Ihrer kleinen samstäglichen Pokerschule waren?«
Standage schüttelte den Kopf. »Das passte doch einfach hinten und vorn nicht zusammen. Warum sollte uns jemand töten wollen? Warum sollte jemand *mich* töten wollen?«
»Aber Sie haben einen persönlichen Leibwächter eingestellt«, wandte Jouma ein.
»Den habe ich durch eine Agentur vermittelt bekommen,

als so ein Irrer anfing, Hotelgästen willkürlich eins über den Schädel zu ziehen. Eine Frau hat er sogar *umgebracht*, die Arme.«

»Ich weiß. Einer von meinen Detectives ermittelt in dem Fall.«

»Wie Sie sehen, war meine Sicherheit in Gefahr. Da musste ich doch Maßnahmen ergreifen.«

»Aber Sie haben ihn bewaffnet.«

»Na und? Das ist hier ein gefährlicher Ort. Hören Sie, Inspector, ich weiß, wie das Ganze aussehen muss, aber ich schwöre Ihnen, ich hätte nie gedacht, dass dieser Kopfjäger hinter mir her ist. Vergessen Sie nicht, dass ich hier ganz neu bin. Die anderen wohnten ja schon seit Jahren in Mombasa. Die hätten in alle möglichen krummen Geschäfte verwickelt sein können, was weiß ich.«

Jouma lehnte sich zurück und kratzte sich am Kopf. »Hat Paul Yomo jemals Poker mit Ihnen gespielt?«

»Aber das hab ich Ihnen doch schon ein paarmal gesagt«, greinte Standage. »Ich habe noch nie von Paul Yomo gehört. Als ich hörte, dass der Kopfjäger ihm den Kopf abgeschnitten hatte, war ich sogar erleichtert, denn in dem Moment wusste ich, dass die Sache nichts mit mir zu tun haben konnte.«

Vier Männer, die am Samstagabend gern Karten spielten. Drei von ihnen wurden vom Kopfjäger ermordet, der vierte kam glücklicherweise mit dem Leben davon. Jouma hatte nach einer Verbindung gesucht, und jetzt hatte er sie. Dennoch blieben die Motive des Mörders unergründlich, denn da war ja immer noch der Tod von Paul Yomo. Standage hielt hartnäckig daran fest, dass der Mann nicht zum Syndikat gehört hatte – wie zum Teufel passte er also ins Bild?

Natürlich stellte seine hoffnungslose Spielsucht durchaus eine mögliche Verbindung dar.

Beim Geräusch der Glocke an der Rezeption blickte Judith Ogalo, die Büroleiterin der Exciting Prospects Credit Agency, von einem Stapel Papieren auf. Ihrem bestürzten Gesichtsausdruck konnte Jouma entnehmen, dass sie nicht begeistert war, ihn zu sehen.

»Inspector«, begrüßte sie ihn mit einem Lächeln, das nur wenig unaufrichtiger war als das des Kredithais im Slum. »Wie kann ich Ihnen behilflich sein?«

»Einer meiner Detectives hat sich die Kreditanträge durchgesehen, die Sie uns freundlicherweise überlassen hatten«, erklärte Jouma ohne große Umschweife. »Vor allem einer hat mich ziemlich erstaunt – ganz abgesehen davon, dass er gegen die Regeln verstieß.«

»Er verstieß gegen die Regeln?«

»Ja. Am 22. Mai des letzten Jahres genehmigte die Exciting Prospects Credit Agency einen Kredit für Paul Yomo über zweitausend Dollar.«

»Dazu kann ich keinen Kommentar …«

»Ein Irrtum ist völlig ausgeschlossen, Mrs. Ogalo. Detective Constable Mwangi ist sehr gründlich. Er hat seinen Fund mit Paul Yomos Kontoauszügen abgeglichen und festgestellt, dass das Geld am 25. Mai überwiesen wurde. Warum haben Sie mir nicht gesagt, dass er Sie um einen Kredit gebeten hat?«

Sie schürzte defensiv die Lippen. »Es verstößt gegen die Politik unseres Unternehmens, über persönliche Angelegenheiten unserer Angestellten oder Kunden zu sprechen.«

»Ma'am, ich leite hier eine Mordermittlung«, erinnerte sie Jouma scharf. »Ihre Unternehmenspolitik ist mir dabei ziemlich *egal.*«

»Ja – Paul hat um einen Kredit gebeten«, sagte sie. »Er sagte, er brauchte zweitausend Dollar für eine OP für seine Frau.«

»Und?«

»Er hat einen Antrag ausgefüllt wie jeder andere auch.«

»Und?«

»Ich habe empfohlen, seinen Antrag zu genehmigen«, fuhr Mrs. Ogalo fort. »Ich hatte keinen Grund, an seiner Aussage zu zweifeln.« Ihre Miene verfinsterte sich. »Aber wie heißt es so schön? Wer einmal lügt ...«

»Wie meinen Sie das?«

»Ein paar Wochen später traf ich seine Frau auf der Digo Road. Ich kannte sie ja aus der Kirchengemeinde. Als ich sie nach ihrer OP fragte, sah sie mich an, als käme ich vom Mond. Deswegen habe ich seinen zweiten Antrag auch abgelehnt.«

»Ein zweiter Kredit?«

»Diesmal sagte er, er wollte einen Gebrauchtwagen kaufen.«

»Wie viel brauchte er da?«

»Tausendfünfhundert Dollar.«

»Wann war das?«

»Vor zwei Monaten.«

Tatsächlich? Während er also den einen Kredit mit gewissenhafter Genauigkeit abzahlte, wie ein Mann eben, der seiner ruinösen Spielleidenschaft entsagt hat, beantragte er an anderer Stelle schon wieder den nächsten. Jouma fragte sich, ob Tabitha wohl davon wusste.

»Haben Sie ihm die Gründe für Ihre Ablehnung genannt?«
»Ja. Und er gab zu, dass er mich angelogen hatte.«
»Hat er gesagt, wofür er das Geld brauchte?«
»Er sagte, dass sein Vater Spielschulden hatte«, erklärte Mrs. Ogalo angewidert.
»Sein Vater?«
»Er schuldete irgendwelchen Arabern in Old Town Geld. Nach Pauls Auskunft hatten sie gedroht, ihn umzubringen, wenn er nicht zahlte.«
Das war ja wirklich die Krönung! Erst die OP seiner Frau und dann ein Vater, der schon längst tot war.
»Er wollte selbst dafür Sorge tragen, dass sein Vater einer Selbsthilfegruppe für Spielsüchtige beitrat, sobald er die Gläubiger bezahlt hatte.«
»Und haben Sie ihm geglaubt?«
»Ich glaube, dass jeder erlöst werden kann, Inspector.«

38

Sie hatte nicht gelogen, als sie sagte, dass es nur ein kleiner Gottesdienst werden sollte. Sie waren nur zu viert – Jake, Shirley und die Jungs – und füllten gerade mal eine halbe Bank in der Kapelle des Krematoriums in Lewisham. Als die Vorhänge aufgingen und der schlichte Kiefernholzsarg zum Vorschein kam, warf Jake einen Blick auf Simon und Danny, die rechts und links von ihrer Mutter standen. Sie starrten auf den Sarg und wussten nicht recht, wie sie reagieren sollten, bis Shirley den Kopf senkte und zu weinen begann. Die Brüder waren junge Männer und entsprechend verlegen im Umgang mit Kummer. Auch verlegen vor ihm. Er war sich nicht mal sicher, ob sie sich überhaupt noch an ihn erinnerten. Es war fast so, als hätte es niemals einen Onkel Jake gegeben.

Schließlich tauchte Father Murtagh auf, dessen Gesicht von Alkohol und Kälte gleichermaßen gerötet war, und ließ die angemessenen Plattitüden vom Stapel. Dann ertönte knisternde Orgelmusik vom Band, und der Sarg rollte zur Erleichterung aller Anwesenden in den Verbrennungsofen.

Danach gingen sie alle in einen Pub um die Ecke. Rauchen war im Pub inzwischen verboten, und Jake war gelinde gesagt überrascht über den neuen Brauch, sich mit der Zigarette in den klammen Fingern vors Lokal zu stellen. Auf dem Gehweg häuften sich die Kippen. Und so was nannte sich nun Fortschritt.

Als er wieder in die Bar ging, widmeten sich die beiden Jungen einem Spielautomaten, bei dem man Quizfragen beantworten musste, und Shirley unterhielt sich mit einem grauhaarigen Mann mit dreiviertellangem Mantel, der sich über den Tisch lehnte, um besser mit ihr reden zu können. Als Jake dazukam, stand er auf und nickte ihm kurz zu. Er war ein gepflegter Mittfünfziger, trug einen schwarzen Schlips und ein frisch gebügeltes weißes Hemd. Auf seiner rötlichen Wange klebte ein blutiger Schnipsel von einem Papiertaschentuch – offensichtlich hatte er sich beim Rasieren geschnitten.

»Ein Freund von dir?«, erkundigte sich Jake, als er sich neben Shirley setzte. Der Mann hatte den Pub gerade forschen Schritts verlassen.

»Anscheinend ein Freund von Mac«, meinte sie. »Henderson hieß er. Er wollte mir sein Beileid aussprechen.«
Jake runzelte die Stirn. Dieser Mann war kein Polizist gewesen – jedenfalls keiner von denen, die er aus alten Zeiten kannte. Andererseits hatte Mac natürlich das Recht gehabt, auch Freunde außerhalb des Korps zu finden.
»Sie haben mir gesagt, dass ich seine Urne mitnehmen kann, wenn ich um vier Uhr vorbeikomme«, erklärte Shirley. Sie trank Weißwein aus einem kleinen Sherryglas. »Kannst du mich begleiten, Jake?«
»Natürlich«, sagte er, obwohl die Uhr hinter der Bar verkündete, dass es erst Viertel vor eins war.

Als sie mit Macs Urne endlich am Treidelpfad bei Westferry ankamen, war Shirley so besoffen, dass er sie festhalten musste, damit sie nicht in den Fluss fiel.
»Er hat immer gesagt, er möchte, dass seine Asche hier verstreut wird«, erklärte sie und schwankte bedenklich, während das ölig schwarze Wasser zu ihren Füßen vorbeistrudelte. Es war dunkel, und die Wolkenkratzer von Canary Wharf ragten wie Kerzen in den Nachthimmel. »Hier wurde er nämlich geboren, weißt du.« Sie gackerte. »Hier kamen wir auch hin, wenn wir mal allein sein wollten.«
»Mama«, sagte Simon peinlich berührt. Die Jungen waren mitgekommen, um die Urne mit der Asche ihres Vaters abzuholen, und standen jetzt bibbernd am Fluss, vergruben die Hände in den Manteltaschen und stampften mit den Füßen, um sich zu wärmen. Sie sahen aus, als wären sie in diesem Moment an jedem anderen Ort dieser Welt lieber als hier.

»Er war nicht nur euer Vater«, blaffte Shirley. »Er war zufällig auch mein Ehemann.«
Die Asche befand sich in einem Karton. Allerdings wusste Jake, dass sich darin höchstwahrscheinlich auch noch die Überreste von Dutzenden anderer verbrannter Leichen befanden.
»Auf Wiedersehen, Schatz. Ich hab dich immer geliebt«, sagte Shirley und kippte die Asche übers Geländer. Dann fiel sie auf die Knie und übergab sich heftig.
»Scheiße, Mann«, stöhnte Simon, und dann hievten sie sie zu dritt wieder auf die Füße.
»Ich hab dem Taxifahrer gesagt, dass er warten soll«, erklärte Jake. Er zog eine Zwanzig-Pfund-Note aus der Tasche und reichte sie dem Älteren. »Bringt sie nach Hause und legt sie ins Bett.«
»Und du?«, fragte Simon.
»Ich hab noch was zu erledigen. Ich seh euch dann nachher zu Hause. Wenn es Probleme geben sollte – ihr habt ja meine Handynummer.«
Einen Moment sah der Junge noch etwas unentschlossen aus, doch dann straffte er den Rücken und nickte.
»Guter Junge«, lobte Jake und machte sich über den Treidelpfad auf den Weg zu den Lichtern der Stadt.
»Onkel Jake!«, rief Simon ihm hinterher.
Jake drehte sich um und sah den Söhnen von Mac Bowden in die Augen. *O Gott, sie sehen ihm so unglaublich ähnlich,* dachte er, und es versetzte ihm einen Stich, so traurig war dieser Gedanke.
»Ja, mein Junge?«
Doch der Ältere schüttelte nur den Kopf. »Ach, nichts.«

39

Es war gut möglich, dass Paul Yomos Vater reine Erfindung war, aber die Araber, denen Paul Geld geschuldet hatte, waren nicht erfunden. Jouma kannte sie nur zu gut.

Im engen Gewirr der Gassen von Old Town gab es Hunderte von Spielhöllen, die von allen möglichen unguten Gestalten geführt wurden, denen eines gemeinsam war: Sie alle gaben einen Anteil ihrer Einnahmen an die jemenitischen Brüder Tajik und Ali ul-Mraq ab.

Tajik und Ali herrschten schon seit Jahren über ihr Imperium in Mombasa, was sowohl von ihrer Geschäftstüchtigkeit als auch von ihrem Stehvermögen zeugte. Natürlich war das Übel der Spielsucht so alt wie die Menschheit selbst und würde in der Welt bleiben, bis die Feuer der Hölle die Welt verzehrten – doch die Araber brachten zumindest ein Fünkchen Ordnung in dieses Sodom und Gomorrha, über das sie geboten. Deswegen hegte Jouma insgeheim auch gewisse Sympathien für sie. Die ul-Mraqs gehörten einer Generation an, die noch an Werte wie harte Arbeit und gegenseitigen Respekt glaubte.

Aus dem gleichen Grund mochten und respektierten ihrerseits auch Tajik und Ali den Inspector. Bei seinem unangekündigten Besuch in ihrem bescheidenen Hauptquartier im ersten Stock eines ehemaligen kolonialen Regierungsgebäudes, aus dem man über den ganzen Platz blickte, begrüßten sie ihn daher auch mit warmem Händeschütteln und Umarmungen, und man bot ihm gezuckerten Tee und Süßigkeiten an. Erst als er in dem mit

Vorhängen abgetrennten Bereich, in dem die Brüder ihre Geschäfte betrieben, in einem ledernen Armsessel Platz genommen hatte, konnte er ihnen den Grund seines Kommens mitteilen.

»Das *Syndikat?*«, wiederholte Tajik. Er war ein paar Jahre älter als sein Bruder, aber wenn sie ihre formellen *Dishdashas* und *Shemags* trugen, konnte man sie nur schwer auseinanderhalten. Beide waren beleibt, hatten ergraute Kinnbärte und feuchte rote Lippen. »Der Name sagt mir nichts. Ali – wirf doch mal einen Blick in unsere Datenbank.«

Ali, der in einer Ecke des Zimmers an einem funktionalen Holzschreibtisch saß, begann wenig überzeugend mit Ein-Finger-Suchsystem auf seinem Laptop herumzutippen.

»Wir dachten, wir sollten langsam an der Welt der modernen Technologie teilhaben, damit wir die Dateien unserer Schuldner besser verwalten können«, erklärte Tajik. »Aber Ali ist so langsam, dass wir mit Papier und Bleistift wahrscheinlich besser beraten wären.«

»Ich kann es Ihnen nachfühlen«, sagte Jouma aus ganzem Herzen.

»Sie sagen also, diese Männer wurden ermordet, Inspector?«, rief Ali von hinten, ohne vom Bildschirm aufzublicken. Sein Finger schwebte über der Tastatur.

»Drei von ihnen. Man hat ihnen die Köpfe abgeschnitten.«

»Sie glauben hoffentlich nicht, dass wir etwas damit zu tun haben«, bemerkte Tajik freundlich, aber mit bestimmtem Unterton.

»Natürlich nicht«, erwiderte Jouma, und das meinte er

auch so. Auffällige Enthauptungen waren nicht der Stil der Brüder. Er vermutete – ohne es wohl jemals beweisen zu können –, dass sie eher auf diskrete Ketten und Gewichte und die Weite des Indischen Ozeans vertrauten.
»Ich befürchte«, erklärte Ali hinter seinem Laptop, »dass wir diese Namen nicht in unserer Datenbank haben.«
Jouma nickte. »Ich hätte da noch einen Namen, den Sie vielleicht nachschlagen könnten.«
»Ich stehe ganz zu Ihren Diensten, Inspector.«
»Yomo. Paul Yomo.«
Die Brüder tauschten einen Blick.
»Haben Sie schon mal von ihm gehört?«, erkundigte sich Jouma.
»Von dem haben wir schon gehört.« Tajik nickte vielsagend.
»Yomo. Hier haben wir ihn«, verkündete Ali. »Letzten Mai hat er eintausend Dollar nicht zahlen können, ein Schuldschein vom Baccara. Wir mussten ein ernstes Wörtchen mit ihm reden, aber dann hat er alles bezahlt.«
Der Kredit für die OP seiner Frau, dachte Jouma.
»Aber nach unseren Aufzeichnungen hatte er danach eine Pechsträhne.«
»Was Sie nicht sagen«, erwiderte Jouma, der an seine Unterredung mit Judith Ogalo und den Kredit für den Gebrauchtwagen denken musste, den sie vor zwei Monaten nicht hatte genehmigen wollen. »Er schuldet Ihnen tausendfünfhundert Dollar?«
Ali schüttelte den Kopf und schnalzte tadelnd mit der Zunge. »Tausendfünfhundert Dollar würden ja noch hingehen. Aber Mr. Yomo steht auf unserer Roten Liste.«
»Auf Ihrer *Roten Liste?*«

»Das sind Leute, die uns mehr als zehntausend Dollar schulden«, erläuterte Tajik.

Jouma setzte sich auf. »Paul Yomo schuldete Ihnen *zehntausend Dollar?*« Das war eine riesige Summe, mehr als die meisten Kenianer in fünf Jahren verdienten.

»Mehr«, erklärte Ali. »Seine Schulden beliefen sich insgesamt auf … zwölftausend Dollar.«

Die tausendfünfhundert Dollar hatte er also nicht gebraucht, um einen kompletten Kredit abzuzahlen – das war nur eine einzelne Rate! Ahnte Tabitha, dass ihr Mann am Spieltisch solche Schulden gemacht hatte? Er konnte es kaum glauben. Sie schien so glücklich gewesen zu sein, dass sie die letzten fünfundzwanzig Dollar an den Kredithai im Kingorani-Slum zurückgezahlt hatte und ihr toter Mann schuldenfrei war.

»Wie verfahren Sie mit Schuldnern, die ihre Raten nicht zahlen?«, wollte Jouma wissen.

»Wir köpfen sie nicht«, erwiderte Tajik spitz.

»Wir erinnern sie lieber an ihre Verpflichtungen«, formulierte Ali es vorsichtig. »Einer unserer Finanzberater hat Mr. Yomo vor kurzem aufgesucht, um mit ihm über seine Rückstände zu sprechen.«

Jouma konnte sich lebhaft vorstellen, wie diese Unterhaltung verlaufen war. »Vor kurzem, sagen Sie? Wie kurz ist das denn her?«

»Das war am 20. Dezember.«

Du lieber Gott – was für ein Drama! Nachdem der hoffnungslos verschuldete Paul Yomo von den Schlägern der Araber unter Druck gesetzt worden war, hatte er verzweifelt versucht, das Geld aufzutreiben. Vielleicht dachte er, dass er sie sich mit einem Abschlag von tausendfünfhundert Dollar erst mal vom Hals halten konnte, bis er die zwölftausend beim Baccara zurückgewann. Doch Judith Ogalo hatte seinen Antrag abgelehnt. Und zu Davey Cav konnte er nicht noch einmal gehen, denn Tabitha wusste, dass er dort Schulden hatte und wie viel.

»Wo würde ein Mann wie Paul Yomo hingehen, wenn er ganz schnell Geld braucht? Wenn ihm die gängigen Möglichkeiten verwehrt sind?«

Die Brüder tauschten abermals einen Blick.

»Ohne Sicherheiten?«, fragte Ali. »Und ohne Zinsbeschränkung?«

»Nehmen wir mal an, dass er verzweifelt genug war.«

»Verzweifelt genug, um das Wohlergehen seiner Familie aufs Spiel zu setzen, wenn er seinen Ratenzahlungen nicht nachkommen konnte?«

»Das ist gut denkbar.«

»Dann wüsste ich nur eine Person, die auf so einen Kredit eingehen würde«, sagte Tajik. Er hätte auch nicht angewiderter dreinblicken können, wenn Jouma an seinen Schuhsohlen Hundescheiße ins Büro getragen hätte.

40

Shirley hatte ihm erzählt, dass Mac den Großteil seiner Zeit in einem Pub namens Tanner's Arms verbracht hatte, nachdem er ihr Zuhause verlassen hatte und in sein möbliertes Zimmer an der Commercial Road gezogen war. Mit ihren scheißbraunen Wänden, klebrigen Teppichen, ausgeblichenen Sitzbezügen und Resopaltischen war diese Kneipe genau der richtige Ort für einen geschiedenen Ex-Polizisten, der seine Sorgen im Alkohol ertränken wollte.

Ein paar alte Männer sahen sich gerade ein Fußballspiel auf einem tragbaren Fernseher an, der in der Ecke auf einem erhöhten Sims an der Wand stand. Der Barkeeper hatte strähniges Haar und schmutzige, angeknabberte Fingernägel. Jake bestellte sich ein Glas London Pride und stellte dem Mann ein paar Fragen, während sein Bier gezapft wurde. Dann nahm er sein Glas und zog sich in eine unauffällige Ecke zurück, um das Spiel mitzuverfolgen.

Eine halbe Stunde später – als bereits abzusehen war, dass es über ein Unentschieden nicht hinausgehen würde – öffnete sich die Tür, und ein Mann kam herein. Jake erkannte den dreiviertellangen Mantel und das weiße Haar auf Anhieb wieder. Er blickte zum Barkeeper, der ihm überdeutlich zunickte.

»Sie sind Mr. Henderson, nicht wahr?« Jake war aufgesprungen und fing den Mann an der Bar ab. »Darf ich Ihnen ein Bier ausgeben?«

Der Mann starrte ihn an und blinzelte, während er versuchte, diesem Gesicht einen Namen zuzuordnen. »Kenne ich Sie?«, fragte er schließlich.

»Ich bin Jake Moore. Ich war ein Freund von Mac Bowden. Heute Nachmittag habe ich Sie kurz gesehen, im Pub beim Krematorium.«

Henderson erinnerte sich, blieb aber auf der Hut.

»Ich habe gehört, dass Mac gern hierhergekommen ist, um einen zu trinken«, fuhr Jake fort. »Ich dachte, ich schau mal rein, um der alten Zeiten willen. Adam hier …« Er deutete auf den Barmann. »… hat gesagt, dass Mac und Sie ab und zu einen zusammen genommen haben.«

»Hat er das gesagt, ja?« Henderson bedachte den Barkeeper mit einem vorwurfsvollen Blick.

Jake hob die Hände. »Hören Sie, ich wollte mich nicht aufdrängen. Aber ich bin extra aus Afrika gekommen, und nach diesem Tag hätte ich wirklich gern Gesellschaft bei meinem Bier.«

Auf einmal glomm ein Fünkchen Interesse in Hendersons Augen auf. »Was sagten Sie, wie ist Ihr Name?«

»Jake. Jake Moore.«

»Dann nehme ich gern einen großen Scotch, wenn Sie mich einladen wollen.«

Nachdem noch ein paar große Scotch durch Hendersons Kehle geflossen waren, sah Jake seinen Verdacht bestätigt. Das war tatsächlich der Kontaktmann, der Mac den Job im Sicherheitsdienst in Mombasa vermittelt hatte. Vor zwanzig Jahren hatte er einen Schreibtischjob bei der Polizei in Whitechapel gehabt. Wie es aussah, starben alte Polizisten nicht, sie arbeiteten durch die Bank als Ver-

mittler für Sicherheitsfirmen. Das gab Henderson auch zu, nachdem er noch einen Doppelten gekippt hatte.
»Ich fühle mich ein bisschen schuldig an dem, was ihm zugestoßen ist«, gestand er mit glasigen Augen. »Als wäre ich dran schuld, dass er getötet wurde. Verstehen Sie das?«
»Sie können sich nicht die Schuld daran geben, Arthur«, beschwichtigte ihn Jake und klopfte ihm mitfühlend auf die Schulter. »Mac war ein großer Junge, der wusste, was für ein Risiko er einging.«
»Er meinte, er hätte Geldprobleme, wegen seiner Ex-Frau und den Kindern und dem Haus am Poplar Way. Wissen Sie, er hat ja keine Pension bezogen, nachdem man ihn rausgeschmissen hatte. Er erzählte, er hätte sich sogar für einen Job am Olympiapark beworben, aber da haben sie nur Osteuropäer genommen, weil die billiger sind.« Er fasste Jake am Arm und sah ihn flehend an. »Ich wollte ihm einen *Gefallen* tun, das war alles.«
»Natürlich, Arthur.« Jake hätte den Alten viel lieber vor die Tür geschleift und die Geschichte aus ihm rausgeprügelt. Aber Henderson wollte sich diese Last von der Seele reden und würde von selbst erzählen. Und seltsamerweise fing er auch an, Jake leidzutun. Schließlich hatte er nur versucht, einem alten Kollegen zu helfen. Der alte Mann hatte die Waffe nicht abgefeuert.
»Ich hatte ihm erzählt, dass ich von einem Typen gehört hatte, der Männer für solche Jobs suchte.« Henderson zog eine laminierte Karte aus seinem Portemonnaie und wedelte Jake damit vor der Nase herum. »Ich bin Ehrenmitglied der Nationalen Vereinigung pensionierter Polizisten«, erklärte er zwinkernd. »Mir kommt so einiges zu Ohren.«

»Hieß der Mann zufällig Ryeguard?«
»Keine Ahnung. Seinen Namen hab ich nie gehört. Ich hatte nur seine Adresse in der Wardour Street, über so einem griechischen Café. Mac meinte bloß, die Welt ist klein, denn er kannte das Lokal sogar.«
Auch Jake wusste, von welchem Café die Rede war. Das kannte jeder, der damals in ihrem Team gearbeitet hatte. Er nippte an seinem Bier und verfolgte die letzten Pässe des Fußballspiels. Neben ihm versuchte Henderson hochkonzentriert, mit seinem Whiskyglas noch den Mund zu treffen.
Der Barmann verkündete, dass er jetzt die allerletzten Bestellungen aufnehmen würde, woraufhin Jake an die Bar ging und noch einen doppelten Scotch holte. Das Fußballspiel war vorbei, und ein Expertenteam analysierte das bisschen, das auf dem Platz passiert war.
»Wohnen Sie weit von hier, Arthur?«
»In der Pedley Street. Direkt um die Ecke.«
»Dann kommen Sie«, sagte Jake. »Trinken Sie aus, ich begleite Sie nach Hause. Heute Nacht ist es spiegelglatt auf den Straßen.«

41

Der Kredithai hieß Chow Fat und besaß eine kleine Flotte von Frachtern im Dhau-Hafen. Der Koreaner behauptete, dass er nur nebenberuflich Geld verlieh, aber dafür nahm er diese Tätigkeit erstaunlich ernst. Wenn jemand seine wöchentliche Rate nicht zahlen konnte, war jede Klage über die siebzig Prozent Zinsen vergebens, denn auf diesem Ohr war Chow Fat taub. Er hatte eine Unterschrift auf einem gesetzlich verbindlichen Vertrag, und wer nicht zahlte, dem brachen seine Finanzberater eben die Arme. Und danach die Beine. Und dann nahmen sie ihm die gesamte Habe, bedrohten seine Familie, und wenn das immer noch nichts half, dann brachten sie den Schuldner eben um. Man musste schon ziemlich verzweifelt sein, um sich Geld von Chow Fat zu leihen. Zu ihm ging man nur, wenn man sonst keinen Ausweg mehr wusste.

»Ja, er war hier«, bestätigte Chow Fat. »Kurz vor Weihnachten. Er wollte sehr eilig sechstausend Dollar.«

»Haben Sie sie ihm gegeben?«

»Nein.«

Noch eine Absage. »Warum nicht?«, wollte Jouma wissen. »Bei einem Zins von siebzig Prozent hätten Sie bei diesem Geschäft doch fast viertausend Dollar Gewinn gemacht.«

»Versetzen Sie sich mal in meine Lage«, entgegnete der Mann.

Jouma warf einen Blick unter den Tisch auf Chow Fats verdreckte Segelschuhe und schauderte. Die ul-Mraq-Brüder ließen sich ihren Reichtum nicht heraushängen, aber sie legten zumindest ein gewisses Maß an Stil an den Tag. Chow Fat war sicher nicht weniger wohlhabend, doch er schien seine Garderobe bei den monatlichen Versteigerungen zu erwerben, bei denen das Mombasa General Hospital die Kleidung Verstorbener an den Mann brachte.

»Ich bin Geschäftsmann, Inspector«, fuhr der Koreaner fort. Während er redete, zwirbelte er sich mit seinen madenartigen Fingern das dauergewellte, üppig pomadisierte Haar. »Ich muss Profit und Risiko gegeneinander abwägen. Und Yomo schuldete mir immer noch Geld von seinem letzten Kredit.«

Jouma rutschte das Herz in die Hosen. »Von seinem letzten Kredit?«

»Vor sechs Monaten war er schon einmal zu mir gekommen. Damals brauchte er dreitausend Dollar. Er sagte, er wollte in Immobilien in Nyali investieren – aber ich zog Erkundigungen ein und erfuhr, dass er in großem Stil Geld am Baccaratisch verloren hatte. Da waren ein paar üble Leute hinter ihm her.«

Vor sechs Monaten? Wie viel Geld schuldete Paul Yomo seinen Gläubigern eigentlich *insgesamt?*

»Aber Sie haben ihm das Geld trotzdem geliehen.«

Chow Fat nickte. »Damals schien er mir noch kreditwürdig. Er hatte einen Job und eine Wohnung in Kwakiziwi.«

»Doch dann hat er seine Raten nicht bezahlt.«

»Nur eine. Niemand bleibt mir zwei Raten schuldig. Nicht, wenn er eine hübsche junge Frau und einen kleinen Stiefsohn hat.«

Jouma hatte keinen Grund, daran zu zweifeln. »Hat er Sie inzwischen bezahlt?«

»Ich habe sein Auto genommen«, erklärte der Koreaner. »Das hat einen Teil der ausstehenden Zahlungen abgedeckt, aber es war nur eine alte Schrottkarre. Er schuldet mir immer noch eintausend Dollar. Wenn Sie ihn sehen, erinnern Sie ihn bitte daran, dass seine Rate fällig ist.«

»Er ist tot«, teilte Jouma ihm mit. »Ermordet.«

Chow Fat bedachte die Neuigkeit einen Moment, dann zuckte er mit den Schultern. »Egal. Er hat Besitz. Seine Frau hat Besitz.«

»Sie werden seine Frau schön in Ruhe lassen«, warnte Jouma.

»Er hat einen Vertrag unterschrieben, in dem er sich verpflichtet hat, dass er seinen Kredit unter allen Umständen zurückzahlen wird«, erinnerte ihn der Koreaner. »Diese Absprache behält auch nach seinem Tod ihre Gültigkeit.«

»Sind Sie so ein Blutsauger, dass Sie eine trauernde Witwe für die Sünden ihres toten Mannes ruinieren würden?«

»Natürlich«, gab Chow Fat ungerührt zurück. »Ich bin keine Wohltätigkeitseinrichtung, Inspector. Wie sollte ich sonst meinen Lebensunterhalt bestreiten?«

42

Spiro's Coffee Bar war eines der wenigen Geschäfte, das Jake noch wiedererkannte, als er am nächsten Morgen von der Oxford Street abbog und die Wardour Street entlangging. Die anderen Läden hatten entweder den Besitzer gewechselt oder waren – ganz im Geiste der Zeit – pleitegegangen. Es war irgendwie beruhigend zu sehen, dass Spiro von der globalen Wirtschaftskrise unberührt geblieben schien. In seinem Schnauzbart zeigten sich ein paar weiße Fäden, aber sein Bauch war immer noch kugelrund und sein Grinsen so breit wie eh und je. Aber der Markt für Kaffee und Baklava brach freilich auch nicht so leicht weg wie der für Finanzmittel.

»Ja, das Zimmer hab ich vermietet, und zwar ganz legal«, erklärte er.

»An wen?«

»So'n kleiner Kerl. Anwalt.«

»Ein Anwalt?«

Spiro richtete sich auf, verschränkte die Arme über seinem ausladenden Bauch und starrte Jake aus zusammengekniffenen Augen an. »Hast du nicht gesagt, bist du nicht mehr bei den Cops, Jake?«

»Bin ich auch nicht mehr.«

»So siehst du auch nicht aus. Wieso bist du überhaupt so braun? Als du heute in mein Café kamst, dachte ich, da kommt 'n Schwuler.«

Der Grieche brüllte vor Lachen und klatschte mit der flachen Hand so heftig auf den Tresen, dass die große Fensterscheibe seines Cafés schepperte.

»Tu mir den Gefallen und tu so, als wäre ich immer noch bei der Polizei«, seufzte Jake. »Zeig mir das Zimmer.«

Als sich in Soho noch Striplokale und Pornokinos aneinanderreihten, hatten die Nutten der Nachbarschaft den Raum über Spiros Café für einen Shilling pro Stunde gemietet. Heute vermietete er ihn als Behelfsbüro und Lagerraum, aber der Eingang durch die unauffällige Tür in der schäbigen Seitenstraße war immer noch derselbe.

Hier hatte sich Mac Bowden einen Monat vor seiner Ermordung in Mombasa also rekrutieren lassen.

»Der kleine Kerl hat eine Monatsmiete im Voraus bezahlt«, bestätigte Spiro. »Und zwar in bar.« Nachdem sie die steile Holztreppe erklommen hatten, war der korpulente Grieche immer noch ganz außer Atem. »Aber er hat das Zimmer dann nur zwei, drei Tage benutzt.«

Die Einrichtung bestand lediglich aus einem Schreibtisch und zwei Stühlen, auf dem Boden waren graue Teppichfliesen verlegt. Aus dem einzigen Fenster blickte man durch die ungeputzte Scheibe auf die Straße.

»Ich gehe mal nicht davon aus, dass dieser Anwalt eine Nachsendeadresse hinterlassen hat, oder?« Ein bisschen Hoffnung machte sich Jake doch, und tatsächlich strahlte Spiro ihn an.

»Vielleicht hat er mir eine Visitenkarte dagelassen?«

Das klang unwahrscheinlich. Dieser Anwalt – wenn er denn überhaupt einer war – gehörte sicher zu der Sorte, die lieber keine Werbung für ihre Dienste machten.

Doch der Grieche griff in seine Hosentasche und zog eine geprägte Visitenkarte heraus. »Ich sage ihm, ich will meinen

Schwager aus dem Geschäft rauskaufen. Ich sage ihm, es kann Probleme geben.«

Jake grinste. Wenn es etwas gab, wofür ein Winkeladvokat seine Diskretion vielleicht doch verriet, dann war es sicher die Aussicht auf ein schmutziges Geschäft. Er griff nach der Karte, doch Spiro zog sie rasch weg.

»Vielleicht kannst du jetzt, wenn du so braun bist, es dir leisten, mich für meine Dienste zu bezahlen«, schlug er kokett vor.

Seufzend griff Jake nach seinem Portemonnaie. Sein Ausflug nach London kostete ihn langsam, aber sicher ein kleines Vermögen.

Bendix, Ryeguard & Co. hatten ihre Kanzlei im dritten Stock eines Bürogebäudes in der Nähe der Tottenham Court Road. Der Name ließ an erstklassige Strafverteidiger denken, doch der Zusatz auf dem billigen Emailschild – »Spezialisiert auf Schadenersatz und Schmerzensgeld« – verriet, dass sie wie so viele ihrer Kollegen nur auf Unfallmandate aus waren.

Allerdings hatten sie wohl noch einen lukrativen Nebenerwerb durch Freelancer-Tätigkeiten für Sicherheitsfirmen. Spiro hatte den Anwalt, der ihm die Visitenkarte gegeben hatte, als »kleinen Kerl« beschrieben. Ausnahmsweise hatte der Grieche sich einmal der Untertreibung schuldig gemacht, denn Jake hätte Colin Ryeguard jederzeit als waschechten Zwerg bezeichnet. Der Mann war ungefähr vierzig und wirkte gepflegt und geschäftstüchtig. Aber wie er da auf der Kante seines Kunstleder-Chefsessels balancierte, erinnerte er Jake an ein Kind, das seinen Papa einen Tag ins Büro begleiten durfte.

»Wie kann ich Ihnen helfen, Mr. Moore?«, fragte Ryeguard.
»Ich bin im Auftrag eines Freundes hier. Bowden ist sein Name. Mac Bowden. Wenn ich das richtig verstanden habe, konnten Sie ihm Arbeit vermitteln. Im Sicherheitssektor, um genauer zu sein. In Kenia.«
Ryeguard verschränkte die Finger auf dem Tisch. »Wie kommen Sie auf diesen Gedanken?«
»Wenn man die Ohren immer schön offen hält, hört man unweigerlich das eine oder andere, Mr. Ryeguard.«
Der Anwalt überlegte einen Moment. Dann zuckte er mit den Achseln. »Wir haben Kunden, die ab und zu Sicherheitsmitarbeiter brauchen, das stimmt schon. Was sagten Sie noch, wie war der Name Ihres Freundes?«
»Mac Bowden. Ein ehemaliger Polizist. Sie haben ihm eine Beratertätigkeit bei einem Mann namens Standage vermittelt, in einem Hotel in der Nähe von Mombasa. Zwanzigtausend für einen Monat, wenn ich das richtig mitbekommen habe.«
»Tja, wir würden niemals mit einem Außenstehenden über unsere Kunden oder unsere freie Mitarbeiter sprechen«, gab Ryeguard zurück. »Und wir würden auch ganz bestimmt niemals über unsere Honorare sprechen. Ich wüsste also nicht, wie ich Ihnen behilflich sein könnte.«
»Mac ist tot. In Ausübung seines Dienstes getötet worden, könnte man sagen.«
Ryeguard blinzelte überrascht, doch Jake wusste sehr gut, dass der Mann über Macs Tod informiert war. Selbst wenn er ihn nicht vermittelt hätte, hätte der Anwalt durch Nachrichtensender und Zeitungen von dem Mord erfahren müssen. »Es tut mir leid, das zu hören, Mr. Moore.«

»Ja. Ich war auch ziemlich erschüttert. Ebenso wie seine Ex-Frau und seine zwei Söhne. Wissen Sie, Mac hatte den Großteil der zwanzigtausend Pfund nämlich für sie vorgesehen.«

»Tatsächlich.«

»So ist es. Und wissen Sie was? Die letzten Worte, die er zu mir gesagt hat – die letzten Worte, die er überhaupt zu irgendjemandem auf dieser Welt gesagt hat, um genau zu sein – waren diese: ›Sorg dafür, dass es Shirley und den Jungs gutgeht, Jake.‹ Der Grund, warum ich also hier bin, Mr. Ryeguard – abgesehen davon, dass ich meinen toten Kameraden nach England begleitet habe – ist der, dass ich sichergehen möchte, dass Sie sich an Ihre Abmachung halten und die zwanzigtausend auf sein Konto überweisen.«

Bei diesen Worten rutschte Ryeguard nervös auf seinem Sitz herum. »Wie gesagt, Mr. Moore, es steht mir nicht frei, mit Ihnen über ...«

»Nein, ich nehme an, dass Ihnen das nicht freisteht«, fiel ihm Jake ins Wort und bedachte ihn mit einem stahlharten Blick. »Aber Sie werden auch meine Position zur Kenntnis nehmen müssen.«

»Ihre Position?«

»Ich bin der Taufpate von Macs Jungs. Es ist meine Pflicht, dafür zu sorgen, dass sie nicht zu kurz kommen. Außerdem bin ich auch ehemaliger Polizist, deswegen weiß ich, dass Rechtsverdreher wie Sie ihre Angestellten gewohnheitsmäßig übers Ohr hauen. Ich wäre also äußerst ungehalten, wenn ich vermuten müsste, dass mein alter Kumpel Mac nicht bekommt, was ihm zusteht. Ich will mich ganz präzise ausdrücken: Wenn das Geld nicht innerhalb

der nächsten sieben Tage auf seinem Konto eingegangen ist, könnte es mir in den Sinn kommen, Ihr kleines Unternehmen meinen Freunden im Betrugsdezernat einmal zur näheren Prüfung zu empfehlen.«
»Drohen Sie mir, Mr. Moore?«
Jake lächelte. »Ja«, sagte er. »Das haben Sie messerscharf erkannt.«

»Musst du schon so früh wieder zurückfliegen?«, fragte Shirley. Sie stand auf der Schwelle zu seiner kleinen Kammer und sah ihm beim Packen zu.
»In London gibt es nichts mehr für mich zu tun, Shirl.« Er drehte sich nicht zu ihr um. »Und ich muss mich um mein Geschäft kümmern.«
»Natürlich. Na ja – danke jedenfalls für alles.«
Jetzt sah er sie doch an. »Mac hat mir das Leben gerettet«, sagte er. »Ihr zwei wart wie eine Familie für mich.« Er griff nach einem Hemd und legte es zusammen. »Kommst du zurecht?«
Sie nickte niedergeschlagen. »Ich hab ja immer noch die Jungs«, meinte sie.
»Das sind zwei liebe Kerle«, nickte er. »Sie werden auf dich aufpassen.«
»Ich weiß.« Dann stiegen ihr wieder die Tränen in die Augen. »Ach, Jake … ich vermisse ihn so schrecklich.«
Er nahm sie in den Arm. »Ich auch, Shirley. Ich auch.«

Zwei Stunden später ließ Jake sich von einem Taxi am Terminal fünf in Heathrow absetzen. Noch einmal drei Stunden später hob der British-Airways-Flug 382 nach Nairobi ab. Jake saß am Fenster und sah London noch einmal kurz wie ein Spinnennetz unter sich. Dann stießen sie durch die dünne graue Wolkendecke, und die Stadt wurde seinen Blicken entzogen.

Nach einer Weile kam die Stewardess und fragte ihn, ob er etwas zu trinken wünsche. Jake nahm einen Whisky und trank ihn pur, während er auf dem Bildschirm in der Rückenlehne seines Vordermanns verfolgte, wie sich das kleine stilisierte Flugzeug Zentimeter für Zentimeter Richtung Süden schob. Bald waren sie über Südeuropa, und die Britischen Inseln waren nicht mehr zu sehen.

Er hatte getan, was er sich vorgenommen hatte. Macs Geld war gesichert und damit die Zukunft von Shirley und ihren Kindern.

Doch seine Arbeit war erst zur Hälfte getan. In Afrika gab es nämlich noch einen Mann, der seinem Freund zwanzigtausend Pfund dafür zugesichert hatte, dass er ihm das Leben schützte. Mac hatte sein Versprechen gehalten – und jetzt würde Jake dafür sorgen, dass Alec Standage auch seines hielt.

Teil VI

43

Irgendwann gegen vier Uhr morgens verfing sich in den Fischnetzen einer Dhau fünf Kilometer vor der Küste südöstlich von Mombasa, unweit von Funzi Island, ein seltsames Objekt. Es war schwer, ungefähr sechzig Zentimeter lang, in Plastikfolie gewickelt und mit einer blauen Plastikleine verschnürt. Die fünf Männer auf dem Boot, allesamt Dorfbewohner von der Südküste in der Nähe der Mwachema-Bucht, glaubten zunächst, sie hätten es mit einem Drogenpaket zu tun. Das wäre natürlich großartig gewesen. Sie waren aufrichtige Männer und wussten, dass die Küstenwache von Mombasa ansehnliche Belohnungen zahlte, wenn man solche Pakete fand und sie ablieferte. Und obwohl sie nicht viel von Drogen verstanden, war ihnen doch klar, dass ein Päckchen mit solchen Abmessungen ein kleines Vermögen wert sein dürfte.

Daher waren sie ziemlich enttäuscht, als sie das Paket auswickelten und darin nur einen menschlichen Torso ohne Kopf fanden.

Fast eine Stunde lang diskutierten die Männer auf ihrem schaukelnden Boot, was sie unternehmen sollten. Als sie fertig beratschlagt hatten, wollten zwei den Fund wieder über Bord werfen und zwei wollten ihn mit nach Mombasa nehmen, weil sie darauf spekulierten, dass die Küstenwache vielleicht doch eine Belohnung dafür lockermachen könnte. Somit war der Skipper das Zünglein an der Waage. Er hatte ihnen die ganze Zeit amüsiert zugehört, denn er war um einiges älter als die vier Teenager und wusste daher vieles, was sie nicht wussten. Zum Beispiel wusste er, dass es nichts Ungewöhnliches war, menschliche Körperteile aus dem Meer zu fischen. In der Nähe der Fischgründe, in denen sie gerade unterwegs waren, gab es ein riesiges Unterwasserriff, wo der afrikanische Kontinent jäh in das acht Kilometer tiefe Becken des Indischen Ozeans abfiel. Eine beliebte Stelle also, um Mordopfer zu versenken. Doch nur ein erfahrener Fischer wusste um die starke Ost-West-Strömung, die an dieser Stelle herrschte und die dumme Angewohnheit hatte, den verklappten Müll wieder nach oben zu strudeln und ins flachere Wasser zu schwemmen.

Der Skipper fischte hier schon seit über zwanzig Jahren, und in dieser Zeit hatte er mindestens sieben Leichen in verschiedenen Graden der Verstümmelung aus dem Wasser gezogen. Jedes Mal hatte er sie pflichtbewusst nach Mombasa gebracht, wo sie hergekommen waren, und jedes Mal hatte er ein offizielles Belobigungsschreiben vom Polizeichef bekommen sowie eine Prämie von sechzigtausend Shilling aus der öffentlichen Hand.

So kam es, dass die Dhau kurz vor Morgengrauen mit ihrer Ladung an den Kais von Old Town anlegte. Man rief die Polizei, und eine halbe Stunde später traf ein erfahrener Detective Sergeant ein, um die Leiche zu untersuchen.

Man hatte sie respektvoll auf eine Palette mit Eis gelegt und im Schatten eines Schuppens abgestellt, wo ein uniformierter Beamter Wache stand. Der Detective Sergeant bat ihn, die schaulustigen Hafenarbeiter zu verscheuchen, die sich versammelt hatten, und als sie weg waren, beugte er sich über den Fang, um ihn näher in Augenschein zu nehmen.

Die Verpackung schien eine ganz gewöhnliche Plastikfolie zu sein, wie sie auf Baustellen Verwendung fand. Sie war mit einem zwei Meter langen Plastikschlauch verschnürt, den man mehrfach um die Folie geschlungen und dann verknotet hatte.

Der Torso war der eines Afrikaners, obwohl die dunkle Haut durch Verwesung und Einwirkung des Salzwassers leicht ausgebleicht und verformt war. Der Kopf war sehr glatt abgetrennt worden. Die männlichen Genitalien waren zwar geschrumpft, aber intakt. Direkt über der linken Brustwarze befand sich eine auffällige Kerbe, wie eine Art Grübchen.

»Ich nehme an, Sie haben einen Krankenwagen gerufen«, wandte sich der Detective Sergeant an den uniformierten Polizisten.

»Natürlich, Sir.«

Der Detective, der die neuen weißen Standard-Gummihandschuhe trug, nahm vorsichtig die Plastikschnüre und steckte sie in eine Tüte für Beweismaterial. Nachdem er den Ort zu seiner Zufriedenheit gesichert hatte, kehrte er ins Präsidium am Mama Ngina Drive zurück, wo er auf einem der beiden Computer seinen Bericht schrieb. Er las ihn sorgfältig durch und korrigierte die Stellen, die das Rechtschreibprogramm ihm anzeigte. Dann speicherte er das Dokument im entsprechenden Ordner.

Als er seinen Job erledigt hatte, trank er seinen Kaffee aus und vertrödelte den Rest des Morgens mit dem Kreuzworträtsel in der Zeitung, bevor er endlich in die Mittagspause gehen konnte.

44

Wie schon sein Vater vor ihm, war auch Brigadier Charles Wako Chatme zum Kommandanten von Mtongwe ernannt worden, des wichtigsten Marinestützpunkts südlich von Mombasa Island – doch diese Ehre war nur die letzte Krönung einer langen Karriere, die er vor dreißig Jahren als Kadett am Royal Naval College in Dartmouth, England, begonnen hatte. In dieser Zeit hatte er sowohl zur See als auch an Land ausgezeichnete Dienste geleistet, und wenn er dieses Jahr endgültig seinen Abschied nahm, würde er dies als Träger unzähliger militärischer wie ziviler Orden und Medaillen tun.

Das Leben des Brigadiers außerhalb der Marine war nicht weniger funkelnd gewesen. Er hatte schon immer eine schneidige Gestalt abgegeben, und die Klatschspalten wussten von zahllosen glamourösen Damen an seinem Arm zu berichten. Es war so gut wie unvermeidlich, dass eine von ihnen die wunderschöne Ellen Riordan war, die einzige Tochter eines der reichsten englischen Großgrundbesitzer in Nairobi. Es zeugte von der Wertschätzung, die man Charles Wako Chatme über alle Rassengrenzen hinweg entgegenbrachte, dass die Eheschließung zwischen einem Schwarzen und einer Weißen im Jahre 1974 so wenig negative Reaktionen hervorrief.

Joumas Termin mit dem Brigadier war für Punkt zwei Uhr angesetzt, und der Detective wusste, dass er besser nicht zu spät kommen sollte. Am Wachhäuschen holte man ihn ab und eskortierte ihn zu einem geschmackvoll eingerichteten Büro im ersten Stock eines Gebäudes, von dem man einen Blick über die Bucht bis zum Flughafen hatte. Ein kleines graues Marineschiff lag in der Werft. Die Aufbauten wimmelten von Antennen, und die Mündung einer riesigen Kanone ragte aus einem kuppelförmigen Geschützturm vor der Brücke. Auf dem Bug stand der Name des Schiffs: *KNS Shupavu.*

Der Brigadier, der ein frisch gestärktes weißes Hemd mit Schulterstücken trug, saß auf einem Ledersessel mit steifer Lehne an einem Schreibtisch aus poliertem Eichenholz. Er redete gerade mit einem anderen Offizier, einem großen, hellblonden Weißen Mitte dreißig, doch er winkte Jouma herein und bedeutete ihm, dass er auf einem Stuhl am anderen Ende des Zimmers Platz nehmen sollte. Gehorsam setzte sich der Inspector hin, während die beiden Marineoffiziere ihre Unterhaltung fortsetzten.

»Ich habe vor, die erste Inspektion des Schiffsrumpfes heute Nachmittag abzuschließen, Sir«, sagte der Jüngere gerade. »Die Männer führen im Moment nur noch ein paar letzte Tests an der Ausrüstung durch.«

»Sehr gut, sehr gut. Und wie steht es mit dem Tiefseetraining in Funzi?«

»Das verlief sehr erfolgreich, Sir.«

Der Mann warf einen Blick auf Jouma, woraufhin der Brigadier sich widerwillig aufraffte, ihn als Colonel Robert Sutherland vorzustellen, befehlshabender Offizier der Aufklärungstaucher.

»Und das ist Jouma, CID Mombasa.« Seine Stimme troff geradezu vor Verachtung.

Sutherlands Händedruck war fest, aber flüchtig.

Als die beiden mit ihren Angelegenheiten fertig waren, begleitete der Brigadier Sutherland noch zur Tür. »Wir haben heute Abend ein paar Leute auf einen Drink eingeladen, Robert«, sagte er. »Ellen wollte wissen, ob Clara und Sie nicht auch kommen möchten.«

»Es wäre mir ein Vergnügen, Sir.«

»Gut – dann also um sieben Uhr.« Verschwörerisch senkte er die Stimme. »Ich muss mich im Voraus dafür entschuldigen, wie Ellen Ihnen zusetzen wird. Sie hat es sich in den Kopf gesetzt, dass Ihr Leben ohne das Geräusch trappelnder Kinderfüßchen in Ihrem Haus nicht vollständig ist.«

»Wäre mir nur recht, Sir«, lächelte Sutherland. »Aber Clara ist ziemlich auf ihre Karriere bedacht.«

Der Brigadier grunzte. »Im Büro des Bürgermeisters? Für diesen parfümierten Idioten zu arbeiten, kann man wohl kaum als Karriere bezeichnen.«

Während dieses letzten Wortwechsels sah Jouma sich im Büro um. Die Wände waren bedeckt mit Zertifikaten, Belobigungsschreiben und Erinnerungsstücken. An der gegenüberliegenden Wand hing ein großformatiges Ölgemälde, das den Brigadier als wesentlich jüngeren Mann zeigte, und in einer kleinen Glasvitrine neben Joumas Stuhl war eine kleine, verzierte Pistole in einem offenen Schmucketui ausgestellt.

»Die hat mir Konteradmiral Kimichi von der Marineeinheit der japanischen Selbstverteidigungsstreitkräfte 1995 überreicht, anlässlich seines Besuchs in Mombasa auf der *JDS Kashima*«, erklärte der Brigadier, der gerade zu seinem Schreibtisch zurückkehrte. »Kennen Sie sich mit Feuerwaffen aus, Inspector?«

»Überhaupt nicht.«

»Das ist eine Kolibri-Pistole. 1910 von einem österreichischen Uhrmacher namens Franz Pfannl patentiert worden. Mit der kann man nur speziell angefertigte Zwei-Millimeter-Geschosse abfeuern. Großartige Handwerkskunst, aber als Waffe ist sie so gut wie unbrauchbar. Sie diente hauptsächlich der Selbstverteidigung. Seit 1938 wird sie gar nicht mehr hergestellt.«

Der Brigadier betrachtete die Waffe wehmütig, dann zwang er sich zurück in die Gegenwart. »Sie wollten mich sprechen? Ich muss Sie warnen: In zwanzig Minuten habe ich eine Besprechung mit ein paar jungen Offizieren, und ich brauche allein zehn Minuten, um in die Messe hinüberzugehen.«

»Vielen Dank, dass Sie sich die Zeit für mich genommen haben. Ich wusste ja gar nicht, dass der Stützpunkt hier in Mtongwe so groß ist.«

»Die meisten Kenianer wissen nicht, dass ihr Land eine einsatzfähige Marine besitzt«, erwiderte der Brigadier in scharfem Ton. »Ich finde, dass solchen Leuten das Bewusstsein dafür fehlt, wie sehr ihre Existenz eigentlich bedroht ist. In der Vergangenheit hätte ich mehrfach Lust gehabt, die Patrouillen vor der Küste einzustellen, nur um mal zu sehen, wie viele Frachter von somalischen Piraten gekapert werden müssen, damit den Leuten die Bedeutung unserer Arbeit klar wird.«

»Ich hoffe aufrichtig, dass Sie das niemals tun werden.«

»Nun. Haben Sie Pauls Mörder denn inzwischen gefasst?«

»Noch nicht, Sir.«

»Sind Sie der Ergreifung seines Mörders inzwischen zumindest näher gekommen?«

»Unsere Ermittlungen laufen.«

»Pah! Und in der Zwischenzeit sterben die Menschen wie die Fliegen.«
»Wussten Sie, dass Paul mit annähernd zwanzigtausend Dollar bei Spielersyndikaten in Old Town in der Kreide stand, Brigadier?«
Es dauerte eine Weile, bis sein Gegenüber die Sprache wiederfand. »Wovon reden Sie da?«
»In erster Linie von Kartenspiel. Poker, Baccara – wo auch immer er mitspielen konnte. Ihre Tochter wusste, dass er ein Problem hatte, aber er konnte sie davon überzeugen, dass er seine Verfehlung eingesehen hatte. In Wirklichkeit verstrickte er sich aber immer tiefer in seine Schulden. Irgendwann kurz vor Weihnachten war er so weit, dass ihm nicht einmal der übelste Kredithai von ganz Mombasa mehr aushelfen mochte. Ich frage mich, ob er in diesem Moment *Sie* um Geld gebeten hat, Brigadier?«
Die Augen des Brigadiers unter den dichten Brauen schienen aus ihren Höhlen treten zu wollen. »Ich weiß nicht, was Sie damit andeuten wollen, Jouma …«
»Ich habe Ihnen eine ganz einfache Frage gestellt: Hat Paul Sie um Geld gebeten?«
»Nein!«
»Wussten Sie von seiner Spielsucht?«
»Nein! Und was hat das alles mit seiner Ermordung zu tun?«
Jouma zuckte mit den Schultern. »Vielleicht nichts. Vielleicht aber auch alles. Ich versuche nur, Pauls letzte Handlungen nachzuvollziehen, und was ihm in den letzten Stunden seines Lebens alles durch den Kopf ging. Er war ein verzweifelter Mann, und verzweifelte Männer können

manchmal Dinge tun, die sie das Leben kosten. Und wenn *Sie* nicht seine letzte Hoffnung waren, Brigadier, dann muss ich eben herausfinden, wer es war.«

Der Brigadier stand von seinem Schreibtisch auf und richtete sich zu voller Größe auf. »Hier werden Sie die Antwort nicht finden, glauben Sie mir. Und jetzt würde ich Ihnen empfehlen, schleunigst diesen Stützpunkt zu verlassen, bevor ich jemanden bitte, Sie hinauszubegleiten.«

Als Jouma die Marinebasis hinter sich ließ, klangen die empörten Worte des Brigadiers immer noch in ihm nach. Dabei wurde ihm klar, dass der alte Mann recht hatte: Es war ganz undenkbar, dass Paul seine Schwiegereltern um Geld angegangen war. Andererseits würde ein Mann, der sich so lang mit einem ausgeklügelten System aus Lügen durchgemogelt hatte, wahrscheinlich alles tun, um seine Scharade weiter aufrechtzuerhalten. Normalität war die Fassade, hinter der sich jeder Suchtkranke versteckte.

Nein, Paul war verzweifelt gewesen – doch selbst nachdem Chow Fat sein Ansuchen abgelehnt hatte, musste es immer noch jemand gegeben haben, der ihm Geld lieh. Man musste nur wissen, wo man suchen musste.

Die Frage war nur – *wo?*

Je länger Jouma nachdachte, umso mehr verfestigte sich seine Überzeugung, dass Alec Standage ihn angelogen hatte. Selbst wenn Paul nicht Mitglied des Syndikats gewesen sein sollte, war es einfach zu viel des Zufalls, dass er als gewohnheitsmäßiger Spieler in Old Town ebenfalls prompt enthauptet wurde.

War er am Ende zu *ihnen* gegangen, um sich Geld zu leihen?

Die Bankkonten von Gould, Kitonga, Banda und Standage bargen keine unerklärlichen Reichtümer. Doch das musste nicht heißen, dass sie nicht woanders Geld horteten. Schließlich hatten nicht einmal ihre jeweiligen Ehefrauen gewusst, dass ihre Männer miteinander verkehrten. Das Syndikat war anscheinend ein Geheimnis, dass diese Männer sehr gut gehütet hatten.

Geld. Das war der Schlüssel zu diesem Rätsel. Gewonnenes Geld, verlorenes Geld, geschuldetes Geld. Und irgendwo war irgendwas ganz furchtbar schiefgegangen und hatte die vier Männer das Leben gekostet.

Was den Verdacht nahelegte, dass hinter dem Kopfjäger mehr steckte, als man auf den ersten Blick vermuten mochte. Auf einmal steckte Logik hinter den Morden, und die war nicht dem Hirn eines irren Serienmörders entsprungen, sondern gründete in viel profaneren Motiven.

Die Antwort war fast zum Greifen nah – und doch außer Reichweite.

Als er auf den Mama Ngina Drive einbog und kurz vor der Einfahrt zum Polizeipräsidium den Blinker setzte, sah Jouma eine bekannte Gestalt am Haupteingang herumlungern. Als er das Fenster herunterließ, strahlte ihn Davey Cav, der Kredithai aus Kingorani, unter seiner Baseballkappe an.

»Inspector Jouma!«, rief er mit leicht vorwurfsvollem Ton. »Ich habe Ihre Visitenkarte verloren, da dachte ich mir, ich schau einfach persönlich vorbei.«

»Ich freue mich, Sie zu sehen, Mr. Cav. Aber vielleicht reden wir ein andermal. Ich bin im Moment wirklich sehr beschäftigt.«

»Zeit ist Geld, Inspector«, wandte Cav ein. »Ich war auch

sehr beschäftigt wegen des Gefallens, um den Sie mich gebeten hatten.«

»Wirklich?«

»Ja, wirklich. Es ging um Billy Kapchanga – erinnern Sie sich noch?«

Jouma brauchte einen Moment, bis ihm einfiel, wovon Cav redete. Billy Kapchanga – der Vater von Jonas Yomo.

»Haben Sie ihn gefunden?«

»Ob ich ihn gefunden habe? Sie sprechen hier mit Davey Cav, Inspector Jouma. Ich lebe, um anderen zu dienen.«

»Ich bin sicher, Ihre Schuldner würden das bestreiten. Wo ist er?«

Cav glitt zur Beifahrertür. »Ich werde Sie sogar zu ihm bringen, Inspector«, grinste er.

45

Nach dem Sturm herrschte die große Stille. Die versuchte Entführung von Alec Standage, die die Kopfjäger-Story noch einmal aufgewirbelt hatte, lag erst eine knappe Woche zurück, doch Katherine erkannte deutlich die Anzeichen einer drohenden Flaute. Bald würde Larry Gazemba ihr wieder zusetzen, und diesmal würde er sich nicht mit Geschichten über irgendwelche Mahnwachen zufriedengeben. Das letzte Mal hatte sie sich mit einem Feature über berühmte kenianische Serienmörder der letzten fünfzig Jahre aus der Affäre ziehen können. Dieses Mal würde ihr Vorgesetzter höchstwahrscheinlich nicht so kulant sein. Als sie also morgens verzweifelt auf ihren Laptop starrte, ertappte sie sich dabei, wie sie wieder an den Briefumschlag des Bürgermeisters dachte – das war ein schlechtes Zeichen.

So kam es, dass Katherine wenig später ihren Datsun-Dienstwagen über eine schlaglochübersäte Straße zu einem gottverlassenen Bootshaus steuerte – an einem moskitogeplagten Fluss mitten im Nirgendwo. Der Mann, von dem sie sich ein Interview erhoffte, hieß Jake Moore. Der fünfunddreißigjährige Engländer war Miteigentümer eines Unternehmens namens Britannia Fishing Trips Ltd. und war zufällig der beste Freund des heldenhaften Leibwächters im Sandpiper Hotel gewesen. Wenn er sich zu einem Gespräch bereitfand, würde das eine tolle Human-Interest-Story abgeben, vor allem, da er Mac Bowdens Sarg zu Frau und Kindern nach London überführt hatte und ihren Informationen nach gerade erst zurückgekehrt war.

Wenn nicht – tja, dann musste sie sich wieder an den Schreibtisch klemmen und sich Larry Gazembas scharfer Zunge stellen.

Als sie um die letzte Ecke bog, sah sie sich einem wenig einnehmenden Gebäude gegenüber, das an einem schmalen Meeresarm mit einem hölzernen Landungssteg stand. Sie stellte das Auto ab und trat durch die offene Tür in den dunklen, kühlen Innenraum, der nach Diesel roch. Ganz hinten saß in einer Art Büro ein dünner großer Mann, unter dessen Baseballkappe eine schnabelartige Nase hervorstach. Er hatte die Füße hochgelegt und schnarchte leise.

»Entschuldigen Sie.«

Harry schlug ein glasiges Auge auf. »Ja?«

»Ich suche Jake Moore.«
»Der ist nicht da.«
»Wo ist er denn?«
»Wer will das wissen?«
Katherine stellte sich vor und zeigte ihren laminierten Presseausweis, der Harry jedoch wenig zu beeindrucken schien.
»Sie verschwenden Ihre Zeit, meine Liebe«, erklärte er.
»Und Sie sind …?«
»Mit mir verschwenden Sie Ihre Zeit genauso.«
Dann machte er das Auge wieder zu und zog sich den Mützenschirm tief ins Gesicht.
Katherine stieß einen unterdrückten Fluch aus und ging wieder hinaus. Blöde Angler! Die waren doch alle gleich. Sauertöpfische, argwöhnische, alkoholisierte Misanthropen, wie sie da waren. Sie stapfte zurück zu ihrem Auto. Na ja, wenn sie es so wollten, dann müsste sie mit ihrer Reportage eben etwas kreativer werden. Mal sehen, wie es Britannia Fishing Trips Ltd. gefallen würde, wenn sie das Bootshaus als fauligen Schandfleck beschrieb. Mal sehen, wie viele potenzielle Kunden *davon* abgeschreckt wurden.
Gerade als sie den Motor anließ, entdeckte sie plötzlich ein Boot, das den Creek hinunter auf die Anlegestelle zukam. Es war ungefähr zehn Meter lang, und der weiße Lack glänzte im Sonnenlicht. Sie beobachtete, wie es einen Bogen um einen Pfosten im Wasser beschrieb und einer der beiden Männer geschickt ein Seil herumwarf. Er war untersetzt und kräftig, mit kurzgeschorenem Haar und einem furchendurchzogenen Gesicht, das ganz offensichtlich von Wind und Wetter gegerbt war.

Obwohl sie Jake Moore noch nie gesehen hatte, wusste Katherine instinktiv, dass sie ihren Mann gefunden hatte.

Er war verängstigt. Fünf Jahre hatte Jake die *Yellowfin* gesteuert, und trotzdem ängstigte ihn der Gedanke, mit seinem Boot wieder aufs Meer hinauszufahren. Und was das Schlimmste war – er wusste nicht mal, warum überhaupt. Weil beim letzten Mal, als er auf hoher See gewesen war, jemand versucht hatte, ihn umzubringen? Nein – er weigerte sich, diesen Quark vom posttraumatischen Stresssyndrom zu glauben, den Indira Goti ihm erzählt hatte. Genauso wenig gefiel ihm Harrys Theorie, er sei so lange an Land gewesen, dass er schon ganz vergessen habe, wie zum Teufel man ein Zehn-Meter-Boot lenkte.

Nein, wenn es um Krisen des Selbstvertrauens ging, war Jakes Welt schön in Schwarz und Weiß gegliedert. Man stieg einfach wieder in den Sattel, tat so, als wäre nichts passiert, und sorgte dafür, dass niemand etwas merkte.

Dennoch hatte er eigentlich nicht vorgehabt, schon so bald wieder rauszufahren. Nein, er war erst mal nach Mombasa gefahren, um Alec Standage auf das Honorar anzusprechen, das er Mac noch schuldete. Doch der Hotelmanager wurde immer noch von der Polizei vernommen und war daher nicht zu sprechen gewesen. Deshalb begann Jakes Rehabilitierung als Skipper eines Hochseeangelboots am Tag nach seiner Rückkehr aus London. Mit zitternder Hand gab er Gas und steuerte die *Yellowfin* aus dem Flamingo Creek in die Weite des Indischen Ozeans.

Unter ihm stand Ralph Philliskirk, der sich mit der Takelage beschäftigte und Jake nicht in die Quere kam. Sammy, der für die Köder zuständig war, war überglücklich, seinen Chef wiederzuhaben. Er stand an der Achterreling und nahm Köderfische aus, als gälte es sein Leben. Dabei wollten sie erst einmal nur rausfahren, bis an den Horizont, damit Jake das Boot in allen Lagen ausprobieren und sich wieder mit ihm vertraut machen konnte.

Als sie zwei Stunden später wieder in die Mündung einbogen, war Jake erschöpft, aber in Hochstimmung, und seine Hände zitterten kein bisschen, während er sein Boot durch den Creek zum Bootshaus zurücksteuerte.

»Sieht so aus, als würdest du mich nicht mehr brauchen, Jake«, bemerkte Harrys Bruder, als sie langsam flussaufwärts tuckerten. Er setzte ein kaltes Tusker-Bier an die Lippen und trank mit Behagen.

»Hör zu – du kannst gern noch eine Weile bleiben. Harry und ich stehen wirklich in deiner Schuld«, erwiderte Jake. Dass er einmal so etwas sagen würde, damit hatte er selbst nicht gerechnet.

Ralph lächelte. »Weißt du was? Was Schöneres könnte ich mir kaum vorstellen. Ihr habt es hier echt fein, Jake. Und obwohl ich es Harry nie so direkt sage, bin ich stolz auf das, was ihr zwei erreicht habt. Und neidisch obendrein. Aber das ist euer Laden. Früher oder später wäre ich das fünfte Rad am Wagen – und, um ehrlich zu sein, ich hätte wahrscheinlich gute Lust, dich vor den nächsten Bus zu schubsen, damit ich selbst wieder das Steuerrad übernehmen kann.«

»Aber was hast du denn dann vor?«

»Ich muss mich um Geschäfte in England kümmern. Aber ich werde mit einem Lied im Herzen in die nasskalte, verregnete Heimat zurückkehren – und hoffentlich mit etwas mehr Sonnenbräune.«

»Tja, lass dir eins gesagt sein, Ralphie – die Heimat ist wirklich nasskalt und verregnet. Und scheißkalt, also zieh dich warm an.«

Sie verlangsamten das Tempo, damit Sammy über die Reling springen und in sein Dorf Jalawi schwimmen konnte. Dann tuckerten sie die letzten achthundert Meter zum Bootshaus einfach so dahin, genossen die Spätnachmittagssonne und das rauhe Geschrei der Vögel und Affen in den Baumkronen.

»Weißt du was, Ralph?«, sagte Jake. »Warum willst du nicht anlegen? Nur so um der alten Zeiten willen?«

Ralph strahlte ihn an. »Es wäre mir eine Ehre, Skipper.«

Erst als sie an Land waren, bemerkte Jake, dass sie Besuch hatten.

46

Billy Kapchanga spielte in einer Band namens Los Cinco Julios die Bongotrommeln, in einer Kneipe gut sechzig Kilometer westlich von Mombasa, an der Straße nach Nairobi. Er war ein gutaussehender Tansanier Ende dreißig mit Glatze, gepflegtem Kinnbart und einem Ohrring aus einem polierten Haizahn.

»Tabs? Natürlich erinnere ich mich an Tabs«, sagte er, während er in der dunklen Bar an seinem Eistee nippte. »Wie geht es ihr?«

»Es ging ihr schon besser«, erwiderte Jouma.

»Ja – ich hab von der Scheiße gelesen, die ihrem Mann passiert ist. Das war übel. Angeblich hat ihn ein Serienmörder getötet. Können Sie sich so was vorstellen?«

»Wie haben Sie sich kennengelernt?«

»Ich hatte ein festes Engagement in einem Club in Old Town. Im Kitty-Kat – vielleicht haben Sie schon mal davon gehört? Tabs ist auf jeden Fall ein paarmal gekommen, um uns zuzuhören, und eines Abends sind wir nach unserem Auftritt ins Gespräch gekommen und … na ja, sie war wirklich süß. Wir haben uns gut verstanden.«

»Sie haben sie geschwängert, Mr. Kapchanga.«

Der Mann zuckte mit den Schultern. »Wir machen alle Fehler. Aber, hey – es war kein One-Night-Stand. Damals waren wir schon ein paar Monate zusammen, wir waren ein festes Paar. Billy und Tabs – fragen Sie die anderen. Wir waren total verliebt.«

»Tabitha behauptet, sie habe Sie seit Jonas' Geburt nicht mehr gesehen.«

»So was kommt vor.«

»Aber Sie haben doch gesagt, Sie waren verliebt. *Billy und Tabs.* Was ist dann passiert? War die Vaterschaft zu viel Verantwortung für einen Nachtclubmusiker?«

»So war es nicht.«

»Stört es Sie überhaupt nicht, dass Sie Ihren Sohn die ganzen neun Jahre nie gesehen haben?«

»So ist es eben. So *musste* es sein.«

»Vielleicht stört es Sie ja doch, Mr. Kapchanga«, sagte Jouma. »Vielleicht gefällt Ihnen der Gedanke nicht, dass Ihre Tabs mit jemand anderem zusammen ist und Ihr Sohn einen anderen ›Papa‹ nennt.«

Kapchangas bemüht lässiges Gehabe bekam die ersten Risse. »Hören Sie, Mann, ich bin nicht blöd. Sie sind hier, weil Sie glauben, dass ich ihren Ehemann umgebracht habe.«

»Und? Haben Sie ihn umgebracht?«

»Nein. So war das nicht mit Tabs und mir.«

»Wie war es denn dann?«

»Als ich hörte, dass sie heiraten wollte, hab ich mich für sie gefreut, Mann. Wie gesagt, sie ist echt ein nettes Mädchen. Der Gedanke, dass sie Jonas alleine großziehen müsste, gefiel mir gar nicht.«

Aus einer Ecke der leeren, rauchgeschwängerten Bar drang ein Mordslärm, als Davey Cav den Jackpot an einem der Einarmigen Banditen knackte und die Münzen in die Schale prasselten. Er schaufelte sie sich in die Jeanstaschen.

»Eines wundert mich dann doch, Mr. Kapchanga.«

»Schießen Sie los.«

»Wenn Sie Tabitha so mochten, warum haben Sie sie dann überhaupt verlassen?«

Er lächelte traurig. »Man könnte sagen, ich war Ihrem alten Herrn nicht ebenbürtig. Anscheinend gefiel ihm der Gedanke nicht, dass seine einzige Tochter mit einem Bongotrommler zusammenziehen wollte.«

»Hat er Ihnen verboten, sich weiter mit ihr zu treffen?«

»Könnte man so sagen. Der Brigadier hat mir sehr deutlich zu verstehen gegeben, dass ich ihm nicht mehr unter die Augen kommen sollte.«

Kapchanga stellte sein Glas auf den Tresen und hob leicht schwankend das Hemd, um dem Inspector seinen nackten Rücken zu zeigen. Jouma schnappte nach Luft, als er eine ganze Reihe hässlich vernarbter Striemen sah.

»Eines Nachts kam ich aus dem Club, und im nächsten

Moment habe ich plötzlich eine Tüte über dem Kopf und liege im Kofferraum eines Autos. Dann haben sie mich an einen Pfahl gebunden und mich windelweich geprügelt.«

»Das hat der Brigadier getan?«, japste Jouma fassungslos.

»Wie gesagt, ich hatte eine Tüte auf dem Kopf, deswegen konnte ich niemanden sehen. Ich weiß nicht, ob er mich selbst ausgepeitscht hat, aber ich habe gehört, was sie mir ins Ohr flüsterten, als sie mit mir fertig waren.«

»Was haben sie gesagt?«

»Sie sagten: ›*Schöne Grüße vom Brigadier, wenn du noch einmal in die Nähe seiner Tochter kommst, bringt er dich um.*‹«

47

Jake mochte keine Reporter. Er hatte sie noch nie gemocht. Erst recht keine Enthüllungsjournalisten wie Katherine Rapuro, denn allzu viele seiner Freunde bei der Polizei hatten ihren Job verloren, weil die Medien herumgeschnüffelt hatten – normalerweise waren die eigentlich Schuldigen höherrangige Beamte. Freunde wie Mac Bowden wurden unsanft an die Luft gesetzt, nur weil ein paar Schreiberlinge und Verräter im Korps nicht mit den Vorgehensweisen der alten Garde einverstanden waren.

Als Katherine am Bootshaus auftauchte und ihn fragte, ob er ein paar Worte über Mac sagen wolle, hätte er sie daher am liebsten angeschnauzt, sie solle zur Hölle fahren. Aber im nächsten Moment besann er sich eines Besseren, denn er kannte genug Zeitungsreporter, um zu wissen, dass sie ihre dämliche Geschichte trotzdem schreiben würde, egal, ob er einen Kommentar abgab oder nicht. Außerdem fiel ihm ein, dass er sehr wohl ein paar Worte über Mac sagen wollte. Deswegen nahm er die junge *Daily-Nation*-Journalistin zu Harrys Erstaunen mit in Suki Lo's Bar, machte sie betrunken und teilte ihr seine Gedanken zu seinem besten Freund mit.

»Reicht das so?«, erkundigte er sich zwei Stunden und sechs Biere später.

Katherine hatte schon ganz glasige Augen. »Das war einfach wunderbar«, versicherte sie. »Vielen, vielen Dank.«

»Nur eines noch.«

Sie zückte noch einmal gespannt den Stift.

»Wenn Sie keinen anständigen Artikel über ihn abliefern, dann bring ich Sie um – ist das klar?«

Sie nickte, und Jake schämte sich sofort für seine Worte.

»Tut mir leid. Aber er war ein guter Freund von mir.«

»Nach allem, was Sie mir erzählt haben, ist mir das schon klar«, entgegnete sie und schämte sich ihrerseits für das, was sie ursprünglich über Jakes Unternehmen hatte schreiben wollen. Er war zweifellos von der mürrischen Sorte, aber irgendwo tief in seinem Inneren sah sie ein Stückchen Herz – und sie spürte, dass Bowdens Tod ihm dort ein Messer hineingestoßen hatte.

Du bist betrunken, Katherine. Sie warf Jake einen Blick zu und fragte sich, warum der Alkohol nicht den geringsten Effekt auf ihn zu haben schien, wo er doch genauso viele Flaschen Tusker intus hatte wie sie.

»Sie berichten also über den Kopfjäger-Fall«, meinte Jake. »Wie ist denn der neueste Stand? Ich war eine Weile außer Landes.«

Katherine riss sich zusammen, um nicht zu lallen, und erklärte ihm, dass der Fall momentan ins Stocken geraten war. Plötzlich begann sie zu kichern.

»Was ist daran denn so komisch?«

»Ich wollte gerade sagen, dass ich verzweifelt auf der Suche nach einer Story bin – aber das ist natürlich kein nettes Kompliment für Sie.«

»Machen Sie sich nichts draus. Ich war zehn Jahre Polizist. Ich weiß alles über ins Stocken geratene Fälle.«

»Ich hoffe, Sie nehmen es mir nicht übel, aber ich habe ein bisschen zu Ihrer Person recherchiert«, gab sie zu. »Es scheint, als hätten Sie Ihr Polizistendasein noch nicht so ganz an den Nagel gehängt.«

»Was meinen Sie damit?«

»Der Ermittlungsleiter des Kopfjäger-Falls, dieser Inspector Jouma, und Sie haben ja eine gewisse gemeinsame Geschichte. Da gab es vor einiger Zeit doch so einen Mädchenhändlerfall, oder?«

Das war aber nur die halbe Geschichte, dachte Jake und musste ein schiefes Grinsen unterdrücken, als ihm der Gedanke durch den Kopf schoss, dass der kleine Inspector und er den Ärger offensichtlich anzogen wie die Elefantenscheiße die Fliegen.

»Jouma und ich laufen uns ab und zu über den Weg«, sagte er. »Normalerweise passieren sofort irgendwelche Katastrophen, wenn wir uns begegnen, deswegen versuchen wir, uns so gut wie möglich aus dem Weg zu gehen.«

»Ich wäre wirklich scharf auf ein Interview mit ihm«,

gestand Katherine. »Ich weiß nicht, meinen Sie, Sie könnten ein gutes Wort für mich einlegen …?«
Diesmal musste Jake laut loslachen. »Jouma gibt keine Interviews.«
»Was Sie nicht sagen«, gab sie muffig zurück. »Meine Anfragen werden grundsätzlich ignoriert.«
»Das ist ein schwerer Fall. Und Jouma nimmt seine Arbeit sehr ernst.«
Katherine nahm noch einen Schluck Bier. »Und wenn ich Informationen hätte, die bei den Ermittlungen weiterhelfen könnten?«, schlug sie vor. »Glauben Sie, dass er dann mit mir sprechen würde?«
Jake schenkte ihr einen wissenden Blick. »Ich weiß, wie ihr Journalisten seid. Wenn Sie irgendwas hätten, was der Erwähnung wert wäre, würde es schon längst auf der Titelseite der *Daily Nation* stehen.«
»Nein. Das ist nichts, was ich als Story bringen könnte.«
»Sondern?«
Sie schüttelte den Kopf. »Wahrscheinlich hat es gar nichts zu bedeuten.«
»Erzählen Sie's mir.«
Katherine trank ihr Bier aus und atmete tief durch. »Was wäre, wenn diese Mordserie gar nicht die erste wäre, die auf das Konto des Kopfjägers geht? Was wäre, wenn er schon früher aktiv gewesen wäre?«

48

Kurz nach Mittag meldete man einen versuchten Raubüberfall auf die Handwerkerkooperative Akamba auf der anderen Seite des Makupa-Damms. Der Geschäftsführer wollte gerade abschließen und nach Hause gehen, als ein maskierter Mann mit einem Meißel hinter den Metallverschlägen hervorsprang, vor denen tagsüber die Holzschnitzer saßen und Stammesmasken, Giraffen, Perlenketten und andere Souvenirs in traditionellem Stil produzierten. Der Räuber hatte die Tageseinnahmen gefordert, doch der Geschäftsführer, ein Mann namens Rafique, hatte ihm einen frisch geschnitzten *Rungu*, einem Knüppel – unverbindliche Preisempfehlung: achtzig Shilling – über den Schädel gezogen und ihn auf der Stelle getötet.

Mwangi blätterte gerade ebenso sorgfältig wie ergebnislos die Vermisstenmeldungen durch, weil er hoffte, vielleicht doch noch den toten Teenager zu identifizieren, der in der Dhau an Land getrieben war. Als der Anruf kam, war er zufällig der jüngste Detective im Morddezernat, und wie immer, wenn Jouma nicht in der Nähe war, um sich vor ihn zu stellen, hatte er keine Chance gegen die dienstälteren Polizisten, die ihn immer noch als das Hätschelkind von Elizabeth Simba betrachteten und ihm das Leben gern so schwer wie möglich machten.

Kurz nach ein Uhr traf er am Tatort ein. Der Tote war einer der Holzschnitzer, hieß es – aber er war auch ein Mann, dessen handwerkliche Fähigkeiten im umgekehrten Verhältnis zu seinen Geistesgaben standen. Eine halbe

Stunde vor seinem versuchten Raubüberfall war nämlich ein Van von Securicor vorgefahren, hatte den Inhalt des Safes abgeholt und zur Bank gebracht.

Rafique beharrte immer noch darauf, dass er nichts Böses getan hatte – und ganz bestimmt nichts, was eine Festnahme wegen Mordverdachts gerechtfertigt hätte.

»Das war reine Selbstverteidigung, Detective«, beteuerte er und verschränkte die Arme. »Er ist mit einem Meißel auf mich losgegangen.«

»Wo ist die Leiche?«, fragte Mwangi einen der Kollegen aus dem Polizeirevier Chamgamwe. Wie erwartet, war der Tote vom Tatort entfernt und in den Schatten einer Holzhütte am anderen Ende des Geländes geschleift worden. Mwangi ging zu ihm und hob das Bananenblatt an, das man dem Toten pietätvollerweise über das Gesicht gelegt hatte. Ein Paar weit aufgerissener blickloser Augen starrte ihn an. Es war ganz offensichtlich, dass der Schlag auf die Stirn ihn auf der Stelle getötet hatte.

Mwangi starrte auf die violette Einkerbung an der Stelle, an der der Schädelknochen nachgegeben hatte.

»Ist alles in Ordnung, Sir?«, erkundigte sich einer der uniformierten Polizisten.

»Holen Sie den Geschäftsführer. Bringen Sie den Mann sofort zu mir.«

Wenig später kam Rafique herübergeschlendert und blickte auf den Toten herab. »Er hieß Terence«, bemerkte er gleichgültig. »An und für sich kein schlechter Schnitzer, aber …«

Doch Mwangi schnitt ihm ungeduldig das Wort ab. »Was sagten Sie, womit haben Sie ihn geschlagen?«

»Mit einem *Rungu.*« Der Mann lachte in sich hinein.

»Wahrscheinlich hatte er den noch selbst geschnitzt. Wenn das mal nicht Ironie des Schicksals ist, Detective.«
»Wo ist das Ding jetzt?«
Einer der Polizisten trat vor und räusperte sich. »Ich habe mir erlaubt, die Mordwaffe ins Handschuhfach meines Autos zu legen, um sie als Beweismittel zu sichern, Sir.«
»Dann holen Sie sie her.«
»Aber das ist keine *Mord*waffe«, protestierte Rafique, während der Polizist zu seinem Streifenwagen eilte. »Ich hab Ihnen doch schon gesagt, dass ich diesen Hund in Notwehr geschlagen habe.«
Der *Rungu* war eine furchteinflößende Waffe, geschnitzt aus einem massiven, dreißig Zentimeter langen Stück Ebenholz. Das Ende, mit dem zugeschlagen wurde, hatte die Größe und Form eines Baseballs. Mwangi zog seine Gummihandschuhe über und legte die Kugel auf die Einbuchtung in der Mitte der Stirn des Toten. Sie passte exakt hinein.
»Das sind ganz schön wirkungsvolle Waffen«, erklärte Rafique stolz. »Ich habe Massai gesehen, die haben mit einem einzigen Schlag ihres *Rungu* ein Gnu getötet.«
Dann dürfte es wohl nicht allzu schwer sein, damit auch einen Menschen zu töten, dachte Mwangi. Vor allem, wenn der Schädel des Opfers so zerbrechlich war wie eine Eierschale.

49

In der Rushhour in Mombasa betrunken Auto zu fahren, war nicht unbedingt empfehlenswert – doch Jake hatte einschlägige Erfahrung, und vierzig Minuten, nachdem sie Suki Lo's verlassen hatten, saßen Katherine und er in dem winzigen *Daily-Nation*-Büro über dem Jamhuri Park und gossen schwarzen Kaffee in sich hinein, in der vergeblichen Hoffnung, dadurch etwas nüchterner zu werden.

So hatte sich Jake eine Zeitungsredaktion ganz sicher nicht vorgestellt. Er hatte immer eher an ein Großraumbüro gedacht, in dem unablässig die Telefone klingelten und sich gedrungene, kettenrauchende Männer mit Schirmmützen gegenseitig anschrien. Katherine lachte und versicherte ihm, dass die Nachrichtenredaktion in Nairobi ein Großraumbüro war, die Reporter ihre Arbeit mittlerweile jedoch vor der Geräuschkulisse des gedämpften Geklappers von Computertastaturen und im Posteingang plingender E-Mails verrichteten. Rauchen war sowieso schon lange verboten, erklärte sie.

»Und wenn mein Redakteur wüsste, dass ich betrunken bin, würde ich auf der Stelle rausfliegen«, kicherte sie.

»Ich dachte, Journalisten sind generell ein trinkfestes Volk?«

»Nicht mehr.«

Jake ließ sich auf einen Stuhl plumpsen. »Okay. Dann erzählen Sie mir jetzt doch mal, warum Sie mich die ganze Strecke nach Mombasa geschleift haben. Was ist das für eine Geschichte, von der Sie da reden?«

»Neulich war wieder so ein ruhiger Tag, und die Nachrichtenredaktion in Nairobi saß mir im Nacken«, begann Katherine. »Also dachte ich mir, ich könnte doch einen Artikel über kenianische Serienmörder zusammenstückeln.«

»Zusammenstückeln?«

»Ja, zusammenstückeln. Wenn es keine Neuigkeiten zu berichten gibt, muss man eben etwas basteln. Normalerweise sucht man einfach in den Archiven nach ähnlichen Themen und schraubt einen Artikel aus seinen Funden zusammen.«

Katherine erklärte, dass in den Zeiten vor der Digitalisierung der Archive die Bibliothekare die wichtigsten Mitarbeiter jeder Nachrichtenredaktion gewesen waren. Sie waren nicht nur die unbesungenen Helden, die gewissenhaft jeden einzelnen Artikel aus jeder Ausgabe ausschnitten, auf ein Blatt Papier klebten und im betreffenden Ordner ablegten – sie waren obendrein auch die einzigen, die in ihrem komplexen Ablagesystem noch den Durchblick behielten.

Wie die meisten landesweit erscheinenden Zeitungen hatte auch die *Daily Nation* ein ganzes Team von Archivaren beschäftigt. Inzwischen war nur noch einer übrig. Der Sechzigjährige hieß Kenneth, aber die jüngere Reportergeneration kannte ihn unter dem Namen Google. Ohne eine Spur von Ironie behauptete man in der Redaktion, dass fünfzig Jahre Zeitungsgeschichte für immer verloren wären, sollte Google einmal unseligerweise unter die Räder kommen.

»Und dieser Google hat also …«

»… einen ganzen Nachmittag im Archiv damit zugebracht,

jede Serienmörderstory rauszuziehen, die er finden konnte. Aus den letzten fünfzig Jahren.« Sie trat an den Schreibtisch und hob ein Bündel Kopien hoch. »Zweihundertsiebenundvierzig waren es insgesamt.«

Jake stieß einen überraschten Pfiff aus. »Das ist ja ungeheuer viel.«

»Na ja, kommt immer drauf an, was man als Serienmord bezeichnet«, räumte Katherine kleinlaut ein. »Kenia unterscheidet sich sehr von Ihrem Land. Hier werden ständig Leute ermordet, aber die meisten Massenmorde geschehen innerhalb einer Familie oder eines Clans. Haben Sie schon mal vom Naivasha-Monster gehört?« Sie blätterte in den Papieren, bis sie gefunden hatte, was sie suchte. »Jonah Muhu – der brachte seinen Vater, seine Frau und seine zwei Söhne in Rift Valley um.«

»Du lieber Himmel.«

»Genau. Aber seinen ersten Mord beging er 1938, den letzten fünfzig Jahre später. Als sie ihn endlich fassten, war er schon über achtzig. Das ist typisch. So jemand wie der Kopfjäger, der in so kurzer Zeit so viele Menschen tötet, ist äußerst ungewöhnlich.«

Jake schüttelte den Kopf. »Und Sie sagen also, er war schon vor dieser Mordserie aktiv?«

Sie blickte verlegen auf die Papierstapel auf ihrem Tisch. »Ich habe auch gesagt, dass es vielleicht nur eine verrückte Idee ist.«

Dann reichte sie ihm ein Blatt mit der Kopie eines Zeitungsausschnitts vom Juni 1989.

Machetenjunge, 12, schlachtet Familie ab

Ein zwölfjähriger Junge, der beschuldigt wird, acht Mitglieder seiner eigenen Familie in einem Haus bei Loki (Turkana District) ermordet zu haben, sollte heute vor Gericht erscheinen.

Isiah Oulu soll seine Großmutter, Vater, Mutter, Onkel, zwei Brüder, eine Schwester und einen Cousin in der Nacht des 11. Juni in einem fieberhaften Amoklauf mit einer Machete getötet haben.

Angeblich hat er die Köpfe anschließend am Stadtrand der Grenzstadt auf Affenbrotbäumen aufgehängt, und behauptete, die Opfer seien »Ungläubige« oder »Abtrünnige« gewesen, die man von ihren Todsünden befreien müsse.

Die Polizei von Loki verweigerte gestern jeden Kommentar zum Fall. Allerdings beschrieb ein Nachbar, Mr. A.T. Kungo, den Jungen als »seltsam«.

Mr. Kungo, 52, sagte wörtlich: »Der Junge war sehr groß – schon über 1,80 Meter, noch bevor er zehn Jahre alt war. Er lief in der Gegend herum und schnitt streunenden Hunden die Köpfe ab, um sie dann auf öffentlichen Plätzen zu drapieren, zum Beispiel auf Toiletten oder sogar einmal auf dem Altar der Church of the Christ's Salvation in der Lodwar Road.«

»Seine arme Mutter war verzweifelt und glaubte, er sei von einem Dämon besessen«, fügte Mr. Kungo hinzu.

»Kommt einem irgendwie bekannt vor«, meinte Jake.

»Loki ist ein Provinznest im äußersten Nordwesten des Landes, direkt an der sudanesischen Grenze«, erklärte Katherine. »Die Art von Ort, an dem die Leute ständig durchdrehen und mit der Machete rumfuchteln, ohne dass die Provinzzeitungen mehr als ein paar Zeilen darüber schreiben würden. Aber diese Geschichte war damals verhältnismäßig groß aufgemacht, weil der Junge die eigene Familie niedergemetzelt hatte.«

»Was ist dann mit ihm passiert?«

»Das ist es ja gerade – es kam nie zum Prozess, und die Provinzbehörden haben keine Aufzeichnungen über den weiteren Verbleib des Jungen. Es sieht so aus, als wäre er quasi vom Erdboden verschwunden.«

»Verschwunden? Ein Junge, der acht Mitglieder seiner eigenen Familie umgebracht hat?«

»Ein Kind aus einem entlegenen Kaff, Hunderte von Kilometern von jeglicher Zivilisation entfernt«, erinnerte ihn Katherine. »Sie dürfen nicht vergessen, dass solche Orte in puncto Aberglaube immer noch im finstersten Mittelalter stecken. Sie haben den Artikel gelesen – sogar seine eigene Mutter glaubte, er sei von einem Dämon besessen.«

»Aber wo ist er dann geblieben? Haben Sie ihn auf dem Scheiterhaufen verbrannt?«

»Das wäre gar nicht so abwegig. Wie gesagt, ich habe ein paar Nachforschungen angestellt. Zum Beispiel habe ich mit einem Alten gesprochen, der in den achtziger Jahren da oben als Korrespondent für unsere Zeitung gearbeitet hat. Er meinte, sobald sie Isiah hatten, wurde er in Schutzhaft genommen. Sie sperrten ihn in eine Zelle in Loki, während draußen der Lynchmob tobte und seinen Kopf forderte. Aber in der Nacht kamen dann ein paar wichtig aussehende Leute mit einem bewaffneten Wachmann und verfrachteten ihn auf den Rücksitz eines Autos. Danach hat man nie wieder etwas von ihm gehört.«

»Wichtig aussehende Leute?«, wiederholte Jake. »Das hört sich ja an wie eine Folge von *Akte X.*«

»Der Korrespondent hat nur weitergegeben, was ihm der örtliche Polizeichef erzählt hat. Seltsamerweise wurde die Story, die er für die Ausgabe am nächsten Tag einreichte, von der Nachrichtenredaktion gestrichen.«

»Warum?«

»Das haben sie ihm nie erklärt. Warum sollten sie auch? Der Kerl war doch nur ein zweitrangiger Freelancer am Arsch der Welt.«

»Können Sie das nicht rausfinden? Das war doch in Ihrer Zeitung.«

»Der einzige Mann, der damals in der Nachrichtenredaktion gearbeitet hat und heute noch am Leben ist, wohnt in einem Altersheim in Nairobi. Als ich ihn anrief und nachfragte, erzählte er, sie hätten Order von höchster Stelle bekommen, und da fragte natürlich niemand nach. Das würden wir auch heute noch nicht tun.«

Jake trat ans Fenster und lehnte sich gegen die Fensterbank. Er musste einen Moment nachdenken und sein Hirn wieder in den – immer schwächer werdenden – Ermittlermodus schalten. Es gab offenkundige Parallelen zwischen Isiah Oulu und dem Mörder, der unter dem Namen Kopfjäger bekannt war: die Enthauptungen und die unverhohlene, abscheuliche Zurschaustellung der Köpfe. Und wenn er 1989 zwölf gewesen war, war er jetzt erst Anfang dreißig.

Aber falls er es wirklich war – warum hatte er dann zwanzig Jahre gewartet, bevor er erneut zuschlug? Und wo war er in der Zwischenzeit gewesen?

»Ich weiß nicht, Katherine«, sagte er schließlich kopf-

schüttelnd. »Wenn Sie mich fragen, ist das eine Serie von Zufällen.«
Die Enttäuschung stand ihr ins Gesicht geschrieben. »Ich weiß, es ist dumm. Ich hätte es gar nicht erst erwähnen sollen.«
»Andererseits muss ich sagen – als ich noch Polizist war, habe ich nicht wirklich an Zufälle geglaubt. Und ich weiß, dass Jouma da genauso denkt. Ich glaube, das würde ihn interessieren.«
Sie wirkte überrascht. »Meinen Sie wirklich?«
»Oh, wahrscheinlich wird er Sie erst mal anblaffen, dass Sie nicht seine Zeit verschwenden sollen. Aber wenn Isiah da draußen rumläuft … wer weiß? Vielleicht sind Sie gerade über die größte Story Ihrer Karriere gestolpert.«

50

Hast du gehört, was ich gerade gesagt habe, Daniel?«, fragte Winifred Jouma.
Der Inspector merkte, dass er schon seit einer geraumen Weile gedankenverloren an die Küchenwand starrte.
»Hm?«
Seine Frau bedachte ihn über ihren Suppenteller hinweg mit einem vorwurfsvollen Blick. »Warum verschwindest du eigentlich immer in deiner Welt, sobald ich meine Schwester in Lake Turkana erwähne?«
»Tut mir leid, Schatz.«

»Du weißt doch, wie gern sie dich mag, Daniel. Sie fragt ständig, warum wir sie nie besuchen kommen.«

»Aber ich hab doch schon oft gesagt, dass du einfach mal was mit ihr ausmachen kannst«, erwiderte Jouma.

Winifred schnalzte tadelnd mit der Zunge. »Ach ja? Und du sitzt da wie ein Holzklotz und starrst die Wand an?«

»Was ist denn mit ihr? Deiner Schwester … was hast du gerade erzählt?«

»Ich hab nur gesagt, dass ihr Arzt meint, sie bräuchte eventuell eine kleine Operation wegen der Zyste am Rücken. Ich dachte mir, ich fahre vielleicht einfach mal hin und besuche sie.«

»Ja?«

»Ich hab mir regelmäßig was vom Wirtschaftsgeld beiseitegelegt. Das sind mittlerweile zweihundert Dollar, die ich in einer Schachtel im Medizinschränkchen aufbewahre. Ich dachte, ich fahre vielleicht mit dem Zug zu ihr.«

»Mach das ruhig«, meinte Jouma, aber sein Interesse an Winifreds Schwester hätte kaum geringer sein können. Dasselbe galt für sein Abendessen. Winifred mochte ja die beste Köchin in Mombasa sein, aber heute hatte der Inspector einfach keinen Hunger. Er dachte darüber nach, dass die Dinge nie simpel waren und dass immer etwas passierte, was alles wieder über den Haufen warf, wenn man gerade dachte, dass sich ein Fall auf die Lösung zubewegte.

Er dachte an die hässlichen Narben auf Billy Kapchangas Rücken.

An die Todesdrohung, die man dem Musiker ins Ohr geflüstert hatte.

Inzwischen zog er ernsthaft die Möglichkeit in Betracht, Brigadier Wako Chatme könnte Paul Yomo ermordet haben.
Es hörte sich absurd an, aber diese Familie steckte in einem einzigen Sumpf aus Lügen und dunklen Geheimnissen – Pauls Schulden, Tabithas Beziehung zu Billy Kapchanga, und jetzt die Enthüllung, dass der Brigadier Billy erst halbtot hatte schlagen lassen, um ihm dann mit dem Tode zu drohen. Irgendwo hinter all diesen Täuschungsmanövern konnte sich durchaus auch ein brutaler Mord verbergen, den man als das Werk eines Serienmörders hinzustellen versuchte.
Aber Spekulationen waren eine Sache. Beweise eine andere.
Er stand auf und zog seine Jacke an. »Ich muss gehen.«
»Jetzt? Aber du bist doch gerade erst nach Hause gekommen.«
»Ich weiß, aber …«
Aber was? Jouma war schon fast aus der Tür und wusste noch nicht mal, wohin er eigentlich wollte. Er wusste nur, dass er irgendetwas tun musste. Grübeleien brachten ihn nicht weiter, es musste etwas *geschehen.*
Er bückte sich, um seine Frau zu küssen, und sie ergriff seine Hand. »Du arbeitest zu hart, Daniel«, mahnte sie. »Du bist kein junger Mann mehr.«
Jouma machte sich von ihr los. »Warte nicht auf mich, Winifred«, sagte er.
Sein Auto stand auf dem winzigen Parkplatz – einer der wenigen Vorteile, die die Mieter seines Blocks genossen. Müde ließ er den Motor an und setzte rückwärts aus der Parklücke – ohne den angejahrten Landrover zu bemer-

ken, der hinter ihm gerade von der Hauptstraße auf den Parkplatz gebogen war. Es gab einen Knall, einen heftigen Stoß, und dann hörte man eine Stoßstange scheppernd zu Boden fallen.

Die zwei Fahrer sprangen heraus und bauten sich voreinander auf.

»Was denken Sie sich eigentlich?«

»Schauen Sie auch mal in Ihren Rückspiegel?«

»Sehen Sie sich an, was Sie mit meinem Auto gemacht haben!«

»Sehen Sie sich an, was Sie mit *meinem* gemacht haben!«

Jouma beugte sich vor und schnupperte argwöhnisch. »Haben Sie etwa getrunken?«

»Ja«, erwiderte Jake.

»Dann kommen Sie mal lieber mit rein und trinken eine Tasse Tee.«

»Haben Sie drei Tassen?«

51

Sagen Sie nichts, lassen Sie mich erst raten«, rief Christie, der Pathologe, als Mwangi sein Büro im Untergeschoss des Mombasa General Hospital betrat. »Jouma hat noch eine Leiche gefunden.«

»Gott sei Dank nicht«, antwortete Mwangi.

Er hatte den *Rungu* dabei, den er aus der Handwerkerkooperative Akamba mitgenommen hatte, und drückte sie Christie in die Hand. Der schlug sich mit der bedrohlich aussehenden Kugel am Ende auf die Handfläche und zog eine anerkennende Miene.

»Mit einem ganz ähnlichen Schlagstock wurde heute ein Räuber in Chamgamwe getötet. Ich schätze, seine Leiche bekommen Sie morgen zu sehen.«

»Hab ich wieder ein Glück«, meinte Christie. »Wissen Sie, ich habe gehört, dass man mit einem Schlag von diesen Dingern ein ausgewachsenes Gnu zur Strecke bringen kann.«

»Mich interessiert eher die Wirkung auf einen menschlichen Schädel«, erwiderte Mwangi.

»Hab ich mir doch gleich gedacht. Kommen Sie. Sie haben Glück, die Frau wird erst morgen nach Deutschland überführt.«

Mwangi wartete im weißgekachelten Autopsiesaal. Nach wenigen Minuten flogen die Türen auf und Christie rollte Frau Klinkers Leiche auf einer Bahre herein. Dann zog er sich ein Paar Gummihandschuhe über, und Mwangi beobachtete teilnahmslos, wie der Pathologe mit dem Skalpell sorgfältig die Nähte löste, die das Gesicht der Toten zusammenhielten.

»Beim zweiten Mal geht es immer viel leichter«, bemerkte Christie, während er die Haut packte und so mühelos vom Schädelknochen zog, als würde er eine Banane schälen. Der obere Teil der Schädeldecke war mit einer Art Gummi wieder befestigt worden, aber es dauerte nicht lang, die zwei Teile wieder voneinander zu trennen.

»Wo ist das Gehirn?«, wollte Mwangi wissen.

»In einem Glas. Später wird es noch in Scheiben geschnitten und weiter untersucht. Wollen Sie es sehen?«

»Nein. Nein, danke.«

»Seien Sie doch nicht so schockiert«, sagte Christie. »Das meiste an diesem Job ist Blendwerk. Solange die Leiche in den Augen der nächsten Angehörigen ansehnlich *aussieht,* ist es ganz egal, was fehlt. Oder dazugekommen ist. Ich könnte Ihnen Geschichten erzählen, da würden Ihnen die Haare zu Berge stehen.«

»Da bin ich ganz sicher, Mr. Christie. Aber vorerst reicht mir der Schädel.«

Christie löste die obere Schale der Schädeldecke aus der Haut und hielt sie ans Licht. Die kreisrunde Einbuchtung, die Frau Klinker das Leben gekostet hatte, war perfekt zu sehen. »Und jetzt, Mwangi, geben Sie mir die Waffe.«

Der Pathologe probierte so lange herum, bis er die Kugel am Ende des *Rungu* in den Knochenkrater eingepasst hatte. Dann lachte er zufrieden.

»Und, was meinen Sie?«, fragte Mwangi.

»Na ja, perfekt passt es nicht, aber ich nehme an, jeder *Rungu* ist anders. Aber wenn Sie den Mörder suchen, würde ich sagen, Sie sollten nach einem Massai-Krieger Ausschau halten, der ein Gnu hinter sich herschleift.«

52

Winifred schenkte drei Tassen englischen Frühstückstee ein und ließ ihren Mann dann mit seinen Gästen allein.

»Danke, Mrs. Jouma«, rief Jake ihr hinterher.

Sie drehte sich an der Wohnzimmertür noch einmal kurz

um und lächelte geziert, aber auch nur, weil sie auf gute Manieren hielt. In Wirklichkeit war sie gar nicht erfreut, diesen englischen Skipper wiederzusehen. Jedes Mal, wenn sich er und ihr Mann begegneten, geriet einer von beiden unweigerlich in Schwierigkeiten. Beim letzten Mal war Daniel mit genähtem Gesicht und zerfetztem Anzug nach Hause gekommen. Er mochte protestieren, so viel er wollte, er war eben kein junger Mann mehr. Deswegen sollte er auch nicht durch die Gegend laufen und sich aufführen, als wäre er halb so alt.

Nein – diesen Jake Moore konnte sie nicht ausstehen, und es machte ihr Sorgen, dass er schon wieder in ihrem Haus war. Was das Mädchen anging ... na ja, die war zumindest vorzeigbar. Aber sie war Reporterin, ein Beruf, der nach Winifreds bescheidener Meinung nur wenig besser war als der eines Skippers.

»Gern geschehen«, sagte sie und zog die Tür hinter sich zu. Wenig später hörte man aus dem Nebenraum ihre Lieblingsradiosendung.

Jouma las sich die Kopie des Zeitungsartikels durch und legte sie dann auf den Küchentisch.

»Erinnern Sie sich an den Fall?«, fragte Jake.

Der Inspector schüttelte den Kopf. »Nur vage. Das ist schon lange her.«

»Kann man nicht irgendwie herausfinden, was mit Isiah passiert ist?«, fragte Katherine.

Jouma sah sie an. Er war sich immer noch nicht im Klaren darüber, ob er überhaupt mit einer Reporterin der *Daily Nation* reden sollte – und wie ihre Motive aussahen.

»Mit wem haben Sie bis jetzt darüber gesprochen?«

Sie erzählte ihm von ihren Anrufen bei der Provinzialregierung und dem alten Korrespondenten.

»Hat er den Namen des damaligen Polizeichefs von Loki genannt?«

»Captain Bakhrani.«

Jouma überlegte. »Warten Sie mal kurz.«

Er ging ins Wohnzimmer und telefonierte. Als er wenige Minuten später zurückkam, trug er einen resignierten Gesichtsausdruck zur Schau.

»Ich habe gerade mit einem alten Kollegen gesprochen, der im Hauptquartier der Rift Valley Province arbeitet. Captain Bakhrani ist vor sieben Jahren gestorben.«

»Mist«, fluchte Jake, woraufhin er aber sofort einen beschämten Blick auf Winifreds Schlafzimmertür warf. »Hat Ihr Freund irgendeine Ahnung, was mit Isiah passiert sein könnte? Oder wer diese mysteriösen Leute waren, die ihn abgeholt haben?«

Jouma setzte sich und begann müßig in seinem Tee zu rühren. »Die Tatsache, dass es überhaupt keine offiziellen Aufzeichnungen gibt, weder in den Archiven noch in den Akten der Polizei, lässt ihn – und mich – vermuten, dass hier eine nationale Sicherheitsbehörde involviert sein könnte. Und dann hätten wir überhaupt keine Chance, jemals die Wahrheit herauszufinden.«

»Und das soll es dann gewesen sein?«, fragte Katherine. »Dann endet die Spur also hier?«

»Höchstwahrscheinlich«, gab Jouma gereizt zurück. »Aber wenn wir mal davon ausgehen, dass sie sich des Jungen nicht einfach entledigt haben, denke ich mir, dass sie ihn *irgendwo* hingebracht haben müssen.«

»Sie hätten aber sichergestellt, dass er keine weiteren

Morde mehr begehen kann«, meinte Jake. »Vielleicht haben sie ihn in ein Hochsicherheitsgefängnis gebracht?«
»Das ist eher unwahrscheinlich. Das würde ja die Sicherheit der anderen Insassen gefährden.«
»Vielleicht haben sie ihn einfach hundert Kilometer über die nächste Grenze gebracht, in den Sudan oder nach Äthiopien, und haben ihn dort ausgesetzt«, schlug Katherine vor.
»Schon möglich – aber auch da bestünde das Risiko, dass er zurückkommt.«
Jake zuckte mit den Schultern. »Dann haben sie ihn wohl umgebracht. Das ist die einzig praktikable Lösung.«
»Nicht unbedingt«, meinte Jouma. »Haben Sie schon mal vom Kalami Secure Mental Hospital bei Malindi gehört?«
Ihre verständnislosen Blicke sagten ihm, dass ihnen das Institut unbekannt war. Jouma erzählte von seinen Besuchen bei Dr. Lutta im Zusammenhang mit dem Kopfjäger-Fall, und von seiner vorherigen Zusammenarbeit mit Luttas Vorgesetztem, Dr. Klerk.
»Dr. Klerk ist seit über fünfzehn Jahren eine Koryphäe auf dem Gebiet der Kriminalpsychologie in Kenia. Viele Leute behaupten, er habe die Psychiatrie aus dem Mittelalter in die Jetztzeit geholt. Er hat mir oft von den schlichtweg barbarischen Umständen und Behandlungsmethoden erzählt, denen die Patienten bis vor kurzem noch ausgesetzt waren. Wie er sich ausdrückte, waren sie kaum mehr als Labortiere, die man missbrauchte und dann entsorgte.«
Jake beugte sich vor. »Entsorgte?«
»Wenn Sie Ihre Zeitungsarchive nach Artikeln aus den frühen neunziger Jahre durchsehen, Miss Rapuro, werden

Sie über eine Geschichte stolpern, die damals für einen ziemlichen Skandal gesorgt hat. Offensichtlich war es gängige Praxis, dass bestimmte staatlich geführte Einrichtungen für psychisch Kranke ihre Patienten wieder in die Gesellschaft entließen, sobald man sie für *geheilt* hielt. Dazu gehörten auch mehrere Personen, die man als geistesgestörte Kriminelle bezeichnen musste.«

»Aber einen geistesgestörten Kriminellen kann man doch wohl nicht mit hundertprozentiger Sicherheit für geheilt erklären, oder?«, meinte Jake.

»Das wohl nicht. Aber man kann ihn neutralisieren. An vielen von den Patienten, die man entließ, hatte man eine Lobotomie durchgeführt.«

Katherine sah ihn entgeistert an. »Wollen Sie damit sagen, dass die Ärzte die Patienten operierten und dann aus dem Krankenhaus warfen?«

»Manche hielten es für eine günstige Methode, die Überbelegung der Anstalten zu reduzieren. Aber Dr. Klerk glaubt, dass die meisten Ärzte durch diese Gehirn-OP wirklich die Verhaltensmuster der Patienten beeinflussen wollten. Leider bedienten sie sich dabei extrem primitiver Techniken.«

»Und wenn Isiah auch eins von diesen Meerschweinchen war?«, schlug Jake vor. »Ein Zwölfjähriger, der gerade acht Leute umgebracht hatte – das wäre doch ein richtig gutes Experiment gewesen. Das würde auch erklären, warum man sich an höchster Stelle für ihn interessierte.«

»Und wenn sie dachten, dass ihr Experiment erfolgreich verlaufen war?«, murmelte Jouma. »Dass Isiah tatsächlich geheilt war? *Was, wenn sie ihn einfach rausgelassen hätten?*«

»Wir müssen mit Klerk sprechen«, rief Katherine. »Der muss doch Zugriff auf die Aufzeichnungen haben.«
Jouma warf einen Blick auf die Küchenuhr an der Wand. »Für heute ist es schon zu spät. Ich werde für morgen ein Treffen in Kalami mit ihm vereinbaren.«
»Super! Wann?«
»*Sie* werden nicht dabei sein, Miss Rapuro.«
»Vergessen Sie's, Inspector. Das ist meine Story, und wenn Sie nach Kalami fahren, dann fahre ich mit.«
»Völlig ausgeschlossen.«
Jake kam sich vor wie der Schiedsrichter in einem Schwergewichtsboxkampf, bei dem sich die Kämpfer gerade voreinander aufbauten. Im Hintergrund spielte Winifred Joumas Radio unpassenderweise eine Melodie von Mantovani.
»Würde es helfen, wenn ich auch mitkäme?«, schlug er vor. »In rein diplomatischer Funktion natürlich. Und falls Sie sich schlagen sollten, kann ich den Verlierer des Kampfes ins Krankenhaus fahren.«
Katherine lachte, und sogar Jouma musste wider Willen lächeln.
»Punkt sieben Uhr fahre ich hier los«, verkündete der Inspector. »Aber vergessen Sie nicht: Das hier ist in erster Linie eine polizeiliche Ermittlung und erst in zweiter Linie eine Story für Ihre Zeitung.«

Jouma war noch ganz in Gedanken versunken, als Jake und Katherine bereits seit einer Weile gegangen waren. Da kam Winifred im Baumwollnachthemd aus dem Schlafzimmer.
»Was ist denn los, Daniel?«

»Nichts, mein Schatz. Geh wieder ins Bett – ich komme auch gleich.«
»Es gefällt mir gar nicht, wenn du mit diesem Engländer zusammen bist. Ich mache mir Sorgen, was als Nächstes wieder passiert.«
Er lächelte. Wie er diese Frau liebte! »Diesmal kann mir überhaupt nichts passieren, das kann ich dir versichern.«
»Das sagst du immer«, erwiderte sie. Dann gab sie ihm ein rasches Küsschen auf den Kopf. »Gute Nacht, Liebling.«
»Gute Nacht, Winifred.«
Aber es sollte noch einige Stunden dauern, bis Jouma ins Bett kam. Und dann konnte er trotzdem nicht richtig schlafen. In seinem Kopf überschlugen sich Gedanken und Theorien, Spekulationen und Befürchtungen. Und mitten in diesem wilden Strudel stand ein zwölfjähriger Junge, der in der einen Hand eine blutige Machete hielt und Joumas abgetrennten Kopf in der anderen.

Teil VII

53

Nicholas Lutta starrte in das ausdruckslose Gesicht seines Gegenübers. Auf der anderen Seite des Tisches saß ein Mann, der vor sechzehn Jahren verurteilt worden war, weil er eine Mieteintreiberin aus dem Kwale District vergewaltigt, ermordet und anschließend aufgegessen hatte. Er behauptete, er habe es deswegen getan, weil die Frau in den letzten fünf Jahren bildlich gesprochen dasselbe mit ihm gemacht hatte. Wie er später angab, hatte sein Opfer nach Gold geschmeckt.

Lutta zog ein Papiertaschentuch aus der Hosentasche, drehte es zu einer Spitze zusammen und tupfte dem Mann damit auf die erweiterte Pupille, um seinen Lidschlussreflex zu testen. Als Nächstes schob er dem Mann vorsichtig eine Nadel unter den Nagel des rechten Zeigefingers, um seine Schmerzschwelle zu ermitteln.

Keine Reaktion – aber sechzehn Jahre im System der kenianischen Psychiatrie waren auch eine lange Zeit. Die Arme des Mannes waren mit Narben übersät, wo man ihm unzählige starke Psychopharmaka gespritzt hatte, und an den Schläfen sah man noch die Schatten der Elektroden, die ihm vierhundert Volt durchs Gehirn gejagt hatten.

Lutta seufzte und machte sich eine Notiz auf einem gelben Block.

»Bringen Sie ihn wieder in seine Zelle«, bat er den gelangweilt dreinblickenden Krankenpfleger, der an der Tür wartete. Als er weg war, wandte sich Lutta dem zweiten Mann zu, der am Tisch des Untersuchungszimmers saß: Dr. Cyrus Klerk. Er war der Chefarzt des Kalami Hospitals.

»Tja, was soll man da sagen«, meinte Lutta.

Dr. Klerk nickte traurig. Der Mann aus Simbabwe, der langsam, aber sicher eine Glatze bekam, hatte mehr als vierzig Jahre Erfahrung auf dem Gebiet der Kriminalpsychologie. »Wie schade«, meinte er. »Als er herkam, dachte ich, wir könnten ihn vielleicht doch wieder zurückholen – aber sein Bewusstseinsverlust ist rasant vorangeschritten.«

»Sein Zustand ist fast schon vegetativ«, bemerkte Lutta.

»Andererseits ist sein kognitiver Zustand relativ normal. Er befolgt Anweisungen. Verdammt, er kann ja sogar noch *gehen.*« Dr. Klerk tippte sich gegen den Kopf. »Aber dann sieht es wieder so aus, als hätte er hier oben nur ein schwarzes Loch, das sich immer weiter ausdehnt und seinen Geist schluckt.«

»Ich würde ihn gern unter Beobachtung behalten, Dr. Klerk.«

»Das auf jeden Fall, Nicholas. Wenn schon keine Erfolge zu erzielen sind, springt auf jeden Fall noch ein Artikel für dich dabei heraus.«

Die zwei Männer durchquerten den Zellenblock und gingen zurück zum Klinikanbau, in dem sie ihre Büros hatten. Als sie die Treppen hinaufgingen, wurden sie von einer nervösen Sekretärin abgefangen.

»Gott sei Dank«, sagte sie. »Dr. Klerk, Inspector Jouma aus Mombasa ist hier. Er will Sie dringend sprechen.«

Sie gingen weiter zu Klerks Büro. Es war wesentlich ge-

räumiger und aufgeräumter als Luttas, aber mit den drei Personen, die darin warteten, wirkte es trotzdem beklemmend eng.
»Dr. Klerk«, begann Jouma und machte einen Schritt auf ihn zu. »Ich freue mich, Sie wiederzusehen. Sie auch, Dr. Lutta.« Er stellte Jake und Katherine als Mitarbeiter vor, achtete aber sorgfältig darauf, sich nicht zu genau zu ihrer Person und ihrer Funktion zu äußern.
»In letzter Zeit hatten wir ja nur noch selten das Vergnügen, Inspector«, sagte Klerk liebenswürdig und setzte sich an seinen Schreibtisch. »Ich wurde schon langsam neidisch auf unseren jungen Nicholas, weil Sie so viel Zeit mit ihm verbracht haben – obwohl das ja meine eigene Idee war.«
Jouma lächelte. »Dr. Luttas Anmerkungen zum Kopfjäger-Fall waren von unschätzbarem Wert für mich. Aber heute bin ich Ihretwegen gekommen.«
»Dann gehe ich jetzt wohl«, meinte Lutta und ging zur Tür.
»Nein, bitte bleiben Sie doch, Dr. Lutta«, bat Jouma. »Vielleicht interessiert es Sie ja auch, was ich zu erzählen habe.«
Einen Moment wirkte Lutta leicht verblüfft, und seine kleinen dunklen Augen zuckten von einem zum anderen. Doch dann zuckte er mit den Achseln und setzte sich auf die Armlehne eines Stuhls am Fenster.
Klerk schien plötzlich auch zu zögern. »Das klingt ja sehr vielversprechend, Inspector. Wie kann ich Ihnen behilflich sein?«
»Ich hatte meinen Freunden erzählt, dass die Versorgung geisteskranker Patienten in Kenia früher etwas primitiver

aussah«, erklärte Jouma. »Und dass Ihre Vorgänger die Patienten gern als eine Art Versuchskaninchen betrachteten.«

Der Chefarzt sah immer noch aus, als wäre ihm etwas unbehaglich zumute. »Tja, glücklicherweise haben wir seitdem ja große Fortschritte gemacht – obwohl wir heute noch versuchen, Schäden wiedergutzumachen, die damals angerichtet wurden. Als Sie kamen, haben Nicholas und ich gerade einen Patienten untersucht, der vor fünf Monaten zu uns gekommen ist – nach fast sechzehn Jahren in einer staatlich geführten Anstalt in Nairobi. Leider sieht es ganz so aus, als könnten wir ihm nicht mehr helfen.«

»Helfen?«, echote Jake.

»Es gibt eine psychiatrische Schule, die von der These ausgeht, dass man diese Leute auch weniger brutal behandeln kann und ihnen nicht unbedingt das Hirn frittieren und Löcher in die Schädeldecke bohren muss«, bemerkte Lutta.

»Nicholas ist viel zu bescheiden«, warf Klerk ein. »Seine eigenen Methoden haben sich als bemerkenswert erfolgreich erwiesen.«

»Meine Herren«, unterbrach Jouma, »Ich bin hier, weil die Möglichkeit besteht, dass der Kopfjäger ein ehemaliger Psychiatriepatient ist, der behandelt und dann entlassen wurde, weil man fälschlicherweise glaubte, dass er keine Bedrohung für die Allgemeinheit mehr darstellte.«

»Ein Patient dieses Krankenhauses?« Klerk riss die Augen auf.

»Er beging seine Verbrechen vor zwanzig Jahren in der Rift Valley Province. Damals war er zwölf. Ich nehme an, dass man ihn irgendwo in seiner Gegend in eine geschlossene Psychiatrie gesperrt hat, aber ich bin nicht sicher. Ich hatte gehofft, dass Sie Zugang zu den Patientenakten haben, Dr. Klerk – oder zumindest wissen, wo ich sie finden kann.«

Klerk rieb sich nachdenklich den kahlen Kopf. »Die Aufzeichnungen aus dieser Zeit können sehr löchrig sein. Die Verlässlichkeit der Angaben hängt sehr von der Sorgfalt des medizinischen Personals ab, und manchmal wurde gar nichts festgehalten. Viele Daten wurden Mitte der neunziger Jahre, als man die Psychiatrien genauer unter die Lupe nahm, vorsätzlich vernichtet.« Er blickte auf. »Aber ich bin sicher, ich könnte schon ein paar Nachforschungen für Sie anstellen, Inspector. Wie war der Name des Patienten?«

»Oulu«, sagte Katherine. »Isiah Oulu.«

Bei diesem Namen tauschten Klerk und Lutta einen Blick, und ihr Gesichtsausdruck zeigte dasselbe amüsierte Staunen.

»Isiah war bis vor ein paar Monaten noch Patient hier bei uns«, erklärte Klerk – und nun war es an den anderen drei, sich verblüfft anzusehen.

»Und wo ist er jetzt?«, fragte Jouma.

»Oh, der ist immer noch hier«, sagte Klerk. »Wenn Sie mir folgen wollen, bringe ich Sie zu ihm.«

54

Im Büro der Britannia Fishing Trips Ltd. saß Harry Philliskirk an seinem Schreibtisch und qualmte vor Wut.
Sein Problem war sein älterer Bruder. Harrys Problem war immer sein blöder älterer Bruder.
Ralph Philliskirk war schon immer in jeder Hinsicht unzuverlässig gewesen – davon zeugten drei Ehefrauen, diverse Kündigungen und zwei Jahre im Gefängnis wegen Steuerhinterziehung. Trotzdem blieb er sein Bruder, und deswegen hatte ihm Harry ja auch wider besseres Wissen eine letzte Chance geben wollen, sich zu beweisen.
Tja, eines hatte Ralphie ganz sicher bewiesen in der kurzen Zeit, die er in Kenia war: dass ein Mensch sich nicht grundlegend ändern kann.
Und dass sein Bruder schön blöd war.
Harry war den meisten Lastern weiß Gott nicht abhold, aber Spielen hatte nie dazugehört. Für ihn roch schon das Wort nach schmierigen Buchmachern, zwielichtigen Casinobetreibern, Ausbeutung und Elend.
Außerdem war ihm bewusst, dass das Glücksspiel seine eigene Familie in den Ruin gestürzt hatte.
Ende des 19. Jahrhunderts hatten die Philliskirks dank ihres Aktienpakets von der East India Company ein beträchtliches Vermögen und Grundbesitz in Südengland angesammelt. Doch bis 1920 hatte Harrys Großvater, der ehrenwerte Parlamentsabgeordnete Lucien Philliskirk, fast den gesamten Besitz an den Spieltischen von Mayfair, Knightsbridge und Fitzrovia verloren. In den

Nachkriegsjahren brachte sein Sohn, der Strafverteidiger Lorton Philliskirk, in Ascot, Newmarket und Cheltenham zielstrebig die kläglichen Reste durch, bevor er sich mit vierzig ins Grab soff. Und trotz des Elends, das die Spielsucht über die Familie gebracht hatte, zeigten sich die Gene ungebrochen bei Lortons Ältestem, Ralph.
Der meinte, dass sein Leben nur von Frau Fortuna regiert wurde. Wenn sie ihm wohlgesinnt war, war alles prima, und wenn nicht – na, morgen war wieder ein neuer Tag. Er war der Letzte einer aussterbenden Art, ein Bruder Leichtfuß, der immer irgendwie überlebte, weil er immer noch in eine Hosentasche greifen und einen letzten Fünfer hervorzaubern konnte, um ihn beim Roulette oder am Pokertisch zu setzen.
Aber seine Art starb nicht ohne Grund aus – und dieser Grund waren die zahlreichen Londoner Spielhöllen, die inzwischen von knallharten Osteuropäern geführt wurden. Dieser Menschenschlag hatte wenig für die traditionellen Spielkredite übrig, die man mit einem Nicken und einem Augenzwinkern bekam und die ganze Generationen von Philliskirks und ihresgleichen über Wasser gehalten hatten. Die Philosophie dieser Geschäftsmänner war ganz einfach: Wenn man jemandem Geld schuldete, zahlte man es pünktlich zurück, und zwar mit Zinsen. Wenn man das nicht tat, nahmen sie einem eben weg, was man besaß. Und wenn man nichts besaß, schlugen sie einen zum Krüppel oder brachten einen gleich um, um ein Exempel zu statuieren.
Als der Anruf schließlich kam, schien es Harry, als hätte er schon sein Leben lang darauf gewartet.
»Harry, Alter – tut mir leid, wenn ich dich belästige, aber

ich befürchte, ich steck hier gerade ein bisschen in der Klemme.«
Ralphie steckte allerdings in der Klemme. Er schuldete einer Bande aus Usbekistan schlappe fünfzigtausend Pfund, und eines Tages kam er in seine Wohnung in Südlondon und fand die gehäutete Leiche seines Yorkshire-Terriers an der Wohnzimmerlampe vor.
Drei Stunden später buchte er einen Flug nach Kenia, nur Handgepäck. Das Ticket hatte sein kleiner Bruder bezahlt.
Harry starrte auf die Wanduhr und sah die Minuten verstreichen. Kurz nach Mittag hörte er das Motorengeräusch der *Yellowfin*, und als er ans Fenster trat, sah er das Boot in die Mündung fahren. Ralphie kletterte gerade von der Brücke und warf das Tau um den Holzpflock.
Langsam wurde er richtig gut.
Wenig später war das Beiboot am Landungssteg, und Ralphie sprang an Land.
»Harry? Harry, bist du da, Alter? Ich bin zurück aus der Werkstatt. Missy Meredith meinte, es gäbe ein kleines Problem mit dem Ruder, ist aber nichts Schlimmes. Du sollst bei Gelegenheit mal vorbeifahren, dann sieht sie es sich an. Harry?«
Sein Bruder starrte weiter aus dem Fenster und rührte sich nicht. »Ich bin hier drin.«
Man hörte Schritte auf dem Betonboden und einen unterdrückten Schmerzensschrei, als Ralph sich im Dunkeln an einer scharfen Kante stieß. Dann ging die Bürotür auf.
»Alles in Ordnung, H?«
»Wo ist es, Ralph?«

»Häh? Wo ist was? Hast du gehört, was ich gesagt hab wegen des Ruders?«
Harry drehte sich um. »Wo ist es?«
Ralph hatte sich auf den leinenbespannten Stuhl neben der Tür fallen lassen und kämpfte mit dem Verschluss einer Flasche Tusker. Er sah Harry fragend an.
»Wovon redest du eigentlich?«
»Von dem Geld, das du aus dem Bodensafe genommen hast.«
Er deutete auf die offene Luke im Betonboden des Büros.
»Ich schwöre dir, ich weiß nicht, wovon du redest, H.«
»Fünfunddreißigtausend, Ralphie. Unser ganzes Geld, verdammt. Es ist weg. Wo ist es?«
Ralph blinzelte, und Harry, der sämtliche erbärmlichen Ticks im Repertoire seines Bruders kannte, der diese grottenschlechte Show schon so oft gesehen und gehört hatte, dass ihm schlecht davon wurde, ging seelenruhig zu Ralph und versetzte ihm einen Fausthieb ins Gesicht.
»Verdammt noch mal, Harry – es tut mir leid«, heulte Ralph. Er lag am Boden, und das Bier lief ihm über die Shorts. »Ich zahl es dir zurück, ich schwör's dir, mit Zinsen. Aber diese Scheiß-Usbeken machen Kleinholz aus mir, sobald ich in Heathrow aus dem Flieger steige. Ich hab das Geld zum Spielen gebraucht, da ging's um hohe Einsätze. Und ich war *so nah* dran!«
Harry starrte ihn an. »Wie viel hast du verloren?«
»Es ist nicht so schlimm, wie du denkst, Alter.«
»Wie viel?«
Ralph wurde kleinlaut. »So ziemlich alles. Aber hör zu – nächste Woche ist noch mal ein richtig großes Spiel. Mit mehreren Tausend im Topf.«

Mit steinerner Miene blickte Harry auf seinen Bruder herunter, und einen Moment hatte er nur den brennenden Wunsch, ihn zu treten und ihm so weh zu tun, dass er das ganze Ausmaß der Katastrophe spürte.
Stattdessen drehte er sich einfach um.
»Du verdammter Vollidiot«, sagte er. »Du hast uns umgebracht, Ralphie.«

55

Das anonyme Grab war eines von mehreren Dutzend, die in willkürlicher Anordnung über ein Feld verteilt waren, das zweihundert Meter von der Einfriedung der psychiatrischen Anstalt entfernt lag. Wie die anderen war es nicht besonders sachgemäß ausgehoben worden, und nach dem Zuschütten hatte man große Felsbrocken auf die Erde gelegt, damit die wilden Tiere die Leiche nicht ausgraben konnten.
»Er ist im November gestorben«, berichtete Dr. Klerk. »Cholera. Das ist bei uns leider nichts Ungewöhnliches. Wir tun unser Bestes, um die Hygiene unserer Patienten zu verbessern – aber bei der unregelmäßigen Wasserversorgung hier ist das manchmal ein schwieriges Unterfangen.«
Sie standen zu fünft um das Grab. Jake fand, dass sie aussahen wie die trauernden Angehörigen. *Mehr Leute als bei Mac Bowdens Beerdigung.* Er warf einen Blick zu Jouma, der mit resignierter Miene auf das Grab starrte und damit ausdrückte, was alle fühlten.

»Falls Sie das tröstet – ich verstehe sehr gut, wie Sie auf die Idee gekommen sind, er könnte es gewesen sein«, meinte Dr. Klerk. »Sein Alter und die Art seiner Verbrechen verlangten tatsächlich eine sehr intensive und radikale Behandlung. Er ist fast ein Leben lang von einer Anstalt in die nächste weitergereicht worden, wobei er alle möglichen experimentellen Behandlungen über sich ergehen lassen musste. Meiner Meinung nach grenzt es an ein Wunder, dass er das überhaupt so lange ausgehalten hat.«

»Wann wurde er hierher verlegt?«, fragte Katherine.

»Vor sechs Monaten. Er war mehrere Jahre in einer staatlichen Einrichtung in Nairobi, wo sie ihn schon so ziemlich aufgegeben hatten. Als ich seine Akte sah, dachte ich mir, das wäre der ideale Patient für Dr. Lutta.«

»Wieso?«

Lutta wurde aus seinen Gedanken gerissen. »Weil sein Geist größtenteils noch intakt war. Normalerweise hätte man ihn den üblichen invasiven Behandlungen unterworfen – Elektroschocks, Psychopharmaka, am Ende auch eine Lobotomie –, aber da er so jung war, scheuten die Ärzte vor den herkömmlichen Methoden zurück. Sie interessierten sich eher für die Entwicklung seines Gehirns, weil sie noch nie einen Psychopathen hatten aufwachsen sehen.«

»Und wofür haben Sie sich interessiert, Dr. Lutta?«, wollte Jake wissen.

»Mich hat interessiert, was ihn überhaupt erst zum Psychopathen gemacht hat. Ich war immer der Ansicht, dass es möglich sein müsste, psychopathische Wahnvorstellungen am Ausbruch zu hindern, wenn es gelingen würde, die

unbewussten Wurzeln zu finden, denen sie entsprungen sind.«
Katherine schwenkte den kopierten Zeitungsartikel. »Hier heißt es, Isiah habe seine Eltern als *Abtrünnige* und *Ungläubige* bezeichnet, als er vor zwanzig Jahren verhaftet wurde.«
Lutta nickte. »Er hielt sich für einen lebendigen Gott. Den Sohn Ngais.«
»Wer ist denn Ngai?«
»Der Teiler des Universums und Herr aller Natur. Ngai wird bei einer ganzen Reihe kenianischer Stämme als höchster Gott verehrt. Sie glauben, dass er auf dem Mount Kenia lebt.«
»Und Isiah hielt sich also für Ngais Sohn?«, fragte Jake nach.
Lutta nickte. »Das ist eine ganz geläufige Wahnvorstellung. In der westlichen Gesellschaft nennen wir so etwas Messiaskomplex. Der Patient glaubt, dass er von der höchsten Gottheit geboren wurde, und verhält sich entsprechend. Die meisten sind ganz harmlos, die stehen dann an der Straßenecke und schreien rum. Aber manchmal bewirkt die Wahnvorstellung, dass der Patient gewalttätig gegen die Menschen wird, die er für Ungläubige und Abtrünnige hält.«
Jake lachte hohl. »Indem er ihnen zum Beispiel die Köpfe abschneidet.«
»In Isiahs Fall ja.«
»Dann war er in meinen Augen ein lupenreiner Irrer. Und jetzt ist er tot, das ist nicht das verkehrteste Ende.« Er ging zu Jouma und legte dem Polizisten die Hand auf die schmale Schulter. »Tut mir leid, Inspector. Das war mein

Fehler. Ich dachte, es wäre einen Versuch wert, aber sieht so aus, als hätte mich mein Polizisteninstinkt getrogen.«

Jouma nickte, sagte aber nichts.

Langsam entfernten sie sich von dem Grab und gingen wieder auf das klobig aufragende Gebäude zu. Am anderen Ende des Friedhofs hoben zwei dünne Afrikaner gerade ein neues Grab aus. Während Jake zusah, wie sie methodisch die trockene Erde herausschaufelten, bedauerte er Jouma innerlich. Er fühlte sich sogar ein bisschen schuldig. Der kleine Inspector wirkte ganz geknickt, wie er so auf das Krankenhaus zutrottete – diesen Ausdruck kannte Jake nur zu gut, von guten Polizisten nämlich, die sich zu sehr in einen Fall verbissen und ihn irgendwann persönlich nahmen. Nach einer Weile nagte so etwas an einem und kostete einen den Schlaf. Man sah die Geister der Opfer, die anklagend auf einen zeigten und einem vorhielten, was für ein Versager man doch sei, weil man ihren Mörder nicht fand. Irgendwann war man so fertig, dass man zusammenklappte, und dann war man selbst ein Opfer.

»Warten Sie!«, rief Jouma plötzlich, und alle blieben stocksteif mitten auf dem Friedhof stehen, als würden sie »Ochs am Berg« vor makabrer Kulisse spielen. »Wenn ein Patient die Cholera bekommt, wo wird er dann hingebracht, Dr. Klerk?«

»Am anderen Ende des Gebäudes haben wir eine Quarantänestation.«

»Und was passiert, wenn er stirbt?«

Dr. Klerk sah ihn verwirrt an. »Dann wird er hierher gebracht und begraben.«

»Von wem?«

»Von den Krankenpflegern.«
»Legt man die Leichen vor der Beerdigung in einen Sarg?«
»Inspector Jouma! Das ist hier ein Krankenhaus, kein Leichenhaus. Ich kann Ihnen versichern, dass alle notwendigen hygienischen Maßnahmen ...«
In Joumas Auge glomm ein Funke auf, und Jake fragte sich, worauf der Inspector eigentlich hinauswollte.
»In dem Zeitungsartikel wurde Isiah Oulu von einem Nachbarn als ungewöhnlich groß für einen Jungen seines Alters beschrieben«, sagte er.
»Das war er auch«, bestätigte Klerk. »Er muss über zwei Meter groß gewesen sein.«
»Ich glaube, in seinen Adern floss Massai-Blut«, fügte Lutta hinzu.
»Ja«, nickte Jouma. »Aber dann können Sie mir vielleicht etwas erklären.«
Er machte kehrt und marschierte zurück zu Isiah Oulus Grab. Die anderen folgten ihm verdattert.
»Wenn Isiah über zwei Meter groß war«, dozierte Jouma und deutete auf den mit Steinen bedeckten Erdhügel, »wie erklären Sie sich dann das hier?«
Plötzlich fiel es Jake wie Schuppen von den Augen.
Das Grab, in dem man Isiah Oulu beigesetzt hatte, war gerade mal einen Meter achtzig lang.

56

Laut Dienstplan war am 20. November, als Isiah Oulu an Cholera starb, nur ein Krankenpfleger auf der Quarantänestation gewesen. Der zweiundvierzigjährige Chipche Molonga hatte seine Schicht an diesem Tag beendet, um danach nie wieder zum Dienst zu erscheinen.

»Das kommt häufig vor«, bemerkte Klerk. »Bei den Hilfskräften haben wir eine hohe Fluktuationsrate.«

»Was wissen Sie über ihn?«

»Er schien mir ein ganz pflichtbewusster Mann zu sein.«

»Wie lange hat er hier gearbeitet?«

Dr. Klerk errötete, und Jouma wusste in derselben Sekunde, der Oberarzt hätte Chipche Molonga nicht wiedererkannt, wenn er auf dem Flur an ihm vorbeigelaufen wäre.

»Sie müssen sich vor Augen halten, dass viele Leute Angst vor dieser Einrichtung haben, Inspector. Die Mütter in Malindi drohen unartigen Kindern damit, dass die bösen Monster aus Kalami sie nachts holen kommen, wenn sie nicht brav sind. Es ist schon schwierig genug, Personal zu bekommen, da spart man sich strenge Prüfungen vor der Einstellung, weil man Angst hat, dass sonst gar keiner mehr kommt. Ich weiß, dass das nicht optimal ist, aber mehr können wir wirklich nicht tun.«

Sie standen wieder in Klerks Büro und waren immer noch ganz bestürzt darüber, was man in Isiah Oulus Grab gefunden hatte.

Beziehungsweise *nicht* gefunden hatte.

Das Grab war nämlich leer gewesen. Es war nicht mal ein Grab, sondern nur eine flache Grube von vielleicht fünfzehn Zentimetern Tiefe, die man mit Erde gefüllt und dann mit Steinen zugedeckt hatte. Wer auch immer dieses Grab geschaufelt hatte – bis jetzt deutete alles auf den verschwundenen Krankenpfleger Chipche Molonga hin –, hatte überzeugende Arbeit geleistet. Abgesehen von dem einen auffälligen Fehler, dass die Grube fast dreißig Zentimeter kürzer war als der Tote, der darin liegen sollte.

»Ich kannte Chipche«, erzählte Lutta. »Er hat sich um Isiah gekümmert, ihm das Essen gebracht, seine Zelle sauber gemacht, all so was.«

»Ist es möglich, dass Isiah irgendwie Macht über ihn ausübte?«, fragte Jouma.

»Isiah war eine enorm charismatische Persönlichkeit. Das sind die meisten Patienten mit Messiaskomplex. Und Chipche war geistig nicht gerade eine Leuchte. Vermutlich wäre es nicht schwierig für Isiah gewesen, nach mehrmonatigem Kontakt einen gewissen Einfluss auf ihn auszuüben.«

»Okay«, meinte Jake, »ich würde sagen, er muss tatsächlich einen Komplizen in der Klinik gehabt haben. Aber ich dachte, er wäre an Cholera erkrankt. Haben Sie hier denn keine Ärzte? Ich meine – Ärzte, die für die körperlichen Erkrankungen zuständig sind?«

Klerk rutschte unbehaglich auf seinem Stuhl herum. »Einmal die Woche kommt ein Arzt vom Krankenhaus Malindi hier vorbei, um nach den Patienten zu sehen. Aber die Quarantänestation …«

»Lassen Sie mich raten – der wirft ein paar Antibiotika durch die Tür, und die Patienten dürfen sich drum schlagen.«

»Isiah hätte seine Erkrankung also leicht vortäuschen können?«, schlug Katherine vor.
Klerk nickte langsam. »Die Symptome der Cholera sind Durchfall, Erbrechen und heftige Magenkrämpfe.«
»Dazu hätte er nur ein paar Gläser Meerwasser trinken müssen«, stellte Jake fest. »Bravo.«
»Es reicht, Jake«, warnte Jouma.
Jake biss sich auf die Zunge – aber er wurde den Gedanken nicht los, dass Mac Bowden immer noch am Leben sein könnte, wenn nicht Dr. Klerk und seine Dritte-Welt-Interpretation eines Hochsicherheitstraktes gewesen wären.
»Diese Wahnvorstellung, an der Isiah litt«, wandte sich Jouma wieder an Lutta, »dieser Messiaskomplex …«
»Meines Erachtens ist das eine irreführende Bezeichnung«, fiel ihm Lutta ins Wort. »Isiah behauptete zwar, ein Gott zu sein, aber meiner Meinung nach tat er das nur, weil die Welt ihm Angst machte. In Wirklichkeit tötet er aus einer tief verwurzelten Angst.«
Jake schüttelte den Kopf. Er konnte einfach nicht schweigen. »Aber die Menschen, die er umgebracht hat, gehörten alle doch derselben Pokerrunde an, oder? Verdammt noch mal, das ist doch völlig unlogisch.«
Schweigen senkte sich über die Anwesenden. Offensichtlich waren auch die Experten ratlos, wenn es um die Kriterien ging, nach denen der Kopfjäger seine Opfer wählte.
»Wir sollten diesen Krankenwärter finden«, sagte Jouma. »Wenn er noch lebt, wird er wissen, wo sich dieses Monster versteckt.« Er trat vor die Landkarte der Coast Province, die gerahmt an der Wand hing. Das Krankenhaus war mit Filzstift markiert. Zwölf Kilometer östlich von hier lag Malindi, im Westen der Dschungel des Tsavo East

National Park und im Süden die besiedelten Küstenstreifen. Das Gebiet war unüberschaubar groß. Der Kopfjäger konnte überall sein.

»Sie sagten, dass Isiah Angst vor Menschen hat, nicht wahr, Dr. Lutta?«

Der Psychologe nickte. »Wenn man seinen Zustand vereinfacht beschreiben will, dann ist diese Behauptung zutreffend.«

»Es wäre also naheliegend, dass er sich ein Versteck an einem möglichst abgelegenen Ort sucht.«

»Wahrscheinlich.«

Jouma tippte mit dem Finger auf die Karte. »Die Leiche des vierten Jungen aus dem Überfallkommando wurde in einer Dhau hier unten gefunden, anderthalb Kilometer vom Sabaki-Delta entfernt.«

»Ja, aber nach dem Fund hat man das Gebiet durchkämmt und nichts gefunden«, entgegnete Katherine. »Und ich muss es wissen, ich hab schließlich einen ganzen Tag auf die Berichterstattung verschwendet.«

»Weil hier nämlich *Menschen* leben, Miss Rapuro. Sehen Sie hier – Dörfer an beiden Flussufern, eine große Straße. Wenn Sie recht haben, Dr. Lutta, dann ist das hier der letzte Ort, an dem sich Isiah ein Versteck suchen würde. Vielleicht wollte der Junge mit dem Boot ja irgendwo hinfahren, ist aber gestorben, bevor er sein Ziel erreicht hat.«

Jake trat neben ihn und betrachtete die Landkarte. »Flussaufwärts, meinen Sie? Aber da kommt doch gar nichts mehr.«

»Eben«, gab Jouma zurück.

»Die Plantage«, murmelte Lutta. Alle Augen richteten sich auf ihn. »Chipche hatte eine Kürbispflanzung am

Sabaki. Aus seinen Flaschenkürbissen hat er immer Schmuck, Schüsseln, Trinkgefäße und Töpfe angefertigt und sie auf dem Souvenirmarkt in Malindi verkauft.«

»Wo genau am Sabaki?«

Lutta stellte sich vor die Karte. »Den genauen Ort hat er geheim gehalten«, antwortete er. »Er dachte, die anderen Händler würden seine Pflanzen zerstören, wenn sie wüssten, wo seine Plantage ist. Ich fand das immer ziemlich paranoid, aber er behauptete, dass man mit solchen Qualitätsprodukten durchaus gutes Geld machen konnte.«

»*Wo*, Dr. Lutta?«, bohrte Jake nach.

»Irgendwo hier.« Luttas Finger verharrte über einem kleinen schraffierten Gebiet am Südufer, ungefähr fünfzehn Kilometer landeinwärts.

»Im Chakama-Reservat?«

»Ich glaube, ja.«

»Was ist denn das Chakama-Reservat?«, erkundigte sich Katherine.

Jouma starrte auf die Landkarte. »Das ist weniger ein Reservat als acht Quadratkilometer Sumpfland, Miss Rapuro. Früher haben sich da gern Piraten und Schmuggler versteckt. Später haben die Mau-Mau-Truppen dort Waffen gelagert. Angeblich soll in diesem Gebiet eine beeindruckende Vielfalt von Vogelarten leben – obwohl es wahrscheinlicher ist, dass Sie dort von einem Krokodil gefressen werden.«

»Glauben Sie, dass Isiah sich dort versteckt?«

Jouma nickte langsam. »Wenn Chipche Molonga das Gelände kennt und wirklich ein Jünger des lebendigen Gottes ist, dann kann ich mir keinen anderen Ort vorstellen, an dem sich der Kopfjäger aufhalten könnte.«

57

Alec Standage stand die meiste Zeit mehr oder weniger unter Schutzhaft in seinem Anwesen nördlich von Shanzu. Vor die Wahl gestellt, ob er sich lieber vom Kopfjäger abschlachten oder in seinen eigenen vier Wänden verrückt werden sollte, hatte er sich für Letzteres entschieden.

Obwohl das Hotel wegen der Instandsetzungsarbeiten immer noch geschlossen war, wollte Standage kein Risiko eingehen. Als Mwangi eintraf, wimmelte das Sandpiper Hotel nur so von gedrungenen Männern mit verspiegelten Sonnenbrillen und verräterischen Wölbungen unter den Jacken, die sich große Mühe gaben, unverdächtig auszusehen. Standage, der die Reparaturarbeiten im Atrium beaufsichtigte, ließ sich auf Schritt und Tritt von zwei Bodyguards bewachen. Er musste vermutlich ein Vermögen für diese Sicherheitsmaßnahmen hinlegen.

Als er den jungen Detective sah, hellte sich seine Miene auf. »Haben Sie ihn gefasst, Detective?«

»Noch nicht, Sir«, erwiderte Mwangi. »Aber in der anderen Angelegenheit sind wir ein Stück weitergekommen.«

Verständnislos sah Standage ihn an. »Welche andere Angelegenheit?«

»Frau Klinker und Mr. Wuyns«, erinnerte ihn Mwangi.

»Ach so, natürlich!« Standage lachte nervös. »Wissen Sie, nach allem, was in letzter Zeit passiert ist, hatte ich das schon wieder ganz vergessen.«

Sie gingen in sein Büro. Die beiden Gorillas wollten Mwangi vorher filzen, doch Standage bat sie, draußen zu warten.

»Sie sind sehr eifrig. Andererseits – für fünfhundert Dollar pro Tag kann man das wohl auch erwarten. Clyde war früher im Irak tätig.«

»Mr. Standage«, unterbrach Mwangi das hektische Geschnatter. »Wissen Sie, was das ist?«

Standage musterte den *Rungu,* den der Detective in seiner Aktentasche mitgebracht hatte. »Ja. Ein paar von unseren *Askari* hatten solche Waffen früher an ihren Gürteln hängen – bis ich ihnen eines Tages klipp und klar sagen musste, dass sich das nicht mit dem Image verträgt, das ich für dieses Hotel anstrebe. Warum fragen Sie?«

»Ich glaube, dass der Angreifer mit einer ganz ähnlichen Waffe Ihre Gäste attackiert hat.«

»Du liebe Güte. Dann war das einer von meinen eigenen *Askari?*«

»Wahrscheinlich.«

»Verdammt! Aber warum denn?«

»Ich weiß nicht. Gibt es einen Grund, warum einer von ihnen vielleicht einen persönlichen Groll gegen Sie hegen könnte?«

Standage zuckte mit den Schultern. »Nein. Sie werden besser bezahlt als alle anderen *Askari* auf diesem Strandabschnitt – fragen Sie, wen Sie wollen. Die *Askari* anderer Hotels bewerben sich deswegen sogar hier, Detective.«

»Sie haben auch niemanden entlassen? Weil er vielleicht einen *Rungu* getragen hat?«

»Nein. Die hatten alle kein Problem damit. Möchte ich ihnen auch nicht geraten haben bei der Bezahlung. Hören

Sie, ich musste in der ganzen Zeit, die ich hier bin, erst einen einzigen *Askari* entlassen. Und das auch bloß, weil er geschätzte hundertvierzig Jahre alt war und langsam, aber sicher den Verstand verlor.«

Mwangi schlug sein Notizbuch auf. »Wie hieß dieser Mann, Mr. Standage?«

58

Sind Sie sicher, Daniel?«, vergewisserte sich Superintendent Simba. Sie betrachtete die großformatige Karte des Sabaki-Gebiets, die Jouma auf ihrem Schreibtisch ausgebreitet hatte.

»Es passt einfach alles perfekt zusammen, Ma'am. Nach Auskunft von Dr. Lutta liegt Isiah Oulus Messiaskomplex eine pathologische Angst vor der menschlichen Gesellschaft zugrunde. Das Chakama-Reservat ist einer der wenigen Orte, an denen man mit Sicherheit davon ausgehen kann, keiner Menschenseele zu begegnen. Und obendrein kennt Chipche Molonga, Isiahs Jünger, dieses Gebiet wie seine Westentasche.«

»Kenia ist ein großes Land«, wandte Elizabeth Simba ein. »Was ist mit der Steppe oder den Bergen? Im Grunde könnte er sich überall verstecken.«

»Das Reservat liegt am Fluss. Auf diese Weise kann er problemlos die Gebiete erreichen, an der seine Opfer leben. Und der Sabaki ist ein viel befahrener Wasserweg. Isiah verlangt ja, dass seine Opfer zu ihm gebracht werden, und dort würde niemand einem Boot besondere Aufmerksamkeit schenken. Vergessen Sie nicht, dass der tote Junge in der Dhau auch am Sabaki-Delta gefunden wurde. Offensichtlich versuchte er, flussaufwärts zu fahren.«

Elizabeth Simba blickte auf die Karte. »Das Reservat ist groß, Daniel. Da brauchen wir Männer, Hunde, Helikopter.«

»Stimmt.«

»Ist Ihnen klar, dass wir mit diesem Anliegen als Bittsteller zum Bürgermeister gehen müssen?«

Jouma nickte. Die Mannschaften und Mittel, die man für eine so großangelegte Suche zu Wasser, Land und Luft benötigte, erforderten ein größeres Budget und höhere Entscheidungsgewalt, als Simba oder sogar der Polizeichef der Provinz höchstpersönlich so kurzfristig abrufen konnten.

»Auf die Gelegenheit hat der doch schon immer gewartet«, stöhnte Simba.

»Stimmt, Ma'am«, pflichtete Jouma ihr bei.

Letztes Jahr hatte der Bürgermeister den unfähigen Detective Inspector Oliver Mugo als Ermittlungsleiter im Fall Lol Quarrie eingesetzt – eine katastrophale Entscheidung, die Jouma und Simba hinterher mit dem größten Vergnügen breitgetreten hatten. Der Skandal, den sie damit auslösten, hätte den Bürgermeister um ein Haar den Job gekostet. Hätte er seinen Posten nicht erst kurz zuvor angetreten, weil sein Vorgänger wegen Korruption verurteilt worden war, wäre er tatsächlich untragbar geworden. Aber er hatte es überlebt – und seitdem suchte er nach einer Gelegenheit, es ihnen heimzuzahlen.

Er hatte bereits reichlich an der Art herumgekrittelt, mit der sie den Kopfjäger-Fall gehandhabt hatten, und Jouma und Simba wussten genau, dass er den Preis für ihre Zusammenarbeit hoch ansetzen würde.

Doch als Simba resigniert den Kopf in die Hände stützte, gestattete sich der Inspector ein wissendes Lächeln.

»Ich an Ihrer Stelle würde mir wegen des Bürgermeisters nicht allzu viele Sorgen machen, Ma'am.«

Sie blickte auf. »Warum nicht?«

»Ich habe so das Gefühl, dass er ihrer Bitte nur zu gern stattgeben wird«, sagte er.

Das Lächeln des Bürgermeisters hätte kaum breiter ausfallen können.

»Miss Rapuro – aber kommen Sie doch herein«, sagte er. Er stand von seinem mächtigen Eichenholzschreibtisch auf und deutete einladend auf die zwei Ledersofas, die sich auf dem luxuriösen, kreisförmigen Teppich am Kamin gegenüberstanden.

»Danke, dass Sie mich so kurzfristig empfangen«, erwiderte Katherine. Sie setzte sich und stellte die Lederhandtasche geziert auf den Schoß.

Der Bürgermeister nahm gegenüber Platz. »Wie kann ich Ihnen behilflich sein?«, fragte er erwartungsvoll.

»Ich habe darüber nachgedacht, was Sie mir da neulich vorgeschlagen haben. Diesen Quid-pro-quo-Handel.«

»Jaaa.«

»Rückblickend muss ich sagen, dass ich mit meiner Antwort vielleicht ein wenig voreilig war.«

»Es ist wunderbar, wenn man gewisse Dinge rückblickend noch einsehen kann«, schmeichelte er. »Ich für meinen Teil finde ja, dass Sie mit bewundernswerter Zurückhaltung reagiert haben. Es ist durchaus erfrischend, einen Journalisten mit solch hohen moralischen Grundsätzen und ethischen Skrupeln zu treffen. Darf ich Ihnen vielleicht etwas zu trinken anbieten? Ich hätte hier einen gekühlten Weißwein.«

Sie schüttelte den Kopf. »Nein danke, Sir. Ich würde lieber gleich zum Geschäftlichen kommen.«

»Natürlich, natürlich.«

Katherine griff in ihre Tasche und reichte ihm ein Blatt Papier. Auf der einen Seite stand unter ihrem Namen ein Text von fünfhundert Wörtern. Während der Bürgermeister ihn durchlas, schmolz ihm nach und nach das arrogante Lächeln vom Gesicht.

»Was zum Teufel ist das denn?«, fragte er. Von einer Sekunde auf die andere hatte er seine heuchlerische Maske fallen lassen.

»Das ist genau das, wonach es aussieht. Eine Story für unsere Titelseite über den Bürgermeister von Mombasa, der versuchte, eine Reporterin der *Daily Nation* zu bestechen, indem er ihr streng geheime Informationen über eine laufende Mordermittlung anbot, obwohl das die Arbeit der Polizei hätte behindern können. Im Gegenzug sollte sie ihm wohlwollende Berichterstattung zusichern.«

Dem Bürgermeister quollen fast die Augen aus den Höhlen. »Das ist doch absurd! Ich werde alles abstreiten. Und glauben Sie wirklich, dass Ihre Zeitung sich auf einen kostspieligen Rechtsstreit mit dem zweitmächtigsten Mann der Coast Province einlassen will?«

»Streiten Sie es ruhig ab, Sir«, erwiderte Katherine kühl

und griff ein zweites Mal in ihre Tasche, um ein kleines Diktiergerät von der Größe einer Kreditkarte hervorzuzaubern. »Aber wenn der zweitmächtigste Mann der Coast Province in meine Wohnung einbricht, mache ich instinktiv eine Tonbandaufnahme von allem, was er mir bei der Gelegenheit zu sagen hat.«
Es dauerte eine geraume Weile, bis der Bürgermeister sich von seiner Sprachlosigkeit erholt hatte.
»Sie hatten einen Quid-pro-quo-Handel erwähnt, Miss Rapuro«, sagte er dann. »Was verlangen Sie?«

Des Weiteren befand sich auch noch eine Schachtel Marlboro in ihrer Tasche – ein Notvorrat, auf den sie nur in extremen Stresssituationen zurückgriff. Als sie fünf Minuten später aus dem Büro des Bürgermeisters trat, zitterten ihr die Hände so stark, dass sie die Zigarette kaum an die Lippen führen konnte.
Auf den Stufen vor dem State House blieb sie erst einmal stehen, um den kräftigen Rauch tief in die Lungen zu ziehen. Erst als sie spürte, dass ihre Beine bestimmt nicht mehr unter ihr nachgeben würden, ging sie das letzte Stück bis zur Straße hinunter, wo der alte Landrover auf sie wartete.
»Wie ist es gelaufen?«, wollte Jake wissen, als sie sich auf die Rückbank setzte.
»Ich glaube, Sie können Ihrer Vorgesetzten mitteilen, dass sie ihn jetzt anrufen kann, Inspector«, sagte Katherine. »O Gott, aber wenn der mich gebeten hätte, die Aufnahme von unserem Gespräch wirklich anhören zu dürfen, dann wäre die Sache anders ausgegangen.«
Jouma lächelte ihr vom Beifahrersitz zu. »Danke, Miss

Rapuro. Ich glaube, damit haben Sie sich Ihre Exklusivstory redlich verdient.«
Das Fahrzeug fädelte sich in den Verkehr ein und steuerte auf die Nyali Bridge zu, von der es in nördlicher Richtung weiterging zum Sabaki-Delta.

59

Der *Askari*, der vom Sandpiper Hotel gefeuert worden war, hieß Stanley Kikwete. Der einundsechzigjährige Bewohner des Kongowea-Slums war in seiner Nachbarschaft auch unter dem Namen Sergeant Major Stan bekannt, weil er einen militärischen Hintergrund hatte und sich nie anders zeigte als in tadellos gebügelter Uniform. Und nach den Angaben seiner unmittelbaren Nachbarin – einer fetten Frau, die ihre zahnlosen Kiefer pausenlos mit einem leise quietschenden Geräusch gegeneinanderrieb – war er seit einer Woche verschwunden.
»Ein ziemlich ernster Herr«, erzählte sie Mwangi. »Aber immer höflich, auch wenn es neuerdings ein bisschen im Oberstübchen nachlässt – er ist ja auch schon ziemlich alt.« Sie redete fast verächtlich über Kikwetes Alter, obwohl sie selbst keinen Tag unter achtzig sein konnte. »Wussten Sie, dass er zwanzig Jahre lang fürs Sandpiper Hotel gearbeitet hat? Oh, dieser Job war sein Leben! Man hätte doch meinen können, dass sie ihm irgendeine kleine Tätigkeit geben, statt ihn einfach so vor die Tür zu setzen. Schuhe putzen oder Kokosnüsse aufsammeln oder so.«

Sie saßen auf zwei Holzstühlen vor ihrer Hütte im Wellblechhinterland des Slums.
»Mit ›Nachlassen im Oberstübchen‹ meinen Sie, dass er senil wird, nicht wahr?«, erkundigte sich Mwangi.
»Eher verwirrt, würde ich sagen. Er weiß nicht, welcher Tag ist, oder vergisst Namen. Wie das eben so geht bei alten Leuten.« Sie beugte sich vor und deutete mit einem Stock auf ein Haus auf der anderen Seite der schmalen Gasse. »Wenn Sie mich fragen, ist es noch mal viel schlimmer geworden, als sie ihn gefeuert haben.«
»Inwiefern?«
Sie lachte keuchend und zeigte das schwärzliche Zahnfleisch. »Ich hab hier jeden Morgen gesessen und ihn in seiner Uniform weggehen sehen. Er sagte, dass er zur Arbeit geht – obwohl jeder wusste, dass der alte Narr bloß den Strand auf und ab wanderte und die Jungs zusammenstauchte, die dort Modeschmuck verkaufen.«
»Hatte er einen Knüppel dabei, wenn er ausging?«
Sie gackerte erneut. »Ach – diesen *Rungu!* Den hatte noch sein eigener Vater geschnitzt. Aus *Mbambakofi*-Holz. Das Ding ist sein ganzer Stolz.«
»Haben Sie jemals beobachtet, dass er ihn benutzt hätte?«
»Wer – Stanley? Nein! Er hat immer gesagt, dass er ihn in den zwanzig Jahren, die er ihn hatte, kein einziges Mal gegen jemanden erhoben hat. Darauf war er sehr stolz. Er meinte, sein *Rungu* sei die beste Abschreckung.«
»Und Sie sagen, Sie haben ihn jetzt seit einer Woche nicht mehr gesehen, Ma'am?«
Zum ersten Mal zeigte sich ein Anflug von Besorgnis auf dem faltigen Gesicht der alten Frau. »Ist er tot?«
»Nicht, dass ich wüsste.«

»Wenn ich so darüber nachdenke, hätte ich es vielleicht der Polizei melden sollen. Er schien in letzter Zeit nicht mehr ganz er selbst zu sein.«

»Inwiefern?«

»Irgendwie schien er mir ... ich weiß auch nicht – niedergeschlagen.« Sie seufzte. »Und wenn ich gesagt habe, dass er seinen *Rungu* niemals gegen jemanden erhoben hat, dann ist das nicht ganz die Wahrheit. Vor ein paar Wochen haben ihn ein paar Rabauken vom anderen Ende des Slums gehänselt, und da ... na ja ...«

»Sprechen Sie weiter, Ma'am.«

»Er hat einen von ihnen auf den Kopf geschlagen. Nicht fest. Eher ein Klaps. Aber es hat gewirkt. Die haben ihn jedenfalls nicht mehr gehänselt.«

»Haben Sie eine Idee, wo er sein könnte, Ma'am?«, wollte Mwangi wissen. »Hatte er Verwandte?«

»Eine Schwester – die lebt drüben in Kilifi, glaube ich. Früher ist sie manchmal zu Besuch gekommen, aber er wurde dann immer wütend, und irgendwann kam sie gar nicht mehr.«

Mwangi verließ die alte Frau und ging durch den Slum zurück zu seinem Auto. Ihre Aussage hatte sich so ziemlich mit der von Alec Standage gedeckt. Stanley Kikwete war seit seinem Abschied von der Armee ein erstklassiger *Askari* im Sandpiper Hotel gewesen, doch als sich sein Gesundheitszustand rapide verschlechterte – Gedächtnisverlust und Verwirrung –, kam der neue Manager kaum umhin, ihn gehen zu lassen.

Doch wie es aussah, hatte Sergeant Major Stan seine Entlassung übel aufgenommen – so sehr, dass er die Gäste angegriffen hatte, die er zuvor unter Einsatz seines Lebens beschützt hatte. Aus purer Rache? Mwangi bezweifelte es. Wenn der alte Mann sich wirklich an Alec Standage hätte rächen wollen, hätte er es nicht bei einem Klaps mit dem *Rungu* bewenden lassen. Nein, höchstwahrscheinlich hatte er dem Hotelmanager zu verstehen geben wollen, dass die Sicherheit der Gäste ohne den Sergeant Major nicht mehr garantiert werden konnte.

Die Logik war zwingend, musste Mwangi zugeben. Tatsächlich hatte Standage ja die Sicherheitsmaßnahmen verschärft. Zu dumm, dass Frau Klinkers Schädel so papierdünn gewesen war.

Er stieg ins Auto und warf einen Blick auf seinen Stadtplan. Kilifi lag nur wenige Kilometer weiter nördlich an der Autobahn.

In diesem Moment erwachte das Funkgerät am Armaturenbrett knatternd zum Leben, und zu Mwangis Überraschung hörte er, wie sein eigener Name ausgerufen wurde.

Er nahm den Ruf an und notierte sich die Anweisungen, die man ihm durchgab. Offenbar wollte Jouma, dass er sofort in die Polizeistation Malindi kam. Ein zweiter Blick auf die Karte sagte ihm, dass Kilifi auf dem Weg lag.

Hannah O'o'nga bewohnte ein einfaches Haus am Südufer des Kilifi Creek. Sie war eine rundliche Frau um die fünfzig, die Schweine und Hühner in einem kleinen Auslauf neben dem Haus hielt sowie einen versoffenen Versager von Ehemann in einer winzigen Hütte auf der anderen Seite des Hofs.

»Herzlich willkommen, Detective Mwangi«, begrüßte sie ihn. »Wie wäre es mit einem Glas Papayasaft?«

»Nehmen Sie es mir nicht übel, Ma'am, aber ich habe es ziemlich eilig«, sagte Mwangi.
Die Enttäuschung war Hannah anzusehen. Sie bekam wohl nicht oft Besuch. »Kommen Sie mit«, forderte sie ihn auf. »Er ist hier.« Sie führte ihn hinters Haus und über einen Pfad durch einen Kokospalmenhain. »Gestern ist er angekommen. Ich glaube, er ist den ganzen Weg zu Fuß gegangen. Seine Kleidung war ganz dreckig, und seine Schuhsohlen waren schon halb durchgelaufen – aber wenn ich ihn anspreche, kann er nur ... na ja, Sie werden's ja selbst sehen.« Sie sah Mwangi traurig an. »Ist es denn wahr? Hat er das wirklich getan?«
»Ich glaube schon, Ma'am.«
»Was wird mit ihm passieren?«
»Die Entscheidung überlassen wir den Ärzten.«
Inzwischen waren sie am Flussufer angekommen.
»Da ist er.« Hannah deutete auf eine Gestalt, die verloren auf einem umgestürzten Baumstamm saß und auf die riesige Autobahnbrücke stierte, die über den Creek führte. »Mehr macht er nicht. Er sitzt einfach da in seiner verdreckten Uniform und starrt in die Luft.«
»Verstehe.«
Sie legte die Hände trichterförmig an den Mund. »Stanley! Hier ist ein Herr aus Mombasa, der würde gern mit dir reden!«
Der alte *Askari* drehte sich langsam um. »Aus Mombasa?«
»Ja.«
Stanley Kikwete setzte sein viel zu großes Barett auf und rückte es akribisch zurecht. Dann streckte er eifrig die Brust vor und kam zu seiner Schwester und Mwangi.
»Guten Morgen, Mr. Kikwete«, begann Mwangi. »Ich

würde mich freuen, wenn Sie Zeit für ein Gespräch hätten.«

Stanley runzelte die Stirn. »Sind Sie hier Gast? Wissen Sie, dass das ein Privatstrand ist? Haben Sie Ihr Armband?«

»Nein, Sir«, antwortete Mwangi sanft. »Ich habe kein Armband.«

Blitzschnell nahm Stanley seinen *Rungu* vom Gürtel und wog ihn in der Hand. »Ich glaube, dann sollten Sie den Strand jetzt lieber verlassen, Sir«, sagte er.

Mwangi lächelte ihn an. »Das ist *Mbambakofi*-Holz, nicht wahr?« Er deutete mit einem Kopfnicken auf den Knüppel.

Stanley war überrumpelt. »Ja.«

»Ich habe mir sagen lassen, das ist das allerbeste.«

Das wettergegerbte Gesicht des Alten verzog sich, als ihm eine Flut von Erinnerungen durch den Kopf schoss, und er lächelte. »Ja. Den hat mein Vater für mich gemacht.«

»Ich würde mich freuen, wenn Sie mir alles über Ihren *Rungu* erzählen würden, Stanley«, fuhr Mwangi fort und legte dem *Askari* die Hand auf die hagere Schulter. »Ich habe mir sagen lassen, diese Waffe ist in den richtigen Händen so wirkungsvoll, dass sie ein Gnu mit einem einzigen Schlag töten kann.«

Teil VIII

60

Ein Käfer kroch über Isiahs nackten Bauch. Er beobachtete ihn eine Weile, dann spießte er ihn mit dem Fingernagel auf und schnipste ihn sich in den Mund.
Das Insekt schmeckte angenehm bitter.
Er saß im Schneidersitz auf einem Granitfelsen, der wie eine Faust aus dem Sumpf aufragte. Der Stein war umgeben von Dornengestrüpp, windschiefen Mangroven, undurchdringlichem Schilf und stinkendem, schwarzem Schlick, so weit das Auge reichte. Am Himmel kreisten Geier, das einzige sichtbare Lebenszeichen. Im dunklen Unterholz hörte man wilde Tiere rascheln, die Kreaturen der Nacht.
Der Morgen brach an. Isiah beobachtete, wie die Sonne über den Horizont stieg und den Himmel mit Karminrot und Gold füllte. Im Westen sah er die violetten Gewitterwolken, die sich über der Steppe zusammengeballt hatten.
Ein Sturm zog herauf.
Isiah lächelte. *Sie kamen.*
Wie Ngai vorhergesagt hatte. Sein Werk war fast vollbracht.

In diesem Moment half man Jouma und Mwangi gerade aus einem Schlauchboot auf ein Patrouillenboot der Flussaufsichtsbehörde, das an der Mündung des Sabaki wartete.

Am Steuerhäuschen wurden sie mit sichtlicher Skepsis von Sergeant Odenga von der General Service Unit – der Elitesturmtruppe der kenianischen Polizei – begrüßt. Odenga war ein Bulle von einem Mann, der seinen Kampfanzug fast zu sprengen drohte. Er war über Nacht mit seiner zwanzig Mann starken Truppe aus Nairobi angereist und war nicht wirklich in der Stimmung, sich von einem mickrigen kleinen Detective aus Mombasa herumkommandieren zu lassen, der obendrein in Zivilkleidung steckte. Doch er hatte seine Anweisungen, ebenso wie seine Männer, die an Deck saßen und ein letztes Mal ihre Waffen checkten.

»Guten Morgen, Sergeant«, sagte Jouma. »Sind Sie und Ihre Männer bereit?«

»Natürlich«, knurrte Odenga.

Jouma lächelte matt. Die kompromisslose Art der GSU war ihm bekannt. Sie nannten sich Polizisten, waren jedoch eher eine paramilitärische Truppe, die man immer dann rief, wenn man an den Brennpunkten der Slums in Nairobi und im Rift Valley mal wieder ein paar Leuten eins über den Schädel ziehen musste. Viele von ihnen – darunter auch Odenga – hatten in der Armee bei Spezialeinheiten gedient.

»Gut. Dann sollten wir wohl loslegen.«

»Wenn ich das richtig verstanden habe, wollen Sie diesen Irren lebend haben?«, vergewisserte sich der Sergeant.

Jouma nickte. »Ja, wenn möglich, schon.«

»Tja, ich möchte Sie nur warnen, dass es vielleicht *nicht* möglich sein wird. Wenn ich irgendwann den Eindruck habe, dass meine Männer in Gefahr sind, werde ich nicht zögern, ihnen Schießbefehl zu erteilen. Ist das klar?«

Jouma warf einen Blick zu Mwangi, der vor Schreck erstarrt schien. »Absolut.«

»Und noch was – wer bitte ist *das?*«

Er deutete auf ein zehn Meter langes Hochseeanglerboot, das in hundert Meter Entfernung ankerte.

Jouma wurde die Kehle trocken. »Das ist ein Hilfsschiff, Sergeant Odenga.«

»Ein *was?* Niemand hat mir etwas von einem Hilfsschiff gesagt.«

»Es hat Befehl, auf sicherem Abstand zu bleiben«, erklärte Jouma lahm. Er fragte sich, was Odenga wohl sagen würde, wenn er wüsste, wer an Bord dieses Bootes war.

»Dann tun Sie mir bitte den Gefallen, *Inspector,* und halten Sie meinen Männern und mir das Ding vom Hals«, zischte Odenga.

Ein Hubschrauber der Küstenwache näherte sich von Süden. Von seiner Position auf der Brücke der *Yellowfin* beobachtete Jake mit der Begeisterung eines Schuljungen, wie der Helikopter im Tiefflug über die Flussmündung glitt. Die Rotorblätter zerschnitten die schwüle Morgenluft, während er Kurs flussaufwärts nahm.

Eine Hundertschaft mit Hunden, eine Truppe der GSU *und* ein Helikopter. Jake musste zugeben, das war bei der kurzfristigen Planung dieses Einsatzes schon ein beeindruckendes Aufgebot. Wenn sich der Kopfjäger tatsächlich im Chakama-Reservat versteckte, dann würde er heute Morgen recht unsanft aus dem Schlaf gerissen werden.

Und wenn alles gutging, würde er dabei sein und sehen, wie sie diesen Wichser zur Strecke brachten. Die Aussicht, dem Mann in die Augen zu sehen, der für Mac Bowdens Tod verantwortlich war, wog stärker als die Angst um seine eigene Sicherheit – oder die seiner Passagiere.

»Der Bürgermeister hat sich wirklich nicht lumpen lassen«, sagte er zu Katherine, die neben ihm auf der Brücke saß. Seit sie um fünf Uhr morgens losgefahren waren, rauchte die Reporterin Kette. »Die Macht der Presse, was?«

Sie knurrte etwas Unverständliches, und Jake musste lachen.

»Sie sind gar nicht nervös, oder?«

»Nur ungeduldig«, gab sie zurück. »Wie lange müssen wir hier warten?«

Er deutete auf das Patrouillenboot. »Bis die da außer Sichtweite sind.«

»Der Inspector hat mir eine Exklusivstory versprochen.«

»Die werden Sie auch bekommen.«

»Verdammt, das ist garantiert alles schon gelaufen, bis wir dort sind.«

»Das will ich hoffen«, sagte Jake aus ganzem Herzen. »Die Typen in diesen Booten sind nämlich bewaffnet. Ich habe nur ein paar Filetiermesser und eine Harpune.«

Unter ihnen ging die Kabinentür auf und ein junger Weißer mit einer Kamera um den Hals kam herausgeschwankt. Katherines Fotograf hatte sich während der Herfahrt fast ununterbrochen heftig und lautstark übergeben.

»Geht's Ihnen gut da unten, Barry?«, rief Jake fröhlich.

»Bestens, alles bestens«, murmelte der Mann wenig überzeugend, als er sich auf einen Kampfstuhl fallen ließ, der vor der Achterreling im Boden verschraubt war.

Auf dem Wasser des Sabaki sah man jetzt nur noch das

Kielwasser des Patrouillenboots, das gerade um die Flussbiegung gefahren war. Jake warf die Dieselmotoren der *Yellowfin* an, und sie stampfte sich langsam flussaufwärts.

Auf den ersten Kilometern passierte gar nichts. Sie sahen Dörfer und winkende Kinder, Fischerboote und Dhaus. Wie die Sonne so schien und das Wasser im Licht glitzerte, bot sich ihnen ein fast schon idyllisches Bild. Mwangi, der auf dem Boot der Küstenwache in dem winzigen Steuerhäuschen stand, blickte dem Skipper über die Schulter. Er ertappte sich bei dem Gedanken, dass er diesen Ausflug richtig genießen könnte, wäre da nicht die Tatsache, dass irgendwo an diesem Fluss ein Irrer mit einer Machete lauerte.

»Wenn er weiß, dass wir kommen, wird er dann nicht einfach fliehen?«, fragte er. Es kam ihm immer noch ein wenig surreal vor, dass er hier stand, auf einem Schiff mit einer bis an die Zähne bewaffneten GSU-Truppe, und den Sabaki hochfuhr, um den Mörder in seinem Schlupfwinkel aufzustöbern. Es war zwar durchaus aufregend, aber ein Teil von ihm wünschte sich zurück in sein Büro am Mama Ngina Drive, um sich bei einer schönen Tasse Kaffee durch einen Papierstapel zu ackern.

»Entkommen? Wohin denn?«, sagte Jouma. »Rund ums Reservat sind überall Männer mit Hunden postiert. Glauben Sie mir, Mwangi – der kann nirgendwohin.«

Sein junger Kollege nickte, aber er war nicht überzeugt. Es war eine Sache, hinterm Schreibtisch zu sitzen und in einem Mordfall zu ermitteln, aber den Mörder dann wirklich körperlich zu fassen, war eine ganz andere. Soweit er es auf den ersten Blick einschätzen konnte, war das Gebiet des Sabaki-Deltas so riesig und unübersichtlich, dass sich ein einzelner Mensch jederzeit unsichtbar machen konnte.

Jouma sah die Anspannung im Gesicht des jungen Detective und lächelte grimmig. Vor nicht ganz zwölf Stunden hatte Mwangi dank seiner beispielhaften Ermittlungsarbeit seinen ersten Fall gelöst. Obwohl Jouma so etwas nie laut aussprechen würde, war er doch außerordentlich stolz auf ihn. Aber das war eben schon wieder einen halben Tag her, und jetzt hatten sie es mit Isiah Oulu zu tun, einem ganz anderen Kaliber als dem traurigen, senilen *Askari*. Das große Schulterklopfen musste also warten, bis der Kopfjäger hinter Schloss und Riegel saß.

Mittlerweile begann sich der Fluss beängstigend zu verengen. Und plötzlich verschwanden auch die beruhigenden Anzeichen von Zivilisation, bis auf eine Hütte hie und da oder das Gerippe eines verlassenen Bootes im Schlamm. Sogar die Schreie der Vögel und der anderen Tiere im Dschungel verstummten nach und nach – so kam es Jouma jedenfalls vor. Oder ging seine Phantasie schon mit ihm durch?

Als sie einen knappen Kilometer flussabwärts zurückgelegt hatten, tuckerte die *Yellowfin* nur noch im Zeitlupentempo dahin. Jake spähte aufmerksam auf den Fluss, schätzte die Wassertiefe ab und suchte sich seinen Kurs zwischen den ausgedehnten Schlammbänken. Teilweise war der Fluss so schmal, dass die Zweige der Bäume über das Sonnendach auf der Brücke kratzten. Einmal hörte man ein unheilverkündendes Knirschen am Rumpf der *Yellowfin*, als sie über ein verborgenes Hindernis im Wasser fuhr.

Barry, der Fotograf, kletterte die Leiter hoch. »Ich will hier ja nicht einen auf Spielverderber machen«, sagte er. »Aber ich weiß nicht, wie weit wir noch da reinfahren wollen.«
Jake deutete mit dem Finger zum Himmel, wo zwei riesige Aasgeier träge und geduldig über den Baumkronen kreisten und den Helikopter der Küstenwache betont ignorierten, der in der Ferne herumschwirrte wie eine überdimensionierte Libelle.
»Ich hab das Gefühl, wir sind fast da«, meinte er.

Der Späher im Hubschrauber hatte die Hütte entdeckt und ihre Lage ans das Patrouillenboot übermittelt. Chipche Molonga hatte eine gute Wahl getroffen, dachte Jouma. Die Flaschenkürbispflanzung war das erste Zeichen von Leben, das sie seit zwei Kilometern zu Gesicht bekamen – abgesehen von den Geiern, die direkt darüber kreisten. Hätte es tatsächlich jemand auf die kostbare Ernte des Krankenwärters abgesehen, hätte er erst eine Spezialausbildung absolvieren müssen, um die Plantage zu finden.
Sergeant Odenga kam ins Steuerhaus. »Ist es das?«, bellte er.
»Ich glaube schon.«
»Gut.« Er wies den Skipper an, das Boot so weit wie möglich ans Ufer zu steuern. Dann legte er seine fleischige Pranke auf das Hochleistungsfunkgerät. »Haben Sie das Ding hier auch auf die richtige Frequenz eingestellt?«
»Alles einsatzbereit, Sergeant.«
Odenga nickte grimmig. »Gut. Dann schwärmen wir jetzt aus.«

Er ging zurück an Deck, wo seine Männer schon bereit zur Landung waren, und bellte ihnen einen Befehl zu. Jouma beobachtete, wie die Truppe ins hüfttiefe Wasser sprang und mit hoch über den Kopf gehaltenen Waffen an Land watete.
»Wenden Sie das Boot«, bat er den Skipper. »Wenn wir eilig verschwinden müssen, möchte ich keine Zeit verlieren.«

Geschmeidig bewegten sich Odengas Männer durch die niedrigen, verwilderten Kürbispflanzen mit den geschwollenen Früchten auf die Hütte zu. Ein paar Kürbisse waren geplatzt, so dass das dicke, süße, verfaulende Fleisch herausquoll. Während sie sich der baufälligen Holzhütte näherten, beobachtete sie ein Geier – von der Größe eines Hundes – verächtlich durch die offene Tür. Schließlich drehte er sich um und begann heftig an einem Bündel im Hütteninneren zu zerren. Als er den Kopf wieder hob, hing ihm ein Fleischstreifen aus dem mächtigen Schnabel.

Plötzlich ertönte ein einzelner Schuss, und von einer Sekunde auf die andere explodierte der Fluss förmlich vor Schreien und Kreischen der Vögel und Wildtiere.
»Was zum Teufel war das denn?«, rief Katherine.
Jake stoppte die *Yellowfin* in der Flussmitte. Zweihundert Meter vor ihnen hatte das Boot der Küstenwache gerade gewendet. Er konnte die Gestalten sehen, die sich hinter dem Fenster des Steuerhäuschens bewegten. *Jouma?*
Er warf einen Blick auf sein Funkgerät und überlegte, ob er das andere Boot anfunken sollte. Aber die hatten inzwischen bestimmt auf die interne Frequenz geschaltet,

die sie benutzten, um die einzelnen Truppenbestandteile bei dieser Menschenjagd koordinieren zu können.
Nein – er würde sich da raushalten. Das hatten sie verabredet, und dieses Versprechen würde er auch nicht brechen.

»Ich habe einen Schuss gehört, Sergeant.« Jouma versuchte, ganz ruhig zu klingen. »Wie ist der Stand der Dinge da draußen?«
Odengas Stimme kam knatternd aus den Lautsprechern. »Ein Geier«, sagte er.
Vor Erleichterung hätte Jouma am liebsten aufgelacht. »Verstehe.«
»Aber wir haben etwas gefunden. Eine männliche Leiche. Ein Afrikaner mittleren Alters würde ich sagen – ist aber schwer zu schätzen, weil ihm jemand den Kopf abgeschnitten hat.«
Die beiden Detectives tauschten einen Blick.
Chipche.

Der kopflose Körper des Krankenpflegers hatte sich in der Hitze gasig aufgebläht. Die zerfetzten Überreste seines Gewandes waren mit getrocknetem Blut verkrustet. Der Geier hatte nicht lange gefackelt und sich saftige Stücke aus dem Halsstumpf gerissen, aber er war nicht das einzige Tier, das sich an Chipches sterblichen Überresten gütlich getan hatte.
Odenga stieg über den leblosen Körper hinweg und betrat die Hütte. Die Luft war feucht und stank nach faulenden Pflanzenresten und süßlich verwestem Menschenfleisch. An einer Wand standen mehrere Dutzend Flaschenkür-

bisse. Vor ihm befanden sich ein Metallregal und ein Holzstuhl. Im Licht, das durch die Türöffnung hereinfiel, sah er, dass der Stuhl mit einer dunklen Substanz bedeckt war, die auch auf den festgetrampelten Lehmboden gelaufen war und dort eine Lache gebildet hatte. Während sich seine Augen an das Dämmerlicht gewöhnten, entdeckte er immer mehr Spritzer an den Wänden und sogar am Dach.
Der Sergeant kniete sich hin und tupfte den Finger vorsichtig in den Fleck am Boden. Er war trocken, aber als Odenga die Hand ins Licht hob, sah er, dass die Sandkörnchen, die an seiner Haut klebten, dunkelrot verfärbt waren, wie das Sediment in einer Flasche teurem Rotwein.
»Blut, Inspector«, sagte er in sein Funkgerät. »Jede Menge Blut. Hier muss er sie umgebracht haben.«
»Sichern Sie den Ort, Sergeant«, bat Jouma. »Und halten Sie Ihre Männer von dort fern – das ist jetzt offiziell ein Tatort.«
Odenga schaltete sein Funkgerät aus und schüttelte den Kopf. *Dieser dämliche Bürohengst.*
»Sir!«
Einer seiner Männer kauerte neben der Tür, wo er offensichtlich etwas auf dem harten Boden entdeckt hatte.

»Ein Handy?«, echote Jouma.
»Ein … Nokia 5310«, erklärte Odenga.
Mwangi nickte. »Bitten Sie ihn, es einzuschalten.«
Kurz darauf teilte der Sergeant mit, dass der Akku leer war.
»Detective Mwangi bittet Sie, die SIM-Karte mitzunehmen«, erklärte Jouma.
»Was bitte?«

»Stecken Sie das Handy einfach ein und bringen Sie es mit zum Schiff.«
»Roger«, sagte Odenga. »Aber so schnell werden wir nicht zurück sein. Hier ist eine Spur, die bei der Hütte beginnt und in den Sumpf führt. Der folgen wir jetzt. Eagle One, haben Sie mich verstanden?«
Es gab heftiges statisches Rauschen und Geknatter, und dann hörte man eine verzerrte Stimme aus dem Helikopter: »Roger. Sind schon unterwegs.«
Jouma hörte das mächtige *Pt-pt-pt* der Rotorblätter, und als der Hubschrauber sich hinter den Bäumen erhob und in Richtung Reservat davonflog, vibrierte das winzige Patrouillenboot.

Lautlos und geschmeidig bewegte sich der Kopfjäger durch den Sumpf, dessen labyrinthische Pfade er in und auswendig kannte. Ohne selbst gesehen zu werden, beobachtete er, wie die Sterblichen fluchend durch den tückischen Morast patschten und sich dabei die Haut an den krallenartigen Dornen des Gestrüpps aufrissen. Wie *plump* sie waren, dachte er. Wie *jämmerlich.* Sie besaßen zwar die Dreistigkeit, sich als Herren der Erde und Beherrscher der Natur zu bezeichnen, aber kaum hatten sie ihre komfortablen Städte und Dörfer verlassen, da waren sie auch schon aufgeschmissen. Er würde ihnen nur einen Gefallen tun, indem er sie umbrachte. Er würde sie befreien.

Der mit zwei Mann besetzte Helikopter schwebte dreihundert Meter über dem Ödland des Chakama-Reservats. Der Späher der Küstenwache, der ansonsten darauf spezialisiert war, winzige, aufblitzende Lebenszeichen in der

Weite des Indischen Ozeans auszumachen, blickte auf eine unregelmäßige Linie von ameisengleichen Figuren herab, die sich durch dicken Sumpf und dichtes Unterholz kämpften.

Es war dem Meer gar nicht unähnlich, fand er. Ein schwarzes Meer aus wogendem Schlamm und Dreck, und mittendrin die kleine Insel eines scharfkantigen Felsens. Er war noch nie so froh gewesen, in der Luft zu sein. Sich wie die GSU-Männer dort unten durch den Sumpf kämpfen zu müssen, kam seiner Vorstellung von der Hölle schon recht nahe.

»Eagle One, mit einem gangbaren Pfad wäre uns sehr geholfen«, bellte Odenga in sein Funkgerät, um gleich darauf einen deftigen Fluch auszustoßen.

Der Späher im Hubschrauber schüttelte den Kopf. »Negativ. Aus unserer momentanen Position kann ich keinen entdecken. Wir fliegen kurz mal Richtung Norden und schauen dort.«

Er tippte den Piloten am Ellbogen und fühlte, wie sich sein Magen kurz in die Schwebe begab, als der Helikopter im Bogen nach unten flog. In diesem Moment entdeckten seine extrem scharfen Augen eine Bewegung an den Steinen am unteren Rand der Felsnase. Er gab dem Piloten ein weiteres Signal, woraufhin dieser den Hubschrauber dreißig Meter oberhalb der Klippen geschickt in Stellung brachte. Und dann sah er, dass sich da unten *wirklich* etwas bewegte.

Es waren zwei Aasgeier, die in einer runden Grube im moorigen Boden standen. Das Auf und Ab ihrer Köpfe verriet, dass sie von etwas fraßen, was aus hundertfünfzig Metern Entfernung aussah wie ein Haufen vergammelter Stöcke. Doch bei genauerer Betrachtung durch ein Hochleistungsfernglas sah man, dass es sich vielmehr um menschliche Gliedmaßen in fortgeschrittenen Stadien der Verwesung handelte.

Jesus Christus.

Als der Späher den Atem ausstieß, hörte es sich an wie ein Schluchzen.

»Eagle One – was zur Hölle machen Sie da oben?«, fragte Odenga über Funk. »Wir versinken langsam in diesem Scheißsumpf!«

»Melde, dass wir ein Grab gefunden haben«, sagte der Mann mit unsicherer Stimme und gab die Koordinaten durch. »Es scheint sich um menschliche Leichenteile zu handeln.«

Jouma auf dem Patrouillenboot spürte, wie sich sein Magen zusammenkrampfte. *Sie waren also ins finstere Herz der Mörderhöhle vorgestoßen.*

»Vorsicht, Sergeant, Sie müssen jetzt sehr nah dran sein«, warnte er über Funk. »Bitte seien Sie äußerst vorsichtig!«

Doch kaum hatte er die Worte ausgesprochen, da kam aus den Lautsprechern ein infernalischer Lärm, der das ganze Ruderhäuschen erfüllte. Das Geräusch war so unbeschreiblich, dass Jouma einen Moment brauchte, bis er begriff, dass es die panischen Schreckensschreie der Männer waren.

Die Geschwindigkeit, mit der der Angriff erfolgte, war verblüffend. Drei von seinen Männern waren tot, bevor Odenga überhaupt wusste, wie ihm geschah. Und selbst dann hätte er noch nicht mit Sicherheit sagen können, was

eigentlich passiert war, denn er konnte den Feind nicht sehen. Er sah nur, wie seine Männer konfus durcheinanderrannten. In seinen Ohren dröhnte der wilde Lärm von Schüssen und Schreien.
Da spürte er, wie ihm etwas übers Gesicht lief. Es war frisches, warmes Blut. *Sein eigenes etwa?* Er drehte sich um zu seinem stellvertretenden Kommandanten, Corporal Tambo – doch noch während er sich umwandte, sah es aus, als würde der verwirrt dreinblickende Tambo rückwärts ins undurchdringliche Dickicht gesaugt. Sekunden später spuckten die Büsche etwas aus, und als Tambos Kopf mit einem feuchten Platschen vor Odengas Füßen landete, war sein verblüffter Gesichtsausdruck unverändert.

»Eagle One, was ist da los?«, rief Jouma in sein Funkgerät.
Er hörte den Lärm des Helikopters, Schreie und Schüsse aus Maschinenpistolen. Dann drang die Stimme des Spähers durch das Tohuwabohu.
»Sie werden … *angegriffen.*«
»Drücken Sie sich doch genauer aus, Eagle One! Von wem werden sie angegriffen?«
»Ich … ich kann nichts erkennen. Ich kann nichts *erkennen!*«
»Sie müssen doch irgendwas erkennen können, verdammt noch mal!«
Der Späher verstummte.
»Eagle One, bitte kommen!«, rief Jouma.
»Ich sehe Körper«, sagte der Mann so leise, dass das Geräusch der Rotorblätter seine Stimme fast übertönte. »Körper *und Köpfe.*«

Als die Schüsse schließlich aufhörten, kam es Jake so vor, als wäre die Stille noch kompakter als vorher. Sogar die leichte Brise, die vorhin noch die tief hängenden Zweige der Bäume bewegt hatte, hatte sich gelegt. Man hörte nur das gedämpfte Geräusch des Hubschraubers, jedoch so schwach, dass man es vom unablässigen Hintergrundgeräusch der summenden Insekten kaum unterscheiden konnte.

»Mann, ist das unheimlich«, meinte Barry.

Allerdings. Jake schnappte sich sein Funkgerät. »Inspector? Was ist da los? Was war das da gerade für eine Schießerei?«

Doch es kam nur statisches Rauschen. Das Funkgerät des Patrouillenbootes war immer noch auf die interne Frequenz eingestellt.

»Vielleicht haben Sie ihn ja schon«, meinte Katherine.

Ja, vielleicht. Vielleicht waren sie gerade auf dem Rückweg und trugen den Kopfjäger zum Fluss, an den Handgelenken und Fußknöcheln gefesselt und an einer Stange getragen wie ein Stück Großwild. Aber Jake wurde das Gefühl nicht los, dass irgendetwas da draußen im Ödland des Chakama-Reservats ganz schrecklich schiefgelaufen war.

Auf zweihundert Meter Entfernung nahm man von den Gestalten im Steuerhäuschen des anderen Bootes kaum mehr als vage Schatten wahr. Es sah nicht so aus, als wären sie in Panik – andererseits konnte man das auf diese Distanz kaum sicher sagen.

Scheiße. Jake drückte auf den Anlasser, und die Dieselmotoren der *Yellowfin* erwachten hustend zum Leben.

»Was machst du denn da?«, erkundigte sich Katherine.

»Irgendwas stimmt nicht. Ich fahr da jetzt hin.«
Noch während er sprach, gaben die Motoren ein Geräusch von sich, als würde man mit den Fingernägeln über eine Tafel kratzen. Als Jake sich umdrehte, sah er achtern zischenden weißen Dampf aufsteigen.
»Verdammt!«, brüllte er.
»Was ist denn?«
»Die Propeller sind blockiert. Wir sind zu weit flussaufwärts, hier sind überall Pflanzen im Wasser. Als ich den Motor angelassen hab, müssen sie sich irgendwie darumgewickelt haben, oder vielleicht ist auch der Wassereinlass verstopft. Ich muss runter und die Motoren sauber machen.«
»Na super«, meinte Barry. »Wie lange wird das dauern?«
Jake bedachte ihn mit einem giftigen Blick. »Vielleicht können Sie sich ja die Hose hochkrempeln und mit anpacken«, schlug er vor.
Wütend schlug er mit der Faust aufs Steuerrad. Wenn er die Motoren jetzt saubermachte, würden sie wahrscheinlich eine knappe Stunde verlieren, und er musste mehrfach unter die Oberfläche dieser trüben Brühe tauchen. Und er brauchte eine Tauchermaske und Messer aus der Kabine. Außerdem brauchte er Hilfe.
»Kommen Sie mit runter«, kommandierte er. »Wir haben zu tun.«
Als er nach Katherine und Barry die Leiter hinunterkletterte, fiel ihm auf, dass das Patrouillenboot seltsam still war, wie ein kleines Geisterschiff. Vielleicht waren Jouma und Mwangi gerade an Deck – aus dieser Perspektive konnte er nur den breiten Bug des Bootes und den Aufbau des Steuerhäuschens erkennen.

Da sah er, wie sich die dunkle, massige Silhouette eines zweiten Geiers von einem Baum am Flussufer löste und geschmeidig auf dem Dach des Ruderhauses landete. Er schauderte – Geier hasste er wie die Pest. In seinen Augen waren diese aasfressenden Vögel der Beweis der Evolutionstheorie – denn kein Gott, der seine Sinne beisammen hatte, hätte so einen Alptraum von einem Tier ersinnen können.

Doch während er mit grimmiger Faszination übers Wasser starrte, schien sich der Vogel vor seinen Augen zu verwandeln, wie ein schwarzer Tintenfleck, der sich nach oben und seitwärts ausbreitete. Und da wurde Jake klar, dass da kein Geier auf dem Boot der Küstenwache gelandet war, sondern ein Mann, der sich jetzt aus seiner zusammengekauerten Haltung aufrichtete und seine nackten Gliedmaßen zu voller Größe auseinanderfaltete.

In der rechten Hand hielt er etwas Silbernes, Scharfes, von dessen armlanger Klinge immer noch das Blut tropfte.

Die Zeit vor seiner Wiedergeburt besaß keine lineare Struktur, sie setzte sich eher aus unvollständigen Momenten zusammen, wie die Scherben eines zerbrochenen Spiegels. Er erinnerte sich an seine Zeit unter den Sterblichen, wie sie ihre ganze Existenz damit zubrachten, sich anzuschreien und wie die Tiere um Platz zu kämpfen, um Nahrung, Licht, Aufmerksamkeit. Der Gedanke, dass diese erbärmlichen Wesen aus demselben Fleisch und Blut waren wie er, hatte ihn so angewidert, dass er ihn aus seinem Bewusstsein verdrängt hatte, sobald er denken konnte. Als er sie umbrachte, hatte ihn eine fast unerträglich süße Verzückung erfüllt, an die er sich heute noch erinnerte.

Und er erinnerte sich auch an die Dunkelheit, die dieser Zeit gefolgt war – Stimmen und Gesichter hatten sich unscharf in sein Gedächtnis gebrannt. Sie wollten ihn davon überzeugen, Ngai abzuschwören, seinem eigenen Vater, erst mit Worten und Andeutungen, dann mit Folter und Gift.

Heute wusste er, dass diese finstere Zeit eine Prüfung gewesen war, so, wie auch sein ganzes Leben unter den Sterblichen eine Prüfung gewesen war. Um die Abtrünnigen zu verstehen, die Ngai leugneten, hatte er erst in ihrer Mitte leben müssen. Er hatte selbst die Versuchungen eines sterblichen Daseins erleben und ihnen widerstehen müssen. Erst dann war er würdig, an die Seite seines Vaters zu treten.

Nur dann konnte der lebendige Gott wahrhaft unsterblich werden.

An dem Tag, an dem Ngai zu ihm sprach, wusste er, dass er es geschafft hatte – und dass seine Zeit in der Wildnis ihr Ende gefunden hatte.

Die Abtrünnigen stellten ihm mit ihren Legionen nach, wie er es erwartet hatte. Aber ihre Waffen hatten der Kraft, die ihn durchpulste, nichts entgegenzusetzen. Er fuhr zwischen ihnen hindurch wie der Wind – und ihr Blut überzog den glänzenden Stahl seiner Machete.

Die Prophezeiungen hatten sich erfüllt. Und nachdem er das Boot erreicht hatte, fehlte nur noch ein letzter Schritt, dann würde er endlich frei sein.

»Eagle One – wie ist der Stand der Dinge?«

»Wir sind immer noch in Position.«

»Und Sergeant Odenga?«

»Ich kann ihn nirgends ausmachen. Ich sehe fünf Männer, die Richtung Fluss zurückrennen.«
»Ist das alles?«
»Ja.«
Fünf Männer waren übrig geblieben von den zwanzig, die ins Reservat aufgebrochen waren? O Gott – mit was für einem Monster hatten sie es hier bloß zu tun?
Jouma spürte, wie ihm das Blut aus dem Kopf wich.
»Wie lange können Sie noch oben bleiben, Eagle One?«
»Maximal fünfzehn Minuten.«
»Bleiben Sie so lange oben, wie Sie können, und halten Sie Ausschau nach Überlebenden. Sobald die restlichen Männer hier sind, fahren wir zurück zur Flussmündung.«
»Roger.«
Jouma schaltete das Gerät aus und wandte sich zu Mwangi.
»Funken Sie die *Yellowfin* an und sagen Sie Jake, dass er so schnell wie möglich von hier verschwinden soll«, befahl er.
»Wo ist denn unser Skipper hin?«
»Der meinte, dass ihm womöglich Wasserpflanzen in die Motoren geraten sind. Ich glaube, er ist da hinten irgendwo.«
Jouma eilte hinaus. An Deck lagen die Ausrüstungsgegenstände, die die GSU zurückgelassen hatte – leere Magazine, Wasserflaschen, Einsatzgürtel –, und plötzlich verspürte Jouma den Wunsch, Odengas Männer hätten auch ein paar Waffen zurückgelassen.
Der Skipper war am Heck beschäftigt. Er kniete mit dem Rücken zum Ruderhaus und lehnte sich über die Achterreling, als müsste er sich gerade übergeben.
»Captain – die GSU-Männer sind auf dem Rückweg. Es kann sein, dass wir Verbandszeug bereithalten müssen.«

Doch der Mann bewegte sich nicht.
»Captain!« Jouma trat hinter ihn und fasste ihn bei der Schulter. »Haben Sie gehört, was ich …«
Der Skipper rutschte seitlich an der Reling herab und schlug mit einem dumpfen Laut gegen das Speigatt. Obwohl Jouma es mit eigenen Augen sah, schien sein Gehirn im ersten Moment nicht bereit – oder nicht fähig –, die Tatsache zu verarbeiten, dass man dem Mann den Kopf sauber vom Hals abgetrennt hatte.
»Suchst du vielleicht das hier, Sterblicher?«
Jouma drehte sich in die Richtung, aus der Isiah Oulus Stimme dröhnte, und seine Beine hätten ihm fast den Dienst versagt.
Der Kopfjäger kauerte auf dem Dach des Ruderhäuschens wie ein grotesker Wasserspeier. Zwischen seinen Füßen stand der Kopf des Skippers, mit dankbar geschlossenen Augen und scheinbar friedlichem Gesichtsausdruck.
»Warum, Isiah?«, flüsterte Jouma. *»Warum?«*
Einen Moment schien der Mörder tatsächlich verblüfft. »Den Namen Isiah habe ich schon lange nicht mehr gehört«, sagte er. »Kenne ich dich, Sterblicher?«
»Nein – aber ich kenne dich.«
»Dann wirst du auch wissen, dass ich Athi bin, Sohn von Ngai, dem Teiler des Universums und Herrn …«
»Halt die Klappe! Halt die Klappe, du krankes mörderisches Aas!«
Jouma zitterte, aber durch seine Adern sprudelte eine verwegene Mischung aus Angst und besinnungsloser Wut.
Da ging die Tür des Ruderhäuschens auf und Mwangi kam heraus. Fragend starrte er Jouma an, der immer noch auf den Decksplanken kauerte und gerade etwas sagen

wollte, als die Machete auch schon von oben herabsauste. Es ging so schnell, dass Jouma keine Zeit blieb, einen Warnschrei auszustoßen.
Der junge Detective schien noch eine halbe Ewigkeit zwinkernd dazustehen. Dann öffnete er die Lippen, und ein Strahl hellrotes arterielles Blut schoss ihm aus dem Mund. Im nächsten Moment begann sein Kopf zu wackeln und fiel vom Rumpf, während sein Körper vornüberkippte.
Der Kopfjäger lächelte nur. *»Ich bin Athi. Sohn von Ngai. Teiler des Universums. Herr aller Natur.«*

Jake hatte das Gefühl, in Zeitlupe durch das Brackwasser zu schwimmen. In seinen Lungen und Gliedern stach es bei jedem schmerzhaften Schwimmzug. Eigentlich hatte er sich ja schon wieder für fit gehalten, eine Art Superman, der sich einfach darüber hinwegsetzen konnte, dass man ihm erst vor ein paar Wochen ein Messer in die Eingeweide gerammt hatte. In Wahrheit war er immer noch schwach wie ein Kätzchen, und sein traumatisierter Körper würde noch Monate brauchen, bis er sich gänzlich erholt hatte. Ganz sicher war er nicht in der Verfassung, in der man mal einfach zweihundert Meter gegen den Strom schwimmen konnte.
Doch er zwang sich weiter auf das Boot der Küstenwache zu. Jeder Zentimeter war eine neue Qual, aber jede Sekunde konnte darüber entscheiden, ob er eine Chance hatte, die Leben der Männer an Bord zu retten. Er konnte den Mörder auf dem Dach des Ruderhäuschens ausmachen. Der Mann drehte ihm den Rücken zu, aber das war auch schon der einzige kleine Vorteil, den Jake hatte. Und

den konnte er im Handumdrehen einbüßen, wenn Katherine oder ihr bescheuerter Fotograf ihm irgendetwas hinterherriefen, denn er war ins Wasser gesprungen, ohne ihnen Bescheid zu geben. Je näher er an das Patrouillenboot kam, umso unwahrscheinlicher wurde es, dass sie ihn nicht sahen.

Fünfzig Meter, zwanzig, zehn. Schließlich streckte er die Hand aus und spürte die rauhe Glasfiberwand des Bugs. Er hatte es geschafft.

Aber welches Grauen erwartete ihn hier?

Der Kopfjäger sprang behende vom Dach und landete mit katzenartiger Geschmeidigkeit direkt vor Jouma.

»Das willst du, Isiah?«, fragte der Inspector. »Einen Menschen nach dem anderen umbringen? Wie viele müssen denn noch sterben, bis du dich endlich zufriedengibst?«

Der Mann starrte fasziniert auf die Blutrinnsale auf der Klinge seiner Machete. »Diese Welt ist voller Ungläubiger. Abtrünnige wie du, die das Wort Ngais unnütz brauchen. Ihr verdient ewige Qualen – doch mein Vater ist gnädig. Er nimmt euch in sein Reich auf. Und nun ist auch die Zeit gekommen, da ich zu ihm eingehe.«

Jouma lachte. Irgendwie schien ihm das die einzig angemessene Reaktion auf diesen Irren, der ihn jetzt gleich umbringen würde.

»Was vergnügt dich so, Abtrünniger?«

»Ich habe mich gerade gefragt, wie du zu deinem Vater eingehen willst, Isiah. Willst du dir selbst den Kopf abschneiden?«

»Nein«, sagte der Kopfjäger. »*Du* wirst mich zu ihm bringen.«

Mit den letzten Kraftreserven hangelte Jake sich über das Ankerseil auf den stupsnasigen Bug des Patrouillenbootes hoch. Er konnte Stimmen von der anderen Seite des Ruderhäuschens hören – die eine war unverwechselbar die von Jouma, die andere tief und volltönend.
Um Gottes willen, halt ihn am Reden …
Panisch sah sich Jake auf dem Bug nach einem Gegenstand um, den er als Waffe benutzen konnte – doch er sah nichts als aufgerollte Taue. Alles, was im Entferntesten einem stumpfen Gegenstand ähnelte, war fest im Deck verschraubt.
Er hatte keine Zeit mehr, jetzt galt es zu improvisieren. Rechts und links vom Steuerhäuschen führten zwei schmale Durchgänge aufs Hauptdeck. Leise schlich er an der Reling entlang.

»Du wirst mich mit diesem Boot bis an den äußersten Horizont fahren«, sagte der Kopfjäger gerade, »dorthin, wo die Sonne sich aus der Dunkelheit erhebt und ihr Licht auf die Welt der Sterblichen gießt. Dort werde ich mich mit Ngai vereinigen und wir werden gemeinsam …«
Dieser Mann ist wirklich völlig wahnsinnig, dachte Jouma. Doch er nickte krampfhaft und tat so, als würde er den nicht abreißenden Strom dieses irren Geschwätzes aufmerksam verfolgen – denn im Hintergrund hatte er Jake entdeckt, der sich langsam ums Steuerhaus herumtastete. Langsam, qualvoll langsam, kroch der Engländer vorwärts … aufs Deck … näher … *näher …*
Da erschien plötzlich Eagle One über den Bäumen und entfesselte einen Lärm, als wäre das Ende der Welt gekommen. Der Kopfjäger fuhr herum – und in dem Moment

erblickte er Jake, der sich bis auf anderthalb Meter an ihn herangeschlichen hatte. Der Mann hob seine Machete, und im gleichen Augenblick warf sich Jake auf ihn, mit den letzten Kräften, die er noch mobilisieren konnte. Er streifte ihn zwar nur mit der Schulter, aber das Deck war glitschig von Mwangis Blut, und der Mörder geriet eine Sekunde aus dem Gleichgewicht. Das reichte dem Inspector, um sich aufzurappeln, dem Kopfjäger die Arme um den Rumpf zu schlingen und den über zwei Meter großen Massai mit Schwung zu Boden zu werfen wie einen gefällten Baum. Jake schlitterte auf Händen und Knien durch die Blutlache und ließ sich auf den Mann fallen, der sich unter ihm wand und brüllte. Er rammte ihm den rechten Unterarm in die Kehle und versuchte mit der Linken, das Handgelenk des Mörders – mitsamt der Machete – auf die Decksplanken zu drücken.

»*Ich kann ihn nicht mehr halten*«, keuchte Jake durch die zusammengebissenen Zähne.

Jouma griff sich den nächstbesten Gegenstand – einen GSU-Einsatzgürtel. In einer der zahlreichen kleinen Taschen fand er etwas Schweres aus Metall, das er blindlings griff, um es dem Kopfjäger ins Gesicht zu donnern.

»*O Gott, Inspector, nein!*«, schrie Jake und starrte entsetzt auf den zylinderförmigen Gegenstand in Joumas Hand. »*Verdammt, das ist eine Blendgranate!*«

Er wusste, dass diese Waffe zwar nicht splitterte wie eine normale Granate, dass sie jedoch bei der Detonation einen gewaltigen Knall erzeugte und einem die Netzhaut mit ihrem blendenden Licht versengte.

Jouma blickte auf das Ding in seiner Hand und entdeckte erst jetzt den Sicherungssplint, der oben auf dem Zylinder saß. Er wusste nicht, was genau eine Blendgranate ist – und es war ihm auch herzlich egal.

»Ich bin Athi, Sohn des Ngai«, bellte der Kopfjäger. »Teiler des Universums und Herr …«

Jouma zog den Splint und schob dem Mörder die Granate so tief in den geöffneten Mund, wie er sie nur hineinbekam. Dann rollten sich Jake und er von ihm fort – nur Sekundenbruchteile, bevor die Granate detonierte, einen blendenden Blitz aus Magnesium und Ammoniumchlorid produzierte und einen ohrenbetäubenden Knall von über hundertsiebzig Dezibel, dessen Druck ausreichte, um dem Kopfjäger die Augäpfel und die kleinen spitz zugefeilten Zähne aus dem Schädel zu blasen und jedes Blutgefäß in seinem Gehirn im Handumdrehen in Brei zu verwandeln.

Jake wusste nicht, wie lange er dort lag. Er hörte nur das durchdringende Pfeifen in seinen Ohren. Als er nach Jouma rief, konnte er seine eigene Stimme nicht hören. Nach einer Weile stemmte er sich mit zitternden Armen hoch.

»Inspector?«

Jouma lehnte an einem Speigatt und starrte mit ausdruckslosen Augen auf das Ruderhäuschen. Aus Ohren und Nase sickerte ihm das Blut, und im ersten Moment fürchtete Jake, er sei tot.

Doch dann füllten sich die Augen des Inspectors plötzlich mit Tränen.

Teil IX

61

Dr. Nicholas Lutta saß ganz in Gedanken versunken an seinem Schreibtisch im Kalami Hospital und starrte auf die Krankenakte des Patienten, der die Mieteintreiberin vergewaltigt, getötet und verspeist hatte. Doch die Worte drangen nicht richtig zu ihm durch. Er hatte anderes im Kopf. Gedanken, die ihn piesackten und irritierten. Lose Enden. Unbeantwortete Fragen.

In der Krankenakte fehlte eine Seite. Geistesabwesend stand Lutta auf und ging zu einem wackligen Papierstapel, der auf einem Wandregal balancierte. Dort fand er, was er suchte. Er wusste, dass sich so mancher seiner Kollegen – vor allem Dr. Klerk – wunderte, wie um alles in der Welt er in diesem Chaos etwas wiederfinden konnte. Dabei hätte doch gerade Klerk verstehen müssen, dass der menschliche Geist nicht für Ordnung und saubere Gliederungen ausgelegt war. Selbst ein flüchtiger Blick auf die chaotischen Windungen des Gehirns sollte einem deutlich machen, dass es eine rein organische Struktur war, deren Aussehen von menschlichen Ordnungsvorstellungen unberührt war. Lutta wusste genau, wo in seinem Büro was lag. Er brauchte kein künstliches Ablagesystem, denn seines war perfekt. Probleme entstanden immer erst, wenn sich Menschen in die natürliche Entwicklung des Geistes einmischten. Leider begann diese Einmischung für gewöhnlich mit der Geburt.

Er verließ sein Büro und schloss die Tür hinter sich ab. Dann durchquerte er den Block mit den Zellen und ging ins Untersuchungszimmer. Sein Patient wartete schon auf ihn: unbeweglich, mit starrem Blick, vegetativ.
Lutta zog sich einen Stuhl heran.
»Na, Thomas«, sagte er lächelnd. »Wo waren wir stehengeblieben?«
Der Mörder der Mieteintreiberin reagierte nicht, aber das war ja auch kein Wunder, denn sein Gehirn befand sich in einem katatonischen Stupor. Wie ein Motor, der zwar orgelt, aber nicht anspringen will – so hatte Lutta selbst es einmal in einem seiner Artikel beschrieben. Um sicherzugehen, tupfte er dem Mörder wieder kurz mit der zusammengedrehten Taschentuchspitze ins Auge und schob ihm eine Nadel tief unter den Fingernagel.
»Sie machen ja gute Fortschritte, Thomas«, lobte Lutta und kritzelte etwas auf seinen Notizblock.
Thomas machte sich *wirklich* gut. Ganz ohne Zweifel. Vor sechs Monaten war es noch schwierig gewesen, ihn zum Schweigen zu bringen. Er wollte einfach jedem, der ihm zuhörte, erzählen, was er mit der Mieteintreiberin gemacht hatte und warum. Er verstand nicht, warum er in der Psychiatrie gelandet war. Seiner Meinung nach hatte er der Welt einen Gefallen getan.
Nach knapp zwei Wochen unter Luttas Aufsicht sprach er jedoch schon weniger. Nach zwei Monaten konnte er sich nur noch mit Mühe daran erinnern, wer er war. Einen Monat später war seine Tat nur noch eine entfernte Erinnerung. Nach viermonatiger Behandlung hatte er das Sprachvermögen verloren. Nach fünf Monaten waren seine kognitiven Fähigkeiten so weit verkümmert, dass der

Psychologe eine Maus mitbringen und den Patienten davon überzeugen konnte, dass sie Blutsverwandte waren. Vor einer Woche war Thomas endgültig in einen vegetativen Zustand verfallen. Er sprach und dachte überhaupt nicht mehr. Er reagierte nicht auf äußere Reize. Er konnte nur noch essen, scheißen, atmen, zuhören und gehorchen. Langsam wurde es fast schon zu einfach, fand Lutta.

Er blickte von seinem Block auf. Thomas starrte die Wand an. Eine Träne lief ihm über die Wange, aber nur, weil er vorübergehend seinen Lidschlussreflex verlernt hatte. Doch das ließ sich leicht wieder in Ordnung bringen.

Lutta betrachtete ihn und war einen Moment lang ratlos. Vor ihm saß eine leere Leinwand, auf die er malen konnte, was er wollte. Ein meisterhaftes Gemälde oder eine Kinderzeichnung von einem Haus mit vier Fenstern und einem rauchenden Schornstein. Das war sein Werk.

Ach, Thomas – was soll ich mit dir anfangen? Soll ich einen Künstler schaffen? Oder noch ein Monster?

Aber das musste er ja nicht jetzt entscheiden. Im Augenblick hatte er dringendere Sorgen. Er lächelte den Krankenwärter an, der an der Tür wartete.

»Ich glaube, für heute reicht es, Michael«, sagte er. »Sie können ihn jetzt zurückbringen.«

62

Mein Bruder leidet an einer psychischen Störung, die ihn zu irrationalem Denken und Handeln treibt«, sagte Harry Philliskirk. »Leider äußert sie sich in der Teilnahme an Glücksspielen.«

Tajik ul-Mraq saß ihm gegenüber und musterte ihn leidenschaftslos, blickte kurz zu Ralph und dann wieder zurück zu Harry. Eine kühle Brise zog durch das offene Fenster des Büros in Old Town.

»Das ist höchst bedauerlich«, meinte er.

»Ich habe erfahren, dass mein Bruder vor kurzem unbedachterweise an einer Pokerrunde teilgenommen hat.«

»Ich weiß«, nickte Tajik und deutete auf seinen eigenen Bruder, der sich konzentriert über seinen Laptop beugte. »Ali und ich haben die Runde arrangiert.«

»Und ich sage unbedachterweise«, fuhr Harry fort, »weil mein Bruder nicht nur ein hundsmiserabler Pokerspieler ist, sondern obendrein nicht mal über die finanziellen Mittel für seinen Einsatz verfügte.«

»O doch, Mr. Philliskirk. Er hatte genug, um sich in das Spiel einzukaufen, und auch genug, um fünfunddreißigtausend Dollar zu verlieren.«

»Ja, sehen Sie, und genau da liegt das Problem, Mr. ul-Mraq. Dieses Geld gehörte ihm nämlich gar nicht.«

Der Araber zuckte mit den Schultern. »Wem es gehörte, ist völlig irrelevant.«

Harry seufzte. Er hatte gewusst, dass es so enden würde. Hatte er etwa allen Ernstes geglaubt, er könnte sein Geld zurückbekommen, indem er an die Gutmütigkeit der ul-

Mraq-Brüder appellierte? Er warf einen Blick auf Ralphie, dessen Unterkiefer von einem riesigen blauen Fleck geziert wurde, und wünschte sich nur, er hätte den kleinen Wichser noch fester geschlagen. Vierzigtausend am Pokertisch zu verspielen war eine Sache – aber ausgerechnet gegen einen Profi wie Tajik ul-Mraq anzutreten?

Harry sah dem Araber in die kohlschwarzen Augen, aber der verriet sich mit keiner Miene.

»Ich kann gar nicht genug betonen, wie wichtig dieses Geld für meinen Lebensunterhalt und den meines Geschäftspartners ist«, versuchte er es noch einmal, »und dass weder er noch ich meinem Bruder gestattet haben, es als Einsatz beim Kartenspiel zu verwenden.«

»Was erwarten Sie von uns?«, fragte Ali. »Wir sind ehrenwerte Männer, aber wir haben dieses Geld in einem fairen Spiel gewonnen. Was meinen Sie, würden wir an Ihrem Arbeitsplatz auftauchen und Sie um die Rückgabe des Geldes anbetteln, wenn Ihr Bruder das Spiel gewonnen hätte? Wohl kaum.«

»Natürlich nicht.« Harry lächelte.

»Dann wiederhole ich meine Frage: Was erwarten Sie von uns?«

Jetzt mischte sich Ralph ein. »Hören Sie, das war alles mein Fehler. Und ich werde alles tun, um ihn wiedergutzumachen. *Alles,* Mr. ul-Mraq.«

Die Brüder tauschten einen Blick, und Harry fragte sich, warum sein Bruder und er im Vergleich zu den Arabern so hoffnungslose Versager waren.

»Da gibt es nur eine Möglichkeit«, meinte Tajik.

»Und zwar?«, fragte Ralph.

»Gewinnen Sie es zurück.«

63

Detective Constable David Mwangi wurde auf dem Grundstück seiner Eltern außerhalb von Nairobi beigesetzt. Die Zeremonie, an der nur Verwandte und ein paar enge Freunde teilnahmen, war schlicht und tiefempfunden. Jouma und Simba waren beide angereist, blieben aber auf Abstand – und sie blieben auch nicht mehr zum anschließenden Leichenschmaus.

Auf dem Weg zum Taxi, das draußen auf sie wartete, um sie wieder zum Flughafen zu bringen, wurden sie von Mwangis Vater abgefangen. Er war groß und gutaussehend wie sein Sohn, ein ehemaliger Minister, der auch als Botschafter in Europa gearbeitet hatte.

»Inspector Jouma?«

»Mr. Mwangi.«

»Danke, dass Sie heute gekommen sind. Alle beide.«

Elizabeth Simba nickte – aber sie sah, dass der Mann eigentlich nur mit Jouma sprechen wollte. »Ich warte im Taxi auf Sie, Daniel.«

Die zwei Männer gingen über einen gepflegten Rasen mit Blick auf die Hügellandschaft in der Ferne.

»Ich wollte nur sagen, dass David sehr warm von Ihnen gesprochen hat, Inspector«, begann Mr. Mwangi. »Ich weiß, dass Sie nicht sehr lange zusammengearbeitet haben, aber es war nicht zu übersehen, dass er Sie sehr respektierte.«

»Ihr Sohn war ein großartiger junger Mann und hat Ihnen alle Ehre gemacht, Sir. Ich habe keinen Zweifel, dass er es in seinem Beruf bis ganz nach oben geschafft hätte.«

»Ich habe gehört, was an dem Tag am Sabaki geschehen ist. Das muss ja das reinste Blutbad gewesen sein.«
»Dort haben viele gute Männer ihr Leben gelassen, darunter auch David.«
»Und Sie? Haben Sie sich wieder erholt?«
»Ich höre immer noch ein bisschen schlecht auf einem Ohr – aber das könnte auch am Alter liegen«, meinte Jouma.
Mr. Mwangi lachte verlegen. Dann blieb er stehen und fasste Jouma beim Arm. »Das hatte er sich immer gewünscht, Inspector. Von Kindesbeinen an hat er davon geträumt, eines Tages Detective zu werden. Es ist zumindest ein kleiner Trost, dass David starb, nachdem er sich diesen Traum erfüllt hatte.«
Jouma machte den Mund auf, aber es wollte ihm im ersten Moment kein Wort über die Lippen kommen. »Sie wissen, dass er einen Mordfall gelöst hat, nicht wahr, Mr. Mwangi?«, sagte er schließlich. »Und nicht nur das – er hat ihn völlig im Alleingang gelöst. Ich habe es erst erfahren, als er mit dem Schuldigen in Handschellen vorfuhr.«
Der alte Mann blinzelte überrascht. »Nein, davon wusste ich gar nichts.«
Jouma blickte zum Taxi. Elizabeth Simba konnte warten. »Wenn Sie ein paar Minuten Zeit haben, Sir, würde ich Ihnen gern die Geschichte eines alten Hotel-*Askari* namens Sergeant Major Stan erzählen.«

Auf dem Shuttleflug zurück nach Mombasa bestellte sich Superintendent Simba einen großen Scotch mit Soda.
»Möchten Sie auch etwas, Daniel? Einen Tee vielleicht? Oder ein Mineralwasser?«

Jouma warf einen Blick auf die Getränkekarte. »Wenn es Ihnen recht ist, Ma'am, nehme ich dasselbe wie Sie.«

Die Drinks kamen, und Jouma, der sich vielleicht zweimal in seinem ganzen Leben Alkohol genehmigt hatte, genoss den Geschmack.

»Das sieht Ihnen ja gar nicht ähnlich«, stellte seine Chefin fest.

Jouma zuckte mit den Schultern. »Welches Verbrechen ist schlimmer – mit einer lebenslangen Gewohnheit brechen oder das Leben an sich vorübergehen lassen?«

Sie lächelte. »Sie haben den Jungen sehr geschätzt, nicht wahr?«

»Ja, Ma'am, allerdings.«

Die Maschine der Kenya Airways flog durch die Nacht. Unter ihnen lag die Steppe im Dunkel.

»Es ist wahrscheinlich nicht der günstigste Zeitpunkt, um über Berufliches zu reden«, meinte Elizabeth Simba, »aber Sie sollten wissen, dass es eine offizielle Untersuchung der Vorfälle im Chakama-Reservat geben wird.«

»Es sind ja auch zwölf GSU-Männer ums Leben gekommen. Da muss es eine Untersuchung geben, Ma'am.«

»Man wird von Ihnen auch eine Aussage verlangen.«

»Natürlich.«

»Ich habe Ihren Bericht gelesen. Danach blieb nur eine Frage offen.«

Jouma nickte. »Warum die Opfer ausgesucht wurden. Leider sieht es so aus, als hätte Isiah Oulu die Antwort mit ins Grab genommen.«

»Ich dachte vor allem an Paul Yomo. Sie sind nicht überzeugt, dass er auch ein Opfer des Kopfjägers war, stimmt's?«

»In diesem Fall gibt es gewisse Aspekte, die mich immer noch stören, das ist richtig.«
»Ihnen ist wahrscheinlich bekannt, dass sich Brigadier Wako Chatme bei Provincial Police Officer Iraki über die Ereignisse in Mtongwe beschwert hat.«
»Ich hab so was gehört, ja. Soll ich den Fall ruhen lassen, Ma'am?«
Sie bedachte ihn mit einem vorwurfsvollen Blick. »Nein. Nicht, wenn Sie glauben, dass noch etwas anderes dahintersteckt. Aber gehen Sie mit der gebotenen Umsicht vor. Ich möchte, dass die Beweise hundert Prozent wasserdicht sind, bevor wir handeln.«

Am Flughafen von Mombasa gingen sie getrennte Wege – Elizabeth Simba zu ihrer Wohnung in Nyali, Jouma zum Polizeiwohnheim, in dem Mwangi gelebt hatte. Dort sammelte er die persönlichen Gegenstände des jungen Detective ein, legte sie ordentlich in Kartons und packte sie in den Kofferraum seines Autos. Morgen würde er veranlassen, dass sie an seine Familie geschickt wurden. Das war das mindeste, was er tun konnte, fand er.
Als er fertig war, war es schon nach zehn, doch der Verkehr im Zentrum von Mombasa war so katastrophal wie immer, und die Hauptstraße nach Makupa war völlig verstopft. Daher nahm er eine Abkürzung, vorbei an Old Town und um die nördliche Ecke der Insel, mitten durch den Kwakiziwi District. Dieser Weg führte zufällig auch an dem Wohnblock vorbei, in dem Tabitha Yomo lebte, und er fuhr an den Straßenrand. Im Garten stand die Werbetafel einer Immobilienfirma. Die Vorhänge waren zugezogen.

Wie es aussah, war die letzte Verbindung zu Paul gekappt worden.
Er wollte gerade wieder wegfahren, als die Tür aufging und Ellen Wako Chatme herauskam. Sie trug eine Jodhpurhose und eine tief ausgeschnittene Bluse und hatte das Haar zu einem lässigen Pferdeschwanz zusammengebunden. Einen Moment später trat eine zweite Person aus dem Haus, die Jouma sofort als Colonel Robert Sutherland wiedererkannte, den Kommandeur der Aufklärungstaucher aus Mtongwe. Mit Jeanshose und Denimhemd war er ebenfalls sehr lässig gekleidet, und während die Tür hinter ihm ins Schloss fiel, steckte er zwei Zigaretten an, von denen er eine an Ellen weiterreichte.
Jouma duckte sich auf seinem Sitz. Er kam sich vor wie ein Voyeur, als das Paar über den Gartenweg zur Straße ging. Am Tor blieben sie stehen und küssten sich – und Jouma, der sich sicherlich niemals als Experten auf diesem Gebiet bezeichnet hätte, sah sehr deutlich, dass es sich dabei nicht um eine freundschaftliche Umarmung guter Bekannter handelte. Das hier war viel mehr, und so, wie Ellen ihre Finger unter den Bund von Sutherlands Jeans rutschen ließ, war dies wohl nur der Schlusspunkt dessen, was sich zuvor in Tabithas Wohnung abgespielt hatte.
Das Paar löste sich voneinander und wechselte noch ein paar Worte. Sutherland lachte, dann nahm er ihren Kopf zärtlich zwischen die Hände und küsste sie zum Abschied auf den Scheitel. Danach gingen sie in verschiedene Richtungen davon, und Jouma duckte sich noch tiefer, als der Colonel mit zielstrebigem Schritt an seinem Auto vorbeimarschierte. Kurz darauf röhrte ein Motor, und Sutherland raste auf seiner PS-starken Harley über die Straße.

Jouma wartete noch ein paar Minuten ab, bevor er ebenfalls weiterfuhr. Als er wieder auf die Hauptstraße bog, blieb er sofort im nächsten Stau stecken.

Wer waren all diese Leute? Wohin wollten sie?

Jouma schüttelte den Kopf. Diese Frage war absolut sinnlos. Man konnte nicht in die Leute hineinschauen, und ihre Motive waren ein Rätsel. Eigentlich hätte man meinen können, dass er sie nach seinen dreißig Dienstjahren als Polizist durchschaute – aber Tag für Tag musste er immer wieder feststellen, dass er keine Ahnung hatte. Er stellte nur eine Reihe von Vermutungen an, bis irgendwann die Wahrheit ans Licht kam und ihm ins Gesicht sprang.

Ellen Wako Chatme und Colonel Robert Sutherland hatten eine Affäre. Die Frau des Brigadiers und der Musterschüler des Brigadiers.

Wer hätte *das* gedacht?

64

Die Stimmung am Ecktisch in Suki Lo's Bar war miserabel, wenn nicht gar mörderisch. Sogar die redselige Suki hatte sich ans andere Ende der Bar zurückgezogen, um die drei Männer mit den finsteren Gesichtern nicht zu stören.

»Und, was hat Tajik gesagt?«, fragte Jake.

»Er hat gesagt, dass wir es zurückgewinnen sollen«, antwortete Harry.

»Nicht du. Ich hab mit diesem kleinen Wichser hier gesprochen.«
Er hielt den ausgestreckten Finger so nah vor Ralphs Gesicht, dass er nur noch einen Zentimeter von seiner Nase entfernt war. Harrys Bruder war aschfahl im Gesicht.
»Er hat gesagt, dass wir es zurückgewinnen sollen.«
»Hast du auch einen Vorschlag, wie wir das anstellen sollen?«
»Heute Nacht ist ein großes Spiel in Old Town. Für fünftausend kann man sich einkaufen.«
»Und, sind noch fünftausend übrig von dem Geld, das du uns gestohlen hast?«
Kläglich schüttelte Ralph den Kopf.
Jake wandte sich wieder an seinen Partner. »Schaff ihn mir aus den Augen, Harry, bevor ich ihn kaltmache.«
Während Harry seinen Bruder hastig aus der Bar schob, nahm Jake noch einen Schluck von seinem Pusser's Rum. Nicht unbedingt sein Lieblingsgetränk – es erinnerte ihn zu sehr an seinen alten Herrn und die Tage, an denen sein Vater um vier Uhr morgens in die Low Lights Tavern ging und erst am Nachmittag wieder herausgetorkelt kam. Doch das böse Brennen in der Kehle schien ihm einfach angemessen für die Neuigkeiten, die er verdauen musste. *Fünfunddreißigtausend!* Nicht einfach nur gestohlen, sondern in einer Spielhölle in Old Town das Klo hinuntergespült. Jetzt, da sie endlich mal angefangen hatten, schwarze Zahlen mit ihrem Laden zu schreiben, da sie ihre Rechnungen bezahlen und sich am Monatsende immer noch einen kleinen Gewinn versprechen konnten. Und nun waren sie wieder bei null. Kein Geld, Gläubiger am Hals, und das während einer gigantischen Wirtschafts-

krise, die Unternehmen wie das ihre jeden Tag sang- und klanglos untergehen ließ. Als sie das letzte Mal am Ende gewesen waren, hatte man ihnen aus der Patsche geholfen. Aber diesmal war keine gute Fee in der Nähe – diesmal waren sie am Boden.

Er goss sich noch ein Glas ein. Als Harry zurückkam und sich zu ihm setzte, goss er ihm auch eines ein.

»Es tut mir wirklich leid, Mann«, sagte Harry. »Es war mein Fehler. Ich wusste doch, wie er ist.«

»Er ist dein Bruder, Harry.«

»Das ändert nichts an der Tatsache, dass er ein Oberarschloch ist.«

»Da muss ich dir allerdings recht geben. Also, was machen wir jetzt?«

Harry zuckte mit den Schultern. »Wir können gar nichts machen. Ralphie hat nichts. Sollte er irgendwelche Vermögenswerte in England gehabt haben, haben diese Usbekengauner sich das alles schon unter den Nagel gerissen. Und das Familiensilber – tja, das ist schon vor Jahren draufgegangen.«

»Ihr seid mir ja 'ne schöne Familie.«

»Wem sagst du das. Dann wären wir jetzt also geliefert.«

»Und zwar so richtig.«

Die Pusser's-Flasche musste erneut herhalten.

»Es ist natürlich sowieso irrelevant«, meinte Harry. »Selbst wenn wir die fünftausend hätten, um bei dieser Pokerrunde mitzumachen – wem zum Teufel würdest du zutrauen, dein Geld zurückzugewinnen? Ralph? Ich glaube, ich verstehe mehr vom Pokern als er, und ich hab noch kein einziges Mal gespielt.«

»Ich auch nicht«, sagte Jake mürrisch. Dann lachte er und

stieß mit seinem Partner an. »Aber, hey ... wir haben doch wirklich ein paar Wahnsinnsjahre gehabt, oder?«

Harry nickte. »Um nichts in der Welt hätte ich die missen wollen. Freundschaft ist doch immer noch das Wichtigste im Leben, oder?«

Doch plötzlich dachte Jake an einen anderen lieben Freund, und was er ihm bei einem Bier in einem Hotel in Shanzu gesagt hatte, kurz bevor man ihn kaltblütig niederschoss, als er seinen Kunden schützen wollte. Obwohl Jake instinktiv vor der Idee zurückschreckte, die in seinem Kopf gerade Gestalt annahm, dachte er, dass Mac Bowden in seiner Lage bestimmt dasselbe getan hätte.

65

Ein anderer Tag, ein anderes Begräbnis. Diesmal sah Jouma teilnahmslos zu, wie ein Zwei-Mann-Bestattungsunternehmen den billigen Holzsarg in eine zweieinhalb Meter lange Grube auf dem Friedhof des Kalami Hospital herabsenkte. Er verfolgte, wie die staubige Erde darübergeschaufelt wurde und blieb stehen, bis der letzte Stein auf dem anonymen Grab lag.

»Seltsamerweise bin ich irgendwie traurig, Inspector«, sagte Dr. Klerk, als die beiden Männer zum Krankenhausgebäude zurückgingen. »Ich wünschte, wir hätten etwas für ihn tun können.«

»Sie haben Ihr Bestes gegeben, Dr. Klerk. Aber manchen Leuten kann man eben einfach nicht helfen.«

»Wahrscheinlich haben Sie recht. Trotzdem, irgendwie bedaure ich es. Isiah war ein zutiefst gestörter Mensch, das ist sicher wahr, aber wo haben wir versagt? Wenn ich daran denke, wie viel Zeit Dr. Lutta mit ihm verbracht hat. Ich weiß, dass er eine Weile wirklich Hoffnung hatte, dass er mit seinen Methoden einen Durchbruch erzielen könnte.«

»Wo ist Dr. Lutta eigentlich? Ich hatte erwartet, dass er auch kommt.«

»Der ist gerade auf einer Konferenz in Berlin und stellt eine Theorie vor. Zum Einsatz von Heterosuggestion bei der Behandlung des psychopathischen Unterbewusstseins.«

»Ich kann Ihnen nicht ganz folgen.«

»Das ist eine Technik, die er selbst entwickelt hat. Laienhaft ausgedrückt, geht es darum, mit speziellen Suggestionen unter Hypnose die tiefverwurzelten psychopathischen Tendenzen bei Mördern anzusprechen. Indem er so tief wie möglich ins Unterbewusstsein vordringt, will Dr. Lutta die Beweggründe ermitteln und dann korrigierend eingreifen. Natürlich widerspricht das ganz eklatant den Meinungen der psychologischen Community. Ich muss gestehen, auch ich habe meine Zweifel an der Wirksamkeit. Aber ich glaube ganz fest daran, dass man die Jugend gewähren lassen muss – und Nicholas ist ein absolut brillanter junger Mann.«

»Tja, ich befürchte, ich kann nur nicken und so tun, als würde ich verstehen, wovon Sie da reden«, meinte Jouma. Sie gingen weiter, und plötzlich begann Klerk zu lachen.

»Wissen Sie, Inspector, das ist schon Ironie des Schicksals. Die wichtigste Fallstudie für Dr. Luttas Studie war nämlich ausgerechnet Isiah Oulu. Gerade haben wir ihn

beerdigt – aber dank ihm kann Dr. Lutta jetzt eine voll bezahlte Dienstreise nach Europa genießen.«
»Jaja, Dr. Klerk, es ist schon eine seltsame Welt«, nickte Jouma.

Zwei Stunden später saß Jouma schon wieder in seinem Büro am Mama Ngina Drive. Ohne Mwangi kam es ihm auf einmal schrecklich groß und leer vor, und er merkte erst jetzt, wie sehr er die Gesellschaft des jungen Detective Constable genossen hatte. Auf seinem Tisch lag ein Zettel mit der Bitte, sofort bei Christie anzurufen.
»Diese Leiche, die ich gerade untersucht habe, das ist doch eine von Ihren, oder?«, fragte der Pathologe.
Jouma runzelte die Stirn. »Welche Leiche?«
»Die letzte Woche von diesem Fischerboot aus dem Wasser gezogen wurde. Die lag seitdem auf Eis, ich bin erst jetzt dazu gekommen, sie mir anzusehen.«
»Mr. Christie, ganz ehrlich – ich habe keinen Schimmer, wovon Sie reden.«
Christie stöhnte ungeduldig. »Leiche ohne Kopf. Afrikaner, männlich. Eine Schusswunde im Oberkörper. Kommen Sie, Jouma – ich weiß, Sie hatten in letzter Zeit viel um die Ohren, aber das ist doch Ihr Fall, oder nicht?«
»Ich bin gleich bei Ihnen.«

Bis er in der weißgekachelten Kammer des Schreckens eintraf, war die Leiche bereits aufgeschnitten und mit dickem schwarzem Faden wieder zugenäht worden.
»Na, klingelt's?«, fragte Christie.
Der Pathologe machte ihn auf den Halsstumpf und vor allem die sauber durchtrennte Wirbelsäule aufmerksam.

»Ich wusste nichts von dieser Leiche.« Jouma kochte immer noch vor Wut. »Wie es aussieht, wurde dieser Fall von einem Detective bearbeitet, der es irgendwie geschafft hat, den Bericht in unserem Computersystem zu verschlampen.«

»Ist doch immer dasselbe mit diesen Computern, mein Lieber. Ich für meinen Teil hab's ja lieber auf die altmodische Art. Sie werden erfreut sein zu hören, dass ich die Fingerabdrücke zur Analyse geschickt habe, aber für den Fall, dass Sie gleich über die Identität unseres etwas fischigen Freundes aufgeklärt werden wollen ...«

Christie griff in einen Karton, der aussah wie eine Hutschachtel. Darin steckte ein strahlend weißer Schädel in einem Bett aus Styroporchips.

»Ich nehme an, es handelt sich um Paul Yomo«, sagte Jouma, als der Pathologe den Schädel aus der Schachtel zog.

»Die abgekochte Version. Das macht das Leben gleich viel einfacher.« Vorsichtig drehte Christie den Schädel so, dass der verbliebene Halswirbelstumpf sich mit dem obersten Stück Wirbelsäule verband, das aus der Leiche herausragte. »Et voilà, Inspector!«, rief er triumphierend. »Passt perfekt.«

Allerdings, dachte Jouma. Wie ein Puzzleteilchen.

»Sie sprachen doch von einer Schusswunde, oder?«

»Das Meerwasser hat der Haut übel mitgespielt«, sagte Christie und deutete auf ein Loch mitten auf der Brust. »Aber trotzdem, das da ist zweifelsfrei eine Wunde. Tatsächlich konnte ich am Rand sogar noch Pulverrückstände und Spuren von Versengungen finden, was die Vermutung nahelegt, dass die Waffe aus unmittelbarer Nähe abgefeuert wurde. Wissen Sie, um die Aorta mit so einem kleinen

Kaliber zu zerfetzen, muss man schon aus allergrößter Nähe schießen.«

»Was meinen Sie damit?«

Der Pathologe ging zu seinem Tisch und kam mit einem kleinen, durchsichtigen Plastikgefäß zurück. Darin lag ein verbogenes Stückchen kupferfarbenes Metall. »Das hab ich unter dem rechten Schulterblatt dieses Kameraden gefunden. Kennen Sie sich mit Kugeln aus, Jouma?«

»Ich weiß nur, dass sie Leute töten.«

»Na, dann sehen Sie sich diese mal genau an. Das, mein Lieber, ist eine Zweimillimeter.«

»Zweimillimeter?«

Christie musterte ihn mitleidig. »Jouma, diese Kugel ist eine Antiquität. Sie war schon sehr rar, als sie noch hergestellt wurde, weil sie nur für ein einziges Pistolenmodell produziert wurde. Und viel kleiner geht es kaum.«

»Die Kolibri-Pistole«, sagte Jouma. »1910 von Franz Pfannl patentiert, 1938 Produktion eingestellt.«

Christie versuchte ohne Erfolg, seine Verblüffung zu verbergen. »Wissen Sie, warum ich Sie so mag, Jouma? Wir kennen uns jetzt schon fünfzehn Jahre, aber Sie überraschen mich immer wieder aufs Neue.«

66

Eine Stunde später raste ein Streifenwagen der Polizei Mombasa mit heulender Sirene durch den Checkpoint des Marinestützpunkts Mtongwe und kam mit quietschenden Reifen vor dem Verwaltungsgebäude zum Stehen. Jouma und die beiden Polizisten sprangen aus dem Auto und liefen die Treppen hoch zu Brigadier Charles Wako Chatmes Büro.

Der Brigadier spielte Golf, aber das war nicht weiter wichtig. Das Geschenketui mit der Kolibri-Pistole wurde aus der Glasvitrine genommen, sorgfältig in eine Tüte gesteckt und zu einem unabhängigen forensischen Labor namens Evidence International transportiert, das im obersten Stockwerk eines modernen, klimatisierten Gebäudes an der Kenyatta Avenue residierte. Dort brachte man sie in das Labor von Dr. Alfgard Fridgaard, einer leitenden Angestellten dieses Unternehmens. Ihre Dienste würden die Polizei der Coast Province fünfhundert Dollar pro Stunde kosten. Normalerweise wurde diese Firma von den Strafverteidigern reicher weißer Großgrundbesitzer und Minister in Anspruch genommen. Doch wenn Jouma kurz davor stand, einen der mächtigsten und angesehensten Männer von Mombasa wegen Mordes festzunehmen, wenn er ihn beschuldigen wollte, Paul Yomo mit seiner antiken Zwei-Millimeter-Pistole getötet zu haben, wenn er ihm überdies unterstellen wollte, dass er seinem Schwiegersohn den Kopf abgetrennt hatte, um den Mord wie die Tat des Serienmörders, genannt der »Kopfjäger«, aussehen zu lassen – dann konnte er es sich unmöglich

leisten, am Ende doch nicht recht zu haben. Das war die größte Herausforderung seiner Karriere, und er wollte kein Risiko eingehen, indem er sein Schicksal in die Hände der forensischen Abteilung der kenianischen Polizei legte.
Er musste absolut sicher sein. Und er musste schnell handeln.
Dr. Fridgaard machte sich in ihrem isolierten Labor an die Arbeit. Sie arbeitete allein und akribisch. Die Pistole wurde auf Fingerabdrücke und Rückstände untersucht, und vom kurzen, dicken Lauf wurden mit Wattetupfern penibelst Proben genommen, um nachzuweisen, dass die Waffe kürzlich abgefeuert worden war. Dr. Fridgaard nahm alle erdenklichen Proben, führte chemische Analysen durch und stellte ballistische Vergleiche an zwischen der Kugel, die man in Paul Yomos Körper gefunden hatte, und den Kugeln aus dieser Waffe.
»Mein Gott, Daniel, wenn Sie sich geirrt haben, dann ist das unser Ende«, meinte Elizabeth Simba, die aus ihrem Bürofenster aufs Meer starrte.
»Mein Ende, Ma'am«, korrigierte Jouma. »Ich habe auf eigene Faust gehandelt, ohne mit Ihnen Rücksprache zu halten. Weder wegen des Durchsuchungsbefehls für das Büro des Brigadiers noch wegen des Auftrags an Dr. Fridgaard, die forensischen Untersuchungen durchzuführen. Es tut mir nur leid, dass dieser Irrtum ein teurer werden könnte.«
Sie kehrte an ihren Schreibtisch zurück. »Wo ist der Brigadier jetzt?«
»Er hat sich in seinem Club für eine Runde Golf um ein Uhr angemeldet.«

»Dann warten Sie, bis der forensische Bericht da ist.«
»Und dann, Ma'am?«
Sie starrte ihn an. »Seien Sie diskret, Daniel.«

Der Brigadier war gerade am zehnten Loch, da flatterte der Bericht auf Joumas Schreibtisch. Als der Inspector am Clubhaus ankam, um Wako Chatme festzunehmen, wollte der gerade das achtzehnte Loch in Angriff nehmen.
Elizabeth Simba hatte ihn um Diskretion gebeten, und Jouma hatte nicht die Absicht, diese Anordnung zu missachten. Er war in seinem eigenen Auto gekommen, ohne begleitende Polizisten. Zwar wollte er den Brigadier wegen Mordverdachts verhaften, aber wenn der Verdächtige vorher noch einen Gin Tonic trinken wollte, war das auch kein Problem. Es gab keinen Grund zur Eile.
Während er auf dem Parkplatz wartete, sah er sich noch einmal den forensischen Bericht an. Dr. Fridgaard war äußerst gründlich gewesen, und niemand konnte ihre Schlussfolgerungen in Frage stellen. Die Kugel, die im Körper von Paul Yomo gefunden worden war, war aus derselben antiken Kolibri-Pistole abgegeben worden, die man aus Brigadier Wako Chatmes Büro geholt hatte. Die Rückstände bewiesen ganz klar, dass die Waffe erst kürzlich abgefeuert worden war. Und die Fingerabdrücke stimmten mit denen des Brigadiers überein.
Wie Paul enthauptet und der Körper im Meer entsorgt worden war, war nicht so klar. Doch Jouma wusste, dass er mehr als genug handfeste Beweise beisammen hatte, damit der Brigadier wegen Mordes angeklagt werden konnte. Das Motiv war naheliegend: Wenn es um Tabithas Freunde ging, hatte der alte Mann seinen eigenen Stil – Beweisstück

Nummer eins war in diesem Fall der Rücken von Billy Kapchanga. Billys einziges Verbrechen hatte darin bestanden, dass er nur ein kleiner Bongotrommler aus Old Town war. Man stelle sich vor, was im Brigadier vorgegangen sein musste, als Paul demütig angekrochen kam und um zwanzigtausend Dollar bat, um seine Spielschulden zu bezahlen.

Elizabeth Simba hatte ihm gesagt, dass sie wasserdichte Beweise wollte. Wasserdichter ging es kaum.

Doch als Jouma in seinem Auto saß und den Brigadier beobachtete, wie er vom achtzehnten Loch zum Clubhaus zurückspazierte, sah er keinen kaltblütigen Mörder wie Isiah Oulu. Sondern eine achtbare, höchst respektierte Säule der Gesellschaft.

Überdies sah er einen Vater, der seine Tochter offensichtlich vergötterte. Diese unausgesprochene, bedingungslose Liebe hatte er gleich am allerersten Tag in der Wohnung in Kwakiziwi bemerkt, als er beobachtete, wie der Brigadier Tabitha den Kopf streichelte und ihr die Tränen von den Wangen wischte. War das wirklich ein Mann, der den Mann seiner Tochter umbringen konnte, ihn anschließend enthauptete und seinen Kopf am Weihnachtsmorgen auf die Schwelle legte?

Das war ein so unaussprechlicher Akt der Grausamkeit, dass man es fast nicht glauben konnte.

Je mehr er über jenen Tag nachdachte, umso mehr dachte er auch an seinen letzten Besuch in Kwakiziwi und was er dort im matten Schein der Straßenlaternen vor Tabithas und Pauls Wohnung beobachtet hatte.

Er sah, wie der Brigadier seinen drei Mitspielern die Hand schüttelte und dann ins Clubhaus ging.

Nein. Irgendwas stimmte hier nicht. Irgendetwas hatte er übersehen.
Und als er ins Polizeipräsidium zurückfuhr, glaubte er ziemlich sicher zu wissen, was er übersehen hatte.

67

Mrs. Jubumbwe, die die Asservatenkammer am Mama Ngina Drive hütete, war eine furchteinflößende Frau, die noch den dienstältesten Detectives des Hauses die Flötentöne beibrachte. Bevor sie ein Beweismittel herausgab, verlangte sie den entsprechenden Antrag in dreifacher Ausführung, unterschrieben von einem Vorgesetzten. Wenn man die nötigen Papiere nicht beibrachte, kam es darauf an, ob Mrs. Jubumbwe einen gut genug kannte, um einem zu trauen. Doch selbst Jouma, den sie seit über zwanzig Jahren kannte und der wahrscheinlich der vertrauenswürdigste Polizist im ganzen Korps der Coast Province war, musste hoffen, sie in gnädiger Laune anzutreffen – oder zumindest das, was im Fall von Mrs. Jubumbwe als gute Laune durchgehen mochte.
»*Was* möchten Sie?«
»Die Plastikfolie, Mrs. Jubumbwe. Die Plastikfolie, in die die Leiche gewickelt war, die man bei Funzi Island gefunden hat.«
»Was wollen Sie denn damit?«
»Wie gesagt, die Folie selbst brauche ich gar nicht. Ich will die Plastikschnüre, mit denen sie zusammengebunden war.«

Mrs. Jubumbwe musterte ihn argwöhnisch aus zusammengekniffenen Augen, als hätte er sie gerade gebeten, ihm Einblick in ihre Wäscheschublade zu gewähren.
»Sie haben die erforderlichen Papiere nicht«, bemerkte sie.
»Nein. Ich habe keine Zeit.«
»Das verstößt gegen die Vorschriften.«
Er lächelte sie an. »Bitte, Mrs. Jubumbwe.«
»Aber nur, weil ich Sie kenne, Inspector«, knurrte sie. »Und weil ich weiß, wer Ihre Vorgesetzte ist.«
»Sie sind eine wunderbare, kluge Frau.«
Sie grunzte misslaunig und watschelte dann in die Gänge zwischen den Regalen. Wenig später war sie mit einer großen Papiertüte zurück. »Sie verlassen mir nicht den Raum damit«, warnte sie.
»Natürlich nicht«, versicherte Jouma.
Langsam schob sie die Tüte durch das Gitter, das ihr streng gehütetes Reich vom Rest der Welt trennte.
»Danke schön«, sagte Jouma – um sich im nächsten Moment die Tüte zu schnappen und hinauszurennen wie ein Schuljunge, der im Bonbonladen einen Lutscher gemopst hat.

Ellen Wako Chatme betrachtete sich prüfend in ihrem großen Spiegel und war sehr zufrieden. Dann ging sie hinunter in die Küche und setzte den Wasserkessel auf. Normalerweise kümmerte sich das Personal um solche Dinge, aber heute hatte sie ihnen den Nachmittag freigegeben. Nicht, dass sie an ihrer Loyalität gezweifelt hätte, aber sie vertraute ihnen auch nicht hundertprozentig. Die Schakale der Klatschmagazine waren nur zu begierig auf

jeden Einblick in das Haus von Wako Chatme, und sie hatten genug Geld, um den Bediensteten die Zunge zu lösen.
»Und?«, ließ sich eine Stimme vom Küchentisch vernehmen.
Als sie sich umdrehte, begegnete sie Colonel Robert Sutherlands erwartungsvollem Blick.
»Was ›und‹?«
»Das Telefon hat geklingelt, und du bist hochgegangen, um den Anruf anzunehmen. War *er* dran?«
Ellen lachte sanft. »Das war meine persönliche Fitnesstrainerin. Sie wollte fragen, ob wir unseren Termin am Mittwochnachmittag verschieben könnten. Du musst lernen, dich ein bisschen zu entspannen, Robert. Heute ist Charles' Golftag. Wenn er auf dem Golfplatz fertig ist, geht er in den Naval Club, wo er sich betrinkt und seine Freunde mit alten Kriegsgeschichten langweilt. Vor zwei, drei Uhr morgens ist er nicht zurück.«
Sutherland schüttelte den Kopf. »Ich begreife nicht, wie du es mit ihm aushältst.«
»Ach, du kennst doch Charles«, sagte sie obenhin, nahm einen Beutel Rooibostee aus dem Schrank und ließ ihn in ihre Tasse fallen. »Er ist ein sehr unabhängiger Mensch.«
»Das blöde alte Rindvieh«, sagte Sutherland.
Ellen trat an den Tisch und küsste ihn auf den Scheitel. »Bist du eifersüchtig, Robert?«, fragte sie kokett.
Er packte sie und vergrub den Kopf zwischen ihren Brüsten. »Ja, verdammt, und wie ich das bin!«
Als es klingelte, erstarrte er. »Wer ist das?«
Sie runzelte die Stirn. Wenn das ein Reporter war, würde sie ihre Anwälte sofort anweisen, ihn wegen Hausfriedensbruch anzuzeigen. Sie hatte *ausdrücklich* gesagt, dass

die Familie keine Kommentare zu diesem schrecklichen Serienmörder mehr abgeben würde, und dass sie jedes weitere Eindringen in ihre Privatsphäre als Belästigung betrachtete.

Erbost ging sie an die Tür.

Es war Jouma. Er war in Begleitung von zwei Streifenpolizisten. Hinter ihnen stand der Brigadier, der immer noch seine Golfkleidung anhatte und die finsterste Gewittermiene zur Schau trug.

»Inspector Jouma!«, rief Ellen. »Schatz!« Sie zog ein besorgtes Gesicht. »Was ist denn los? Was ist passiert? Ist etwas mit Tabitha?«

»Ist er hier?«, fragte der Brigadier und stieß sie beiseite, als er ins Haus ging. *»Ist er hier?«*

»Guten Tag, Ma'am«, grüßte Jouma und trat von einem Fuß auf den anderen. »Darf ich reinkommen?«

Sie machte einen Schritt zur Seite, um ihn vorbeizulassen. Jouma roch einen Hauch von teurem Parfum.

In der Küche stand der Brigadier auf der Schwelle und stützte die Fäuste gegen die Hüften, während der aschfahle Sutherland immer noch am Küchentisch saß.

»Robert …«, sagte der Brigadier. »Wie *konntest* du nur?«

»Charles – ich kann dir alles erklären.« Seine Augen zuckten hoffnungsvoll zu Ellen. »Ellen – sag Charles, dass das alles ein Missverständnis ist.«

»Ach, halt den Mund, Robert«, schnauzte sie ihn an. »Siehst du nicht, dass alles vorbei ist?«

»Vorbei?«

»Inspector Jouma hat herausgefunden, dass Paul gar nicht von diesem grässlichen Serienmörder getötet wurde, stimmt's, Inspector?«

»Das ist korrekt, Ma'am.«
»Das hatte ich doch gleich geahnt. Sie kamen mir immer sehr *schlau* vor.«
»Ellen!«
Sie starrte Sutherland verächtlich an. »Du hast aber auch gar keinen Stolz, oder? Glaubst du wirklich, ich falle jetzt auf die Knie und beteuere meine Unschuld wie ein verlogener kleiner Taschendieb? Was würden die Leute von mir denken?«
»Mein Gott, du bist ja völlig wahnsinnig!«
»Und du bist peinlich.« Sie drehte sich um und lächelte Jouma an, auf einmal wieder ganz die perfekte Gastgeberin. »Darf ich Ihnen eine Tasse Tee anbieten, Inspector? Charles – für dich wahrscheinlich etwas Stärkeres, oder?«

»Ich muss gestehen, ich hätte die Verbindung schon viel früher herstellen sollen«, sagte Jouma. »Leider hat ein Dienstfehler dazu geführt, dass der Bericht über die Entdeckung der Leiche von Mr. Yomo bei Funzi Island an der falschen Stelle abgelegt wurde. Und dann habe ich in meinem Enthusiasmus auch die Feinheiten dieses Berichts übersehen.«
Sie hatten sich um den Küchentisch versammelt. Ein außenstehender Beobachter hätte sicher vermutet, dass hier vier alte Freunde beim Tee beisammensaßen – wären da nicht die beiden Streifenpolizisten gewesen, die an der Tür standen, und wäre das Thema der Unterhaltung nicht der Mord an Paul Yomo gewesen.
Jouma griff in die Plastiktüte und legte eines der Plastikseile auf den Tisch.
»Mit denen wurde die Folie um den Körper geschnürt.

Brigadier, Sie haben sie ja schon gesehen – wären Sie wohl so nett zu erklären, was das ist?«
»Das ist eine Plastikabdichtung.«
»Und wozu wird diese Plastikabdichtung benutzt?«
»Sie wird um die Schläuche der Sauerstoffflaschen gewickelt, um das Material zu schützen und auch, um den Taucher durch die verschiedenen Farben leichter identifizierbar zu machen.«
»Schauen Sie sich dieses Ende mal genau an«, bat Jouma. »Sehen Sie die Buchstaben, die hier aufgedruckt sind?«
»K. N. C. D. U.«
»Sagt Ihnen das etwas, Brigadier?«
»Das steht für Kenya Navy Clearance Diving Unit«, sagte er und stierte Sutherland finster an.
»Nach den Aufzeichnungen, die wir in Mtongwe einsehen durften, hat die Einheit von Colonel Sutherland am Tag von Paul Yomos Verschwinden Tauchübungen vor Funzi Island absolviert.«
Sutherland schüttelte den Kopf. »Charles, ich weiß nicht, was dir dieser Mann erzählt hat ...«
»Halt den Mund, Robert«, knurrte der Brigadier.
»Colonel Sutherland, gehe ich recht in der Annahme, dass Mrs. Wako Chatme und Sie die alte Pistole des Brigadiers benutzt haben, um Paul Yomo zu töten, mit dem Hintergedanken, den Verdacht auf den Brigadier zu lenken, und dass Sie anschließend die Leiche enthauptet haben, um es so aussehen zu lassen, als wäre der Mord das Werk des Serienmörders, der unter dem Namen ›der Kopfjäger‹ bekannt war?«
»Absoluter Nonsens«, zischte Sutherland. Er wandte sich wieder an den Brigadier. »Das ist alles reine Erfindung, Charles.«

Ellen Wako Chatme steckte sich eine Mentholzigarette an. Niemand konnte eine Zigarette mit derartiger Sorglosigkeit rauchen, nachdem man ihn gerade der Verschwörung zum Mord am eigenen Schwiegersohn beschuldigt hatte, dachte Jouma.

»Sind Sie schon einmal so richtig gedemütigt worden, Inspector?«, fragte sie ihn. »Ich meine so richtig, bodenlos gedemütigt?«

»Ellen.« Diesmal kam es vom Brigadier. »Es ist wirklich nicht ...«

»Ich schon«, fuhr sie unbeirrt fort. »Nicht einmal, sondern zweimal. Wissen Sie, mein Mann ist nämlich ein Feigling.« Sie winkte verächtlich ab. »Fallen Sie bloß nicht auf sein Alphamännchengetue rein. Alles Aufschneiderei. Wenn er wirklich mal handeln muss, steckt er lieber den Kopf in den Sand. Vor allem, wenn es um seinen Liebling Tabitha geht.«

»Bitte, Ellen.«

Jouma räusperte sich. »Wenn ich richtig informiert bin, Ma'am, konnte Ihr Gatte äußerst energisch werden, wenn er einen Mann für seine Tochter als unpassend erachtete.«

Sie lachte leise. »Meinen Sie diesen musizierenden Versager? Diesen *Bongotrommler?* Was hat er Ihnen erzählt? Dass Charles ihn so ausgepeitscht hat, dass er beinahe draufgegangen wäre? Sie sollten nicht alles glauben, was Sie hören. Die Sache habe *ich* eingefädelt. Ich musste es tun. Können Sie sich vorstellen, wie die Leute hinter meinem Rücken geredet hätten? ›Schau nicht hin, aber da drüben ist die Frau des Brigadiers. Ihre Tochter ist ja jetzt mit so einem windigen Bongotrommler zusammengezogen.‹ Mein Leben wäre unerträglich geworden.«

Ihr Mann sah auf, als hätte er gerade einen Schlag ins Gesicht bekommen.
»Und der Brigadier wusste nichts davon?«
»Mein Mann weiß überhaupt nichts. Er kann die gesamte kenianische Marine befehligen, aber er wäre niemals in der Lage, eine Entscheidung zu treffen, die seine eigene Familie angeht.«
Jouma sah sie verblüfft an. »Ist es Ihnen denn so wichtig, was die Leute von Ihnen denken?«
»Sie machen sich keine Vorstellung von den Kreisen, in denen ich mich bewege, Inspector. Es gibt Leute, die nehmen noch das kleinste Detail Ihres Lebens unter die Lupe, um irgendeinen Makel zu entdecken. Gegen den kleinen Bastard konnte ich natürlich nichts mehr tun. Als er zur Welt kam, hab ich mich ein Jahr lang nicht mehr in der Öffentlichkeit gezeigt. Ich kann Ihnen versichern, Inspector Jouma, es tat weh. Es tat höllisch weh.«
»Sprichst du von Jonas?«, fragte der Brigadier. »Deinem eigenen *Enkel?*«
»Glaub mir, Charles, hätte ich sie irgendwie zwingen können, das Kind wegzumachen, dann hätte ich es getan. Aber sie brauchte ja nur zu ihrem lieben Papi zu rennen. Du warst schon immer Wachs in ihren Händen.«
Jouma hatte seine Schwierigkeiten, die gelassene Matriarchin, als die er Ellen kennengelernt hatte, unter einen Hut mit diesem verbitterten, selbstsüchtigen Drachen zu bringen, der ihm gerade am Tisch gegenübersaß. Das waren zwei verschiedene Personen.
»Ich habe mir solche Mühe mit ihr gegeben, Inspector, das können Sie mir glauben. Sie ahnen ja nicht, wie viele schneidige junge Offiziersanwärter aus Mtongwe ich ihr

vorgestellt habe. Aber für die hat sie sich nie interessiert. Sie hatte ein Faible für Versager.«

»Erzählen Sie mir von Paul.«

»Paul?« Sie schnaubte verächtlich. »Was gibt es da schon groß zu erzählen? Er hat für ein Kreditunternehmen gearbeitet. Und wenn er noch weitere hundert Jahre in dieser Firma geblieben wäre, hätte er immer noch Anträge bearbeitet. Ich habe Charles erklärt, dass er für unsere Tochter einfach nicht tragbar ist – aber Tabitha sagte, dass sie ihn liebte, also war er in den Augen meines Mannes gut genug. Es war so *erbärmlich.*«

»Warum haben Sie ihn nicht einfach verschreckt, wie Billy Kapchanga?«

Sie drückte ihre Zigarette im Marmoraschenbecher aus. »Weil Charles sah, wie sehr Tabitha ihn liebte, deswegen. Wäre Paul auch plötzlich verschwunden, wie der Bongotrommler, hätte sogar mein Mann eins und eins zusammengezählt. Er mag ja ein Feigling sein, aber er ist immer noch ein mächtiger Mann. Er hätte mich ruiniert. Nicht wahr, Schatz?«

Der Brigadier starrte ausdruckslos auf die letzten Rauchkringel, die von ihrem Zigarettenstummel aufstiegen.

»Aber Paul wusste von Ihrer Affäre mit Colonel Sutherland«, sagte Jouma.

»Es war schon eine Ironie des Schicksals«, lächelte sie. »Eigentlich war Robert einer von den jungen Männern, die ich für Tabitha im Auge gehabt hatte. Aber als sie sich nicht für ihn interessierte, stellte ich fest, dass ich ihn sehr wohl interessant fand. Wir haben immer ein Zimmer im Hyatt in Nairobi gemietet, nicht wahr, Robert? Oh, wir waren sehr diskret. Aber einer von Pauls Kommilitonen vom Polytechnikum war dort Kellner. Er erkannte uns und konnte den Mund nicht halten.«

»Und als Paul zu Ihnen kam, weil er Geld brauchte, um seine Spielschulden zu bezahlen …?«

»Man könnte sagen, er hatte ein gutes Druckmittel.«

»Und Sie hatten keine Ahnung, dass er in derartigen Schwierigkeiten war?«

»Wie die meisten Spielsüchtigen hatte er die Kunst der Glaubwürdigkeit perfektioniert. Ich hatte nicht den geringsten Verdacht, bis er damit zu mir kam.«

»Und in diesem Moment haben Sie beschlossen, ihn zu umzubringen?«

Sie musterte ihn mit ihren lebhaften veilchenblauen Augen. »Ich hatte wirklich keine Wahl, Inspector«, beteuerte sie. »Ich hatte einen Ruf zu wahren.«

»Also haben Sie Paul zum Trockendock gelockt«, sagte Jouma. »Unter dem Vorwand, dass Ihr Mann ihn sehen wollte. Und warum hätte Paul auch Verdacht schöpfen sollen? Er betrachtete Sie als einen Vater, Brigadier. Colonel Sutherland schoss ihn mit der Kolibri-Pistole aus Ihrem Büro ins Herz. Sie wollten ihn liegen lassen, damit man ihn am nächsten Morgen dort fand.«

»Aber warum wollten sie den Verdacht auf *mich* lenken?« Der Brigadier wirkte wie ein kleines Kind, dem man gerade eröffnet hat, dass es den Weihnachtsmann gar nicht gibt.

»Weil sie auf die Art zwei Fliegen mit einer Klappe schlagen konnten«, erklärte Jouma. »So hätten sie Paul Yomo und Sie gleichzeitig aus dem Weg räumen können. Er tot, Sie hinter Gittern. Und Colonel Sutherland und Ihre Frau hätten ihre Affäre in aller Ruhe fortsetzen können.«

Der Brigadier sah seine Frau entgeistert an. »Hasst du mich denn so sehr?«
»Jetzt werd doch bitte nicht rührselig, Charles«, schnaubte Ellen.
»Aber du hast Paul den Kopf abgeschnitten! Und ihn auf die Türschwelle gelegt, wo deine eigene Tochter ihn finden musste. Wo *Jonas* ihn finden musste. Warum, Ellen? In Gottes Namen, *warum* denn nur?«
»Meine Güte, weil sie es sich eben anders überlegt hat«, sagte Sutherland müde.
Ellen lachte leise in sich hinein. »Jaja, Robert. Und ich hatte doch tatsächlich geglaubt, du würdest auf unschuldig plädieren.«
»Hat ja wohl nicht mehr viel Sinn, oder?«, giftete er.
»Warum hat sie es sich denn anders überlegt, Colonel Sutherland?«, bohrte Jouma nach.
»Sie fand es dann doch zu riskant, Charles die Sache in die Schuhe zu schieben, weil er mächtige Freunde hatte, die ihn da rausholen würden. Sie hatte Angst, dass alles über unsere Affäre herauskommen könnte. Natürlich hab ich ihr gesagt, dass sie paranoid ist, aber sie wollte nichts davon wissen. Sie hatte zu viel Angst davor, was die Leute denken könnten. So ist sie immer.«
»Also haben Sie ihm den Kopf abgeschnitten, um den Mord wie eine Tat des Kopfjägers aussehen zu lassen.«
»Na ja, die Zeitungen waren doch voll davon. So schwierig war es nun auch wieder nicht, sich so was auszudenken, Inspector.«
»Und wie haben Sie es gemacht?«
»Mit einer Machete – genau wie er. Wir wollten, dass es echt aussieht.«

»Nur leider wussten Sie nicht, dass die Opfer des Kopfjägers immer mit einem einzigen Hieb von links nach rechts enthauptet wurden.«

Sutherland zuckte mit den Schultern. »Hey – niemand ist perfekt.«

»Ich gehe davon aus, es war Ihre Idee, die Leiche im Meer zu versenken?«

Er nickte. »Ich musste mit der Einheit zu einer Tauchübung nach Funzi Island. Die Leiche hab ich im Amphibienfahrzeug versteckt, und dann musste ich nur noch bis zum Schelf rausfahren und konnte sie dort über Bord werfen. Niemand hat gestutzt, auf diesem Weg entsorgen wir oft irgendwelchen Müll, alten Schrott, kaputte Neoprenanzüge, all so was.«

»Wurden Ihre Männer denn nicht neugierig?«

»Inspector, ich bin ihr Kommandant. Wenn ich Müll über Bord werfen will, dann werden diese Männer das nicht hinterfragen.« Er lachte. »Ich hab ihnen einfach erzählt, es seien persönliche Gegenstände meiner zukünftigen Ex-Frau. Teure Kleidungsstücke und Schuhe. Ihr Schoßhündchen. Die haben sich kaputtgelacht.«

»Wessen Idee war es denn, den Kopf vor die Wohnung in Kwakiziwi zu legen?«

Sutherlands Gesicht verdüsterte sich wieder. »Ellen meinte, sie habe Pläne dafür.«

»Sie wussten also gar nicht, was sie damit vorhatte?«

»Woher hätte ich das wissen sollen? Hören Sie, nur für den Fall, dass das bis jetzt noch nicht klargeworden sein sollte: Ellen hatte so einige Problemchen mit ihrer Familie. Ich fick sie nur. Ansonsten misch ich mich nicht ein.«

68

Als Jouma am Spätnachmittag an den Mama Ngina Drive zurückkehrte, war er todmüde. Die Ereignisse der letzten Tage hatten ihn überfallen wie ein Räuber im Jamhuri Park, und jetzt wollte er nur noch seine Berichte fertig schreiben, Mwangis Habseligkeiten – die immer noch im Kofferraum lagen – an die Eltern schicken und dann nach Hause gehen, um erst mal einen guten Teller voll von Winifreds Eintopf zu essen.

Doch als er in sein Büro kam, musste er entdecken, dass er Gesellschaft bekommen hatte. Eine junge Afrikanerin in schlecht sitzender Constable-Uniform saß an Mwangis Tisch und starrte auf den Bildschirm seines Laptops. Als Jouma eintrat, machte sie vor Schreck beinahe einen Satz rückwärts.

»Wer zum Teufel sind Sie denn?«, bellte er.

»Constable Lucie Mugo, Sir«, sagte sie und nahm Habachtstellung an.

Jouma musterte sie. Sie war winzig, noch kleiner als er, stupsnäsig und großäugig. Außerdem sah sie aus, als wäre sie kaum alt genug, um einen Schulabschluss zu haben, geschweige denn, um bei der Polizei zu arbeiten.

»Was machen Sie hier?«

»Entschuldigen Sie vielmals, Sir – aber Superintendent Simba meinte, Sie bräuchten eventuell ein bisschen Hilfe bei Verwaltungstätigkeiten.«

»Meinte sie das?« Er trat an ihren Tisch. »Wie alt sind Sie, Mugo?«

»Achtzehn, Sir.«

Seine Augen verengten sich. »*Mugo* … Sie sind aber nicht zufällig verwandt mit …?«
»Doch, Sergeant Oliver Mugo von der Polizei der Nyanza Province ist mein Onkel, Sir.«
»*Sergeant* Oliver Mugo?« Als er den alten Scharlatan zum letzten Mal gesehen hatte, hatte er seine Untergebenen noch als Detective Inspector herumkommandiert.
»Ja, Sir.«
»Und Sie sagen, Superintendent Simba hat Sie geschickt?«
»Ja, Sir.«
»Die hat es aber wirklich faustdick hinter den Ohren, was?«
»Wie meinen, Sir?«
Jouma unterdrückte das Lächeln, das ihm gerade auf die Lippen steigen wollte. »Sagen Sie mal, Mugo – was machen Sie denn da mit Detective Constable Mwangis Computer?«
Ihre perfekte Mahagonihaut bekam einen leichten Rosaschimmer. »Entschuldigen Sie bitte, Sir. Ich wusste nicht, dass das Detective Constable Mwangis Computer ist.«
»Ich habe Sie etwas gefragt, Constable.«
»Ich habe gerade den Algorithmus benutzt, mit dem man Ähnlichkeiten zwischen den Adressbüchern zweier SIM-Karten herausfiltern kann, Sir.«
Jouma seufzte. Was war nur mit der Jugend von heute los, dass sie ständig in fremden Zungen reden musste?
»Wovon sprechen Sie eigentlich?«
»Superintendent Simba hat mir eine SIM-Karte aus einem Handy gegeben, das im Chakama-Reservat gefunden wurde, als …«
»Reden Sie weiter.«

Das Telefon hatte man in der Tasche des kopflosen Körpers von Sergeant Odenga vom GSU gefunden. Und der wiederum hatte es neben dem kopflosen Körper von Chipche Mugalo gefunden, dem Komplizen des Kopfjägers.

»Na ja, Sir – ich war so frei und habe die Daten heruntergeladen und lass sie jetzt durch dieses Programm laufen.«

»Ach ja? Und, was haben Sie gefunden?«

»Es war nur eine einzige Nummer gespeichert. Eine Handynummer.«

»Und?«

»Tja, Sir, ich hab den Provider überprüft – und ich glaube, da muss irgendwie ein Fehler vorliegen.«

69

Superintendent Simba genoss gerade ihren nachmittäglichen Schokomuffin, als Jouma in ihr Büro platzte, in respektvollem Abstand gefolgt von Constable Mugo.

»Die SIM-Karte aus Chipche Molongas Handy«, stieß er atemlos hervor.

Sie schluckte das Muffinstückchen, das sie gerade kaute, und tupfte sich den Mund mit der Serviette ab. »Ja, und weiter, Daniel?«

»Es war nur eine einzige Nummer gespeichert.«

»Ja, und weiter, Daniel?« Ihr Blick wanderte zu Constable Mugo.

»Es ist die Privatnummer von Dr. Nicholas Lutta.«

»Lutta? Sind Sie sicher?«

»Zuerst dachte ich, der Zusammenhang erklärt sich dadurch, dass Molonga auch im Kalami Hospital gearbeitet hat – aber seit wann hat so ein Krankenwärter die private Handynummer eines Arztes? Also habe ich Mugo losgeschickt, um nachzusehen, ob wir eine Akte zu Molonga haben.«
»Und, Mugo?«
Das Mädchen holte tief Luft. »Es gab nur einen Eintrag, Ma'am: Im Juli 1989 wurde Chipche Molonga verurteilt, weil er illegal Schnaps gebrannt hatte. Damals war er Vorarbeiter in einem Obst- und Gemüsegroßhandel in Malindi.«
»Darf ich fragen, worauf das alles hinausläuft, Inspector?«
»Das Geschäft hieß R. M. Lutta Ltd.«, erklärte Jouma. »Es gehörte Dr. Luttas Vater.«
Elizabeth Simba rieb sich die Schläfen, während sie diese Information verdaute. »Tut mir leid, es war ein langer Tag.«
»Molonga hat über zwanzig Jahre dort gearbeitet – bis Februar letzten Jahres, als der Betrieb geschlossen wurde. Beziehungsweise zwangsweise zumachen musste. Eine Woche später wurde er als Krankenwärter im Kalami eingestellt.«
»Molonga war also ein treuer Diener der Familie Lutta, und als der Laden pleiteging, hat ihm Dr. Lutta um der alten Zeiten willen einen Job vermittelt. Ich verstehe immer noch nicht, wo der Haken sein soll.«
»Der Laden ging nicht pleite, Ma'am. Er wurde von einem Syndikat erworben, das es sofort weiterverkaufte.«
Sie beugte sich vor. »Von einem *Syndikat?*«

»Von *dem* Syndikat, Ma'am: Gordon Gould, Eric Kitonga, Richter Banda, Alec Standage. Jeder von ihnen hat bei diesem Verkauf hunderttausend Dollar Gewinn gemacht.«

»Sie sagten, diese Männer haben den Laden erworben. Wie ging das vonstatten?«

»Sie haben ihn gewonnen. Beim Pokern.«

»Woher wissen Sie das alles?«

»Weil es in dem Abschiedsbrief stand, den man neben dem toten Mr. Lutta senior fand. Der alte Mann verlor sein Geschäft beim Kartenspiel und erhängte sich. Und als Nicholas Lutta und Chipche Molonga dahinterkamen, beschlossen sie, ihn zu rächen.«

»Aber der Kopfjäger ...«

»Der Kopfjäger war ein Psychopath namens Isiah Oulu, den man schon so lange weggesperrt hatte, dass er längst in Vergessenheit geraten war. Er war Dr. Luttas Patient – und der hatte eine Methode perfektioniert, das Bewusstsein anderer Menschen zu kontrollieren. Da Molonga als Krankenpfleger arbeitete, war es relativ simpel. Isiah mag geglaubt haben, dass er Abtrünnige opferte, aber in Wirklichkeit führte er nur Luttas und Molongas Aufträge aus. Sie haben den Kopfjäger geschaffen, Ma'am. Eine perfekte Tötungsmaschine.«

Simba ließ sich gegen die Lehne zurückfallen. Ihr drehte sich der Kopf. »Wo ist Lutta jetzt?«

»Nach Dr. Klerks Angaben ist er derzeit auf einer Konferenz in Berlin«, berichtete Jouma. »Aber als ich bei der International Association of Correctional and Forensic Psychology nachfragte, wusste man von keiner Konferenz in Berlin. Die nächste Versammlung auf europäischem Boden findet in drei Monaten in Prag statt.«

Elizabeth Simba überlegte kurz. Dann sah sie Jouma an. »Alec Standage.«
»Das einzige Mitglied des Syndikats, das noch am Leben ist«, nickte Jouma. »Seit dem Angriff auf das Hotel hat er unter massiven Sicherheitsvorkehrungen gelebt.«
»Aber jetzt …«
»Aber jetzt ist der Kopfjäger tot«, ergänzte Jouma, »und Standage glaubt sich in Sicherheit.«

70

Die Reinigungskräfte waren in seinem Hotelzimmer gewesen, während er gefrühstückt hatte, deshalb roch es nach Desinfektionsmittel und Luftverbesserungsspray. Sie hatten das Bett gemacht, die Handtücher gewechselt und sogar das erste Blatt Toilettenpapier in Pfeilform gefaltet. Warum taten sie so was? Sollte man sich leichter mit den dreihundert Dollar pro Nacht abfinden, nur weil das Toilettenpapier manikürt war? Sollte man sich hier *wohl* fühlen, weil sie einem einen Blumenstrauß und eine Schale mit frischem Obst hinstellten und einem ein Bonbon aufs Kissen legten?
Lutta riss die Laken vom Bett und leerte die vom Hotel bereitgestellte Flasche Wein über die Matratze aus. Dann warf er die sauberen Handtücher auf den Badezimmerboden und riss das Toilettenpapier in kleine Fetzen.
Dreihundert Dollar. Was für eine obszöne Summe für ein Zimmer, für das das Hotel wahrscheinlich zehn Dollar

pro Tag aufwenden musste. Sein Vater wäre entsetzt, wenn er das gewusst hätte. Hatte er nicht alles getan, um seinen Sohn zur Sparsamkeit zu erziehen?
Wenn Ranasinghe Lutta sich denn nur selbst an das gehalten hätte, was er seiner Familie immer gepredigt hatte. Oh, er hatte sich jeden Penny vom Munde abgespart, um seinen Sohn in den Staaten Medizin studieren zu lassen. Doch Nicholas hatte nie richtig darüber nachgedacht, woher das Geld eigentlich gekommen war, während er Tausende von Kilometern entfernt für seinen Abschluss büffelte.
Denn er hätte nie geahnt, dass sein sparsamer alter Vater ein unverbesserlicher Spieler war, der immer wieder Glück am Pokertisch hatte.
Dabei war er im Herzen ein so unschuldiger Mensch gewesen. Ein so dummer Mensch. Sein Vater hatte tatsächlich geglaubt, dass man am Spieltisch nur mit Hilfe von Glück und einem guten Urteilsvermögen gewann. Der Gedanke an Manipulation wäre ihm gar nicht gekommen. Sie mussten ihn zehn Meter gegen den Wind gerochen haben. Seine neuen besten Freunde. Der Redakteur, der Dhau-Reeder, der Richter und der Hotelmanager. So achtbar. So unterhaltsam. Nicholas konnte sich richtig vorstellen, wie sein Vater gestrahlt hatte, als sie ihn eingeladen hatten, ihrem exklusiven kleinen Club beizutreten, ihrem sogenannten *Syndikat.* Zweifelsohne hatten sie ihn zu Anfang gewinnen lassen. Keine größeren Summen, aber genug, um ihm Appetit auf mehr zu machen. Aber sobald er den Köder geschluckt hatte, hatten sie ihn ausgezogen bis aufs letzte Hemd. Dabei war ihnen völlig gleichgültig, dass Luttas Vater seinen Obst- und Gemüsehandel aus dem Nichts aufgebaut hatte. Jetzt gehörte das Geschäft jeden-

falls ihnen, und ein Leben voller Arbeit und Mühe lag als kleines Häuflein aus Plastikchips auf einem mit grünem Filz bezogenen Tisch.

Sie hatten ihn umgebracht. Nicht die Scham oder die Reue.

Und es war die Pflicht eines Sohnes, den Mord an seinem Vater zu rächen.

Isiah Oulu hatte ihn vom ersten Tag an fasziniert. Der junge, ehrgeizige Kriminalpsychologe und der unbußfertige, in seinen Wahnvorstellungen befangene Mörder.

»Warum hast du sie umgebracht, Isiah?«

»Weil sie Ungläubige waren.«

»Aber das war doch deine eigene Familie.«

»Ich bin Athi, der lebendige Gott, Sohn des transzendenten Ngai, des Teilers des Universums und Herrn aller Natur.«

Er erinnerte sich, dass Isiah bei diesen Worten unwillkürlich zusammengezuckt war, denn normalerweise rechnete er in diesem Moment damit, dass man ihm zur Strafe vierhundert Volt durch den Körper jagte.

Stattdessen hatte Nicholas Lutta seine Hand ergriffen und gesagt: *»Ich verstehe dich.«*

In den Sitzungen der folgenden Monate versuchte Lutta das Ausmaß von Isiahs Messiaskomplex zu erfassen und – was noch wichtiger war – den Grad seiner Verachtung für die Menschen, die er für ordinäre Sterbliche hielt.

Erst dann hatte Lutta mit seinem Experiment begonnen. Tiefenhypnose, während derer das verschlungene Unterbewusstsein des Patienten langsam entfaltet wurde, um die tiefverwurzelte Psychose freizulegen und auszuschalten. Um das kriminelle Gehirn zu heilen, indem man es herunterfuhr und neu startete. Lutta wusste, dass seine Technik radikal war, aber in Dr. Klerk fand er einen enthusiastischen Fürsprecher. Und in Isiah das perfekte Versuchskaninchen.

Dann fand man seinen Vater am Ende eines Stricks in seinem Lager, mit einem Abschiedsbrief in der uringetränkten Hose. Und auf einen Schlag war alles anders. Lutta begann Rachepläne zu schmieden, aber klug, wie er war, wusste er, dass er sich nur ins Unglück stürzen würde, wenn er die Mitglieder des Syndikats eigenhändig tötete. Viel besser war es, wenn jemand anderes das für ihn übernahm.

Als Erstes kam ihm Chipche in den Sinn – und der loyale Arbeiter hätte die Tat auch ohne Bedenken ausgeführt. Doch es musste einen besseren Weg geben. Einen, bei dem die Schuldigen litten, während die Architekten ihres Todes unbehelligt blieben.

Und dann war ihm eines Tages bei einer Sitzung mit Isiah die Idee gekommen.

»Was würdest du sagen, wenn ich dich aus diesem Gefängnis befreien würde? Und wenn ich die Abtrünnigen zu dir bringen könnte, Athi?«

Aus seiner tiefen Trance erwiderte Isiah: »Es ist der Wille Ngais.«

Im Laufe der nächsten Wochen und Monate manipulierte Lutta den Geist Isiahs dahingehend, dass seine Wahnvorstellungen nicht gemildert, sondern verstärkt wurden. Die Realität seiner lebenslangen Freiheitsstrafe wurde so tief in seinem Unterbewusstsein vergraben, dass er sich nicht mehr daran erinnern würde.

Dann musste man seine Flucht in die Wege leiten, was mit Chipches Hilfe lächerlich einfach zu bewerkstelligen war. Ach, der gute Chipche. So unerschütterlich loyal. Verdiente irgendeine Familie so einen treuen Diener? Lutta hatte nicht vor, einen Verrückten freizulassen, der sich für den lebendigen Gott hielt, ohne ihn unter strenge Aufsicht zu stellen. Abtrünnige töten war ja schön und gut – aber es mussten schon die richtigen sein.
Und so kam es, dass aus dem Vorarbeiter Chipche der Medizinmann Chipche wurde, der Sterbliche, der eine direkte Prepaid-Verbindung zu Ngai höchstpersönlich hatte.

Lutta ging zur Minibar und nahm sich eine eiskalte Dose Fanta, die er sich über die verschwitzte Stirn rollte. Sein Plan war beinahe perfekt aufgegangen. Isiah zeugte Athi und Athi zeugte den Kopfjäger, welcher wiederum zum Schwarzen Mann wurde. Die Öffentlichkeit war so besessen von dieser Vorstellung, dass man überhaupt nicht darüber nachdachte, warum er existierte oder warum er tötete.
Wahrhaftig ein Geniestreich.
Doch dann starb er, bevor seine Mission erfüllt war. Drei Mitglieder des Syndikats waren tot, aber einer lief noch frei herum. Und das war für Nicholas Lutta, den rachedurstigen Sohn, nicht akzeptabel.
Der Psychologe traf seine letzten Vorbereitungen. Dann verließ er zum letzten Mal sein Zimmer. Vorher steckte er noch den Stöpsel in die Badewanne und drehte die Wasserhähne voll auf.

71

Die böse Hexe war tot, und im Sandpiper Hotel war man wieder zur Tagesordnung übergegangen. Das Gebäude zeigte immer noch einige Narben, aber der Großteil der Reparaturarbeiten im Atrium war abgeschlossen. Die Einschusslöcher in den Wänden und Decken waren zugekittet, die blutbefleckten Teppiche ausgetauscht worden. Da er sich nun weitaus sicherer fühlte, verzichtete Alec Standage auch auf seine kostspielige Armee privater Leibwächter.

Aber am meisten freute es ihn, dass die Gäste zurückgekehrt waren. Offensichtlich hatten die jüngsten Krisen des Hotels die Buchungen nicht beeinträchtigt, und als Jake zu seinem Termin mit dem Hotelmanager kam, stieg gerade eine neue Ladung teigig weißer Europäer aus dem Flughafen-Shuttlebus und trottete müde in die kühle Empfangshalle.

Standage stand an der Tür, um sie alle persönlich zu begrüßen, und schenkte ihnen sein breitestes Lächeln. Er sah aus wie neugeboren, dachte Jake – war er ja auch, auf eine Art.

»Mr. Moore! Wie schön, Sie wiederzusehen«, strahlte er. »Ich bin in zwei Minuten bei Ihnen.«

In Wirklichkeit dauerte es dann eher fünfzehn, während derer Standage sich mit den neuen Gästen beschäftigte, ihnen beim Einchecken half, ihnen frischen Orangensaft und kühle Gesichtshandtücher reichte und dafür sorgte, dass ein stetiger Strom von Gepäckträgern ihnen die Koffer abnahm.

»Schön, dass die Gäste wieder da sind«, sagte er, als er

schließlich mit Jake sein Büro ansteuerte. »Unter uns – ich dachte eine Weile, dass wir erledigt sind. Erst dieser Irre, der den Leuten auf die Köpfe drischt, und dann dieser bewaffnete Überfall. Ich kann Ihnen sagen, Jake, daran wäre so mancher Laden zugrunde gegangen.«

»Freut mich, das zu hören«, sagte Jake.

Inzwischen waren sie bei Standages Büro angekommen. Es war sehr funktional eingerichtet, mit einem Schreibtisch, einem kleinen Sofa und einigen englischen Erinnerungsstücken an der Wand – ein gerahmtes Fußballtrikot, ein Schwarzweißposter von Keith Moon, dem Schlagzeuger von »The Who«, eine Bierdeckelsammlung sowie kritzelige Kinderzeichnungen von Strichmännchen mit Wasserköpfen.

»Und ich wäre natürlich nicht hier, wenn Ihr Freund Mr. Bowden nicht gewesen wäre«, fügte Standage mit der angemessenen Feierlichkeit hinzu. »Ich habe gehört, Sie haben seine Familie in London besucht.«

»Ich war bei seiner Beerdigung.«

»Ich werde nie vergessen, was Mac an jenem Tag für mich getan hat. Ich überlege sogar, ob ich ihm eine kleine Gedenkstätte auf dem Hotelgrundstück errichten lasse. Es wäre doch schön, wenn seine Witwe und die Kinder für die Eröffnungszeremonie herfliegen könnten, meinen Sie nicht?«

»Ich bin sicher, das würde sie freuen«, erwiderte Jake. »Tatsächlich ist Mac auch der Grund meines Besuchs. Als ich ihn das letzte Mal sah, erzählte er mir, dass Sie ihm einen beträchtlichen Bonus für seine Leibwächtertätigkeit zugesagt hatten. Gefahrenzulage nennt man so was wohl.«

Standages Augen verengten sich. »Ach ja?«

»Ich glaube, die Summe, die Sie nannten, belief sich auf zwanzigtausend Pfund, zusätzlich zu dem Honorar, das die Agentur zahlte.«

»Ich bestreite nicht, dass da über gewisse Zahlungen gesprochen wurde, Jake – aber zwanzigtausend ist wirklich völlig abwegig.«

»Sie haben es selbst gesagt, Mr. Standage: Mac hat Ihnen das Leben gerettet. Sie stehen in seiner Schuld.«

Der Hotelmanager lächelte dünn. »Natürlich wäre ich mehr als glücklich, wenn ich Macs Witwe eine Zahlung zukommen lassen dürfte ...«

»Zwanzigtausend, Mr. Standage.«

»Die Vereinbarungen zwischen Bowden und diesem Hotel gehen Sie überhaupt nichts an«, bellte Standage. »Ich finde, Sie haben ganz schön Nerven, hier einfach reinzumarschieren und Geld zu verlangen. Für wen halten Sie sich eigentlich?«

»Ich war sein Freund«, gab Jake zurück.

Standage griff nach dem Telefonhörer. »Ich schlage vor, Sie bewegen Ihren Arsch jetzt schleunigst aus meinem Büro, bevor ich Sie rauswerfen lasse.«

Mist, dachte Jake, als er die Halle durchquerte. Schlechter hätte es gar nicht laufen können. Und damit hatte er wahrscheinlich die letzte Chance in den Sand gesetzt, Macs Geld zu bekommen.

Andererseits hatte er es ja auch nicht besser verdient, dachte Jake bitter, denn er war eine falsche Schlange. Eine falsche Schlange, die vorgab, Macs Freund zu sein, sich aber nur für das Geld eines Toten interessierte, weil es ihm selbst aus der Patsche helfen sollte.

Er dachte an das Ferngespräch, das er tags zuvor mit Shirley geführt hatte. Sie hatte vor lauter Dankbarkeit geweint, weil Colin Ryeguard ihr zwanzigtausend Pfund überwiesen hatte, und sie weinte noch mehr, als Jake ihr eröffnete, dass man Mac noch einmal zwanzigtausend schuldete – und ihr versprach, dafür zu sorgen, dass sie die auch noch bekam.

Er erzählte ihr allerdings nicht, dass er vorhatte, sich dieses Geld zu leihen, nur vorübergehend natürlich. Und dass Harry und er – für den Fall, dass doch noch alles schiefging – die *Yellowfin* und sämtliche Vermögenswerte ihres kleinen Unternehmens veräußern würden, denn dann war die Britannia Fishing Trips Ltd. ja sowieso ruiniert.

Als er um die Ecke bog und ganz in die Betrachtung seines eigenen Elends versunken war, stieß er mit einem Gast zusammen, der ihm entgegenkam und Kurs auf Standages Büro nahm. Er war klein, hatte einen olivfarbenen Teint und trug eine Brille mit massivem Gestell und eine tief ins Gesicht gezogenes Baseballkappe. Aus irgendeinem Grund kam er Jake bekannt vor, auch wenn er beim besten Willen nicht hätte sagen können, woher. Sie entschuldigten sich kurz und setzten ihren Weg fort.

An der Rezeption blieb Jake plötzlich stehen. Das war doch lächerlich. Wenn er jetzt hier rausging, konnte er nie wieder zurückkommen – dann war wirklich alles vorbei. Fünf Jahre Hoffnungen und Träume und verdammt harte Arbeit für die Katz. Er dachte ans eiskalte London, das Tanner's Arms, die schlotternden Raucher auf dem Gehweg. *O Gott, nein.*

Er drehte sich um und ging zurück zu Standages Büro. Er musste die Wogen wieder glätten. Da hatte doch so ein ge-

rahmtes Fußballtrikot an der Wand gehangen – Leeds United, oder? Jake war Newcastle-United-Fan. Vielleicht konnten sie sich ja von Mann zu Mann darüber unterhalten, wie es sich anfühlt, Fan solcher Versagerteams zu sein. Die Tür war zu, aber er klopfte nur einmal kurz und trat ein.
»Hören sie, Alec, ich glaube, wir hatten einfach einen schlechten Start«, begann er.
Doch Standage war gerade anderweitig beschäftigt. Er wand sich nämlich mit puterrotem Gesicht und vorquellenden Augen auf seinem Stuhl, während ihm eine teuflische Stahlgarotte die Kehle abschnürte. Der kleine Mann stand hinter ihm und drehte mit konzentriertem Gesichtsausdruck die Holzgriffe der Garotte. Da traf Standage mit seinen rudernden Armen die Brille und die Kappe, und plötzlich fiel Jake wieder ein, wo er diesen Mann schon einmal gesehen hatte.
Er hechtete durchs Zimmer und schlug ihm mit aller Kraft die Faust auf die Nase. Nicholas Lutta schrie vor Schmerz auf, als der Knochen splitterte. Der zweite Schlag schickte den kleinen Psychologen an die Wand, und als er auf den Boden sackte, war ziemlich offensichtlich, dass er so schnell nicht wieder aufstehen würde.
Standage rang nach Luft und zerrte mit den Händen an der Schlinge, die sich tief in seinen Hals gegraben hatte.
»Alles klar bei Ihnen?«
Standage nickte.
»Was zum Teufel war das denn?«
»Ich weiß es nicht.« Die Stimme des Hotelmanagers war nur noch ein brüchiges Krächzen. »Aber ich danke Ihnen … ich danke Ihnen.«

72

Es wird sicher noch mal ein Tag kommen, an dem Sie sich keinen Ärger einhandeln«, sagte Jouma.

»Ich muss gestehen, manchmal habe ich daran gedacht, ob ich wieder zur Metropolitan Police zurückgehen sollte, einfach, um wieder ein etwas ruhigeres Leben zu führen.«

Sie beobachteten, wie man Nicholas Lutta auf den Rücksitz eines Streifenwagens manövrierte. Seine Hände waren mit Handschellen auf dem Rücken gefesselt. Seine verformte Nase leuchtete lilarot. Dann schlug die Tür zu, und der Wagen fuhr davon.

»Wo bringen sie ihn jetzt hin?«

»Ins Shiwo-La-Tewa-Gefängnis. Dann kommt es ganz drauf an, worauf er plädiert – und wie der Richter seinen Geisteszustand einschätzt.«

»Glauben Sie, dass er verrückt ist?«

Jouma zuckte mit den Schultern. »Wer weiß? Trauer kann die seltsamsten Dinge im Geiste eines Mannes bewirken. In Luttas Fall hat sie ihn zum Rachefeldzug gegen die Männer angestachelt, die er für den Tod seines Vaters verantwortlich macht.«

»Na ja – es gibt solche Rachefeldzüge und solche«, meinte Jake. »Wenn Sie mich fragen, muss man schon ganz schön krank im Kopf sein, um so einen Plan auszuhecken.«

»Oder brillant. Lutta konnte den Geist eines Psychopathen so beeinflussen, dass er in seinem Auftrag mordete. Mord durch einen Stellvertreter – das perfekte Verbrechen.«

»Er hat ein Monster geschaffen.«
»Ja – aber stellen Sie sich vor, was er alles hätte erreichen können, wenn er seine Techniken in den Dienst einer guten Sache gestellt hätte. Stellen Sie sich vor, es wäre möglich, kriminelle Psychopathen zu *heilen.*«
»Also, wenn Sie mich fragen, Inspector, dann sag ich: einmal psycho, immer psycho. Außerdem werden wir es jetzt wahrscheinlich nie erfahren. Es sei denn, jemand führt Dr. Luttas Arbeit weiter, aber das bezweifle ich. Nach Dr. Klerks Angaben ist die psychologische Community ja eher konservativ. Die haben nicht so viel übrig für Veränderungen.«
»Meinen Segen haben sie. Ein Dr. Frankenstein reicht vollauf.«
Sie gingen zurück ins Hotel
»Das war's dann also, stimmt's?«, fragte Jake. »Der Fall ist abgeschlossen, oder?«
»Die *Fälle* sind abgeschlossen«, lächelte Jouma.
Sie drehten sich um, als am Eingang ein kleiner Aufruhr entstand – jemand versuchte gerade, durch die polizeiliche Absperrung ins Hotel einzudringen.
»Sagen Sie Inspector Jouma, wer ich bin«, rief Katherine Rapuro und wedelte mit ihrem Presseausweis. »Er wird mich reinlassen.«
»Man möchte doch meinen, dass Miss Rapuro genug Schlagzeilen für ein ganzes Leben zusammenhat«, seufzte Jouma müde.
»Tja, Inspector, in der Zeitung von heute wickelt man morgen schon Fish and Chips ein.«
Jouma sah ihn zweifelnd an. »In Ihrer Heimat vielleicht, Jake.«

Alec Standage, dem man eine Halskrause angelegt hatte, wurde gerade im Rollstuhl zu einem Krankenwagen geschoben. Als er an ihnen vorüberkam, streckte er die Hand aus und zupfte Jake am Ärmel.

»Ich weiß schon noch, was ich Mac versprochen habe«, gestand er. »Die Wahrheit sieht aber so aus, dass ich keine zwanzigtausend habe. Nicht mehr. Diese ganzen Sicherheitsmaßnahmen haben mich ruiniert.«

»Ist schon gut«, nickte Jake.

»Nein, nein, Sie haben recht, ich stehe zutiefst in Macs Schuld«, ereiferte sich Standage. »Ich habe ein paar Ersparnisse – das meiste davon in Wertpapieren angelegt. Zehntausend insgesamt. Die würde ich gern seiner Frau und seinen Kindern geben.«

»Vielleicht hätte ich da noch eine bessere Idee.«

»Was immer Sie wollen.«

Jake grinste. »Haben Sie morgen Abend schon was vor?«

73

In einem kleinen Raum in der Nähe der Dhau-Werft im Herzen von Mombasa Old Town saßen zwei Männer an einem großen ovalen Kartentisch und sahen gespannt zu, wie die letzte von fünf Karten auf dem abgeschabten grünen Filz aufgedeckt wurde. Die Kreuz Drei. Man spielte Texas Hold'em, hundert Dollar für den Small Blind, unbegrenzte Einsätze. Die beiden Männer waren die letzten Spieler von sechs. Einer nach dem anderen war ausgeschieden, weil sie ihr ganzes Geld verloren hatten. Die Übriggebliebenen spielten jetzt um einen Pott von hunderttausend Dollar. Und gewinnen würde derjenige, der mit den fünf Karten auf dem Tisch und den beiden auf seiner Hand das beste Blatt zusammenbekam.

Alec Standage hob seine zwei Karten ein paar Millimeter vom Tisch und linste darunter. Links von ihm tat Tajik ul-Mraq gerade dasselbe.

Über ihnen leuchtete eine nackte Glühbirne unter einem konischen Lampenschirm. Der Lichtkegel fiel genau auf den Tisch, während der Rest des Zimmers im Dunkeln blieb. So konnten die Spieler die zwei Dutzend Zuschauer nicht sehen, die sich die Hälse verrenkten, um den Ausgang der Partie nur ja nicht zu verpassen. Doch man konnte die Anspannung förmlich riechen, die vom Publikum ausging.

Im Gegensatz zu Harry und Ralph konnte Jake sich nicht dazu durchringen, der letzten Runde zuzusehen. Er stand am Fenster am anderen Ende des Zimmers und blies Zigarettenrauch gegen die Fensterscheibe, während er auf die Lichter von Old Town hinunterstarrte, die in der nächtlichen Schwüle schimmerten.

Nach über sechs Stunden Poker hing jetzt alles von einer einzigen Karte ab.

Mac Bowden hätte den Irrwitz dieser Situation vielleicht sogar zu schätzen gewusst, dachte er.

Der leichte Weg war nie der richtige für dich, stimmt's, Kimosabe? *Da riskierst du jetzt also deinen ganzen Laden bei einem Scheißkartenspiel. Warum spülst du deine Kohle nicht gleich im Klo runter?*

Aber Mac – du musst zugeben, dass unser Freund hier

wirklich weiß, was er tut. Standage hatte einem Syndikat angehört, das Tausende von Dollars eingestrichen hatte, indem es naive Trottel ausnahm wie Weihnachtsgänse. Er kennt sich mit diesem Spiel aus. Er kennt die Wahrscheinlichkeiten.

Ja – aber schau dir doch an, gegen wen er spielt. Wenn dieser Wichser zwei, drei Tricks auf Lager hat, dann kennt der Araber die schon lange. Der hat doch schon Poker gespielt, als er noch im Souk in den Windeln lag. Und vergiss eines nicht – es ist immerhin mein hart verdienter Bonus, mit dem du hier spielst.

Shirley wird die zwanzigtausend bekommen, die man dir noch schuldet, Kumpel. So oder so. Die *Yellowfin* ist mindestens fünfzigtausend wert.

Na, das ist ja sehr ritterlich von dir, Kimosabe. *Und glaub nicht, dass ich es nicht zu schätzen wüsste. Aber* ich *habe meinen Job und meine Ehe an die Wand gefahren, nicht du. Ich wurde umgebracht. Wenn du diesem zwergwüchsigen Anwalt in London nicht mit deiner James-Cagney-Nummer eingeheizt hättest, hätten Shirley und die Kinder keinen Penny bekommen. Ich bin stolz auf dich, Jake.*

Na komm, warten wir doch einfach mal ab, wie die Sache hier ausgeht, ja?

Ja. Warten wir einfach mal ab, wie die Sache hier ausgeht.

Vom Tisch hörte Jake den Kartengeber sagen: »Mr. Standage?«

Jake goss sich drei Fingerbreit Pusser's Rum ins Glas.

»Full House«, sagte der Hotelmanager heiser. Seine Kehle war immer noch ramponiert von der Garotte. Die Zuschauer keuchten auf.

»Und Sie, Mr. ul-Mraq?«
Jake hob das Glas und prostete der leuchtenden Stadt dort draußen zu.
Prost, Mac. Egal, wie das hier ausgeht, du wirst mir schrecklich fehlen.

ENDE

Anmerkung des Autors

Die kenianische Marine existiert seit 1964. Anders als sonst üblich, werden dort nicht die typischen Rangbezeichnungen verwendet. Ein »Captain« trägt in der kenianischen Flotte den Titel »Colonel«, ein »Commodore« den des »Brigadier«, ein »Admiral« den des »General« und so weiter. Ich habe mich in diesem Buch an die Rangbezeichnungen gehalten, wo immer es möglich war.